HEYNE<

Das Buch
Die Toten sind auferstanden und jagen die Lebenden, nichts und niemand ist vor ihnen sicher, auf der ganzen Welt regiert das Chaos. Außer im Südstaatenstädtchen Woodbury. Dort regiert der Governor mit eiserner Hand über die wenigen Menschen, die die Apokalypse überlebt haben. Dafür bietet er ihnen Schutz vor den hungrigen Toten. Doch als sein brutales Regiment mehr und mehr Opfer fordert und eine Gruppe von Überlebenden – unter ihnen der ehemalige Polizist Rick und seine Begleiter Michonne und Glenn – sich gegen den Governor stellen, kommt es zum blutigen Showdown in Woodbury. Denn der Verlierer im Kampf um die letzten Lebenden wechselt ins Lager der Toten ...

Die Autoren
Robert Kirkman ist der Schöpfer der mehrfach preisgekrönten und international erfolgreichen Comicserie *The Walking Dead*. Die gleichnamige TV-Serie wurde von ihm mit entwickelt und feierte weltweit Erfolge bei Kritikern und Genrefans gleichermaßen. Zusammen mit dem Krimiautor Jay Bonansinga hat er nun die Romanreihe aus der Welt von *The Walking Dead* veröffentlicht.

Mehr zu The Walking Dead *und den Autoren auf:*

diezukunft.de

Robert Kirkman
Jay Bonansinga

The Walking Dead 4

Roman

Deutsche Erstausgabe

WILHELM HEYNE VERLAG
MÜNCHEN

Titel der englischen Originalausgabe
THE WALKING DEAD – THE FALL OF THE GOVERNOR: PART TWO
Deutsche Übersetzung von Wally Anker

Verlagsgruppe Random House FSC® N001967
Das für dieses Buch verwendete FSC®-zertifizierte Papier
Holmen Book Cream liefert Holmen Paper, Hallstavik, Schweden.

Deutsche Erstausgabe 11/2014
Redaktion: Werner Bauer
Copyright © 2014 by Robert Kirkman, Jay Bonansinga
Copyright © 2014 der deutschsprachigen Ausgabe
by Wilhelm Heyne Verlag, München,
in der Verlagsgruppe Random House GmbH
Printed in Germany 2014
Umschlaggestaltung: Animagic, Bielefeld
Satz: Vornehm Mediengestaltung GmbH, München
Druck und Bindung: GGP Media GmbH, Pößneck
Printed in Germany

ISBN: 978-3-453-31614-0

www.diezukunft.de

Für Joey und Bill Bonansinga –
in Liebe

Jay Bonansinga

TEIL 1

Schlachtfeld

Ich bin der Tod, Zerstörer der Welten.

J. Robert Oppenheimer

Eins

Das Feuer fängt im Parterre an zu lodern, schnell züngeln die Flammen an den Tapeten mit Kohlrosenmuster hinauf, erreichen die mit Trockenbauplatten abgehängte Decke und speien giftige schwarze Rauchwolken, die sich in hoher Geschwindigkeit über den Flur bis in das Schlafzimmer des Hauses an der Farrel Street erstrecken. Er kann nichts mehr sehen, kriegt kaum noch Luft. Er rennt durch das Esszimmer, sucht nach der kleinen Treppe, findet sie, stürzt die alten, wackeligen Holzstufen hinab in die moderige Dunkelheit des Kellers. »Philip?! – PHILIP!?! – PHILLLLLLLIP!!?!« Er eilt stolpernd über den dreckigen Estrich voller alter Wasserflecken, die Augen stets auf der Suche nach seinem Bruder. Über ihm lodert und prasselt es, die Feuersbrunst bullert durch die vollgestellten Zimmer des dürftigen Bungalows, verschlingt gierig alles, was ihr im Weg steht. Die Hitze scheint ihn erdrücken zu wollen. Schwach dreht er sich im Kreis, lässt den Blick durch die finsteren Ecken des sich mit Rauch füllenden Kellers schweifen und kämpft sich durch Spinnweben. Die dunklen, ätzenden Schwaden des nach Ammoniak stinkenden Dunstes aus verrottenden Rüben, Rattenkot und uralter Glaswolle machen sich in seinen Lungenflügeln breit. Er hört, wie sich die Balken über ihm biegen und krachend zu Boden fallen, wie das Flammenmeer außer Kontrolle gerät und das gesamte Haus zusammenbricht – was alles keinen Sinn macht, denn das kleine Häuschen seiner Kindheit in Waynesboro, Georgia, hat *bisher allen Feuersbrünsten standgehalten, an die er sich erinnern konnte. Aber jetzt ist alles anders, das Inferno um ihn wird immer bedrohlicher, und er kann seinen verflixten Bruder nicht finden. Wie zum Teufel ist er eigentlich hierhergekommen? Und wo, verdammt noch mal, steckt Philip? Er braucht Philip. Mist, Philip wüsste schon, was zu tun ist! »PHILLLLLLLLLIIIP!« Der hysterische Schrei entfleucht ihm wie ein atemloses Zwitschern, das sterbende Radiosignal einer endenden Zivilisation. Plötzlich kann er eine Tür erkennen, nein, ein Portal in einer der Kellerwände – eine merkwürdige, ovale Öffnung, wie in einem U-Boot. Das Loch glüht verhalten, strahlt in einem merkwürdigen Grün, und erst jetzt merkt er, dass er es noch nie zuvor gesehen hat. In seinem Keller, in seinem Haus an der Farrel Street, hat es damals nie eine solche Öffnung gegeben. Jetzt aber ist es da, als ob es einfach hingezaubert worden wäre. Er stolpert auf das schwach strahlende grüne Loch inmitten der Finsternis zu, kämpft sich hindurch und steht plötzlich in einem muffigen Raum mit Porenbetonwänden. Er ist leer. An den Wänden sind Folterspuren zu erkennen – Schlieren dunklen, trocknenden Blutes und die ausgefransten Enden von Seilen, die noch immer an die Ösen gebunden sind, fest in der Wand verankert –, und der Ort strahlt etwas Böses aus: pures, reines, außergewöhnliches Übel. Er will weg von hier, kann nicht atmen. Die Nackenhaare stellen sich ihm auf. Er bringt keinen Ton außer einem schwachen Wimmern aus den Tiefen seiner verätzten Lungen über die Lippen. Plötzlich dringt ein Geräusch an seine Ohren. Er dreht sich um und sieht ein weiteres grün schimmerndes Portal. Er eilt darauf zu, drängt sich durch die Öffnung und schaut sich um. Plötzlich steht er inmitten eines Kiefernwaldes außerhalb von Woodbury. Er erkennt die Lichtung wieder. Die umgestürzten Bäume um ihn herum bilden eine Art natürliches Amphitheater. Der Boden ist mit*

Nadeln, Pilzen und Unkraut übersät. Sein Herz schlägt schneller. Dieser Ort ist noch schlimmer – ein Ort des Todes. Eine Gestalt kommt aus dem Wald und stellt sich in das fahle Licht. Sein alter Freund Nick Parsons, schlaksig und ungelenk wie immer, stolpert mit einer 12-Kaliber-Pumpgun auf die Lichtung zu. Seine verschwitzte Miene drückt pures Entsetzen aus. »Herrgott«, murmelt Nick mit merkwürdiger Stimme. »Erlöse uns von all dieser Ungerechtigkeit.« Nick hebt die Pumpgun. Die Mündung scheint riesig – wie ein gigantischer Planet, der die Sonne komplett verdeckt –, und sie ist direkt auf ihn gerichtet. »Ich kehre allen Sünden den Rücken«, dröhnt Nick mit Grabeskälte. »Vergib mir, o Herr ... Vergib mir.« Nick drückt ab. Der Schlagbolzen schnellt nieder. Die Explosion des Mündungsfeuers umgibt den Lauf mit einem brillant gelben Strahlenkranz – die Strahlen einer sterbenden Sonne –, und er spürt, wie er vom Boden abhebt, durch Luft und Raum gewirbelt wird, schwerelos durch die Finsternis fliegt ... auf einen kleinen Punkt grellen weißen Lichts zu. Das ist das Ende, das Ende der Welt – seiner Welt – das Ende von ALLEM. Er schreit auf, aber kein Ton entweicht ihm. Das ist der Tod – die erstickend magnesiumweiße grelle Leere des Nichts – und urplötzlich, als ob man einen Schalter umgelegt hätte, hört Brian Blake auf zu existieren.

Mit der Abruptheit eines Filmschnitts liegt er auf dem Boden seiner Wohnung in Woodbury – regungslos, erstarrt, auf kaltem Hartholz unter lähmenden Qualen leidend. Sein Atmen geht so schwerfällig, ist so eingeschränkt, dass jede einzelne seiner Zellen nach Luft zu schreien scheint. Er sieht nur die verschwommenen, schattigen Umrisse der dreckigen Wasserränder an der Decke – ein Auge ist komplett blind, die Augenhöhle kalt, als ob ein eisiger Wind hindurchweht. Panzerband klebt über einem Mundwinkel, und sein Atmen durch die mit Blut verschmierten Nasenlöcher ist kaum hörbar. Er versucht sich zu bewegen, schafft es aber nicht einmal, den Kopf zur Seite zu drehen. Die Stimmen im Hintergrund nimmt er durch seine um Gnade flehenden Ohren kaum wahr.

»Und was ist mit dem Mädchen?«, ertönt eine Stimme aus einer Ecke des Zimmers.

»Scheiß drauf, die ist mittlerweile über alle Berge, außerhalb der Sicherheitszone – die hat sowieso keine Chance.«

»Und was machen wir mit ihm? Ist er schon tot?«

Plötzlich ein neues Geräusch – ein wässriges, verzerrtes Knurren –, das seine Aufmerksamkeit auf sich zieht. Er versucht hinzusehen. Durch die blutige Netzhaut seines noch funktionierenden Auges kann er gerade so eine kleine Gestalt ausmachen, die im Türrahmen steht. Ihr Gesicht ist von Verwesung gezeichnet, die komplett weißen, pupillenleeren Augen gleichen Spatzeneiern. Sie wirft sich nach vorn, sodass die Ketten, mit denen sie festgebunden ist, zu rasseln beginnen.

»BUH!«, schreit eine männliche Stimme, als das winzige Monster sich auf ihn zu werfen droht.

Philip versucht verzweifelt etwas zu sagen, aber die Worte bleiben ihm im Hals stecken, brennen und quälen ihn. Sein Schädel wiegt tausend Tonnen, aber er probiert es erneut. Seine geplatzten, geschundenen, blutenden Lippen beginnen sich zu bewegen, aber es kommen nur Fetzen von Worten aus ihnen hervor, die sich weigern, zu einem Ganzen zu verschmelzen. Dann hört er den tiefen Bariton von Bruce Cooper.

»Okay – drauf geschissen!« Der verräterische Ton der

Entsicherung eines Schlagbolzens unterbricht die Stille. »Die Kleine kriegt gleich eine Kugel ...«

»*N-nnggh!*« Philip reißt sich zusammen, gibt sein Bestes und stammelt: »*N-nein – n-nicht!*« Erneut ringt er nach Luft und zuckt vor Schmerzen zusammen. Er muss seine Tochter Penny beschützen – ganz gleich, ob sie bereits tot ist, und das schon seit über einem Jahr. Sie ist alles, was ihm in dieser Welt noch geblieben ist, das Einzige, was ihn noch am Leben hält. »Wehe, ihr tut ihr etwas an ... LASST DAS BLOSS BLEIBEN!«

Die beiden Männer drehen sich zu dem auf dem Boden liegenden Philip um, und für den Bruchteil einer Sekunde erhascht er einen Blick in ihre Gesichter, wie sie schockiert auf ihn herunterschauen. Bruce, der Größere der beiden, ist ein Afroamerikaner mit einem Kahlkopf, das Gesicht jetzt vor Grauen und Ekel verzerrt. Der andere Kerl heißt Gabe. Er ist weiß und wie ein Schrank gebaut, hat einen Bürstenhaarschnitt und trägt einen schwarzen Rollkragenpullover. Auch an seinem Blick erkennt Philip, dass sie ihn für tot halten.

Wie er so auf der mit Blut besudelten Spanholzplatte liegt, hat er keine Vorstellung davon, welch erschreckenden Eindruck er macht – insbesondere sein Gesicht, das sich anfühlt, als ob man es mit einem Eispickel durchlöchert hat. Für einen kurzen Augenblick lösen die Mienen dieser beiden Männer, wie sie auf ihn herabstarren, ein Alarmsignal aus in Philips Kopf. Die Frau, die ihn »aufgemischt« hat – *Michonne*, so heißt sie, wenn er sich recht erinnert –, hat ganze Arbeit geleistet. Für all seine Sünden hat sie ihn so nahe an den Tod gebracht, wie es nur möglich ist, ohne die letzte Schwelle zu überschreiten.

In Sizilien heißt es, dass Rache am besten kalt serviert werden muss, diese Frau aber hat noch eine dampfende Portion Höllenqualen dazugereicht. Die Tatsache, dass sein rechter Arm kurz über dem Ellenbogen amputiert worden ist, macht Philip gerade am wenigsten aus. Sein linkes Auge hängt noch immer an blutigen Fäden und Nerven baumelnd über seiner Wange. Was aber noch viel schlimmer für Philip ist – viel, viel schlimmer –, sind die unglaublichen Höllenschmerzen, die sich eiskalt durch seine Eingeweide ziehen. Sie stammen von der Stelle, an der die Frau seinen Penis mit einer geschmeidigen Bewegung ihres Schwertes abgetrennt hat. Die Erinnerung an diesen Hieb – der Stich einer metallenen Wespe – reißt ihn auf einmal zurück in einen Zustand dämmriger halber Bewusstseinslosigkeit. Er nimmt die Stimmen kaum noch wahr.

»FUCK!« Bruce starrt entsetzt auf den für die Umstände einmal so fitten, hageren Mann mit Schnauzbart. »Er lebt!«

Gabe glotzt jetzt ebenfalls. »Scheiße, Bruce – der Doktor und Alice sind verschwunden! Was zum Teufel sollen wir denn jetzt machen?«

Kurz zuvor ist ein weiterer Mann zu ihnen gestoßen. Die Pumpgun schlägt gegen seine Beine, und er atmet schwer. Philip kann nicht sehen, wer es ist.

Bruces Stimme: »Jungs, sperrt das kleine Ungeheuer in das andere Zimmer. Ich geh mal schnell runter und hole Bob.«

Dann Gabe: »Bob?! Der verdammte Spritti, der hier immer vor der Tür liegt?«

Die Stimmen schwinden dahin, und ein kalter, dunkler Schleier legt sich über Philip.

»... zum Teufel, kann er schon ...?«
»... wahrscheinlich nicht viel ...«
»... warum also ...?«
»... weiß mehr als wir zusammen ...«

Im Gegensatz zur allgemeinen Auffassung oder dem, was in Filmen oft fälschlicherweise verbreitet wird, ist der normale Stabssanitäter nicht einmal *annähernd* so geschult wie ein erfahrener, vernünftig qualifizierter Unfallchirurg oder gar ein normaler Arzt. Die meisten Sanitäter beim Militär absolvieren eine dreimonatige Ausbildung in einem Boot-Camp, und selbst die begabtesten unter ihnen erreichen kaum den Standard eines normalen Rettungs- oder Notfallsanitäters. Sie lernen die einfachsten Erste-Hilfe-Methoden, ein paar Wiederbelebungsmaßnahmen, Ansätze von Traumabehandlung, und das war es auch schon. So ausgerüstet, werden sie aufs Schlachtfeld geschickt und sollen verletzte Soldaten am Leben halten – soweit es geht –, bis die Opfer in ein mobiles chirurgisches Feldhospital transportiert werden können. Sie sind nichts weiter als menschliche Rettungsgeräte, abgehärtet durch die Front und die nicht enden wollende Flut des Leidens. Man erwartet von ihnen, die Verletzten mit Pflastern oder dem Richten von Knochen am Leben zu erhalten, nicht mehr und nicht weniger.

Stabssanitäter Bob Stookey hat einen einzigen Einsatz der achtundsechzigsten Alpha-Truppe vor dreizehn Jahren in Afghanistan erlebt. Damals hatte er gerade seinen sechsunddreißigsten Geburtstag hinter sich, kurz nach der Invasion. Er war einer der älteren Freiwilligen – der Grund dafür war eine Scheidung, bei der es böse zu enden drohte –, und er wurde zu einer Art Onkel für die Jüngeren in seinem Team. Bobs Karriere begann als Krankenwagenfahrer frisch aus Camp Dwyer, ehe er sich innerhalb weniger Monate zum Stabssanitäter hocharbeitete. Bob konnte die Mannschaft mit seinen fürchterlichen Witzen und Schlücken aus seinem stets präsenten, aber öffentlich nicht geduldeten Flachmann voll Jim Beam stets bei Laune halten. Zudem war er gutmütig, was ihm die Landser hoch anrechneten, und er besaß ein weiches Herz, was ihn jedes Mal, wenn er einen Soldaten in seinen Händen verlor, selbst ein wenig sterben ließ. Als er schließlich eine Woche nach seinem siebenunddreißigsten Geburtstag wieder abberufen wurde, war er hundertelfmal gestorben und verarztete sein Trauma mit einer Flasche Whiskey pro Tag.

Seine Sturm-und-Drang-Phase hatte längst dem Schrecken und Entsetzen der Plage Platz gemacht, aber genauso schlimm war der Verlust seiner geheimen Liebe – Megan Lafferty –, und der Schmerz hat ihn mit der Zeit so von innen aufgefressen, dass er jetzt – heute Nacht, *in diesem Augenblick* – völlig blind und taub gegenüber der Tatsache dasteht, dass er gleich wieder auf das Schlachtfeld gezerrt wird ...

»BOB!«

Er liegt zusammengesackt und halb bewusstlos vor dem Haus des Governors. Auf seinem olivfarbenen Parka klebt getrockneter Speichel und Zigarettenasche. Bei dem Geräusch von Bruce Coopers dröhnender Stimme zuckt er zusammen. Die Finsternis der Nacht weicht langsam dem Morgengrauen, und Bob ist bereits von den eisigen Winden und einem unruhigen, von Fieberträumen geplagten Schlaf aufgewacht.

»Aufstehen!«, befiehlt der Schrank, als er aus dem Gebäude gestürmt kommt und auf Bobs Nest aus durchnässten Zeitungen, zerfetzten Decken und leeren Flaschen zueilt. »Wir brauchen dich – oben! JETZT!«

»W-was?« Bob reibt sich den grauen Bart und stößt sauer auf. »Warum?«

»Es geht um den Governor!« Bruce streckt ihm eine Hand entgegen und umfasst Bobs schlaffen Arm. »Du warst doch mal Sani bei der Armee, richtig?«

»Marines ... Hospital Corps«, stammelt er und kommt sich vor, als ob er von einem Kran auf die Beine gerissen wird. Alles dreht sich. »Für ungefähr eine Viertelstunde ... vor einer knappen Million Jahre. Ich kann nichts, weiß nichts mehr.«

Bruce stellt ihn wie ein Mannequin auf und schnappt sich Bob bei den Schultern. »Na und? Du wirst dein Bestes geben!« Er schüttelt ihn. »Der Governor hat sich immer um *dich* gekümmert – hat dich stets gefüttert, darauf geachtet, dass du dich nicht totsäufst – und jetzt wirst du dich bei ihm revanchieren.«

Bob schluckt die Gallenflüssigkeit und seine Übelkeit hinunter, wischt sich das Gesicht ab und nickt unsicher. »Okay, dann mal los.«

Auf dem Weg durch den Eingangsbereich, die Treppe hoch und den Flur entlang glaubt Bob, dass es schon nichts Größeres sein wird. Vielleicht hat der Governor eine Erkältung oder sich einen Zeh angeschlagen oder so was Ähnliches, und jetzt wird es wie immer an die große Glocke gehängt. Als sie zur letzten Tür auf der linken Seite zueilen, reißt Bruce so hart an Bobs Arm, dass er ihn beinahe auskugelt.

Plötzlich steigt ein moderiger Kupfergeruch aus der angelehnten Tür in Bobs Nase, und die Alarmglocken fangen in Bob Stookeys Kopf an zu läuten. Kurz bevor Bruce ihn in die Wohnung zerrt – in dem grässlichen Moment, ehe Bob durch die Tür tritt und sieht, was drinnen auf ihn wartet –, glaubt Bob, dass er wieder im Krieg ist.

Die plötzliche und unwillkommene Erinnerung, die jetzt durch seinen Schädel schießt, lässt ihn zusammenzucken – der Geruch von Proteinen, der stets über dem notdürftig dahingestellten Feldlazarett in Parwan hing; der Haufen eitriger Verbände, der bald im Ofen landen sollte; der Abfluss, in dem sich Körperflüssigkeiten und Knorpel sammelten; die mit Blut besudelten Krankenbahren, die in der Glut der afghanischen Sonne standen – all das schießt Bob in dem Bruchteil von Sekunden durch den Kopf, ehe er etwas auf dem Boden der Wohnung liegen sieht. Der Gestank lässt ihm die Haare zu Berge stehen, und er muss sich am Türrahmen festhalten, ehe Bruce ihn schroff in die Wohnung schleppt. Endlich sieht er, was da auf dem Holzbrett vor ihm liegt – es ist der Governor. Oder zumindest das, was von ihm übrig geblieben ist.

»Ich habe das Mädchen eingesperrt und den Arm abgebunden«, sagt Gabe, aber Bob hört ihn kaum, schenkt auch dem anderen Mann keinerlei Aufmerksamkeit – einem Gorilla namens Jameson, der an der gegenüberliegenden Wand hockt, die Hände merkwürdig gefaltet und die Augen vor Panik brennend. Bob ist so schwindlig, dass es ihm vorkommt, als ob man ihm den Boden unter den Füßen wegreißen würde. Fassungslos starrt er auf den Governor. Gabes Stimme hört sich komisch an, als ob er unter Wasser spricht. »Der ist bewusstlos – atmet aber noch.«

»Heilige Schei… !« Bob kriegt die Worte kaum über die Lippen. Er fällt auf die Knie, starrt und starrt auf die verzerrten, verbrannten, blutbesudelten, gegeißelten Überreste des Mannes, der einmal wie ein Ritter der Tafelrunde durch die Straßen seines Königreichs von Woodbury geschritten ist. Jetzt aber verwandelt sich der verstümmelte Körper Philip Blakes in Bob Stookeys Kopf in einen jungen Mann aus Alabama – Master Sergeant Bobby McCullam, der junge Kerl, der Bob in seinen Albträumen heimsucht – derjenige, der seinen halben Körper bei einem Bombenanschlag kurz vor Kandahar verloren hat. Auf dem Gesicht des Governors, wie in einem grotesken Film, überlagert sich jetzt die Miene des Marine, diese Todesfratze unter einem Helm – halb gekochte Augen und eine blutige Grimasse umrahmt von dem Lederriemen unter dem Kinn – der fürchterliche Blick fixiert auf Bob, den Krankenwagenfahrer. *Töte mich*, hatte der Kleine Bob ins Ohr geflüstert, und Bob war wie gelähmt, konnte keinen Ton mehr sagen. Der junge Marine starrte Bob bis zu seinem letzten Atemzug an. All das fährt Bob wie ein Schlag durch den Kopf, zieht ihm jäh die Kehle zusammen, und ihm steigt Gallenflüssigkeit in den Rachen, brennt in Mund und Nasenhöhlen wie Anthrax.

Bob dreht sich um und kotzt in hohem Bogen auf den verdreckten Teppich.

Sein gesamter Mageninhalt – eine vierundzwanzigstündige Diät, bestehend aus billigstem Whiskey und dem einen oder anderen Happen Brennpaste – ergießt sich über den befleckten Vorleger. Kniend stützt er sich jetzt mit den Händen auf den Boden und würgt und würgt. Sein Körper schüttelt und verkrampft sich bei jedem Schub. Zwischen feucht klingenden Luftzügen versucht er etwas zu sagen: »I-ich er ... – ertrage den Anblick ja nicht einmal.« Dann saugt er wieder Luft in seine Lungen und erbebt erneut. »Ich kann nicht – kann nichts mehr für ihn tun!«

Bob spürt, wie eine Hand sich wie ein Schraubstock um seinen Hals legt. Er wird so abrupt auf die Beine gezerrt, dass es ihm beinahe die Schuhe auszieht.

»Der Doc und Alice sind weg!«, bellt Bruce ihn an. Sein Gesicht ist dem von Bob so nahe, dass er ihn anspuckt. Bruce greift noch härter zu. »Wenn du jetzt aufgibst, wird er verfickt noch mal STERBEN!« Bruce schüttelt ihn. »WILLST DU ETWA, DASS ER STIRBT?«

Bob hängt einfach nur noch schlaff da und stöhnt mühsam: »I-i-ich ... nein.«

»DANN REISS DICH ZUSAMMEN UND TU ETWAS!!«

Bob nickt benebelt, dreht sich erneut zu dem geschundenen Körper um und spürt, wie sich die Finger um sein Genick lockern. Er hockt sich hin und starrt auf den Governor.

Blut rinnt den nackten Oberkörper hinab, formt klebrige, bereits vertrocknende Flecken in dem schummrigen Licht des Wohnzimmers. Dann untersucht Bob den verbrannten Stumpen des rechten Oberarms, richtet den Blick auf die mit Blut angefüllte Augenhöhle, den Augapfel, der noch am Sehnerv an der Wange des Governors hin und her baumelt. Er ist so glasig und gallertartig wie ein gekochtes Frühstücksei. Dann wandern seine Augen zu der Lache beinahe pechschwarzen Blutes, die sich vor der Lende des Verwundeten ausbreitet. Endlich bemerkt er das flache, schwere Atmen – die Brust des Mannes hebt und senkt sich minimal.

Dann legt sich bei Bob auf einmal ein Schalter um – er wird im Handumdrehen nüchtern. Es ist, als ob man ihm Riechsalz unter die Nase gehalten hätte. Vielleicht ist es der alte Soldat, der in ihm die Oberhand gewinnt. Schließlich kann man auf dem Schlachtfeld nicht zögern – da gibt es keinen Platz für Ekel oder Lähmungserscheinungen, da muss man immer auf Trab bleiben, schnell sein, wenn auch nicht perfekt. Hauptsache, es geht weiter. Triage geht über alles. Also: Zuerst die Blutungen stoppen, Atemwege freihalten, Puls nicht verlieren und dann herauskriegen, wie man den Patienten am besten transportieren kann. Plötzlich aber wird Bob von einer Welle der Emotionen gelähmt.

Er hatte nie Kinder gehabt, aber diese plötzliche Flut der Empathie, die er für diesen Mann empfindet, ähnelt dem Adrenalinschub, den ein Elternteil bei einem Verkehrsunfall erlebt, und sie oder ihn dazu befähigt, scheinbar Tausende von Kilo von Stahl zu heben, um das Kind zu retten. Dieser Mann hatte sich um Bob gekümmert. Der Governor war ihm stets mit Freundlichkeit, ja, sogar Zärtlichkeit entgegengetreten – hatte nie vergessen, nach Bob zu schauen, hatte sich immer vergewissert, dass er genug zu trinken, ausreichend Decken und einen Ort zum Schlafen hatte ... Diese plötzliche Eingebung trifft ihn wie eine Offenbarung, wappnet ihn, verschafft ihm einen klaren Blick und hilft ihm dabei, sich auf die nötigen Schritte zu konzentrieren. Sein Herz hört auf, wie wild zu pochen, und er langt zu dem Governor hinunter, legt den Finger auf seine blutüberströmte Halsschlagader. Der Puls ist schwach, sehr schwach.

Bobs Stimme ist tief und ruhig, und Autorität klingt bei jedem Wort mit: »Ich brauche frische Bandagen, Klebeband – und ein wenig Peroxid.« Niemand sieht, wie sich Bobs Miene verändert. Er wischt sich die fettigen Strähnen aus dem Gesicht zurück über seinen beinahe kahlen Kopf. Er kneift die Augen zusammen, die tief in ihren Höhlen liegen und von Falten umgeben sind. Er runzelt die Stirn wie ein alter Pokerspieler, der gleich sein Blatt aufdeckt. »Und dann müssen wir ihn zur Krankenstation bringen.« Endlich blickt er zu den Männern in der Wohnung auf und sagt mit bleischwerer Stimme: »Ich werde tun, was ich kann.«

Zwei

Die Gerüchte an jenem Tag schwirren ähnlich wie die Kugel beim Flippern willkürlich in allerlei Richtungen. Während Bruce und Gabe den Zustand des Governors unbedingt geheim halten wollen, schürt die offenkundige Abwesenheit des Anführers von Woodbury die Fantasien seiner Einwohner, und sie flüstern und spekulieren, was das Zeug hält. Anfangs wird kolportiert, dass der Governor, Dr. Stevens, Martinez und Alice die Stadt noch vor Morgengrauen in geheimer Mission verlassen haben – wie genau diese Mission aussah oder welchem Zweck sie diente, blieb offen. Die Männer auf dem Verteidigungswall hatten ihre eigene Version der Geschehnisse – und doch glich keine der anderen. Einer von ihnen schwört, er hätte Martinez noch vor Morgengrauen zusammen mit einer Gruppe unidentifizierter Helfer in einem Truck gesehen. Sie haben angeblich die Stadt verlassen, um nach Proviant zu suchen. Die Geschichte hat am späten Morgen allerdings jegliche Glaubwürdigkeit verloren, weil kein einziger Truck fehlt. Eine andere Wache – ein junger Möchtegern-Gangster namens Curtis – behauptet, dass Martinez die Stadt alleine zu Fuß verlassen hat. Aber auch diese Version verliert seine Anhänger, als die Einwohner merken, dass der Doktor und Alice ebenfalls verschwunden sind. Außerdem ist der Governor nirgends zu sehen – genau wie der verwundete Fremde, der auf der Krankenstation war. Der stoische Mann, der mit seinem Maschinengewehr vor dem Gebäude des Governors Wache steht, ist so redselig wie ein Sack Reis und lässt niemanden hoch zur Wohnung. Das Gleiche gilt für die Männer an den Eingängen zu den Treppen zur Krankenstation, was natürlich die Gerüchteküche erst recht zum Brodeln bringt.

Am späten Nachmittag hat Austin endlich die Geschehnisse rekonstruiert. Es fing damit an, dass er etwas über einen Ausbruch gehört hat – höchstwahrscheinlich die Fremden, die der Governor vor eineinhalb Wochen willkommen hieß –, und das Ganze nimmt konkretere Formen an, als er auf Marianne Dolan trifft, die Matrone, deren Junge schon seit vierundzwanzig Stunden hohes Fieber hat. Sie erzählt ihm, wie sie früh an jenem Morgen, noch vor Morgengrauen, auf Dr. Stevens getroffen ist. Er hatte seine Tasche dabei und schien es eilig zu haben. Sie kann sich nicht ganz sicher sein, glaubt aber, dass er nicht allein, sondern zusammen mit einer Gruppe unterwegs war, die im Schatten einer Markise auf ihn wartete, genauer gesagt ganz in der Nähe der Ecke, an der sie ihn angesprochen hatte. Sie wollte, dass er ihren Jungen untersucht. Natürlich habe er zugestimmt, schien aber nervös, als ob irgendetwas Wichtiges, Unaufschiebbares auf ihn wartete. Austin musste nur noch ein wenig stochern, und Marianne erinnerte sich plötzlich daran, Martinez und Alice wenige Minuten später gesehen zu haben, wie sie zusammen mit dem Doktor die Straße entlangliefen, und dann meinte sie, dass sie aber nicht wisse, wer die anderen waren – die Fremden, die zu ihnen zu gehören schienen: zwei Männer, einer groß, der andere jung, und eine schwarze Frau.

Austin bedankt sich und geht schnurstracks zu Lilly, um ihr alles zu erzählen. Durch das Ausschlussverfahren gelingt es ihnen dann, das Geschehene nachzuvollziehen: Die gesamte Gruppe hat unbemerkt über die im Osten gelegenen Gassen die Stadt verlassen – die Geschichte von dem jungen Gangster erhärtet ihre Vermutungen –, und sie beschließen, sich den Tatort mit eigenen Augen anzusehen. Austin nimmt sein Fernglas und – warum, weiß er auch nicht so genau – seine Pistole mit. Die Spannung in der kleinen Stadt erreicht ihren Höhepunkt. Als sie endlich vor dem behelfsmäßigen Verteidigungswall im Osten von Woodbury stehen, sind sie komplett allein. Sämtliche Wachen scheinen sich am anderen Ende der Stadt oder am Haupttor versammelt zu haben, um weiter in der Gerüchteküche zu rühren, zu rauchen und sich mit billigem Whiskey den Gaumen zu befeuchten.

»Ich kann es immer noch nicht fassen, dass sie einfach mit den Fremden fort sind«, klagt Lilly und wickelt einen von Motten zerfressenen Schal enger um sich, der sie vor der Kälte schützen soll. Sie stehen auf einem Sattelschlepper, der am Ende der Gasse geparkt ist und sie von der Außenwelt abschneidet. An ihm lehnt ein hastig aufgerichteter Wall aus Stahlplatten, hinter dem die Gefahrenzone anfängt: dunkle Straßen, wackelige Feuerleitern, im Schatten gelegene Vorhöfe, alleinstehende Gebäude, die sie den Zombies überlassen haben. Es sind die verlassenen Außenbezirke von Woodbury. »Einfach so abhauen, ohne ein Wort zu sagen?«, fragt Lilly mehr sich selbst als Austin und schüttelt den Kopf, ehe sie auf die dunklen schwarzen Schatten blickt, die der Kiefernwald wirft. Der Wind lässt die Bäume bedrohlich hin und her schwanken. »Das macht doch alles keinen Sinn.«

Austin steht neben ihr, wie gewohnt in seiner Jeansjacke. In der Abenddämmerung ist die Luft kälter geworden, und hinter ihnen wirbelt immer wieder Müll in der Gasse, was die Trostlosigkeit ihrer Situation nur noch unterstreicht.

»Hm, wenn ich es mir recht überlege, dann macht das Ganze schon Sinn, ist zwar alles völlig verkorkst, aber macht trotzdem Sinn«, meint Austin.

Lilly schüttelt sich vor Kälte und blickt ihn dann an. »Wie bitte?«

»Nun, erstens sind der Doktor und der Governor sich von Anfang an nicht grün gewesen, so viel ist klar.«

Lilly wendet sich erneut den Außenbezirken zu, die immer tiefer in düstere Schatten getaucht werden. »Der Doktor ist ein guter Mann, aber er hat die Situation, in der wir uns befinden, nie völlig verstanden.«

»Ehrlich?« Austin rümpft die Nase. »Da wäre ich mir nicht so sicher.« Er überlegt einen Augenblick. »Habt ihr letztes Jahr nicht einen Coup versucht? Einen Putsch, oder wie auch immer das heißt?«

Lilly schaut ihn an. »Das war ein Fehler.« Sie wendet sich dem Wald zu. »Wir haben die … die praktischen Gründe nicht kapiert, warum er so handelt, wie er es tut.«

»Der Governor?« Austin wirft ihr einen fragenden Blick zu, und der Wind bläst ihm die Haare ins Gesicht. »Ist das dein Ernst? Du rechtfertigst die Scheiße, die er hier baut, mit ›*praktischen Gründen*‹?«

Lilly erwidert seinen Blick. »Das ist jetzt unser Nest, Austin. Hier ist es sicher. Das hier ist ein Ort, an dem wir unser Kind großziehen können.«

Austin antwortet nicht. Keiner der beiden bemerkt die

dunkle Gestalt, die in hundertfünfzig Meter Entfernung aus dem Wald kommt.

»Die Menschen haben genug zu essen«, fährt Lilly fort. »Sie haben Vorräte und eine Zukunft hier in Woodbury. Und all das nur, weil wir den Governor haben.«

Lilly schüttelt sich erneut vor Kälte, und Austin zieht seine Jeansjacke aus, um sie Lilly um die Schultern zu legen. Sie schaut zu ihm auf.

Zuerst weiß sie nicht, wie sie reagieren soll. Zickig werden? Ihm alles heimzahlen? Aber dann sucht sich ein Lächeln seinen Weg in ihr Gesicht. Sie findet seine ständige Bemutterung irgendwie herzerwärmend. Seitdem sie ihm gesagt hat, dass sie sein Kind in sich trägt, ist Austin Ballard wie ausgewechselt. Er hat plötzlich aufgehört, von Gras zu reden und wie er sich es besorgen kann, ist kein Faulpelz und Drückeberger mehr und – und das ist vielleicht das Wichtigste überhaupt – rennt nicht mehr jeder Frau hinterher, die ihm über den Weg läuft. Er betet Lilly Caul geradezu an, ist von der Vorstellung, Vater zu werden, völlig begeistert, will eine neue Generation heranziehen, dem drohenden Ende der Welt etwas entgegensetzen. Zumindest in Lillys Augen ist er von einem Moment zum anderen erwachsen geworden.

Während sie sich all das durch den Kopf gehen lässt, kommt die stolpernde dunkle Gestalt immer näher. Jetzt sind es nur noch hundert Meter – sie ist deutlich erkennbar: Es ist ein erwachsener Mann in einem blutbeschmierten weißen Kittel, und sein toter Schädel blickt nach oben und dreht sich wie eine Satellitenschüssel. Im Zickzack nähert er sich dem Verteidigungswall, stolpert über den Schotterweg. Es ist, als ob er unweigerlich von etwas angezogen wird, wie ein Reh von Autoscheinwerfern, oder ein Raubtierinstinkt ihn antreibt. Weder Lilly noch Austin haben ihn bisher bemerkt, ihre Gedanken drehen sich vielmehr um das rätselhafte Verschwinden ihrer Freunde.

»*Alice* kann ich verstehen«, gibt Austin schließlich zum Besten. »Sie würde Stevens in die Hölle folgen, wenn er es wollte. Aber das mit Martinez leuchtet mir nicht ein. Der war doch immer so ... Ich weiß nicht ... *draufgängerisch* oder so ähnlich.«

Lilly zuckt mit den Achseln. »Martinez ist eine harte Nuss. Den zu verstehen ist nicht so einfach. Ich dachte immer, dass ihn das Ganze völlig kaltlässt.« Lilly überlegt eine Weile. »Ich weiß nicht, ob ich ihm je richtig vertraut habe. Aber das ändert jetzt auch nichts mehr, es ist eh zu spät.«

»Klar, aber ...« Austins Stimme verhallt. »Warte einen Augenblick.« Jetzt erst bemerkt er die sich nähernde Gestalt und mustert den Zombie, der nur noch fünfzig Meter entfernt ist.

»Was ist denn?« Erst jetzt bemerkt Lilly den Untoten, verliert aber keinen weiteren Gedanken an ihn. Es ist nichts Ungewöhnliches, dass ein herumstreunender Zombie auftaucht und durch die Gegend wackelt. Außerdem hat Austin seine Glock dabei. »Nun sag schon.«

»Ist das ...?« Austin fängt an zu stammeln. »... Gütiger Himmel, ich glaube ...«

»Was?«, fragt Lilly. Dann sieht sie genauer hin, wird plötzlich stocksteif und stöhnt hörbar auf, ist schockiert. »Um Gottes willen!«

Unbeholfen und schwerfällig taumelt der erst kürzlich ins Jenseits oder sonst wohin Beförderte auf die Barrikade vor der Gasse zu. Es ist, als ob er wie ein Hund vom Laut einer Hundepfeife angelockt wird. Lilly und Austin klettern hastig die Leiter an dem Sattelschlepper hinunter, eilen um den Hänger herum zu einer schmalen Öffnung zwischen dem Schlepper und dem nächsten Gebäude, die mit rostigem Maschendrahtzaun und Stacheldraht gesichert ist. Lilly lugt durch den Zaun auf die immer näher kommende Gestalt.

Jetzt, aus nur wenigen Metern Entfernung, kann Lilly den Zombie genau mustern, sieht seinen dünnen, aber hochgewachsenen Körper, die römisch anmutende Nase, das schütter werdende blonde Haar. Er trägt zwar keine Brille mehr, aber der Kittel ist unverkennbar. Zerrissen und zerfleddert, voller Blut, das so schwarz wie Erdöl ist, hängt er ihm in Fetzen vom Körper.

»O mein Gott. Nein ... Nein, nein, nein«, stammelt Lilly absolut verzweifelt.

Plötzlich erblickt die Kreatur Lilly und Austin und will sich auf sie stürzen, streckt die Arme instinktiv nach ihnen aus, formt die Finger zu Krallen und öffnet die schwarzen Lippen, um schleimige schwarze Zähne zu entblößen – gleichzeitig stößt sie ein grässliches, vibrierendes Knurren aus.

Lilly schreckt zurück, als das Ding, das einmal Dr. Stevens gewesen ist, gegen den Zaun prallt.

»Verdammte ... verdammte Kacke«, brummt Austin und holt seine Glock hervor.

Der Maschendrahtzaun rattert und wackelt, als der ehemalige Doktor daran reißt und versucht durchzukommen, aber die Barriere hält stand. Sein ehemals intelligentes Gesicht ist übersät mit bleifarbenen Venen, die durch das marmorweiße Fleisch schneiden. Sein Nacken und die Schultern sind aufgerissen, gleichen eher einer blutigen, knorpeligen Masse, die man durch einen Häcksler gejagt hat. Die Augen, bis vor Kurzem noch vor Ironie und Sarkasmus funkelnd, sind milchig weiß, reflektieren das Licht der Dämmerung wie Drusen. Sein Kiefer schnappt auf und zu, als er versucht den Zaun durchzubeißen, um an Lilly heranzukommen.

Austin hebt die Glock. »Nein! Warte!« Sie winkt ihn zurück und starrt auf das Monster vor ihr. »O Gott ... Nein. Warte noch. Warte. Ich will ... Wir können doch nicht einfach ... *Verdammt!*«

Austin senkt die Stimme, wird ganz heiser, vereist förmlich vor Ekel: »Sie müssen ...«

»Er muss umgekehrt sein«, unterbricht Lilly ihn. »Vielleicht hat er es sich anders überlegt und wollte wieder zurückkommen.«

»Oder sie haben ihn umgebracht«, wirft Austin ein.

Die Kreatur im Arztkittel lässt Lilly keinen Augenblick aus den milchigen Augen, knirscht mit den Zähnen und schürzt die Lippen, als ob sie Luft fressen oder vielleicht etwas sagen will. Dann neigt sie den Kopf zur Seite, als ob sie etwas hinter dem Zaun erkannt hätte, etwas Wichtiges. Steckt womöglich doch ein Fetzen Erinnerung in der Gestalt? Lilly erwidert den Blick für einen kurzen Augenblick.

Diese ungewöhnliche Szene – die Tatsache, dass Zombie und Mensch nur Zentimeter voneinander entfernt sich anstarren – dauert nur Sekunden, aber lange genug, dass Lilly mit einem Mal das fürchterliche Gewicht der Plage verspürt. Die ungeheure Tragweite, die entsetzliche Leere, mit der sie sich alle konfrontiert sehen, all das liegt ihr schwer auf den Schultern. Hier steht jemand vor ihr, der einst Menschen geheilt hat, immer für einen Ratschlag gut war, Witze gerissen und geistreiche Bemerkungen losgelassen hat – ein integrer Mann mit Humor voller Wagemut und Empathie für die Schwächeren. Er war die Krönung der Menschheit – ein Mann, der allen nur Gutes wollte. Jetzt aber ist nichts Menschliches übrig geblieben. Er ist auf ein sabberndes, wildes Ungeheuer reduziert. Tränen steigen Lilly in die Augen, ohne dass sie es bemerkt – es ist das einzige Anzeichen dessen, was das fahle Gesicht vor ihr in ihr auslöst.

Endlich erhebt Austin die Stimme und reißt Lilly aus ihren Tagträumen. »Wir müssen es tun«, sagt er, während er den Schalldämpfer auf den Lauf seiner Pistole schraubt. »Das sind wir Stevens schuldig, findest du nicht?«

Lilly senkt den Kopf. Sie kann sich die Kreatur nicht weiter anschauen. »Du hast recht.«

»Lilly, mach Platz.«

»Warte.«

Austin wirft ihr einen fragenden Blick zu. »Was denn jetzt?«

»Einen Augenblick noch, okay?«

»Klar ...«

Lilly starrt zu Boden, holt tief Luft und ballt die Hände zu Fäusten, während Austin geduldig wartet. Der Untote auf der anderen Seite des Zauns geifert und fletscht die Zähne. Plötzlich dreht Lilly sich zu Austin herum und reißt ihm die Glock aus den Händen.

Dann hebt sie die Waffe, steckt sie durch ein Loch in dem Maschendrahtzaun und schießt der Gestalt aus unmittelbarer Nähe mitten in den Kopf – das Geräusch des zurückschnellenden Schlittens erhebt sich gen Himmel –, und die Kugel fährt durch die obere Hälfte von Dr. Stevens' Schädel und lässt die hintere Hälfte in einer dunklen Wolke explodieren.

Das Monster kracht ohne viel Federlesen in einem Wirbel aus Blut zu Boden. Lilly senkt die Waffe und starrt auf die ehemals menschlichen Überreste vor ihr. Eine Lache schwarzer Rückenmarkflüssigkeit bildet sich unter dem Monster.

Dann Stille. Lilly hört lediglich das Pochen ihres eigenen Herzens. Austin steht noch immer neben ihr und wartet.

Endlich dreht sie sich zu ihm und fragt: »Könntest du eine Schaufel besorgen?«

Sie begraben die weltlichen Überreste des Doktors in der Sicherheitszone, wählen dafür ein unbebautes Grundstück gleich neben dem Verteidigungswall. Der Erdboden ist hart, und als sie endlich das Loch ausgehoben haben, hat die Dunkelheit bereits eingesetzt. Die ersten Sterne erscheinen am Himmel, gefolgt von Abertausenden leuchtenden Gestirnen. Der Mond scheint auf sie herab. Die Kälte zieht weiter an, und es wird klamm. Der Schweiß, der kalt Austins Nacken herunterläuft, lässt ihn bis auf die Knochen erzittern. Endlich klettert er aus dem Grab, um mit Lillys Hilfe den toten Ex-Doktor hineinzulegen.

Dann stellt er sich ein wenig abseits, sodass Lilly eine Weile allein des Toten gedenken kann, ehe er anfängt, ihn mit Erde zu bedecken.

»Dr. Stevens«, beginnt sie mit so leiser Stimme, dass Austin sich weit vorbeugen muss, um sie zu verstehen.

»Du warst ein … wahrer Mann und in gewisser Weise die Stimme der Vernunft, die für jeden von uns gesprochen hat. Wir waren nicht immer einer Meinung, aber ich habe dich stets respektiert. Diese Stadt wird nur schwer ohne dich auskommen – nicht nur aufgrund deiner Dienste an den Menschen, sondern weil es ohne dich einfach anders sein wird.«

Es folgt eine Pause, und Austin blickt auf. Er fragt sich, ob sie fertig ist.

»Es wäre mir eine Ehre gewesen, wenn du mein Kind zur Welt gebracht hättest«, sagt sie schließlich, und ihre Stimme überschlägt sich. Sie schnieft. »Aber wie es jetzt steht … Uns stehen viele Herausforderungen bevor. Ich hoffe, es geht dir jetzt besser, dass du an einem besseren Ort bist. Ich hoffe, dass uns allen diese Gnade zuteilwird. Ich hoffe auch, dass dieses Unheil eines Tages – bald – aufhören wird. Es tut mir leid für dich, dass du diesen Tag nicht miterleben konntest. Gott segne dich, Dr. Stevens … Und möge deine Seele in Frieden ruhen.«

Dann senkt sie den Kopf, und Austin wartet, bis sie sich ausgeweint hat, ehe er die Schaufel nimmt und das Grab zuschüttet.

Am nächsten Morgen wacht Lilly früh auf. Ihre Gedanken schwirren in alle nur erdenklichen Richtungen.

Sie liegt noch im Bett – das Licht der Morgendämmerung erhellt bereits ihr Schlafzimmer. Austin neben ihr schläft noch. Seitdem sie ihm gesagt hat, dass sie sein Baby in sich trägt – es ist erst zwei Tage her –, schlafen sie zusammen, sind sie quasi unzertrennlich. Sie verstehen sich mühelos, und es scheint nichts Natürlicheres auf der Welt zu geben, als dass sie zusammengehören. Bisher haben sie es noch niemandem mitgeteilt, aber Lilly kann es kaum erwarten, die Nachricht weiterzuerzählen – vielleicht den Sterns, vielleicht Bob, eventuell sogar dem Governor. Sie reitet auf einer Welle der Euphorie, und sie glaubt das erste Mal seit ihrer Ankunft in Woodbury, dass sie eine gewisse Chance hat, glücklich zu werden und diesen Wahnsinn zu überleben. Das hat sie zum großen Teil Austin zu verdanken – aber auch dem Governor.

Und genau darin liegt der Hund begraben. Seit achtundvierzig Stunden hat sie den Governor nicht mehr zu sehen gekriegt, und sie glaubt kein Wort von all den Gerüchten, dass er die Stadt verlassen hat, um nach den Flüchtlingen zu suchen. Wenn Woodbury der Gefahr eines Angriffs ausgesetzt ist – und Lilly befürchtet, dass diese Gefahr tatsächlich besteht –, dann müsste der Governor ihrer Meinung nach in Woodbury sein, um die Leute zu organisieren, nach dem Rechten zu sehen und Pläne zu schmieden. Wo zum Teufel steckt er also? Die wildesten Gerüchte ziehen ihre Kreise, aber Lilly hört gar nicht erst auf sie. Sie muss selbst herausfinden, was geschehen ist, muss den Governor mit eigenen Augen sehen.

Vorsichtig pellt sie sich aus den Decken und klettert aus dem Bett. Sie will Austin nicht aufwecken. Die letzten zwei Tage ist er so nett zu ihr gewesen, und das Geräusch seines langsamen, tiefen Atmens beruhigt sie ungemein, gibt ihr ein gutes Gefühl. Er hat sich den Schlaf verdient – insbesondere nach den jüngsten Ereignissen. Lilly aber ist so unruhig wie ein Raubtier in einem Käfig. Sie muss herausfinden, was dem Governor widerfahren ist. Zielstrebig geht sie durch das Schlafzimmer, als ihr plötzlich ganz schwindlig und schlecht wird.

Seit dem ersten Tag ihrer Schwangerschaft hat sie unter Morgenübelkeit gelitten, aber nicht nur frühmorgens. Dieses unangenehme, mulmige Gefühl im Magen steigt immer wieder in ihr auf – den ganzen Tag lang, jeden Tag. Manchmal ist ihr so schlecht, dass sie sich beinahe übergeben muss, während es ein andermal nicht ganz so schlimm ist, aber es reicht immer, dass sich ihr Magen krampfartig zusammenzieht. Bisher hat sie sich noch nicht erbrochen, wundert sich aber, ob es Abhilfe leisten würde. Aufstoßen hilft auf jeden Fall, drängt die Übelkeit wieder zurück. Vielleicht liegt es an der Situation, an der Angst, die jeden in Woodbury im Griff hat – die Angst vor der Zukunft, um die Sicherheit der Stadt infolge der Flucht der Fremden oder wegen der immer größer werdenden Anzahl der Zombies in der Gegend. Aber sie weiß auch ganz genau, dass es einfach ein fester Bestandteil der ersten Monate der Schwangerschaft ist. Wie so viele Frauen, bei denen der Hormonhaushalt verrückt spielt, ist sie sogar ein wenig froh über die Übelkeit – schließlich bedeutet es, dass alles in Ordnung zu sein scheint.

Sie kleidet sich, bemüht sich, so leise wie möglich zu sein, und macht Atemübungen, die sie irgendwann einmal im Fernsehen bei einem Klatschsender gesehen hat. Wieso zum Teufel sie sich jetzt an diese lang vergessene Sache erinnert, ist ihr schleierhaft. Durch die Nase einatmen, durch den Mund wieder ausatmen, langsam und tief und regelmäßig. Sie schlüpft in ihre Jeans, zieht sich die Stiefel an, schnappt sich dann ihre halb automatische Ruger mit einem vollen Magazin und steckt sie sich hinten in die Hose.

Als sie ihren Pullover mit Zopfmuster überzieht, erscheint aus irgendeinem Grund ein flüchtiges Bild ihres Vaters vor ihrem inneren Auge. Sie wirft einen Blick in den zerbrochenen Spiegel, der auf einer Reihe Schachteln steht und gegen die Wand gelehnt ist. In ihm erkennt sie Bruchstücke ihres schmalen Gesichts, übersät mit Sommersprossen. Wenn Everett Caul den ersten Ansturm der Untoten überlebt hätte, der letztes Jahr Atlanta überfiel, würde er jetzt vor Aufregung platzen. Wenn die Zombies ihn nicht vor der Tür des Busses in Fetzen gerissen hätten, würde er Lilly jetzt von vorne bis hinten verwöhnen, solchen Unsinn sagen wie: »Ein kleines Ding in deinem Zustand sollte nicht mit Waffen hantieren, Schätzchen.« Everett Caul hatte sein Bestes getan, Lilly nach dem Tod seiner Frau alleine aufzuziehen. Der Brustkrebs hatte sie dahingerafft, als Lilly elf Jahre alt war. Ihr Vater war gutmütig, immer stolz auf seine Tochter, und die Vorstellung, dass Everett Caul nun Großvater werden könnte – er würde Lillys Kind bis zum Anschlag verwöhnen, ihm beibringen, wie man eine Angelrute bastelt oder Seife aus Talg macht –, lässt Lilly vor dem zerbrochenen Spiegel mitten im dämmrigen Licht des Morgens erstarren.

Sie senkt den Kopf und fängt leise an zu weinen. Der Verlust ihres Vaters sucht sie jetzt gerade so richtig heim, lässt ihre Lungen vor Emotionen zusammenzucken. Sie gibt merkwürdige Zischlaute von sich, die durch das stille Zimmer hallen. Die Tränen kullern ihr die Wangen hinab und tropfen auf ihren Pullover. Sie weiß gar nicht mehr, wann sie das letzte Mal so geweint hat – selbst dann nicht, als Josh das Zeitliche segnen musste –, und sie ringt nach Luft, drückt den Nasenrücken mit den Fingern zusammen. Ihr Schädel pocht. Vielleicht ist es einfach ihr »Zustand«, aber sie verspürt eine Traurigkeit in sich, die gleich Wogen in rauer See immer stärker anschwillt.

»Jetzt ist es aber gut«, schilt sie sich flüsternd und schluckt tapfer ihren Schmerz und die Trauer hinunter.

Sie holt die Waffe aus dem Hosenbund, zieht den Schlitten zurück, checkt die Sicherheitsvorrichtung und steckt sie wieder ein.

Dann verlässt sie das Haus.

Es sind keine Wolken am Himmel, und es herrscht herrlichstes Wetter. Lilly geht die Hauptstraße hinunter, die Hände in die Taschen gesteckt, und saugt die Stimmung der wenigen Einwohner Woodburys in sich auf, die um diese Tageszeit schon unterwegs sind. Sie trifft auf Gus, der eine ganze Reihe Benzinkanister schleppt und etwas unbeholfen die Stufen zur Laderampe des Lagers an der Pecan Street emporklettert. Kurz darauf laufen ihr die beiden Sizemore-Töchter über den Weg, die Himmel und Hölle auf dem Bürgersteig einer Gasse spielen. Ihre Mutter Elizabeth, ein Gewehr in den Händen, beobachtet sie aufmerksam. Die Atmosphäre auf den Straßen Woodburys ist merkwürdig gelassen und zuversichtlich – anscheinend hat sich die Gerüchteküche etwas beruhigt –, obwohl Lilly einen seltsamen Unterton der Angst in den Leuten bemerkt. Sie sieht sie in den Augen, den verstohlenen Blicken und der Geschwindigkeit, mit denen die Menschen die Straßen überqueren und ihre Lebensmittel nach Hause bringen. Es erinnert sie an alte Western, die sonntagnachmittags im TV liefen. Unweigerlich würde irgendein alter, grauhaariger Cowboy mit zerfurchtem Gesicht sagen: »Es ist ruhig … zu ruhig.« Mit einem Zucken der Schultern schüttelt Lilly dieses Gefühl von sich ab und biegt nach Süden in die Durand Street ab.

Sie will zur Wohnung des Governors – gestern hat sie es zwar auch schon versucht, ist aber nicht an Earl, dem tätowierten Biker, vorbeigekommen, der vor dem Eingang Wache steht. Und wenn sie dort wieder nichts in Erfahrung bringen kann, kommt die Krankenstation dran. Es wird gemunkelt, dass der Governor verletzt wurde, als er die Fremden davon abzuhalten versuchte, zu fliehen. Aber mittlerweile weiß Lilly gar nicht mehr, wem sie noch glauben oder vertrauen kann. Nur über eines ist sie sich im Klaren: Wenn die Stadt noch viel länger vor sich hin brodelt, ohne Führung, ohne Informationen bleibt, wird sie von Stunde zu Stunde verwundbarer.

In der Ferne taucht das Gebäude des Governors auf – Lilly kann auch die Wache sehen, die vor dem Eingang steht –, und sie beginnt die Worte, die sie sich überlegt hat, erneut im Kopf zu formen. Plötzlich erscheint ein Mann um die Ecke, will offensichtlich die Straße überqueren. Er schleppt zwei riesige Kanister mit gefiltertem Wasser und bewegt sich mit der Hast eines Feuerwehrmanns, der zum Einsatz muss. Er ist etwas untersetzt, hat breite Schultern und wirkt wie ein Bulle. Sein zerschlissener schwarzer Rollkragenpullover ist unter den Achseln ganz feucht, seine Armeehose in die genagelten Stiefel gesteckt. Sein großer Kopf mit Bürstenhaarschnitt beugt sich vor Anstrengung nach vorne, wie der Bug eines Schiffes, das kurz vor dem Sturz in ein Wellental steht, während er die Kanister Richtung Stadtzentrum zerrt – Richtung Rennbahn.

»GABE!«

Lilly versucht ihre Stimme so belanglos wie möglich zu halten, will nicht, dass man irgendwelche Untertöne darin entdecken könnte, aber etwas Hysterie schwingt trotz ihrer größten Bemühungen doch mit. Sie hat Gabe seit achtundvierzig Stunden nicht mehr gesehen, seitdem die Fremden unter solch geheimnisvollen Umständen geflohen sind. Sie glaubt, dass Gabe genau weiß, was hier vor sich geht, schließlich ist der Kraftprotz einer der engsten Vertrauten und quasi der Leutnant des Governors – ein Kampfhund, der sich völlig unterworfen, sich ganz in den Dienst seines Herrchens gestellt hat: dem Woodbury-Tyrann mit der stählernen Faust.

»Hä?« Gabe blickt zugleich aufgeschreckt, aber auch genervt auf. Er kann zwar Schritte hören, weiß aber nicht, wer ihn gerufen hat. Er dreht sich um, und die schweren Wasserkanister scheppern auf der Straße. »Ww-wa …?«

»Gabe, was geht hier vor sich?«, fragt Lilly ganz außer Atem, als sie näher kommt. Sie schluckt die Angst hinunter und versucht, ihren Puls unter Kontrolle zu kriegen. Dann fährt sie etwas leiser fort: »Wo zum Teufel ist der Governor?«

»Ich kann jetzt nicht reden«, antwortet Gabe und drängt sich an ihr vorbei.

»Warte, Gabe! So warte doch eine Sekunde!« Sie rennt ihm hinterher und hält sich an einem seiner muskelbepackten Arme fest. »Du musst mir nur verraten, was los ist!«

Gabe hält inne, wirft einen Blick über die Schulter, um zu sehen, ob jemand in der Nähe ist und sie hören könnte, aber die Straße ist menschenleer. Dann haucht er bedrohlich: »Nichts ist los, Lilly. Pass nur auf, dass du dich um deinen eigenen Dreck kümmerst und nicht die Nase in anderer Leute Angelegenheiten steckst.«

»Gabe, was soll denn das?« Sie blickt sich ebenfalls um,

richtet sich dann aber wieder an Gabe. »Ich will doch nur wissen … Ist er hier? Ist er in Woodbury?«

Gabe setzt die Kanister mit einem Grunzen wieder ab, fährt sich mit den Fingern durch sein kurzes, blondes Haar. Seine Stirn ist schweißnass vor Anstrengung, und Lilly fällt es wie Schuppen von den Augen: Dieser Kleiderschrank von einem Mann ist beunruhigt! Das ist ihr vorher gar nicht aufgefallen, selbst seine Hände zittern. Er spuckt auf den Bürgersteig. »Okay … Pass auf. Das kannst du ruhig weitersagen … Sag ihnen …« Er zögert, schluckt hart, blickt zu Boden und schüttelt dann den Kopf. »Ich weiß auch nicht … Sag ihnen, dass alles in Ordnung ist. Dem Governor geht es blendend. Sie sollen sich keine Sorgen machen.«

»Wenn alles wunderbar ist, wo zum Teufel treibt sich dann der Governor rum, Gabe?«

Er schaut ihr in die Augen. »Er ist … hier. Muss sich … Muss sich um verschiedene Dinge kümmern.«

»Und was sind das für Dinge?«

»Verdammt noch mal – ich hab dir doch gesagt, dass du dich um deinen eigenen Dreck kümmern sollst!« Gabe fängt sich wieder. Er holt tief Luft und beruhigt sich. »Ich muss los. Der Governor braucht das Wasser.«

»Gabe, so hör mir doch zu.« Lilly tritt auf ihn zu, ist nur noch wenige Zentimeter von seinem Gesicht entfernt. »Wenn du weißt, was hier los ist, dann sag es mir … Denn diese Stadt ist kurz vor dem Auseinanderfallen. Die Leute müssen informiert werden. Im Augenblick erfinden sie einfach Sachen, und die Wachen, die eigentlich auf dem Verteidigungswall patrouillieren sollten, bleiben einfach zu Hause.« Irgendetwas in Lilly verhärtet sich auf einmal, wie Wasser, das zu Eis wird. All ihre Ängste und Sorgen verschwinden und hinterlassen einen kalten, berechnenden, wachen Verstand. Sie fixiert seine unruhigen grauen Augen mit den ihren. »Sieh mich an.«

»Hä?«

»Du sollst mich ansehen, Gabe.«

Er tut, wie ihm geheißen, kneift die Augen vor Wut zusammen. »Was verfickt noch mal ist dein Problem, Lady? Woher nimmst du dir das Recht, so mit mir zu sprechen?«

»Diese Stadt liegt mir am Herzen, Gabe.« Sie weicht keinen Zentimeter von diesem schnaufenden Bullen von einem Mann zurück. Ihre Nasenspitzen berühren sich beinahe. »Und jetzt hör mir mal gut zu. Ich will, dass diese Stadt funktioniert. Hast du verstanden? Und jetzt sagst du mir genau, was los ist. Wenn sowieso alles gut ist, musst du ja auch nichts vor mir verbergen, richtig?«

»Zum Teufel mit dir, Lilly ...«

»Rede mit mir, Gabe.« Ihr Blick bohrt sich in seine Augen. »Wenn es ein Problem gibt, braucht ihr mich an eurer Seite. Ich kann euch helfen. Frag einfach den Governor. Ich bin auf seiner Seite. Ich brauche ihn auf dem Verteidigungswall. *Wir* brauchen ihn, damit er die Leute auf Trab hält.«

Endlich gibt der Mann im Rollkragenpullover nach. Er senkt den Kopf, schaut zu Boden. Seine Stimme klingt kläglich, er ist auf einmal ganz kleinlaut – wie ein Junge, der zugeben muss, dass er etwas angestellt hat. »Wenn ich dir zeige, was los ist ... Du musst mir versprechen, dass du es niemandem weitererzählst.«

Lilly starrt ihn an und fragt sich, wie schlimm es wohl ist.

Drei

»Ach du liebe Scheiße!« Die Worte schießen ihr unkontrolliert aus dem Mund, als sie die Szene, die sich vor ihr in der gefliesten Krankenstation auftut, in sich aufnimmt. Gabe steht hinter ihr in der Tür, immer noch die Wasserkanister in den Händen. Er scheint wie erstarrt.

Für einen kurzen Augenblick fluten sämtliche Informationen, die auf ihre Sinne einstürmen, Lillys Gehirn. Das Wichtigste, was sich ihr auftut – und alle anderen ersten Eindrücke verdrängt –, ist die penetrante Mischung von Leid, der kupferartige Geruch von Blut, der schwarze Gestank von Infizierung und Gallen- und Magenflüssigkeit sowie das allgegenwärtige Ammoniak. Darunter aber liegt das Aroma von verbranntem Kaffee, das dem Ganzen eine merkwürdige Note verleiht. Lilly erkennt rasch den Grund, als sie eine uralte Kaffeemaschine in einer Ecke stehen sieht. Diese widersprüchlichen Gerüche vermischen sich mit einem weiteren Gestank in der Krankenstation – für den es einen guten Grund gibt, wie sie schon bald herausfinden wird – und erreichen somit ein Gesamtbouquet, das überaus beunruhigend ist. Lilly geht auf die Krankenbahre zu, die mitten in der Station unter einer großen Lampe steht.

»Ist er …?« Sie kann kaum den Mund aufmachen, starrt nur auf den Körper, der unter dem grellen, silbernen Licht liegt. In seinem derzeitigen Zustand – das harsche Licht trägt nicht dazu bei, dass er einen besseren Eindruck macht – erinnert er an aufgebahrte Politiker oder allseits geliebte Diktatoren, die nach ihrem Tod in Formaldehyd eingelegt und in Glassärgen zur Schau gestellt werden, damit unzählige Trauernde ihnen Respekt zollen können. Es dauert eine ganze Weile, ehe Lilly merkt, dass er noch atmet – wenn auch nur flach und äußerst schwach. Seine Lungen heben und senken sich nur langsam unter der Decke, die bis zu seinem nackten, mit Jod beschmierten Brustkorb reicht. Sein Kopf liegt schlaff auf einem vergilbten Kopfkissen und ist so gut wie völlig von blutverschmierten Bandagen bedeckt.

»Hallo, Lilly – Kleines«, ertönt eine Stimme von hinten rechts, und sie nimmt eine Bewegung in ihrem äußersten Blickfeld wahr, die sie aus ihrer Benommenheit reißt. Sie dreht sich um und sieht Bob Stookey, der jetzt neben ihr steht. Er legt ihr eine Hand auf die Schulter. »Wie schön, dich zu sehen.«

Aber schon erstarrt Lilly erneut, irritiert von einer weiteren Ungereimtheit, die zu den surrealen Anblicken und Gerüchen in dem fürchterlichen Raum noch hinzukommt – ein zusätzliches, unbegreifliches Detail, das ihr ebenfalls als unfassbar erscheint. Bob, ein Handtuch von der Schulter hängend und einen blutbesudelten Kittel tragend, den er wie ein Friseur bis oben zugeknöpft hat, scheint wie ausgetauscht. Er hält einen Becher Kaffee, die Hand so ruhig, als ob er noch nie Alkohol getrunken hätte. Sein fettiges schwarzes Haar ist ordentlich nach hinten gekämmt und zeigt sein wettergegerbtes Gesicht, die Augen klar und wach und alles in sich aufsaugend. Er verkörpert geradezu Professionalität und Besonnenheit. »Bob, wa…was ist passiert? Wer hat das getan?«

»Die verdammte Schlampe mit dem Schwert«, mischt sich Bruce Cooper ein. Der Riese steht von seinem Stuhl in der Ecke der Krankenstation auf und nähert sich der Bahre. Er wirft Gabe einen Blick zu. »Was zum Teufel, Gabe? Ich dachte, wir wollten das hier der Öffentlichkeit vorenthalten!«

»Die wird es schon niemandem weitererzählen«, murmelt Gabe und stellt die Wasserkanister ab. »Nicht wahr, Lilly?«

Ehe sie überhaupt antworten kann, wirft Bruce einen Kugelschreiber nach Gabe. Er verfehlt sein Auge um ein Haar, trifft ihn aber am Kopf. Dann brüllt Bruce: »DU DÄMLICHES ARSCHLOCH! IN EIN PAAR STUNDEN WEISS DIE GANZE STADT BESCHEID!!«

Gabe will sich schon auf Bruce stürzen, als Lilly plötzlich zwischen die beiden Streithähne springt. »AUFHÖREN!« Sie schubst die beiden auseinander, weg von der Krankenbahre. »JETZT BERUHIGT EUCH, ABER SCHNELL!«

»Erzähl *ihm* das mal!« Gabe baut sich vor Bruce auf, die Hände zu Fäusten geballt. Bob beugt sich über den Patienten und ertastet seinen Puls. In der Aufregung hat der Governor den Kopf bewegt, zu mehr aber ist er nicht fähig. Gabe atmet flach ein und aus und starrt Bruce an. »*Der* hier ist es doch, der sich in die Hose macht!«

»Ruhe!« Lilly drängt sich erneut zwischen die beiden und stößt sie weg. »Jetzt ist kein guter Augenblick, die Kontrolle zu verlieren. Wir müssen Ruhe bewahren, dürfen den Kopf nicht verlieren. Das ist jetzt wichtiger denn je!«

»Genau meine Worte«, murmelt Bruce und erwidert Gabes giftigen Blick.

»Okay, erst mal schön Luft holen. Ich will das nicht

noch einmal sagen müssen, alles klar? Und jetzt ist Ruhe!«, befiehlt Lilly den beiden.

Sie blickt einen nach dem anderen an, und Gabe senkt den Blick, ohne ein Wort zu sagen. Bruce wischt sich mit dem Ärmel das Gesicht ab, atmet tief ein und lässt die Augen durch die Krankenstation schweifen, als ob die Lösung zu all ihren Problemen irgendwo hinter einer Wand versteckt ist.

»Wir müssen das hier Schritt für Schritt angehen.« Sie schaut Gabe an. »Beantworte mir eine Frage. Was über Martinez behauptet wird … Ist es wahr?« Gabe gibt keinen Ton von sich. »Gabe? Ist Martinez mit diesen Arschlöchern aus dem anderen Camp verschwunden?« Als er nicht antwortet, wendet sie sich an Bruce. »Und? Ist er?«

Bruce senkt ebenfalls den Blick und stöhnt gepeinigt auf. Dann nickt er. »Der Wichser hat ihnen bei der Flucht geholfen.«

»Und woher stammen diese Informationen?«

Bruce starrt sie an. »Wir haben Augenzeugen. Sie haben Martinez gesehen, wie er den Fremden über den Verteidigungswall am Ende der Gasse bei der Durand Street geholfen hat.«

»Welche Augenzeugen?«

Bruce zuckt mit den Achseln. »Die Frau mit dem kranken Sohn, wie heißt sie noch mal … Und Curtis, der Junge, der auf dem Wall die Nachtwache geschoben hat. Er meint, dass Martinez ihn abgelöst hat, aber Curtis hat sich noch mal umgedreht und gesehen, wie sie auf die andere Seite geklettert sind … Angeblich hat die schwarze Frau sich von der Gruppe gelöst, um wenige Minuten später dem Governor einen Besuch abzustatten.«

»Wo?«

»In seiner Wohnung – bei ihm zu Hause. Die Schlampe hat ihm aufgelauert!«

»Okay ... Wir brauchen Tatsachen hier, Jungs. Ich will genau wissen, was passiert ist.« Lilly beginnt nervös durch die Krankenstation zu laufen, wirft alle paar Sekunden einen Blick auf den Governor, dessen Gesicht unter den vielen Bandagen völlig verschwollen aussieht. Dort, wo seine linke Augenhöhle sein sollte, ragt ein Haufen Mull in die Höhe. »Und woher wollen wir wissen, dass diese Mistkerle Martinez nicht dazu gezwungen, ihn vielleicht sogar bedroht haben?«

Bruce wirft Gabe einen Blick zu, der Lilly skeptisch anstarrt, und meint: »Darauf würde ich mich nicht verlassen, Lilly!«

»Wieso?«

»Nun ... Überlegen wir doch mal. Wie wäre es mit der Tatsache, dass Martinez ein Lügner vor dem Herrn ist und dem Governor gegenüber null Respekt hat?«

»Wie kommst du darauf?«

Gabe schnaubt verächtlich, lacht beinahe laut auf. »Lass mich raten.« Er deutet auf eine Beule auf seinem Adamsapfel. »Zuerst hat der Schwanzlutscher mich vor der Zelle angegriffen, in der die Schwarze eingesperrt war. Verdammt, das Arschloch hat mir beinahe den Schädel eingeschlagen!« Er schaut Lilly böse an. »Und mehr noch! War er nicht dabei, als ihr letztes Jahr versucht habt, den Governor um die Ecke zu bringen?«

Lilly erwidert seinen Blick, zuckt nicht zurück, sondern starrt ihn genauso intensiv an und sagt: »Die Dinge ändern sich mit der Zeit – wir haben Fehler gemacht.« Dann wendet sie sich an Bruce und wieder zurück zu Gabe. »Ich kann nicht für Martinez sprechen, aber ich stehe einhundert Prozent hinter dem Governor – ein*tausend* Prozent.«

Keiner der beiden antwortet. Sie senken den Blick wie gescholtene Kinder zu Boden.

Lilly dreht sich zum Governor um. »Es ist wohl nicht überraschend, dass Stevens und Alice mit ihnen gegangen sind. Der Governor und die beiden hatten nichts füreinander übrig.«

Gabe schnaubt erneut. »Wo du recht hast, hast du recht.«

Lilly geht die Länge der Krankenstation auf und ab, überlegt laut: »Und das ist es, was mich am meisten beunruhigt.«

Bruce meldet sich zu Wort: »Was soll das denn heißen? Dass wir auf einmal keinen Arzt mehr haben?«

Lilly blickt ihn an. »Nein, das habe ich nicht gemeint.« Sie deutet auf Bob. »Ich glaube, dass wir in der Hinsicht gut ausgestattet sind.« Dann wendet sie sich erneut Bruce zu. »Was mir Sorgen macht, ist die Tatsache, dass diese Arschlöcher Leute aus unserer Stadt dabeihaben!«

Bruce und Gabe tauschen einen weiteren hitzigen Blick aus, ehe Gabe sich meldet: »Na und?«

»Na *und*?« Sie geht zur Krankenbahre und starrt auf den Governor. Das Leben des Mannes hängt am seidenen Faden – durch die vielen Verbände ist das rechte Auge gerade so zu erkennen. Der Augapfel bewegt sich unkontrolliert unter dem Lid hin und her. Träumt er etwa? Oder hat er einen Gehirnschaden erlitten? Wird er es jemals schaffen, aus diesem Koma wieder aufzuwachen? Lilly beobachtet, wie sich seine Lunge langsam hebt und senkt, und überlegt weiter. »Martinez, Alice und der Doktor kennen Woodbury besser als alle anderen«, murmelt sie, ohne den Blick vom Governor abzuwenden. »Sie kennen unsere Schwachstellen. Sie wissen, wo wir am meisten verwundbar sind.«

Plötzlich herrscht eine lähmende Stille in der Krankenstation. Alle starren Lilly an, als ob sie auf eine Antwort von ihr warten würden. Sie aber hat nur Augen für den Governor.

Endlich dreht sie sich zu Bob um und verlangt mit neu gefundener Autorität in der Stimme: »Bob, wie lautet die Prognose?«

Während der ersten vierundzwanzig Stunden stand das Leben des Governors auf Messers Schneide. Kaum hatten sie ihn auf die Krankenstation gebracht, hieß es, das Herz am Schlagen zu halten und den schier unendlichen Blutverlust zu stoppen. Wo eigentlich der rechte Arm hätte sein müssen, war nur noch ein grässlich verätzter Stumpen übrig geblieben – quasi Glück im Unglück, denn so wurde der Blutverlust von der Amputation unterbunden, die zum Glück aufgrund des scharfen Katana-Schwerts sehr sauber war. Nichtsdestoweniger hatte man ihn brutalst entstellt. Dazu kam das viele Blut von all den anderen Verstümmelungen, insbesondere aus seinen Lenden, wo einmal ein Penis gewesen war. Bob hat in unendlicher Eile eine Wunde nach der anderen zugenäht, wobei ihm Doc Stevens' Vorräte von auflösbaren Fäden zugutekamen – hat es sogar geschafft, den Penis mit zitternden Händen wieder anzuheften. Als ihm schließlich das Material ausging, benutzte er einfach Nadel und Faden, den er von dem Laden an der Hauptstraße holen ließ.

Die alten Kniffe und Tricks vom Krieg eröffneten sich ihm wieder. Er erinnerte sich plötzlich an die vier Stufen des hypovolämischen Schocks – Armee-Sanis nannten es »Tennis«, denn die Stufen glichen den Punkten in einem Tennisspiel – fünfzehn Prozent Blutverlust ist unbedeutend, bei fünfzehn bis dreißig Prozent wird es schon ernst und resultiert in fallendem Blutdruck und Herzrasen; zwischen dreißig und vierzig Prozent ist lebensbedrohlich, da steht man dann kurz vor dem Herzstillstand; alles über vierzig Prozent ist tödlich.

Über Stunden hinweg bewegte sich der Governor zwischen Phase zwei und drei, und Bob musste ihn zweimal wiederbeleben, um einen Herzstillstand zu verhindern. Zum Glück hatte Stevens genügend Elektrolyte für die Infusionsbeutel auf Lager, und Bob fand sogar ein halbes Dutzend Beutel mit Blut. Er hatte zwar keinen Plan, wie er die Blutgruppe des Governors herausfinden sollte – so etwas hatte er nie gelernt –, aber er wusste, wie er ihn mit Plasma vollpumpen konnte. Die Transfusionen wurden nicht abgewiesen, und bereits nach sechs Stunden hatte die Lage des Governors sich stabilisiert. Schließlich sah Bob noch einen halb vollen Sauerstofftank in der Ecke stehen, an dem er seinen Patienten hin und wieder schnüffeln ließ, bis der Governor von selbst atmen konnte und seine Züge regelmäßiger und sein Sinusrhythmus wieder normal wurden und er sich in einem beinahe komatösen, aber dennoch stabilen Zustand befand.

Später hatte Bob Stookey, ganz wie ein Versicherungsgutachter, grobe Skizzen von den Folterinstrumenten in der Wohnung des Governors in einem Spiralheft angefertigt, um den genauen Ablauf der unvorstellbaren Tortur zumindest in Zügen nachvollziehen zu können – wie auch die vermutlichen Eintrittspunkte der verschiedenen Gerätschaften. Die Stichwunde von dem Bohrer sollte sich als besonders problematisch entpuppen, obwohl Michonne anscheinend keine Hauptarterien getroffen, die sich verzweigende Vene der Halsschlagader aber um nur zwei Zentimeter verfehlt hatte. Bob brauchte eine geschlagene Stunde, um die Wunde zu säubern. Schon bald war ihm der Verbandsmull, das Klebeband, das Wasserstoffperoxid, das Povidon-Jod und die Glukose ausgegangen. Die internen Blutungen stellten ein weiteres Problem dar – wieder wusste Bob nicht, was er dagegen tun konnte –, aber schon am zweiten Tag war er sich sicher, dass der Angriff auf den Enddarm des Governors wie auch die Überfülle an Wunden – hervorgerufen durch ein stumpfes Instrument –, die fünfundsiebzig Prozent des Körpers bedeckten, nicht zu lebensbedrohlichen innerlichen Blutungen geführt hatten.

Sobald der Mann stabilisiert war, hatte Bob sich den Infektionen zugewandt. Aus seiner Erfahrung an der Front wusste er, dass Infektionen stille Teilhaber der meisten Todesopfer auf dem Schlachtfeld sind – des Sensenmanns Mittel erster Wahl, sobald der Soldat sich nicht mehr in unmittelbarer Lebensgefahr befindet. Also ging er durch sämtliche Vorräte, durchsuchte Schubladen und Regale, um Antibiotika zu finden. Er machte sich Sorgen, der Governor könnte ein perfekter Kandidat für eine Blutvergiftung sein – insbesondere, wenn man all die rostigen, dreckigen, oxidierten Werkzeuge in Betracht zog, die in seinen Körper gesteckt wurden. Also schüttete Bob selbst den letzten Tropfen Moxifloxacin in den Tropf und injizierte die letzten Milligramm flüssiges Antibiotikum, die es in

Woodbury gab. Am Morgen des dritten Tages begannen die Wunden sich zu schließen und zu heilen.

»Ich will nicht behaupten, dass er schon über den Berg ist«, fängt Bob an und gibt einen ausführlichen Bericht, während er durch die Krankenstation hin zum Mülleimer geht, in den er eine Handvoll benutzter Wattebäusche schmeißt. Es hat beinahe zehn Minuten gedauert, um alles zu schildern, und jetzt holt er sich einen Kaffee von der Maschine. »Um es mal so zu sagen: Er steht am Gipfel und hält sich wacker.« Er dreht sich zu Lilly herum und hält ihr die Tasse hin. »Käffchen?«

Lilly zuckt mit den Achseln. »Klar ... Warum nicht?« Sie wendet sich Bruce und Gabe zu, die unruhig an der Tür stehen. »Ich will euch nicht sagen, was ihr zu tun habt ... Aber wenn es nach mir ginge, würde ich nach dem Verteidigungswall sehen. Besonders die nördliche Seite macht mir Sorgen.«

»Was soll das denn? Sag bloß, du bist auf einmal die Königin von Saba!«, grunzt Bruce.

»Ohne Martinez und mit dem Governor in der unpässlichen Situation, in der er sich befindet, schieben die Leute kaum noch Wache. Es kommen immer weniger Wachen zum Dienst. Wir können es uns nicht leisten, nachlässig zu werden – gerade jetzt nicht.«

Bruce und Gabe schauen einander an. Ein jeder versucht in dem anderen zu lesen, wie er darauf reagiert, von einer Frau Befehle zu erhalten. »Irgendwie hat sie schon recht«, meint Gabe endlich.

»Verdammt noch mal ... *Wie auch immer*«, murmelt Bruce mit zusammengebissenen Zähnen, dreht sich um und stürmt aus der Krankenstation.

Gabe folgt ihm.

Bob reicht Lilly einen vollen Kaffeebecher. Erneut fällt ihr auf, dass Bobs Hände nicht mehr zittern. Sie nimmt einen Schluck. »Mein lieber Schwan, das Zeug ist ja fürchterlich!«, meint sie und schneidet eine Grimasse.

»Ist flüssig und enthält Spuren von Koffein«, murmelt Bob, als er sich wieder seinem Patienten zuwendet. Er holt das Spiralheft aus seiner Gesäßtasche, rückt einen Stuhl neben die Krankenbahre, setzt sich hin und macht ein paar Notizen. »Wir befinden uns in einer alles entscheidenden Phase«, brummt er, während er weiterschreibt. »Wir dürfen nicht aus den Augen verlieren, wie viel Morphium wir ihm verabreicht haben – bin mir im Moment gar nicht so sicher, ob all die Medikamente sich nicht gegen ihn verbündet und vielleicht sogar das Koma verursacht haben, in dem er sich befindet.«

Lilly zieht sich ebenfalls einen Stuhl heran und setzt sich an das Fußende der Bahre. Der penetrante Gestank von Antiseptika und Jod steigen ihr in die Nase. Sie starrt auf die ungepflegten Zehennägel und die blassen, nackten Füße des Governors – so schlaff und fahl wie tote Fische –, die unter der Decke hervorlugen.

Einen Augenblick lang ist Lilly wie gefangen von einer merkwürdigen Ansammlung von Eindrücken – mit der Intensität eines Blitzes durchfahren sie Gedanken an Kreuzigung und Opferlamm. Unerwartete Emotionen lassen ihren Magen verkrampfen. Sie wendet sich ab. Welche Person kann einer anderen so etwas antun? Wer ist diese Frau? Wo zum Teufel kommt sie her? Und dann dringen ihre tiefsten Sorgen an die Oberfläche: Wenn diese Frau *all das* einem Mann antun kann, einem Mann, der so gefährlich wie der Governor ist, wozu ist dann ihre Gruppe oder ihr Stamm oder was auch immer fähig, wenn es um Woodbury geht?

»Wir müssen jetzt darauf achten, dass keine Infektionen einsetzen«, fährt Bob fort, während er mit zwei Fingern den Puls des Governors misst.

»Bob, heraus mit der Wahrheit«, meint Lilly und starrt ihm in die Augen. Bob runzelt die Stirn vor Belustigung, als er ihren Blick erwidert. Er legt seinen Notizblock beiseite, als sie mit sanfter Stimme sagt: »Glaubst du, dass er es übersteht?«

Bob holt tief Luft und überlegt, wie er seine Gedanken am besten in Worte fassen kann. Dann atmet er mit einem Stöhnen aus. »Der Junge ist hart im Nehmen.« Er dreht sich zum Governor um und schaut auf sein mit Bandagen bedecktes Gesicht. »Wenn es jemanden gibt, der so etwas überleben kann, dann ist *er* es.«

Lilly bemerkt, dass Bobs knochige Hand auf der Schulter des Governors ruht. Diese unerwartete Geste der Fürsorglichkeit lässt sie einen Augenblick innehalten. Sie wundert sich, ob Bob Stookey endlich seine Daseinsberechtigung gefunden hat – ein Ventil für all seine Trauer und unerwiderte Liebe. Ob diese Krise Bob endlich einen Weg gezeigt hat, wie er den Schmerz von Megans Tod überwinden kann? Vielleicht war das ja genau das, was er schon immer gebraucht hat – einen Ziehsohn, jemanden, der ihn braucht. Der Governor war stets gütig gegenüber Bob gewesen – das ist Lilly vom ersten Tag an aufgefallen –, und jetzt sieht sie die logische Schlussfolgerung dieser Güte. Bob hat noch nie so lebendig gewirkt, so friedlich, so zufrieden in seiner eigenen Haut.

»Aber wie lange wird es dauern?«, fragt Lilly endlich. »Ich meine, bis er wieder auf den Beinen ist?«

Bob seufzt und schüttelt den Kopf. »Das ist unmöglich zu sagen. Selbst wenn ich irgendein hochwohlgeborener Unfallchirug wäre, könnte ich dir wohl kaum einen Zeitrahmen geben.«

Lilly gefällt das nicht. »Bob, wir sitzen hier ganz schön tief in der Scheiße. Wir brauchen einen verdammten Anführer. Jetzt mehr denn je. Schließlich könnten wir jeden Augenblick angegriffen werden.« Sie schluckt, spürt, wie ihr der Gallensaft aufzusteigen droht. *Nicht jetzt, verdammt noch mal, bloß nicht jetzt*, denkt sie insgeheim. »Ohne den Governor sind wir im *Arsch*! Wir müssen die beschissenen Schotten dicht machen – alles unter Kontrolle halten!«

Bob zuckt mit den Achseln. »Das Einzige, was ich tun kann, ist, bei ihm zu sein, aufzupassen und das Beste zu hoffen.«

Lilly beißt sich auf die Lippe. »Was glaubst du denn, was zwischen den beiden abgelaufen ist?«

»Zwischen wem?«

»Zwischen dem Governor und dieser Frau.«

Bob zuckt erneut mit den Schultern. »Davon weiß ich nichts.« Er denkt einen Moment lang nach. »Geht mich auch nichts an. Wer immer das getan hat, kann nicht ganz richtig im Kopf sein – ist ein Tier – und sollte wie ein Tier, wie ein gottverdammter tollwütiger Hund erlegt werden.«

Lilly schüttelt den Kopf. »Ich weiß, dass er sie eingesperrt hat; hat sie wahrscheinlich verhört. Haben Bruce oder Gabe irgendetwas darüber verlauten lassen?«

»Ich habe sie nicht danach gefragt, ich will auch gar nichts darüber wissen.« Bob reibt sich die Augen. »Ich will nur, dass es ihm wieder besser geht, will ihn wieder auf den Beinen sehen ... Ganz gleich, wie lange es dauert.«

Lilly seufzt auf. »Ich habe keine Ahnung, wie wir das ohne ihn anstellen sollen, Bob. Wir brauchen jemanden, der die Leute hier bei Laune hält.«

Bob überlegt eine Weile und schenkt ihr dann ein verschmitztes Lächeln. »Ich glaube, wir haben die richtige Person dafür schon gefunden.«

Sie starrt ihn an.

Auf einmal fällt bei ihr der Groschen, und sie weiß, worauf er hinauswill. Das gesamte Gewicht landet auf ihr wie ein riesiger Amboss, raubt ihr beinahe den Atem ... *Niemals, nicht in deinen kühnsten Träumen. Nie werde ich das auf mich nehmen.*

In jener Nacht beruft Lilly eine Notversammlung im Gerichtsgebäude ein – im hinteren Teil des Gemeinschaftssaals. Sie schließen sämtliche Türen und schalten alle Lichter aus – bis auf ein paar Paraffinlampen, die vorne auf dem Tisch flackern, herrscht völlige Dunkelheit. Die fünf Teilnehmer trudeln erst nach Mitternacht ein, nachdem Ruhe in der Stadt eingekehrt ist. Sie verlangt von jedem Anwesenden, keinerlei Details von dem Treffen nach draußen gelangen zu lassen. Lilly sitzt am Kopfende des Tischs neben dem kaputten Fahnenständer, in dem eine verblasste, abgewetzte Flagge von Georgia steht.

Für Lilly wimmelt es in dem Raum nur so von Geistern. Phantome ihrer Vergangenheit lösen sich von den Wänden, aus dem mit Müll übersäten Boden, den umgeworfenen Stühlen und den Einschusslöchern an der Stirnwand, den hohen Fenstern, die alle kaputt und mit Brettern verschlagen sind. Ein gerahmtes Porträt von Nathan Deal, dem lang vergessenen zweiundachtzigsten Governor von Georgia, hängt über dem Türsturz. Das flackernde Licht der Paraffinlampen wird von dem zerbrochenen Glas voller längst vertrockneter Blutspritzer gespiegelt – ein passendes Zeugnis der Apokalypse.

Die Erinnerungen fluten zurück, und es kommt Lilly vor, als ob es erst gestern gewesen ist, dass sie Philip Blake in diesem Raum vor eineinhalb Jahren zum ersten Mal getroffen hat. Sie war zusammen mit Josh, Megan, Bob und Scott, dem Kiffer, nach Woodbury gekommen, und bereits damals war ihr sein arrogantes Auftreten unheimlich vorgekommen. Wie aber hätte sie jemals ahnen können, dass er eines Tages ihr Anker in diesem Ozean des Chaos werden sollte?

»Das ist ja allerhand«, murmelt Barbara Stern, nachdem sie die ganze Geschichte von der ausgeklügelten Flucht und dem Zustand des Governors gehört hat. Sie sitzt neben ihrem Mann am Tisch und reibt sich die zierlichen Hände. Das düstere Licht flackert über ihr mit tiefen Falten durchzogenes Gesicht und ihre grauen, lockigen Strähnen. »Als ob wir nicht schon genug Scherereien in diesem gottverlassenen Ort haben – jetzt müssen wir uns *darum* auch noch kümmern?«

»Meiner Meinung nach müssen wir uns zuerst eine gute Geschichte überlegen. Die Wahrheit darf nicht ans Licht kommen. Wir brauchen ein Täuschungsmanöver«, sagt Lilly. Sie trägt eine Baseballkappe der Atlanta Braves. Ihre Haare hat sie zu einem Zopf zusammengebunden, der hinten herauslugt. Sie ist ganz die Managerin. Die Krise hat sie ihre Morgenübelkeit vergessen lassen.

Bruce, der ihr gegenüber am anderen Ende des Tisches sitzt, lehnt sich skeptisch zurück, die Arme über der Brust verschränkt. Er runzelt die Stirn. »Was?«

Sie schaut ihn an. »Wir müssen etwas erfinden, irgendeine schwachsinnige Geschichte, damit die Leute nicht ausrasten.« Sie blickt die Teilnehmer einen nach dem anderen an. »Sie darf nicht zu kompliziert sein. Wir müssen darauf achten, dass es keine Ungereimtheiten zwischen unseren Versionen gibt.«

»Lilly ... äh«, meldet sich Austin zu Wort, der zu ihrer Linken sitzt. Er hat die Hände gefaltet, als ob er beten würde, und setzt eine besorgte Miene auf. »Es ist dir schon bewusst, dass die Menschen die Wahrheit früher oder später erfahren werden? Ich meine ... Woodbury ist nicht so groß.«

Lilly stößt einen nervösen Seufzer aus. »Okay ... Nun ... Wenn sie die Wahrheit herausfinden, müssen wir sie als bloßes Gerücht abtun. Die Leute erfinden doch alles Mögliche, stellen die verrücktesten Hypothesen auf.«

David Stern fragt: »Aber Lilly ... Ich bin ja nur neugierig, aber was kann denn schon passieren, wenn wir allen einfach die Tatsachen präsentieren?«

Lilly atmet aus, steht auf und beginnt, auf und ab zu laufen. »Pass auf. Diese Stadt muss unter Kontrolle gehalten werden. Wir können es uns nicht leisten, dass die Leute jetzt in Panik ausbrechen. Wir haben nicht die leiseste Ahnung, wer diese Fremden sind oder was sie vorhaben.« Sie ballt die Fäuste. »Und wenn ihr sehen wollt, wozu sie fähig sind, braucht ihr nur in die Krankenstation zu gehen und euch den Governor anzuschauen. Diese Leute haben nicht mehr alle Tassen im Schrank! Die sind brandgefährlich. Wir müssen unsere Verteidigungsmaßnahmen ausweiten. Wenn wir schon einen Fehler machen, dann lieber den, dass wir *zu* vorsichtig sind.«

Gabes Stimme ertönt aus der Dunkelheit des Saals. »Und ich sage, dass wir ihnen auflauern.« Er lehnt mit der Schulter gegen eines der mit Brettern verschlagenen Fenster, hat die Hände in die Hosentaschen gesteckt und starrt Lilly an. »Angriff ist immer noch die beste Verteidigung.«

»Endlich mal ein wahres Wort«, stimmt Bruce nickend zu, geht zu dem kaputten Verkaufsautomaten und lehnt sich ebenfalls dagegen.

»Nein!« Lilly bleibt plötzlich neben der Flagge stehen. Ihre haselnussbraunen Augen funkeln vor Rechtschaffenheit, und ihr graziles Kinn bebt trotzig. »Nicht ohne die Zustimmung des Governors. Wir unternehmen nichts, während er noch bewusstlos ist.« Erneut lässt sie den Blick von einem Anwesenden zum anderen schweifen und senkt dann die Stimme. »Wir müssen uns an unser Lügenmärchen halten, bis er wieder auf den Beinen ist. Bob glaubt, dass es jeden Tag so weit sein kann.« Sie wendet sich an Gabe. »Verstehst du, was ich sage? Bis dahin halten wir dicht, sodass nichts, aber auch gar nichts, nach außen sickern kann.«

Gabe holt tief Luft und stößt dann einen genervten Seufzer aus. »Okay, Fräulein ... So machen wir das.«

Lilly schaut Bruce an. »Bist du dabei?«

Er schüttelt den Kopf und rollt mit den Augen. »Was immer du auch sagst, Kleine. Du bist am Steuer, hast wohl gerade einen guten Lauf.«

»Okay, gut.« Dann wieder zu Gabe: »Ich schlage vor, wir schicken einige von Martinez' Leuten für ein paar Tage fort und behaupten dann, dass der Governor ein Suchkommando anführt. Kannst du dich darum kümmern?«

Gabe zuckt mit den Achseln. »Wenn du meinst.«

»In der Zwischenzeit müssen wir die Krankenstation bewachen, und zwar vierundzwanzig-sieben.« Lilly richtet sich jetzt an die anderen im Raum. »Okay, jetzt haben wir ein Ablenkungsmanöver. Jeder muss am gleichen Strang ziehen, damit es klappt. Bruce, du schaust nach dem Verteidigungswall. Wir brauchen Wachen rund um die Uhr, und dass wir ja genügend Munition für die Maschinengewehre auf Lager haben. Statte der National Guard Station einen Besuch ab, wenn nötig.« An die Sterns gerichtet, fährt sie fort: »David und Barbara, ihr beiden verbreitet die Geschichte. Haltet Augen und Ohren offen. Die Leute, die morgens auf dem Platz und im Diner herumlungern und Kaffee trinken – bleibt ihnen auf den Fersen. Ich will wissen, was die sagen. Austin ... wir beide machen regelmäßige Kontrollgänge auf dem Wall, schauen nach dem Rechten. Das hier ist von entscheidender Bedeutung, Leute. Ohne den Governor sind wir völlig wehrlos. Wir dürfen nicht vergessen ...«

Ein Geräusch von der anderen Seite der Fenster unterbricht sie mitten im Redefluss. Alle richten die Aufmerksamkeit auf das Geschrei, das Zerbersten von Fensterscheiben und das Splittern von Holz, das jetzt zu hören ist.

»Scheiße«, murmelt Lilly und steht wie erstarrt mitten im Raum, die Hände zu Fäusten geballt.

Barbara Stern springt auf, die Augen vor Schreck weit aufgerissen. »Vielleicht ist es ja nur ein Streit, irgendjemand hat ein Gläschen zu viel getrunken oder ist sauer.«

»Das hört sich aber nicht so an«, knurrt David Stern,

steht ebenfalls auf und greift nach der Pistole, die er hinten im Hosenbund stecken hat.

Austin kommt fix auf die Beine und rennt hinüber zu Lilly. »Gabe und Bruce sollten sich das erst mal anschauen, ehe wir uns einmischen.«

Bruce hat bereits seine .45er aus dem Halfter gezogen, entsichert sie und brüllt zu Gabe hinüber: »Hast du das andere MG?«

Gabe ist schon unterwegs und läuft zu den zwei Maschinengewehren, die an der gegenüberliegenden Seite des Raums an der Wand hängen. Er schnappt sich eine Waffe, dreht sich dann um und wirft die andere Bruce zu, ehe er ruft: »Los! Los! Los! Ehe die Kacke anfängt zu dampfen!«

Bruce fängt die Waffe, entsichert sie und folgt Gabe zur Tür, den Flur entlang und zum Ausgang.

Die anderen bleiben wie angewurzelt im Raum stehen, starren einander an und lauschen dem Tumult, der auf der Straße außer Rand und Band zu geraten droht.

Vier

Einen halben Block vom Gerichtsgebäude entfernt rollt eine Whiskeyflasche über die Straße. Es ist stockfinster. Gabe kickt sie beiseite und eilt weiter zum südöstlichen Ende des Städtchens. Bruce ist ihm dicht auf den Fersen. In der Ferne hinter einigen Bäumen kann Gabe das Aufblitzen von Mündungsfeuer erkennen, es kommt vom Marktplatz. Die Funken fliegen wie Lichtbögen durch die Nacht. Panische Schreie dringen an ihre Ohren. Eine der Wachen ist auf dem Bürgersteig zu Boden gegangen. Seine Trinkbrüder flüchten in alle Himmelsrichtungen. Bruce und Gabe sehen ihre Silhouetten in der Dunkelheit verschwinden. Drei Zombies machen sich über den zu Boden gegangenen Wachposten her. Sie schlitzen ihn auf und reißen Sehnen und Knorpelmasse aus dem geschändeten Körper. Gabe rennt auf das Gelage zu, hält zwanzig Meter davor inne und betätigt den Umschalthebel seines MGs. Er hebt den Lauf und drückt ab.

Die Waffe beginnt Feuer zu spucken, und die Kugeln vergraben sich in den Monstern, lassen ihre Schädel in Fontänen aus Blut und Gewebe explodieren. Die Untoten krümmen sich, gehen zu Boden. Bruce sprintet an Gabe vorbei. Er hat sein Maschinengewehr bereits an die breite Schulter gelegt und brüllt mit hallender Stimme: »REPARIERT DEN VERTEIDIGUNGSWALL – UND ZWAR SOFORT!!«

Gabe blickt auf und sieht, warum Bruce so außer sich ist. In der Finsternis gerade mal zwanzig Meter entfernt ist ein Loch im Verteidigungswall, der aus nicht mehr als einer Anhäufung von Trockenbauplatten und Blech besteht, mit ein paar Nägeln dürftig zusammengenagelt. Der Druck von einem Dutzend oder mehr Zombies, die aus dem benachbarten Wald gekommen sind, hat die Stelle zum Einsturz gebracht. Die Wachen haben ihre Aufgabe vernachlässigt, Scheiße gebaut, nicht aufgepasst, sich voll gesoffen oder was auch immer. Schon richtet eine junge Wache auf dem Geschützturm eine Bogenlampe auf das Gemetzel – der silberne Schein erhellt die neblige Straße im Zickzackmuster – und verleiht an die zwanzig Beißern einen Heiligenschein, während die sich durch den Wall drängen.

Bruce schießt eine Salve panzerbrechende Kugeln in die Menge.

Er erwischt die meisten von ihnen – die Patronenhülsen fliegen eine nach der anderen durch die Luft –, und eine ganze Reihe von reanimierten Toten tanzen unfreiwillig inmitten von Wolken aus Körperflüssigkeit und zerfetzten Körpern, die um sie herum wie bei einem synchronen Todestanz zu Boden krachen. In seinem Eifer bemerkt er gar nicht, wie Gabe sich nach rechts bewegt, um einen Zombie zu erlegen, der sich in Richtung einer Gasse schleppt. Denn sobald die Beißer in den Gassen auftauchen und an den Straßenecken der Stadt herumlungern, wird die Hölle auf Erden ausbrechen. Inmitten des Aufruhrs – die Wachen kehren jetzt mit schwerer Artillerie zurück, schreien wie wild, beleuchten alles mit ihren riesigen Scheinwerfern, und die zwei Geschütztürme fangen an, Feuer zu spucken – verschwindet Gabe aus Bruces Blickfeld.

Er verfolgt einen Beißer in eine dunkle Gasse, verliert ihn dann aber prompt aus den Augen.

»KACK-KACK! KACK!! – KACK!!!«, zischt Gabe laut, dreht sich um und durchsucht die Finsternis – die Waffe am Anschlag und schussbereit. Er ist völlig in Schatten getaucht, kann kaum einmal die eigene Hand vor Augen sehen. An seinem Patronengürtel hängen zwei weitere Magazine, um seinen linken Oberschenkel ist eine Glock geschnallt und in seinem rechten Stiefel steckt ein Randall-Messer. Er ist bis an die Zähne bewaffnet, bereit, auf Bärenjagd zu gehen, aber er kann einfach nichts sehen. Nur riechen kann er – und der Gestank der Verwesung nach verfaultem Fleisch und Schweißfüßen steigt ihm in die Nase, infiziert die Dunkelheit. Er hört ein Knirschen und richtet sein Maschinengewehr auf die Stelle in Richtung des Geräuschs.

Nichts.

Er schleicht vorwärts, tiefer in die Gasse. Sämtliche Anzeichen der Panik in den Straßen hinter ihm weichen dahin. Sein Herz pocht heftig in seiner Brust, und sein Mund wird ganz trocken. Er schwenkt die Waffe nach rechts, zwinkert den Schweiß aus den Augen, schwenkt die Waffe nach links. Wo zum Teufel ist der scheiß Untote hin? Er geht weiter die Gasse hinunter, bis er gar nichts mehr sehen kann.

Ein plötzliches Geräusch zu seiner Rechten lässt ihm die Haare zu Berge stehen – das Rollen einer Dose auf dem Teer –, und er drückt ab. Ein halbes Dutzend Kugeln schießen aus dem Lauf, das Mündungsfeuer erhellt die Finsternis wie Feuerwerkskörper, ehe die Patronen sich in die gegenüberliegende Wand bohren.

Gabe hält inne und lauscht. Die Schüsse hallen noch immer in seinen Ohren nach. Keinerlei Bewegung, keine Geräusche. Vielleicht ist er ja in die falsche Gasse eingebogen? Er hätte schwören können, dass der Zombie in diese hier gestolpert ist, aber die Finsternis hat ihre Wirkung auf Gabe, lässt ihn unsicher werden bis zu dem Punkt, an dem die Panik ihn zu ergreifen droht.

Was zum Teufel?

Er nähert sich dem Ende der Gasse, dort, wo die ganzen riesigen Mülltonnen stehen, aus denen Unrat quillt. Mit dem Ellenbogen gegen die Hüfte gestemmt, hält er die Waffe in der einen Hand, während er mit der anderen sein Zippo-Feuerzeug hervorholt. Ganz aus der Nähe dringt das Brummen eines Generators an seine Ohren – er steht wohl direkt hinter der Wand. Mit dem Daumen öffnet er das Zippo und schnippt, sodass eine winzige Flamme zaghaft die Dunkelheit erhellt.

In ihrem Schein erkennt er eine riesige Gestalt mit milchig weißen Augen im ramponierten Frack eines Leichenbestatters. Keinen Meter von ihm entfernt!

Gabe schreit auf, lässt das Zippo fallen, zuckt zurück und fummelt nach dem Abzug. Der Beißer stürzt sich auf ihn, reißt den Kiefer auf und lässt ihn mit ungeheurer Gewalt in der Luft nach ihm schnappen. Gabe verliert das Gleichgewicht. Er fällt hin, hart auf den Hintern, grunzt vor Schmerz auf. Der Zombie wirft sich auf ihn – er ist hungrig, zuckt wie eine Marionette und scheint sich auf den bevorstehenden Kampf zu freuen –, und Gabe wedelt kraftlos mit dem kurzen Lauf der Waffe hin und her, ist aber nicht fähig, sein Ziel richtig anzupeilen.

Endlich drückt er ab, und eine einzige Kugel entweicht

dem Lauf des Maschinengewehrs. Das Mündungsfeuer ist wie ein Blitz und erhellt die grünen, moosigen Zähne des Monsters, wie es sich nach Gabes Halsschlagader streckt. Er schafft es gerade noch, sich vor den schnappenden Zähnen zu retten, lässt dabei aber die Waffe aus der Hand fallen. Mit einem Krachen landet sie auf dem Boden neben ihm. Er windet und wendet sich, stößt einen leisen Wutschrei aus. Endlich hat er den Griff des Messers in seinem Stiefel fest in der Hand.

Mit einer flinken Bewegung stößt er die Klinge in Richtung des angreifenden Beißers, rammt sie in den Kopf hinein.

Zuerst trifft er nichts weiter als den Kiefer, reißt das verwesende Fleisch auf, das jetzt noch lebloser herabhängt. Mittlerweile haben sich seine Augen ein wenig an die Finsternis gewöhnt, immerhin genug, um dunkle Schatten und Formen zu erkennen – feuchte, fleischige, verschwommene Silhouetten –, und er sticht das Messer wie verrückt immer wieder in Richtung Schädel, bis die Klinge endlich durch den linken Nasenflügel dringt und stecken bleibt. Die Spitze arbeitet sich durch die Nasenhöhle, und die pure, adrenalingeschürte Gewalt, mit der Gabe zusticht, spaltet den verrotteten Kopf der Kreatur entzwei. Ende.

Gabe ringt nach Atem und rollt beiseite, während das Ding in sich zusammensackt und still in der Lache seines eigenen Bluts und Gewebes, das sich schwarz wie Öl auf dem Teer ausbreitet, liegen bleibt. Gabe will gerade seine Waffe schnappen – sein Herz pocht jetzt wie wild, und das Adrenalin, das durch seinen Körper schießt, lässt seine Augen hell leuchten –, als er merkt, dass hinter ihm irgendetwas im Gange ist. In seinem äußersten Blickwinkel erkennt er dunkle Bewegungen, schwarz wie die Nacht. Sogleich hört er ein unmenschliches Grunzen – wie ein Chor kehliger, verrosteter Gänge, die in einem H-Getriebe geschaltet werden –, das langsam auf ihn zurollt. Der verräterische Gestank verbreitet sich rasch in der Gasse. Gabe wird ganz schwindlig, als er sich aufrafft. Seine Beine beginnen zu zittern, als er sich langsam umdreht. Seine Pupillen weiten sich – ein unfreiwilliges Schaudern lässt seinen gesamten Körper erbeben –, als er die Bedrohung sieht, die sich vor ihm auftut.

Mindestens zehn Beißer schlurfen mit unerbittlichen Blicken auf ihn zu. Es ist eine ganze Meute, die jede Hoffnung auf Flucht im Keim vernichtet. Wie ein unersättliches Monsterregiment kommen sie näher, bewegen sich, als wären sie von einem Puppenspieler gesteuert. Ihre Umrisse gleichen tödlichen Marionetten, der Hintergrund erhellt durch das Licht, das aus dem Eingang der Gasse zu ihnen dringt. Gabe stößt erneut einen trotzigen Schrei aus und wirft sich auf sein Maschinengewehr.

Aber es ist zu spät. Ehe er sich die Waffe schnappen kann, stürzt sich der erste Beißer auf seine muskulöse Schulter. Er kickt ihn mit seinen Stiefeln in die Bauchgegend und will die Glock hervorholen, als ein weiterer Zombie ihn von der Seite her angreift – er hat es auf Gabes Hals abgesehen. Gabe senkt den Kopf, schafft es endlich, die Glock aus ihrem Halfter zu reißen. Dann versucht er mitten durch das Pack zu rennen, er schießt einfach drauflos, sodass die Glock zu rauchen beginnt –, und die Mündung leuchtet mit dem surrealen Flackern billiger Kinofronten auf.

Aber es sind zu viele. Tote Arme strecken sich nach ihm aus, ehe er sich durch sie hindurchgekämpft hat. Kalte Finger, die zu eisigen Haken geworden sind, krallen sich an seiner Kleidung fest und werfen ihn zu Boden. Er landet auf dem Teer, drückt den Rücken durch, ringt nach Luft. Sein Magazin ist bereits leer. Der Aufprall hat ihm die Luft aus den Lungen gepresst. Er versucht wegzurollen, aber die Kreaturen beugen sich über ihn, wollen ihm zu Leibe rücken – wie ein Pack Wölfe, die nur seine Halsschlagader im Kopf haben. Sie rollen ihn auf den Rücken, drücken ihn gegen eine Wand. Jetzt ist er gefangen und blickt auf den unergründlichen Nachthimmel, der geradezu gelangweilt still und leise auf ihn herabstarrt. Gabe kriegt keine Luft, kann sich nicht bewegen. Dann setzt der Schock ein, macht sich zuerst in seinen kurzen, kräftigen Extremitäten breit. Plötzlich weiß Gabe, dass dies sein Ende ist – und die Aussicht gefällt ihm gar nicht. Nicht so, denkt er sich, das ist doch Scheiße. Die Monster sind nur noch wenige Zentimeter von ihm entfernt. Ihr ekliger Geifer tropft auf ihn herab, ihre verfaulten Mäuler öffnen sich und lassen ihrer Blutgier freien Lauf. Ihre Augen glänzen wie frisch geprägte Münzen. Auf einmal wird alles langsamer, wie in einem Traum – sie sind kurz davor, ihn in Stücke zu reißen. Das Ende … Das Ende …

Er hat sich schon immer gewundert, wie das Ende wohl aussehen könnte. Ob es wohl wirklich so war, wie es einem im Kino immer vorgegaukelt wird – dass einem das Leben noch einmal vor dem inneren Auge abläuft oder irgend so ein krasser Schwachsinn? Aber nein, so ist es nicht. Gabriel Harris lernt in diesem fürchterlichen Augenblick, bevor sich die ersten verfaulten Zähne in sein Fleisch versenken, dass das Ende wohl nicht in Seide verpackt und mit engelhaften

Visionen geliefert wird. Nein, es kommt mit einem lauten Knall – wie ein Ballon, der platzt – und einem letzten Bild voller unerfüllter Wünsche. Dann sieht er den Zombie, der kurz davor ist, ihn zu erwischen, in einer grässlichen Wolke aus Blut und Gewebe zurückzucken. Gabe kann nur entsetzt starren, als ein Schädel nach dem anderen sich in Luft aufzulösen scheint – das trockene, gedämpfte Knacken erinnert an Knallfrösche. Aus dem Regen von Blut ist jetzt ein wahrer Wolkenguss geworden.

Die Monster um ihn herum gehen in einem fürchterlichen Massaker zu Boden.

Seine Retterin steht in der Gasse – in circa zehn Meter Entfernung – und hält zwei Ruger Kaliber .22 in den Händen, die zwar unentwegt aufblitzen, die Schüsse aber aufgrund der aufgesetzten Schalldämpfer kaum an seine Ohren dringen. Endlich geht der letzte Beißer zu Boden. Die Frau mit den Pistolen nimmt die Zeigefinger von den Hähnen. Ohne jegliche Emotion oder großes Gehabe stößt sie erst das eine Magazin aus, dann das andere. Sie fallen polternd auf den Teer zu ihren Füßen. Die Frau senkt die Waffen und saugt die Szene mit der lässigen Autorität eines Vermessers auf irgendeiner Baustelle in sich auf.

Gabe versucht sich hinzusetzen, aber sein Rücken will nicht so wie er. Sein Steißbein ist angeschlagen, die Nerven offenbar eingeklemmt. »Verfickt noch mal«, murmelt er und kickt die feuchten Leichen beiseite, die auf seine Beine und Füße gestürzt sind. Endlich schafft er es, sich aufzurichten, verzerrt die Grimasse vor Schmerzen.

Lilly geht auf ihn zu. »Alles klar bei dir? Haben sie dich erwischt? Ist deine Haut verletzt?«

Gabe atmet einige Male tief ein und aus, blickt sich in

der Gasse um, nimmt das Schlachtfeld erst jetzt richtig wahr. Das dreckige Dutzend Zombies liegt jetzt als deformierte Haufen über die gesamte Breite der Gasse verstreut. Ihre Köpfe ähneln Blumen, Gehirnmasse quillt aus den zerborstenen Schädelknochen. Der Boden um ihn herum ist eine einzige Lache aus rotschwarzem, infiziertem Blut.

»Nein … Es geht mir … Nein«, stammelt Gabe und versucht krampfhaft sich zu fangen. »Mir geht es blendend.«

Der Eingang zur Gasse wird plötzlich von einem Halogenscheinwerfer erhellt. Lilly kniet sich neben Gabe hin, die Waffen im Hosenbund. Das Licht formt einen silbernen Heiligenschein um ihren Kopf, betont die Strähnen ihrer kastanienbraunen Haarpracht. »Komm, ich helf' dir«, sagt sie und zieht ihn auf die Beine.

Gabe grunzt, als er seinen wuchtigen Körper aufrichtet und sich gerade hinstellt. »Wo ist meine Waffe?«

»Die holen wir schon«, versichert sie ihm.

Gabe reckt den steifen Nacken. »Das war so knapp, knapper will ich es gar nicht haben.«

»Glaub ich dir«, erwidert sie und wirft einen Blick über die Schulter. Die Stimmen im Hintergrund werden leiser, es sind nur noch ferne Schüsse zu hören. Lilly atmet auf. »Für so etwas kann es keine Entschuldigung geben«, gibt sie endlich von sich. »Ab jetzt müssen alle mit ranklotzen!«

»Verstanden«, antwortet Gabe.

»Dann mal los. Zuerst aber will ich dich untersuchen, ehe wir diese Scheiße hier aufräumen.«

Sie dreht sich schon um, will gehen, als er sie am Arm packt und sanft zurückzieht.

»Lilly, warte«, fängt er an und fährt sich mit der Zunge über die Lippen. Worte sind nicht so sein Ding, aber irgendetwas muss er sagen. Er blickt ihr in die Augen. »Vielen Dank für ... Du weißt schon ... Ich will nur sagen ... Ich schätze das.«

Sie zuckt mit den Schultern und lächelt ihn an. »Ich brauche dich.«

Er will schon weiterreden, als er merkt, wie Lilly plötzlich zusammenzuckt und sich nach vorne beugt. Sie hält ihren Bauch.

»Alles klar bei dir?«

»Ja, geht schon ... Nur ein Krampf.« Sie atmet durch den Mund ein und stößt die Luft dann langsam wieder aus. »Frauenkram, mach dir keine Sorgen.« Dann lässt der Schmerz wieder nach. »Los ... Auf geht's. Wir müssen noch ein paar mehr tote Säcke aufmischen.«

Sie dreht sich um, klettert über die Leichen und geht Richtung Straße.

Lilly und ihr innerer Kreis von Eingeweihten verbringen die restliche Nacht damit, hinter den Kulissen an den Verteidigungsmaßnahmen zu arbeiten. Bruce befiehlt jedem einsatzfähigen Mann von Martinez' Truppe, den Verteidigungswall wieder auf Vordermann zu bringen. Sie arbeiten hauptsächlich an der Nordseite, verstärken ihn mit extra Blech und Holz und fahren die Sattelschlepper vor die Schwachstellen. Die ganze Zeit halten sie die Augen offen, damit sie nicht noch einmal unangenehm überrascht werden können.

Der Lärm und die Verwirrung während des Beißer-Angriffs hat weitere Untote aus den umliegenden Wäldern angelockt. Gabe hat Schichten an den Wachtürmen angeordnet, sodass die .50-Kaliber-Geschosse an jeder Ecke des

Walls rund um die Uhr bemannt sind. Früh am Morgen ertönen die panzerbrechenden Geschütze in regelmäßigen Abständen und beseitigen einzelne oder kleine Gruppen Beißer, die es wagen, aus dem Wald auf die offenen Felder zu treten. Manchmal formen sie aber auch eine Meute, eine unordentliche Phalanx aus neun oder zehn Untoten. Niemand bemerkt, dass die Vorgehensweise der Zombies sich langsam, aber sicher ändert. Ihre Zahl steigt stetig an, ihre Bewegungen scheinen ruckartiger, aufgeregter, wie ein Fischschwarm, der auf Vibrationen in einem riesigen Aquarium reagiert. Doch niemand schert sich darum, dass die Gefahr einer riesigen Herde stetig wächst, denn sie sind alle viel zu sehr damit beschäftigt, die Lebenden bei Laune zu halten.

Lilly und ihr innerer Kreis beraten fieberhaft über das Vorhaben der gewalttätigen Fremden, es wird beinahe zu einer Art Besessenheit, ja, einer Sucht. Selbst während sie am Wall arbeiten, können sie es nicht lassen, sich gegenseitig ihre letzten Erkenntnisse oder Sorgen zuzuflüstern. Auch als sie sich in die Eingeweide des Gerichtsgebäudes zur Beratung zurückziehen, können sie es nicht lassen, und die ganze Zeit überlegen sie natürlich für sich selbst, ganz gleich, wie ihre Aufgabe gerade lautet – sei es eine Inventur ihrer Waffen- und Munitionsvorräte, das Schmieden von Plänen für einen erneuten Überfall auf die National Guard Station, das Entwerfen von Gegenmaßnahmen für den Fall eines Angriffs, das Legen von Fallen, das Anlegen von Fluchtrouten und überhaupt auf das Schlimmste vorbereitet zu sein. Lilly glaubt, dass sie jeden Augenblick angegriffen werden könnten. Seitdem sie schwanger ist, schwankt sie zwischen totaler Mattheit und manischen Energieschüben, jetzt aber hat sie kaum noch Zeit, etwas zu essen, und überhaupt keine, um sich auszuruhen – und das trotz Austins ständigen Anstrengungen, ihr zu sagen, dass sie sich wegen des Babys ab und zu Ruhe gönnen sollte. Vielleicht liegt es an den Hormonen, die Anfang des ersten Drittels der Schwangerschaft ausgeschüttet werden: Ihre Sinne scheinen außergewöhnlich scharf, der Blutfluss nimmt zu, ihr Gehirn scheint noch schneller zu schalten. Lilly steuert dieses Extra an Energien, sodass sie in einem Wirbelwind von Aktivitäten enden – währenddessen Austin sich von Red Bull und Energieriegeln ernähren muss, um überhaupt mit ihr mithalten zu können. Er eilt ihr ständig wie ein aufgescheuchter Butler hinterher, was Lilly aber nicht davon abhält, selbst auf die feinsten Details zu achten und sie umgesetzt zu sehen.

Niemand spricht es aus, aber: Lilly ist beinahe nahtlos in die Rolle eines Anführers geschlüpft. Austin macht sich Sorgen, dass es zu viel für eine Frau in ihren Umständen wird, sich solcher Verantwortung auszusetzen, aber Lilly sieht das ganz anders – sie nimmt diese Risiken nur auf sich, *weil* sie schwanger ist, sonst würde es wohl nicht infrage kommen. Sie kämpft nicht nur um ihr eigenes Leben – geschweige denn um die Zukunft ihrer kleinen Stadt –, sondern auch um das Leben ihres ungeborenen Kindes. Komme, was wolle, sie wird tun, was getan werden muss, bis der Governor wieder auf den Beinen ist. Auf einer tieferen Ebene lernt sie, was Woodbury ihr eigentlich bedeutet. Sie glaubt beinahe, den Governor auf einer ganz basalen Art verstehen zu können: Sie würde töten, damit diese Stadt nicht untergeht. *Yeah!*

Bei Antritt der Morgendämmerung schafft es Austin

endlich, sie davon zu überzeugen, dass sie etwas Nahrung zu sich nehmen muss. Er macht ihr Ramen-Nudeln auf dem Campingkocher, und befiehlt ihr dann, sich ein paar Stunden auszuruhen. Gabe schlägt vor, dass er währenddessen die Arbeiten beaufsichtigt. Und so ist die Stadt wieder einmal damit beschäftigt, einen weiteren Tag zu überleben.

Die Gerüchteküche hört auf zu brodeln – zumindest für den Augenblick. Das ist hauptsächlich Barbara und David Sterns Verdienst, die es tatsächlich geschafft haben, den Leuten weiszumachen, dass der Governor sich irgendwo im Hinterland herumtreibt und ihnen Nachrichten zukommen lässt. Nein, er hat die Flüchtlinge noch immer nicht gefunden, aber es besteht erst einmal keine Gefahr. Und ja, sie sollen Ruhe bewahren, auf ihre Familien aufpassen und sich mit dem Gedanken trösten, dass die Stadt sicher und in guten Händen ist und so weiter und so fort.

Natürlich hat während dieser merkwürdigen Zeit – die sich über Tage hinzieht – niemand eine Ahnung, was das Schicksal für Woodbury in petto hat. Das gilt auch für Lilly. Trotz ihrer schier endlosen Bemühungen, die Verteidigungsmaßnahmen zu verbessern und sich und Woodbury auf alle nur möglichen Eventualitäten vorzubereiten, hätte sie sich in ihren wildesten Träumen nie vorstellen können, was dem Städtchen blüht.

»Dann lass mich doch mal nach deinem Hals schauen«, sagt Bob Stookey zu dem kleinen Jungen, der auf einer Obstkiste in einem kleinen, unordentlichen Studioapartment sitzt, und zwinkert ihm zu. Der Junge – ein engelhafter schwarzhaariger Achtjähriger mit Sommersprossen in einem sonnengebleichten SpongeBob-T-Shirt – öffnet den Mund und sagt: »Aah.« Bob nickt zufrieden, steckt ihm vorsichtig den Stiel von einem Eis in den Mund und drückt die Zunge nieder.

Die Wohnung riecht nach Franzbranntwein, Schweiß und Kaffeepulver. Die Fenster sind mit groben grauen Decken verhangen, und ein heruntergekommenes Schlafsofa in einer Ecke ist mit einem vergilbten Laken belegt. Die Bewohnerin des Hauses – die dickliche Matrone mit der olivfarbenen Haut, die Dr. Stevens während der Flucht angehalten hat – will Bob einfach nicht zufriedenlassen. Sie fuchtelt nervös mit den Händen herum und meint schließlich: »Siehst du, wie rot sein Rachen ist, Bob?«

»Ist wohl ein bisschen wund, Kumpel, hm?«, meint Bob zu dem Jungen und nimmt den Stiel wieder aus dem Mund.

Der Junge nickt kleinlaut.

Bob streckt die Hand nach seiner Arzneitasche aus und wühlt darin herum. »Da hätte ich genau das Richtige für dich, mein Guter.« Mit diesen Worten kramt er ein kleines Fläschchen hervor. »Damit kannst du deine Schwester morgen schon wieder anbrüllen.«

Die Mutter schielt skeptisch auf die Medizin. »Was ist das denn?«

Bob reicht ihr die Flasche mit den Pillen. »Ein mildes Antibiotikum. Ich glaube, hier grassiert gerade etwas herum – aber nichts, über das man sich Sorgen machen müsste. Gib ihm dreimal am Tag eine Pille – immer mit dem Essen. Es wird nicht lange dauern, und schon fühlt er sich wieder pudelwohl.«

Die Frau kaut auf ihrer Lippe. »Äh …«

Bob neigt den Kopf zur Seite und fragt: »Gibt es ein Problem?«

Die Frau zuckt mit den Achseln. »Ich habe nichts, was ich dir zum Tausch anbieten könnte, Bob, höchstens ein paar Nahrungsmittel.«

Bob lächelt sie an und schließt die Tasche. »Aber Marianne, das ist doch nicht nötig.«

Sie erwidert seinen Blick. »Oh ... Bob, bist du dir sicher?«

»Wir sind hier in Woodbury.« Er zwinkert ihr zu. »Wir sind doch alle eine Familie.«

Früher hat Marianne Dolan mit ihrer olivfarbenen Haut und ihrer klassischen französisch-kanadischen Schönheit, der Wespentaille und den riesigen blaugrünen Augen sämtlichen Männern die Köpfe verdreht, ja sogar Autounfälle verursacht, aber ein Jahrzehnt harter Hausarbeit und des Alleinerziehens ist nicht spurlos an ihr vorübergegangen. Obendrein kam noch die Plage, sodass sich die Linien um Mund und Augen zu tiefen Furchen vertieften. Jetzt aber erfüllt ein warmes Lächeln ihr Gesicht, und die Schönheit ihres Gesichts kehrt plötzlich wieder. »Bob, das ist wirklich nett von dir! Du bist ein Gentle...«

Ein lautes Klopfen an der Tür unterbricht sie mitten in ihrer Dankesrede. Marianne blickt überrascht auf, und Bob dreht sich zur Tür um.

Marianne ruft: »Wer ist denn da?«

Von der anderen Seite ertönt die kräftige, energische Stimme einer Frau. »Ich bin's, Lilly Caul. Tut mir leid, dich zu stören, Marianne.«

Marianne Dolan durchquert das Zimmer. Sie öffnet die Tür und sieht Lilly allein im Flur stehen. »Lilly? Was kann ich für dich tun?«

»Ich habe gehört, dass Bob hier ist«, erwidert Lilly. Sie trägt ihre üblichen zerrissenen Jeans und den übergroßen gestrickten Pullover. Die Haare hängen ihr in unordentlichen Strähnen vom Kopf, und sie hat einen Patronengürtel um die Hüfte geschnallt. Sie hat etwas an sich, ihr Aussehen, wie sie sich bewegt – alles zusammen verrät Kraft, Standhaftigkeit und Stärke. Und genau diese Qualitäten hat Marianne noch nie zuvor in dieser Frau gesehen. Bei dem Patronengürtel handelt es sich offensichtlich nicht um ein Fashion-Accessoire.

»Ja, das ist er«, antwortet Marianne mit einem Grinsen. »Er hat gerade Timmy untersucht. Aber komm doch rein.«

Bob steht auf, als die beiden Frauen eintreten. »Schau einer an ... Sieht ganz so aus, als ob die Kavallerie eingetroffen ist. Lilly, Kleines, wie geht es dir?«

Lilly scheint beeindruckt. »Sag bloß, du machst jetzt sogar Hausbesuche!«

Bob lächelt und zuckt mit den Achseln. »Ach, das ist nichts ... Ich will doch nur helfen.«

Der Ausdruck auf Bobs wettergegerbtem Gesicht – mittlerweile richtig aufgeweckt und mit klaren Augen – sagt alles. Seine mit Tränensäcken unterlegten Augen funkeln vor Stolz. Selbst sein dunkles Haar hat er ordentlich nach hinten gekämmt. Er ist wie ausgetauscht – eine Tatsache, die Lilly richtig Freude macht.

Sie wendet sich an Marianne. »Stört es dich, wenn ich mir kurz deinen Arzt ausleihe? Austin ist heute nicht auf der Höhe.«

»Kein Problem«, erwidert Marianne und dreht sich dann zu Bob um. »Ich kann dir gar nicht genug danken, Bob.« Sie blickt ihren Sohn an. »Timmy? Was sagt man?«

»Danke?«, murmelt der kleine Junge schüchtern und guckt zu den Erwachsenen auf.

Bob legt ihm eine Hand auf den Kopf. »Ach, nicht der Rede wert, Kumpel. Bleib tapfer, und du wirst es überleben.«

Bob folgt Lilly durch die Tür, den Flur entlang und aus dem Haus.

»Was ist denn mit unserem jungen Schönling los?«, erkundigt sich Bob, während sie den Bürgersteig vor Dolans Haus entlanggehen. Die Sonne steht hoch in dem wolkenlosen, strahlend blauen Himmel, und die Hitze ist erdrückend. Der Georgia-Sommer lässt wohl nicht mehr lange auf sich warten, und bereits jetzt sieht man Anzeichen flackernder Luft vom Teer aufsteigen.

»Austin geht es gut«, erklärt sie und führt ihn zu einem kleinen Pappelhain, um etwas Privatsphäre zu gewinnen. »Ich wollte in Mariannes Gegenwart nicht nach dem Governor fragen.«

Bob nickt und blickt die Straße hinab auf die Läden, vor denen ein paar Kinder Fußball spielen. »Soweit ich es beurteilen kann, geht es ihm den Umständen entsprechend gut. Er liegt noch immer im Koma, aber er atmet ruhig, seine Hautfarbe sieht gesund aus, und er hat einen regelmäßigen Puls. Ich glaube, er kommt durch, Lilly.«

Sie nickt und seufzt. Dann lässt sie den Blick in die Ferne wandern, denkt nach. »Ich habe alles getan, was ich kann, damit wir hier sicher sind, während er außer Gefecht gesetzt ist.«

»Das ist prima zu hören, Lilly. Uns wird schon nichts passieren – und das haben wir dir zu verdanken, weil du die Führung übernommen hast.«

»Ich wünschte nur, er würde langsam aufwachen.« Sie überlegt weiter. »Ich will nicht, dass die Leute nervös werden und in Panik ausbrechen. Die wundern sich ja jetzt schon, warum er so lange auf der Suche nach den Fremden ist.«

»Mach dir mal keine Sorgen, das wird schon. Er ist so stark wie ein Bulle.«

Insgeheim fragt sich Lilly, ob Bob das wirklich selbst glaubt. Es ist unmöglich vorherzusagen, wie ernst die Lage tatsächlich ist. Bobs Meinung nach wurde das Koma durch die Zusammenwirkung von hypovolämischem Schock und der Mixtur an Medikamenten wie Schmerz- und Narkosemitteln ausgelöst, die er dem Governor kurz nach seiner grässlichen Verstümmelung verabreicht hat. Lilly hat keine Ahnung, ob er morgen aufwachen oder für den Rest seines Lebens vor sich hin dämmern wird. Niemand hier hat die Erfahrung, um das beurteilen zu können, und die Ungewissheit treibt Lilly beinahe in den Wahnsinn.

Sie will gerade etwas sagen, als schwere Schritte über dem Wind ertönen. Jemand eilt den anderen Bürgersteig entlang, und das Geräusch unterbricht ihren Gedankengang. Sie wirft einen Blick über die Schulter und sieht Gus, der rasch auf sie zukommt. Er ist gebaut wie ein Schrank, bloß etwas kleiner, und macht den Anschein, als ob man ihm gerade eine Zwangsvorladung präsentiert hätte. Seine Miene, die der einer Bulldogge gleicht, ist von Dringlichkeit gezeichnet.

»Lilly«, sagt er völlig außer Atem, als er auf sie zukommt. »Ich habe überall nach dir gesucht!«

»Hol erst mal Luft, Gus. Was ist denn los?«

Der Mann hält inne, beugt sich vor, legt die Hände auf die Knie und ringt nach Luft. »Die wollen den restlichen Diesel verbrauchen, den wir noch auf Lager haben.«

»Wer?«

»Curtis, Rudy und die anderen Wachen.« Er schaut Lilly ernst in die Augen. »Sie sagen, sie brauchen ihn für die Sattelschlepper beim Verteidigungswall. Was meinst du? Das ist unser letzter Diesel – mehr haben wir nicht!«

Lilly stöhnt auf. Jetzt, wo der Governor nicht da ist, kommen mehr und mehr Leute zu ihr, um Rat zu suchen, und sie ist sich nicht sicher, ob sie in der Lage ist, oder es sein will, ihn zu geben. Alle fordern grundlegende Entscheidungen von ihr, aber irgendjemand muss sie ja fällen. Endlich meint sie: »Ist schon gut, Gus ... Sie können ihn nehmen ... Aber es wird höchste Zeit, dass wir mehr holen – gleich morgen.«

Gus nickt.

Bob wirft ihr einen Blick zu, und ein merkwürdiger Schatten huscht über seine mit tiefen Furchen gezeichnete Miene – eine Mischung aus Faszination, Sorge und etwas anderem, etwas Unergründlichem –, als ob er weiß, dass Lilly sich irgendwie geändert hat. Diesel und Benzin sind zum Lebenselixier von Woodbury geworden – sie dienen nicht nur als Treibstoff, sondern auch als morbider Maßstab dafür, wie ihre Überlebenschancen stehen. Niemand schummelt oder denkt an den eigenen Vorteil, wenn es um die Rationierung von Treibstoff geht.

Lilly schaut Bob an. »Ist schon gut, Bob. Morgen holen wir mehr.«

Bob nickt ihr kurz zu. Es ist, als ob er weiß, dass sie selbst kein Wort von dem glaubt, was sie sagt.

Im Lauf der nächsten drei Tage finden sie aber tatsächlich mehr Treibstoff. Lilly schickt eine kleine Truppe Wachen – Gus, Curtis, Rudy, Matthew und Ray Hillard – in einem der Militärtrucks auf die Suche. Ihre Mission lautet, sämtliche Tankstellen zwischen dem geplünderten Walmart und den zwei Piggly-Wiggly-Supermärkten diesseits Georgias abzuklappern. Ausdrückliches Ziel: hoffentlich einen unterirdischen Tank ausfindig machen, in dem noch der eine oder andere Tropfen übrig geblieben ist. Falls das nichts bringt, gibt es auch einen Plan B: So viel wie möglich aus jedem einzelnen Autowrack saugen, das noch nicht völlig zerlegt ist – ob nun vom Wetter Georgias, von herumziehenden Banden oder Beißern.

Als die Männer am Mittwochabend zurückkehren, sind sie zwar erschöpft, aber guter Dinge, weil die Mission ein Erfolg war. Sie sind über einen verlassenen Campingplatz in Forsyth gestolpert, circa sechzig Kilometer östlich von Woodbury. Die Tankstelle hinter der Rezeption, anscheinend seit Anfang der Plage mit einem Vorhängeschloss gesichert, enthielt zwei rostige Golf-Carts und einen halben Tank voll bleifreiem, göttlichem Nektar – beinahe fünfhundert Liter –, und Lilly ist außer sich vor Freude über diesen spektakulären Fund. Wenn die Leute sich den Treibstoff gut einteilen und nicht verschwenderisch damit umgehen, wird er Woodbury für mindestens einen Monat mit Energie versorgen.

Für den Rest der Woche gibt Lilly ihr Bestes, um die Leute bei Laune zu halten, ist sich aber in keiner Weise bewusst, dass die Lage schon bald völlig außer Kontrolle geraten wird.

Fünf

Es ist Freitagabend – ein Abend, der zusammen mit der darauf folgenden Nacht von Lilly und ihrem inneren Kreis als ein entscheidender Wendepunkt erklärt werden sollte. Warme Luftmassen rollen von Süden her über Woodbury und lassen die Luft so schwül wie in einem Gewächshaus werden. Schon um Mitternacht ist kaum noch etwas los in dem kleinen Städtchen. Die meisten Einwohner schlummern bereits auf ihren schweißnassen Laken, während eine Handvoll Wachen leise den Verteidigungswall auf und ab patrouilliert. Selbst Bob Stookey hat sich eine Auszeit von seiner Aufgabe genommen, sich rund um die Uhr um den Governor zu kümmern, und schläft jetzt den Schlaf der Gerechten in einem anliegenden Raum unter der Rennstrecke. Nur die Krankenstation – nach wie vor in das grelle, harsche Licht der Halogenlampen eines Operationssaals getaucht – ist noch immer voller Leben und gedämpften, dafür aber umso wütender klingenden Stimmen.

»Ich habe es satt!«, beschwert sich Bruce Cooper und geht vor den kaputten Spiegeln und Krankenbahren auf und ab, die an eine Wand geschoben worden sind. »Hat irgendjemand sie zur obersten Anführerin erklärt? Die führt sich auf wie Kleopatra, Befehl hier, Befehl da …«

»Krieg' dich wieder ein, Brucey«, unterbricht Gabe ihn. Er sitzt auf einem Stuhl neben der Krankenbahre mit dem

Governor, der wie gehabt leblos und blass wie ein Mannequin vor sich hin vegetiert. Es ist jetzt eine Woche her, dass die Frau mit den Dreadlocks sich an dem Governor vergangen hat, und Philip Blake hat diese sieben Tage im Wesentlichen bewusstlos verbracht. Niemand kann sich an die Idee eines Komas gewöhnen – obwohl Bob es sofort so genannt hat –, aber was auch immer es ist, es scheint sich tief in den Governor hineingefressen zu haben. Philip hat sich lediglich zweimal kurz bewegt – einmal ist der Kopf zur Seite gerollt, und das zweite Mal stieß er unkenntliche Silben wie im Wahn aus, eher ein Husten als irgendwas anderes –, aber jedes Mal sinkt er genauso rasch in seine Dämmerwelt zurück, wie er aus ihr aufgetaucht war. Und Bobs Meinung nach ist das ein gutes Zeichen. Mit jedem Tag kriegt der Governor mehr Farbe, und sein Atmen wird klarer und stärker. Bob hat den Anteil von Glukose und Elektrolyten in seinem Tropf erhöht und misst die Temperatur regelmäßiger. Der Governor hat jetzt seit über zwei Tagen genau siebenunddreißig Grad. »Und überhaupt, warum hast du ein Problem damit?«, fragt Gabe den Schwarzen. »Sie hat dir doch nie etwas getan. Warum regst du dich so künstlich auf?«

Bruce zögert, steckt die Hände in die Taschen seiner Armeehose und schnaubt verärgert. »Ich will damit nur sagen, dass niemand sie offiziell dazu auserkoren hat, uns anzuführen.«

Gabe schüttelt den Kopf. »Was zum Teufel soll das alles, Mann? Bist du heute mit dem falschen Fuß aufgestanden, oder was?«

»Ach, ihr könnt mich doch alle mal kreuzweise. Ich verschwinde!«

Bruce stürmt zur Tür, schüttelt angewidert den Kopf und murmelt eine ganze Litanei Schimpfwörter. Beleidigt reißt er die Tür auf und wirft sie dann mit einer solchen Wucht hinter sich zu, dass die Krankenstation bebt.

Gabe starrt ihm hinterher und steht für einen Moment fassungslos da, als er plötzlich ein Geräusch wahrnimmt, das ihm die Haare im Nacken zu Berge stehen lässt.

Es hört sich an, als ob der Mann auf der Krankenbahre etwas sagt.

Zuerst glaubt Gabe, dass er es sich nur einbildet. Im Nachhinein kommt er zu dem Schluss, dass er in jenem Moment *tatsächlich* die Stimme des Governors gehört hat – kurz nachdem Bruce die Tür in die Angel geworfen hat. Die Worte waren so exakt ausgesprochen und so klar, dass Gabe zuerst glaubte, der Governor hätte etwas in der Art von: »Wie lange?« gesagt.

Gabe dreht sich um. Der Mann auf der Krankenbahre hat sich nicht bewegt. Sein Gesicht voller Bandagen liegt noch immer etwas erhöht auf dem Kopfkissen, das Kopfende der Bahre selbst ist auf fünfundvierzig Grad aufgestockt. Gabe geht langsam darauf zu. »Governor?«

Der Mann auf der Bahre bewegt sich immer noch nicht, aber plötzlich, als ob er als Antwort auf Gabes Stimme reagiert, beginnt sich das eine Auge zu regen, das durch die vielen Bandagen zu sehen ist.

Es öffnet sich aber nicht abrupt, sondern ganz langsam. Zuerst flattert es lediglich schwach, wird aber immer stärker, bis das Lid sich endlich hebt und das Weiß erscheint.

Der Governor zwinkert einige Male, und schon bald

richtet er das Auge auf Objekte in der Krankenstation. Die Iris weitet sich …

Gabe schnappt sich den Klappstuhl, stellt ihn neben die Bahre, setzt sich hin und legt eine Hand auf den kalten, blassen Arm des Governors. Dann starrt er in das Auge Philip Blakes. Sein Herz beginnt wie wild zu pochen. Er starrt mit einer derart fiebrigen Intensität in das Auge, dass er in dem feuchten Augapfel beinahe sein Spiegelbild sehen kann. »Governor? Governor! Governor, kannst du mich hören?«

Der Mann auf der Krankenbahre nickt kaum merklich mit dem Kopf, ehe er das Auge auf den untersetzten Mann mit dem Bürstenhaarschnitt richtet, der neben ihm sitzt. Durch trockene, aufgeplatzte Lippen murmelt er erneut: »Wie lange …?«

Anfangs ist Gabe so überwältigt, dass er nicht zu antworten vermag. Er starrt lediglich auf das ausgezehrte, bandagierte Gesicht – für einen scheinbar endlosen, qualvollen Moment. Dann schüttelt er seine Benommenheit ab und sagt sanft: »… du bewusstlos warst?«

Wieder ein langsames, sehr schwaches Nicken.

Gabe fährt sich mit der Zunge über die Lippen, ist sich völlig unbewusst, dass er vor Aufregung wie ein Blöder grinst. »Beinahe eine Woche.« Er hält sich gerade noch zurück, vor Freude aufzuheulen und den Mann zu umarmen. Dann fragt er sich, ob er Bob aufwecken soll. Obwohl der Mann vor ihm ein paar Jahre jünger ist, ist er sein Boss, sein Mentor, sein Kompass, seine Vaterfigur. »Ab und zu warst du kurz mal wach«, fährt Gabe so ruhig, wie er nur kann, fort, »aber ich glaube nicht, dass du dich daran erinnern kannst.«

Der Governor neigt den Kopf langsam zu der einen Seite, dann zur anderen, als ob er testen will, wie beweglich er ist. Dann bringt er einen weiteren heiseren Satz heraus: »Habt ihr Doc Stevens gefunden?« Er holt flach Luft, als ob die Anstrengung, diese Frage zu stellen, ihn auf das Äußerste erschöpft hat. »Er soll mich wieder hinbiegen.«

Gabe schluckt. »Nein.« Seine Mundwinkel zucken nervös. »Der Doc ist tot.« Er holt tief Luft. »Sie haben ihn vor unserem Zaun gefunden. Er ist mit der Schlampe und ihren Freunden geflohen ... Aber er hat es nicht lange ausgehalten, ist zum Beißer geworden.«

Der Governor atmet kurz durch die Nase, schluckt dann mühselig und holt erneut qualvoll Luft. Er blinzelt und starrt die Decke an, sieht aus wie ein Mann, der darauf wartet, dass auch die letzten Szenen eines Albtraums endlich enden, dass das kalte Licht der Realität endlich wiederkehrt und die Schatten vertreibt. Endlich schafft er einen weiteren Satz: »Geschieht dem Arschloch recht.« Die Wut, die in seinem Auge funkelt, holt ihn langsam zurück ins Leben. Langsam weiß er wieder, wo und wer er ist. Er schaut Gabe an. »Wenn der Doc tot ist, wie kommt es dann, dass ich überlebt habe?«

Gabe erwidert seinen Blick. »Bob.«

Der Governor verarbeitet diese Information, und sein Auge weitet sich sichtbar von dem Schock. »Bob!?« Wieder ein qualvoller Atemzug. »Das ... *so ein Schwachsinn* ... Der alte Spritti? Kann doch nicht mal gerade gehen – geschweige denn, mich wieder auf die Beine bringen.« Er schluckt, und man sieht ihm die Schmerzen an. Seine Stimme bleibt ihm wie eine Platte mit einem Sprung im

Hals stecken. »Der wollte doch nicht einmal Docs Assistent werden – hat das *Mädchen* dazu verdonnert.«

Gabe zuckt mit den Achseln. »Ich nehme an, es gab nicht allzu viel für ihn zu tun – Gott sei Dank. Hat gemeint, dein Arm ist gut geheilt, vom Feuer gut sterilisiert, hat dich aber trotzdem schick hergerichtet, auf dich aufgepasst, dir Antibiotika oder so etwas gegeben, bin mir nicht sicher. So, wie ich das verstanden habe … Als sie dir den … äh … Als sie sich an deinem Oberschenkel zu schaffen gemacht hat … Bob meint, sie hat eine Vene nur knapp verfehlt, sodass du nicht so viel Blut verloren hast. Hätte schlimmer kommen können.« Gabe beißt auf der Unterlippe herum. Er will dem Mann nicht zu viel erzählen, nicht in diesem Zustand. »Aber wenn die Schlampe sie getroffen hätte, wärst du nicht mehr unter uns.« Er hält einen Moment lang inne. »Das Auge ist knapp an einer Infektion vorbeigeschrammt – sehr knapp.« Wieder eine Pause. »Bob meint, dass sie genau gewusst haben muss, was sie tut. Er glaubt, sie *wollte*, dass du nicht stirbst – als ob sie noch Pläne für dich in petto hätte.«

Der Governor kneift das rechte Auge zusammen, und es leuchtet hasserfüllt. »Pläne? Für *mich*?« Er schnaubt verschleimt. »Wartet mal, bis ich Nachrichten von Martinez bekomme. Ich könnte ein ganzes *Buch* über die Sachen schreiben, die ich mit ihr vorhabe.«

Gabe spürt, wie sich ihm der Magen umdreht. Er überlegt, ob er den Mund halten soll, sagt dann aber leise: »Äh … Boss … Martinez ist mit ihnen gegangen.«

Plötzlich zuckt der Governor zusammen, ausgelöst durch Schmerzen oder durch weiß glühende Wut … vielleicht auch eine Mischung von beidem. »Ich *weiß* verdammt noch mal, dass er mit ihnen gegangen ist.« Er holt keuchend Atem und fährt dann fort: »Ich wusste aber nicht, dass der Doc und die kleine Schlampe mit abhauen –, aber das war mein *Plan*.« Erneut gequältes Atmen, als er Luft in seine gepeinigten Lungen saugt. »Martinez hat ihnen bei der Flucht geholfen, um dann zurückzukommen und uns zu erzählen, wo das scheiß Gefängnis ist.« Pause. »Wenn ich schon eine ganze Woche außer Gefecht war, sollte er wohl langsam mal zurück sein.«

Gabe nickt, als der Governor lange und schmerzhaft seufzt und einen Blick auf den dick bandagierten Stumpen wirft, wo einmal sein rechter Arm gewesen ist. Sein Auge registriert die fürchterliche Tatsache, die unumstößliche Realität. Seine abgetrennte Hand sendet gespensterhafte Phantomschmerzen durch die Schulter an sein Gehirn, und er erbebt, presst seine aufgeplatzten Lippen zusammen, und Gabe bemerkt ein Schimmern in der Iris des tief liegenden Auges. Er hat es genau gesehen. Der Governor ist zurück. Ob es Wahnsinn, Kraft oder purer Überlebenswille ist, vielleicht sogar ganz gemeine Boshaftigkeit – das Aufleuchten in seinem Auge sagt alles über diesen Mann.

Endlich richtet Philip Blake es wieder auf Gabe und fügt mit heiserer Stimme hinzu: »Und wenn die Zeit da ist … Dann gehört die Schlampe mir.«

Während der restlichen Woche nimmt die Hitze des späten Frühlings zu und legt sich selbst über die entlegensten Täler des westlichen Teils von Zentral-Georgia. Die hohe Luftfeuchtigkeit beginnt zu drücken, und die gleißende Sonne verwandelt die Tage in wahre Dampfbäder. Die Witterung saugt den Einwohnern die Energie förmlich aus den Knochen, und die Leute verbringen die Tage entweder fächernd in ihren Wohnungen oder im Schatten der Eichen. Sie scheinen alles tun zu wollen, um den alltäglichen Aufgaben aus dem Weg zu gehen. Die Sterns haben eine Methode ausgeklügelt, wie sie Eis in einer alten Gefriertruhe im Warenlager herstellen können, ohne dabei allzu viel Strom zu verbrauchen. Austin hat ein paar Vitaminpillen in einer lange geplünderten Drogerie ausfindig gemacht und bemuttert Lilly von vorne bis hinten, achtet stets darauf, dass sie genug isst, und ermahnt sie, sich nicht der Hitze auszusetzen. Die Menschen reden noch immer über die Flucht, den nicht anwesenden Governor und machen sich Sorgen um das Schicksal ihres Städtchens.

Die ganze Zeit tun Gabe, Bruce und Bob ihr Bestes, damit die Sache mit dem Governor nicht auffliegt. Keiner von ihnen will, dass die Einwohner ihn auf Krücken herumhumpeln sehen – wie jemand, der nach einem Schlaganfall versucht, wieder auf die Beine zu kommen. Nachts schleppen sie ihn durch die Stadt zu seiner Wohnung, wo er Zeit mit Penny verbringt und sich ausruht. Gabe hilft ihm beim Aufräumen. Zusammen schaffen sie wieder etwas Ordnung, beseitigen alle Überreste des Angriffs und putzen die schlimmsten Flecken und Blutlachen weg. Gabe erzählt ihm, wie Lilly das Zepter während seiner Abwesenheit in die Hand genommen hat. Der Governor ist beeindruckt von dem, was er hört, und lädt sie Ende der Woche zu sich ein.

»Ich weiß, dass ich es dir gar nicht erst sagen muss«, meint Gabe, als er und Lilly nachts durch den mit Müll übersäten Eingangsbereich zur Wohnung des Governors gehen, »aber alles, was du hier siehst und hörst, bleibt auch hier. Verstanden? Ich will nicht einmal, dass Austin Wind davon kriegt.«

»Verstanden«, erwidert sie ein wenig unsicher, als sie einem Stück aufgeweichte Pappe ausweicht und dem gedrungenen Mann mit dem kräftigen Hals durch die vielen Türen die Treppe hoch folgt, die nach Schimmel und Mäuseköttel stinkt. Die Stufen sind mit abgetretenem Teppich belegt und knarzen laut bei jedem Schritt. »Warum eigentlich diese ganze Geheimniskrämerei? Ich meine ... Austin weiß Bescheid über die Attacke, die Sterns auch. Außerdem haben wir das Ganze jetzt schon beinahe zwei Wochen erfolgreich unter Verschluss gehalten.«

»Er hat eine Aufgabe für dich«, erklärt Gabe, während sie durch den stinkenden Flur im ersten Stock gehen. »Und er will, dass niemand außer dir weiß, worum es sich handelt.«

Lilly zuckt mit den Achseln, als sie vor der Eingangstür zur Wohnung des Governors stehen. »Wie du meinst, Gabe.«

Sie klopfen, und die Stimme des Governors – so kräftig und resolut wie eh und je – bittet sie herein.

Lilly versucht, nicht entsetzt dreinzuschauen, als sie in das Wohnzimmer geht und den Mann auf dem abgewetzten Sofa liegen sieht, die Krücken neben sich.

»Da ist sie ja«, sagt Philip Blake mit einem Grinsen und winkt sie zu sich. Er trägt eine schwarze Augenklappe – Lilly erfährt erst später, dass Bob sie aus den Riemen einer Motorradsatteltasche angefertigt hat. Sein rechter Arm fehlt, der bandagierte Stumpen lugt gerade so aus dem Ärmel seiner Jagdweste hervor. Der ehemals drahtige Körper scheint jetzt unendlich viel Platz in der Armeehose zu haben, und die sehnigen Muskeln sind zu nichts weiter als dünnen Striemen unter seiner Haut zusammengeschrumpft. Er ist so blass wie Alabaster, sodass seine dunklen Haare und das übrig gebliebene Auge noch schwärzer erscheinen. Insgesamt macht er den Eindruck einer Vogelscheuche. Trotz der ausgemergelten Erscheinung sieht er so boshaft wie immer aus. »Bitte entschuldige, dass ich nicht aufstehe«, fügt er mit einem Grinsen hinzu. »Ich bin noch nicht ganz sicher auf den Beinen.«

»Du siehst gut aus«, lügt Lilly und nimmt auf einem Sessel ihm gegenüber Platz.

Gabe steht in der Tür. »Da braucht es schon mehr als so eine verrückte Schlampe, um den Governor auszuschalten – oder etwa nicht, Governor?«

»Gabe, Gabe, Gabe! Du kannst dir deine Schmeicheleien in den Hintern stecken«, ermahnt Philip ihn. »Ich brauche gerade keine Streicheleinheiten, klar? Es ist, wie es ist, und es wird schon wieder.«

»Gut zu hören«, sagt Lilly, meint diesmal aber, was sie sagt.

Der Governor schaut sie an. »Habe gute Sachen über dich gehört, wie du die Zügel an dich gerissen, die Dinge in die Hand genommen hast, während ich die ganze Woche flachgelegen habe.«

Lilly zuckt mit den Achseln. »Jeder hat mit angefasst, weißt du? Das war Gemeinschaftssache.«

Dann hört sie plötzlich ein merkwürdiges, gedämpftes Geräusch, das aus dem anderen Zimmer stammt – ein Rascheln, dann ein Zischen und das Zerren an einer Kette. Sie hat keine Ahnung, was das Geräusch verursacht haben könnte, vergisst es auch sofort wieder.

»Und bescheiden ist die Lady auch!« Der Governor lächelt sie an. »Siehst du, Gabe? Davon rede ich die ganze Zeit. Die Sache schön sanft angehen, aber trotzdem mächtig Schmackes dahinter. Lilly, ich könnte noch ein Dutzend solcher Leute wie dich hier gebrauchen.«

Lilly senkt den Blick. »Ich würde lügen, wenn ich behaupten würde, dass die Stadt mir nichts bedeutet.« Dann hebt sie den Kopf wieder und schaut den Governor an. »Ich will nicht, dass Woodbury untergeht. Ich will, dass alles rundläuft.«

»Dann sind wir schon zwei, Lilly.« Er erhebt sich langsam und qualvoll von der Couch. Gabe will ihm helfen, aber er winkt kurzerhand ab. Durch die Nase atmend humpelt der Governor zu dem mit Brettern verschlagenen Fenster – ohne Krücken – und lugt durch einen schmalen Spalt. »Dann sind wir schon zwei«, wiederholt er leise, starrt hinaus in die Finsternis und verfällt ins Grübeln.

Lilly beobachtet ihn. Sie sieht, wie sich seine Miene verändert, erhellt von einem schwachen Strahl silbernen Lichts, der von einer weit entfernten Bogenlampe in den Raum fällt. Der schmale Lichtkegel trifft auf sein einzig verbliebenes Auge, während sich sein Gesichtsausdruck verdunkelt und sein Blick sich mit Hass erfüllt. »Wir haben hier eine Situation, um die wir uns kümmern müssen«, murmelt er. »Wenn wir Woodbury retten wollen, müssen wir ... Wie heißt es noch mal? Dann müssen wir *präventiv* vorgehen.«

»Präventiv?« Lilly mustert den Mann. Er gleicht einem verwundeten Pitbull-Terrier in einem Käfig. Sein amputierter Armstumpf hängt baumelnd an der Seite, während der Rest seines Körpers wie ein Uhrwerk aufgezogen zu sein scheint. Lilly versucht, ihn nicht zu offensichtlich anzustarren. Seine Bandagen voller Jodflecken und das vernarbte Fleisch sprechen Bände. Er ist die Verkörperung sämtlicher Gefahren, die ihnen drohen, und es stellt sich die Frage: Wer hat es geschafft, diesem unverwüstlichen Mann so etwas anzutun? Lilly holt tief Luft. »Was immer du auch vorhast, ich werde dir zur Seite stehen. Niemand hier will in Angst und Schrecken leben. Was immer du brauchst … Ich bin dabei.«

Er dreht sich zu ihr um, blickt sie an, und die Emotionen spiegeln sich in seinem guten Auge wider. »Es gibt etwas, das du wissen musst.« Er schaut Gabe an, wendet sich dann wieder ihr zu. »Ich habe diese Arschlöcher fliehen lassen.«

Lillys Herz fängt heftig an zu pochen. »Wie bitte?«

»Ich habe Martinez mit auf die Reise geschickt. Er sollte unser Spion sein. Ich habe ihm aufgetragen, ihre Basis auszukundschaften – er soll dieses scheiß Gefängnis, in dem sie sich verstecken, ausfindig machen – und dann wieder zurückkommen, um Bericht zu erstatten.«

Lilly nickt, verarbeitet diese neuen Informationen. Ihre Gedanken scheinen vor lauter Ängsten, Variablen und Implikationen ins Schwimmen zu geraten. »Ich verstehe«, sagt sie endlich.

Der Governor blickt sie ernst an. »Er hätte schon längst zurück sein sollen.«

»Yeah … Stimmt.«

»Lilly, du bist eine geborene Anführerin. Ich will, dass du einen Suchtrupp bildest – kannst dir deine Leute aussuchen – und herausfindest, was zum Teufel noch mal mit ihm passiert ist. Mach dich schlau. Kannst du das für mich tun?«

Lilly nickt, zweifelt insgeheim aber daran, ob es für jemanden in ihren Umständen eine gute Idee ist, so etwas ... *Arbeitsintensives* zu tun. *Arbeit* ist der Schlüssel. Ist sie wirklich bereit, so viel zu geben? Schließlich wird sie bald Mutter werden, und lange davor wird sie mit einer Kugel so rund und schwer wie ein Medizinball als Bauch durch die Gegend rennen. Im Augenblick ist das alles noch kein Problem – ihr Bauch ist noch flach, sie kann sich noch einwandfrei bewegen, hat noch keine Ahnung, was die Natur über die nächsten Monate mit ihr plant. Was aber passiert, wenn das alles losgeht? Sie weiß genug über den Beginn einer Schwangerschaft, ist sich im Klaren, dass Bewegung und körperliche Anstrengung völlig sicher, sogar ratsam sind. Aber eine derart gefährliche Mission, bei der sie sogar in das zombieinfizierte Hinterland muss? Sie überlegt nur den Bruchteil einer Sekunde lang, wendet sich dann dem Governor zu und sagt: »Selbstverständlich mache ich das für dich. Wir verlassen die Stadt am frühen Morgen.«

»Gut.«

»Eine Frage noch.«

Der Governor starrt sie einäugig an. »Was zum Teufel denn noch?«

Sie kaut einen Moment lang auf ihrer Unterlippe, sucht nach den richtigen Worten. Schließlich rüttelt man nicht am Käfig eines verwundeten Raubtiers, aber sie kann nicht umhin. »Die Leute machen sich Sorgen um dich, haben keine Ahnung, wie es dir geht, wissen nicht einmal, wo du bist.« Sie erwidert seinen Blick. »Früher oder später musst du dich ihnen stellen.«

Er seufzt gequält auf. »Das werde ich auch, meine Kleine.

Bald schon, lass das mal meine Sorge sein.« Es herrscht völlige Stille. Der Governor starrt sie an. »Sonst noch was?«

Sie zuckt mit den Schultern. Es gibt nichts mehr zu sagen.

Lilly und Gabe gehen zur Tür und den Flur entlang nach draußen, lassen den Governor und die merkwürdigen Geräusche, die aus dem Nebenzimmer stammen, hinter sich.

Lilly verbringt den Rest des Abends und der Nacht damit, ihr Team zusammenzutrommeln und den nötigen Proviant für die Suchaktion zu sammeln. Austin ist natürlich hundertprozentig gegen das Unternehmen, fängt sogar an zu streiten, aber Lilly gibt nicht nach. Die bevorstehende Aufgabe stachelt sie an – sie muss die Zukunft der Stadt retten, jegliche Gefahren, die ihr drohen, im Keim ersticken. Schließlich kämpft sie jetzt für zwei – mach drei daraus, wenn man Austin mitzählt. Und was vielleicht noch wichtiger ist: Sie will, dass niemand etwas von ihrer Schwangerschaft erfährt. Sie will keinen Verdacht aufkommen lassen, dass sie nicht hundertprozentig bei der Sache und zu allem bereit ist. Das ist ihr kleines Geheimnis, ihr Körper, ihr Leben – das Leben ihres Babys.

Bei den Vorbereitungen achtet sie auf jedes noch so kleine Detail. Sie zieht in Erwägung, Bob mitzunehmen, entscheidet sich dann aber doch dagegen – er wird dringender in der Stadt gebraucht als auf ihrer kleinen Mission; und außerdem würde er sie wahrscheinlich nur aufhalten. Sie entschließt sich auch gegen Bruce, er soll lieber hier bleiben und sich um den Governor kümmern. Stattdessen bittet sie Gabe und Gus mitzukommen. Austin ist auch mit von der Partie, denn er kennt Martinez' Methoden, Verhaltensmuster und Marotten wie kein anderer. Gabe ist zwar noch immer nicht über Martinez' unerwarteten Angriff in den Katakomben der Rennstrecke hinweg, aber er ist ein Pragmatiker. Außerdem weiß er jetzt, dass der kleine Überfall Teil eines größeren Plans war, und dass Martinez und seine Mission von absoluter Wichtigkeit für sie ist. Sie müssen diese Leute finden und etwas unternehmen, ehe etwas wirklich Fürchterliches passiert. Außerdem hat Lilly Caul ihm das Leben gerettet.

Der Letzte im Bunde ist David Stern – hauptsächlich wegen seiner Gerissenheit und Erfahrung als Jäger. Er soll Lillys Strategieberater werden, denn sie ist mit der Mission überfordert. Menschen über Hunderte von Kilometern durch unwegsames Gelände hinweg aufzuspüren, das noch dazu mit Beißern infiziert ist, gehört nicht gerade zu ihren Spezialitäten – auch wenn sie mehr denn je motiviert ist, alles zu tun, was nötig ist. Außer ihr wissen aber nur Gabe und Austin von Martinez' Aufgabe. Gus und David sind noch immer in dem Glauben, dass er ein Verräter ist und sie die Flüchtlinge aufspüren sollen.

»Der Boden da draußen ist schon eine ganze Zeit lang ziemlich feucht und weich«, bemerkt David Stern Lilly gegenüber, während er eine Kiste auf die Ladefläche des Militärtrucks hievt, der in der Finsternis des noch viel zu frühen Morgens vor dem Nordtor der Stadt steht. Der Motor knattert im Leerlauf vor sich hin – der Turbodiesel ächzt und krächzt unter der Motorhaube und droht, seine Stimme zu übertönen. »Ich gehe davon aus, dass ihre Spuren noch nicht verwischt sind.«

»Yeah, aber wie sollen wir *die* von denen der Tausende

von Beißern unterscheiden, die während der gesamten letzten Woche drübergetrampelt sind?« Lilly grunzt, als sie eine Kiste mit Wasserflaschen auf der Ladefläche abstellt. Sie haben genug Proviant für mindestens vierundzwanzig Stunden dabei – Essen, Decken, Handsprechfunkgeräte, extra Munition und ein ganzes Lager an Waffen von der National Guard Station. Lilly will diese Mission so schnell wie möglich hinter sich bringen. Das Treiben der Zombies während der letzten Woche hat sich verschärft, und je schneller sie erfolgreich zurückkehren können, desto besser. »Mir kommt das vor, als ob wir da draußen eine Nadel im Heuhaufen suchen«, meint sie und schiebt die Kiste weiter nach hinten.

»Wir fangen einfach da an, wo sie zuletzt gesichtet wurden«, erklärt David und steigt auf das Trittbrett. »Die Sonne geht bald auf – wir können davon ausgehen, dass sie nach Osten gegangen sind, zumindest anfangs.«

Sie laden den Truck voll und steigen ein.

Gus setzt sich hinter das Steuer. Neben ihm wartet bereits der bis an die Zähne bewaffnete Gabe, um ihnen den Weg freizuhalten. Zudem hat er ein Handsprechfunkgerät parat, um mit Lilly in Verbindung zu bleiben, die es sich auf der Ladefläche bequem macht. David und Austin stehen auf dem Trittbrett, damit sie rasch abspringen und etwaige Probleme aus dem Weg räumen können. Die Morgendämmerung setzt langsam ein, als die Männer nach und nach den Weg freimachen – der Sattelschlepper, der die Ausfahrt versperrt, wird angeworfen, die in die Luft ragenden Auspuffrohre beginnen zu rauchen, und das Monster setzt sich langsam in Bewegung. Vor ihnen erstreckt sich die Finsternis der umliegenden, vom Morgennebel verdeckten Wälder.

Lillys Magen verkrampft sich, als der Truck aus der Stadt rumpelt.

Sie lugt durch die Plane, die jetzt im Wind zu schlagen beginnt, und beobachtet, wie sie an der östlichen Seite von Woodbury vorbeifahren. Die Stadt schläft noch, wird von Nebelschwaden verschleiert. Es sieht aus wie in einer Kriegszone – das Gebiet außerhalb des mit Stacheldraht versehenen Verteidigungswalls ist übersät mit Wracks aller Art, voll von Kratern und Bergen von Zombieleichen früherer Scharmützel mit den Beißern – manche ohne Kopf, andere völlig verkohlt, nur noch schwarze Hülsen ohne Inhalt ... andere liegen in riesigen Pfützen, die ihnen als offene Gräber dienen. Die Sonne ist beinahe aufgegangen, und die Gasse, die von der Durand Street abgeht, kommt in Sicht – dort sind Martinez und seine Flüchtlinge vor beinahe zwei Wochen über den Wall geklettert.

Gus tritt auf die Bremse, und der Truck kommt quietschend auf einem Schotterweg keine zehn Meter vor dem Wall zum Stehen. David und Austin steigen ab und beleuchten den Boden mit Taschenlampen, suchen die Gegend nach Spuren ab, werden fündig – sie sind mittlerweile mit abgestandenem Regenwasser aufgefüllt. Sie erzählen die Geschichte von Dr. Stevens' Angriff und der Flucht in Richtung Highway 85. Über Sprechfunk teilen sie Lilly ihre Beobachtungen mit, ehe sie die beiden wieder zurückbeordert.

Sie biegen nach links Richtung Highway, fahren den Schotterweg entlang und suchen dann auf der anderen Seite der geteerten Schnellstraße nach Spuren der Flüchtlinge. David Stern erinnert sie noch einmal daran, dass sie jegliche Fußabdrücke mit Schleifspuren ignorieren sollen, denn das ist ein eindeutiger Hinweis darauf, dass es sich um das unbeholfene Schlurfen von Beißern handelt, und so durchkämmen sie die Gegend nur nach fest umrissenen Fußspuren. Sobald sie sich an den Unterschied gewöhnen, fällt es ihnen leichter, die fliehenden Menschen von den Untoten zu unterscheiden. Selbst nach zwei Wochen sind die Spuren entlang des gesamten Fluchtwegs noch klar zu erkennen – Pfützen mit perfekt geformten Umrissen von Stiefelabdrücken.

Gegen Vormittag verliert sich die Fährte circa einen Kilometer westlich von Greenville, und Gus hält den Truck an. Bis zu diesem Punkt sind die Flüchtlinge stets nach Nordnordwesten gelaufen, jetzt aber ist es unmöglich zu sagen, ob sie die Richtung gewechselt haben – und wenn ja, dann wohin? Zum Glück scheinen die Beißer die gleißende Sonne zu meiden, denn es sind kaum welche zu sehen. Die Ladefläche des Trucks verwandelt sich mit der Hitze in eine Sauna, und sie sitzen da und schwitzen ihre Kleidung nass, während sie beraten, wie sie als Nächstes vorgehen sollen. Gabe schlägt vor, dass sie zu Fuß weitergehen, doch Lilly lehnt die Idee ab. Es behagt ihr weder sich zu trennen noch den Truck unbeaufsichtigt stehen zu lassen.

Dann erinnert sie sich an den Unfall – der abgestürzte Helikopter, den sie bei ihrem letzten Ausflug gesehen haben. Sie befinden sich nur einen knappen Kilometer südlich von dem Unfallort. Sie fordert Gus auf, etwas weiter nach Norden zu fahren, bis sie innerhalb weniger Minuten an dieselbe Stelle kommen, von der aus sie sich vor mehreren Wochen auf die Suche nach dem Helikopter gemacht haben.

Gus tritt unvermittelt auf die Bremse und stoppt den Truck. Allesamt starren sie Lilly an, denn plötzlich wird ihnen klar, dass ihnen nichts anderes übrig bleiben wird.

Sie müssen zu Fuß weiter, durch den Wald – in dem es von Beißern nur so wimmelt.

Sechs

»Okay, David, schau dir das einmal an.« Sie führt ihn über den matschigen Seitenstreifen, bleibt dann vor der Böschung stehen und deutet auf Fußspuren. Hunderte von Fußstapfen – aller Größen und Frischegrade – führen kreuz und quer über den moosigen Boden. Viele davon gehören Lilly, Martinez und den anderen Mitgliedern der Truppe, die vor nicht allzu langer Zeit zum Unfallort geeilt sind; einige aber machen einen deutlichen frischeren Eindruck. »Was haltet ihr von denen?«, fragt Lilly in die Runde und deutet auf eine diagonale Reihe von Spuren, die von der Straße in den Wald führen.

David mustert sie genauer. »Sieht ganz so aus, als ob die genau wussten, wo sie hinwollten.«

»Unfallort?«, schlägt Gus vor.

»Volltreffer«, stimmt David zu. »Vielleicht hat Martinez geglaubt, dass es dort noch etwas zu holen gibt. Wir haben seinerzeit nicht die Chance gehabt, den Hubschrauber vernünftig zu durchsuchen. Wer weiß, was wir alles übersehen haben?«

Lilly blickt zum Waldrand. Die Äste und Blätter der Bäume rascheln im Wind.

In circa einem halben Kilometer Entfernung – in einer Lichtung in einer dicht bewachsenen Mulde – haben sie den abgestürzten Helikopter gefunden. Der Pilot war bereits tot, sein Passagier so gut wie. Der Rauch hat sich schon lange gelegt, aber der Hubschrauber würde mit Sicherheit noch schräg in dem vertrockneten Flussbett liegen – genau dort, wo sie vor Wochen über ihn gestolpert sind. Lilly fackelt nicht lange. »Okay … Jeder weiß, was er zu tun hat. Gus, du bleibst beim Truck. Die anderen nehmen extra Munition und Wasser mit. Wir bleiben per Funk in Verbindung. Also, los geht's!«

Sie stopfen ihre Rucksäcke mit Proviant voll und machen sich auf den Weg durch den matschigen Sumpf.

Gegen Mittag kommen sie zum Unfallort. Der Hubschrauber liegt wie ein versteinerter Dinosaurier noch genau da, wo sie ihn verlassen haben – zerbeult inmitten eines alten, schlammigen Flussbetts. Die Rotoren in tausend Stücke zerborsten, der Rumpf jenseits von Gut und Böse, sämtliche Fenster zerbrochen. Der vernietete Körper hat aufgrund der unnachgiebigen Feuchte bereits zu rosten angefangen. Jede Menge Fußstapfen umgeben ihn – viel, viel mehr, als sie hinterlassen hatten –, und David Stern macht sich sogleich daran, sie zu lesen. Er hört das entfernte Knacksen von Ästen nicht, auch das Schlurfen von unzähligen gefühllosen Füßen durch das Dickicht von jeder nur erdenklichen Himmelsrichtung entgeht ihm. Er ist viel zu sehr damit beschäftigt, das Rätsel zu lösen, das ihm die Spuren präsentieren.

Schließlich glaubt er zu wissen, was hier vor sich gegangen ist. Die vielen Spuren können nur einen Grund haben: Martinez und seine Flüchtlinge sind nicht nur hier vorbeigekommen, sondern haben auch noch die Nacht hier verbracht. Die Tür zur Passagierkabine liegt links neben dem

Bug auf einem Bett von Unkraut und Brennnesseln. Eine nasse Decke hängt noch von der Seite herab. Im Inneren der Kabine findet er Anzeichen eines Lagers – leere Wasserflaschen, zusammengeknüllte Verpackungen und eine leere Munitionsschachtel. David leuchtet mit der Taschenlampe in die düsteren Ecken des Wracks, als eine Stimme seine Aufmerksamkeit auf sich zieht. »David, schau dir das hier mal an ... Hierher, komm schon.«

Er dreht sich um und sieht Lilly, die am Ufer des vertrockneten Flussbettes kniet und den Untergrund genau unter die Lupe nimmt.

David geht zu ihr und sieht jetzt ebenfalls die Fußstapfen im Schlamm. »Die sind frischer.«

»Genau.« Sie deutet auf die tieferen Spuren, die von den frischeren, inneren auszufächern scheinen. »Sieht ganz so aus, als ob sie etwas Zeit hier verbracht haben, vielleicht, um sich mit jemandem zu treffen, um dann in diese Richtung zu gehen.« Sie zeigt auf die dunklen Schatten im Westen, wo die Bäume sich über einen Bach zu beugen scheinen. »Ich würde sagen, wir folgen ihnen.«

Gabe und Austin stoßen zu ihnen, die Waffen gezückt und entsichert. Gabe hat Geräusche gehört, die ihm gar nicht gefallen – sie kommen von überall und nirgendwoher, und er ist nervös. Lilly checkt ihre Waffen und übernimmt die Führung. Sie folgt der vertrockneten Wasserrinne mitten in das dichte Unterholz, während sie stets auf die Spuren und auf die Schatten der Bäume um sich herum achtet. Die anderen folgen ihr dicht auf den Fersen. Ihre Unterhaltung ist auf der Stelle verstummt.

Es herrscht völlige Stille, sie klebt förmlich an ihnen, umhüllt sie von allen Seiten, liegt schwer auf jedem Einzelnen. Das Einzige, das an ihre Ohren dringt, sind die unerbittlichen Geräusche der Natur – Insekten summen um ihre Köpfe, und irgendwo plätschert Wasser. Ihre Schritte hallen durch den Wald wie Explosionen. Gabe wird immer nervöser. Irgendetwas stimmt hier nicht. Lillys Herz springt ihr beinahe aus der Brust. Nach einer Weile zieht sie beide Pistolen und geht weiter das Bachbett entlang, stets schussbereit.

Sie legen weitere fünfhundert Meter durch die bewaldete Mulde zurück – das vertrocknete Bachbett mäandert durch endlose Haine voller Kiefern und weißer Birken –, ehe Lilly das ungute Gefühl überkommt, dass die Fußstapfen sie direkt in eine Falle führen. Die unheimlichen Geräusche um sie herum haben wieder angefangen. Lilly hört das rhythmische Knacken von Ästen, gar nicht so weit weg, aber es ist unmöglich zu sagen, aus welcher Richtung es stammt. Zudem dringt ihnen der verwesende Gestank von Zombies in die Nase.

Die Waffen gehoben, sind sie stets angriffsbereit. Die Messer stecken in ihren Scheiden, die Sicherheitsriemen aufgeknöpft. Sie halten die Augen offen, ihre Herzen rasen, die Muskeln sind aufs Äußerste gespannt, die Ohren gespitzt, und jeder hat Gänsehaut am ganzen Körper. Der Wald um sie herum scheint jetzt voller Geräusche und sich bewegender Schatten. Es stinkt förmlich nach Verwesung, und ihre Nerven sind kurz vor dem Zerreißen. Aber aus welcher Richtung kommen die Beißer? Lilly wird langsamer, sieht sich um und hebt plötzlich eine Hand. »Halt!«, zischt sie, sodass jeder erstarrt. »Runter – RUNTER MIT EUCH – sofort!«

Im Einklang suchen sie hinter einem mit Moos bewachsenen Felsbrocken Zuflucht. Mit gezückten Waffen und weit aufgerissenen Augen starren sie Lilly an, die weiterhin Ausschau hält.

In einer Entfernung von etwa fünfzig Metern kann sie eine kleine Öffnung zwischen den Bäumen erkennen, dahinter liegt eine weitere Lichtung – eine große Wiese –, auf der es von dunklen, geschundenen Gestalten nur so wimmelt. Lillys Puls beginnt zu rasen. Sie blickt nach rechts und bemerkt einen schmalen Pfad, der sich eine Böschung hinaufschlängelt, auf der höhere Bäume stehen. Sie wendet sich zu den anderen und deutet lautlos auf einen Haufen umgefallener Bäume auf der Anhöhe.

Sie folgen ihr den Pfad entlang – versuchen sich zu ducken und keinen Laut von sich zu geben, der Atem bleibt ihnen im Hals stecken. Lilly schleicht voran und führt sie sicher nach oben. Sie gehen hinter den umgefallenen Bäumen in Deckung. Von hier aus – hinter den Stämmen wiegen sie sich in Sicherheit – können sie die Lichtung gut einsehen.

»Gütiger Himmel ... Das ist ja eine richtig nette Versammlung«, murmelt Lilly säuerlich durch zusammengebissene Zähne, als sie die Anzahl der Monster auf der riesigen Lichtung unter sich erspäht.

Die Wiese ist so groß wie fünf hintereinandergelegte Fußballfelder, und der vom Regen aufgeweichte Untergrund ist Heimat unzähliger Wildgräser und Wiesenblumen, darunter auch gelber Löwenzahn und rote Akelei. Alles könnte so friedlich sein, wären da nicht diese verdammten Zombies! Die Sonne strahlt unbarmherzig auf die Beißer herunter, und in der Ferne flimmert die heiße, aufsteigende

Luft wie bei einer drohenden Fata Morgana. Pappelsamen schweben über der Wiese wie gespenstischer Schnee und verleihen der Szene etwas Unheimliches. Der Wind trägt das undeutliche Dröhnen und Knurren der mindestens fünfzig Beißer bis zu ihnen.

»Lilly«, flüstert David Stern. »Könntest du mir bitte mal das Fernglas geben?«

Lilly nimmt den Rucksack ab, macht den Reißverschluss auf, holt das kleine Fernglas heraus und reicht es David. Der ältere Mann hebt es an die Augen und beäugt die gesamte Wiese. Die anderen starren entsetzt auf die Grünfläche. Austin schmiegt sich an Lilly, sie kann seinen Atem hören, seine Nervosität spüren. Gabes Zeigefinger ist um den Abzugshahn seines Maschinengewehrs gekrümmt – er scheint es kaum abwarten zu können, die Beißer da unten mit ein paar gut gezielten Salven unschädlich zu machen.

Lilly will gerade etwas flüstern, als David zu murmeln beginnt.

»Nein ... Bloß nicht ... O Gott, nein ... Nein.« Er fummelt an dem Rädchen, um das Fernglas zu fokussieren. »Um Gottes willen ... Das kann doch nicht wahr sein.«

»Was?!« Lilly schluckt ihre Angst runter und zischt ihn an. »David, was ist los?«

Er reicht ihr das Fernglas. »Linker Hand, Kleines«, weist er sie an. »Der eine, der ganz allein in der Ecke vor sich hin stolpert.«

Sie blickt durch das Fernglas und findet den einsamen Zombie in der südöstlichen Ecke der Wiese. Plötzlich sackt sie in sich zusammen, als sie die Gestalt wiedererkennt, die in zerfledderten Klamotten durch Unkraut und Rohrkolben schlurft. Hinzu kommt noch ein Anflug von Magenkrämpfen, bedingt durch die Schwangerschaft, und ihre Augen beginnen zu brennen. Sie fängt zu zittern an, und in dem verwackelten Sichtfeld sieht sie das verräterische Kopftuch um den Schädel des umherirrenden Kadavers gewickelt. Auch die Koteletten, die das einmal gut aussehende Gesicht einrahmen – jetzt nur noch ein Albtraum aus bleifarbenem Fleisch und kadmiumfarbenen Augen –, sind erkennbar. »Kacke«, murmelt sie.

Gabe und Austin wollen auch sehen, was die Aufregung soll, und Lilly reicht ihnen das Fernglas.

Einer nach dem anderen sucht die Wiese unter sich mit dem Feldstecher ab. Austin meldet sich zuerst, blickt Lilly an. »Was, glaubst du, ist passiert?«

Lilly ergreift erneut das Fernglas und flüstert langsam, während sie den Rest der Wiese absucht. »Das ist unmöglich zu sagen, sieht aber ganz so aus, als ob … Ich habe keine Ahnung … Hast du die tiefen Spurrillen gesehen, die von Osten herführen?«

»Ja.«

David stimmt mit ein. »Ja, die habe ich auch bemerkt – scheint ganz so, als ob es ein größeres Fahrzeug war – vielleicht ein Truck oder ein Camper oder so was in der Art.«

Lilly starrt durch den Feldstecher und untersucht die Grassode, wo der Truck – oder das Wohnmobil – entweder zu schleudern angefangen hat oder zu einem abrupten Halt gekommen ist. Aus irgendeinem Grund glaubt sie, dass die Spuren etwas mit Martinez' Untergang zu tun haben.

Sie wendet sich wieder dem einzelnen Beißer in der Ecke der Wiese zu. Das Geschöpf, das einmal Caesar Ramon Martinez war – ein ehemaliger Sportlehrer aus Augusta, Georgia, einem Einzelgänger mit in die Wiege gelegten

Führungsqualitäten –, wandert jetzt unstet an den staubigen Rändern der Wiese auf und ab, am Waldrand entlang. Ab und zu wird er durch einzelne Sonnenstrahlen erhellt. Sein einziges Ziel ist die Suche nach Fressen. Seine Arme und Oberkörper – selbst aus dieser Entfernung durch das wackelige Fernglas – scheinen völlig gegeißelt, teilweise zerfetzt von Unmengen verfaulter Zähne. Stränge blutigen Gewebes und Sehnen hängen aus seiner aufgerissenen Bauchgegend. Ein schleimig weißes Knochenende ragt aus seiner zerschlissenen Hose, sodass er nur schwer humpelnd von einem Bein aufs andere fällt.

Der Anblick dieses Mannes, reduziert zu nichts außer einer monströsen Hülle, überrascht Lilly. Die Trauer scheint sich in ihrem Knochenmark festzusetzen, ergreift ihr Innerstes. Sie hat ihn nie besonders gut kennengelernt – das ging jedem so, denn er war nicht der Gesellschaftstyp. Aber während der letzten zwölf Monate, in Momenten, wo nicht viel los war, hat Martinez über sein Leben vor der Plage erzählt. Lilly erinnert sich an das ein oder andere Detail seines bescheidenen Lebens. Er hat nie geheiratet, nie Kinder gehabt, hat auch nie ein enges Verhältnis zu seinen Eltern gehabt, aber Unterrichten war sein Ding. Er war American-Football- und Basketball-Coach an der Pope John Middle School gewesen. Als die Plage ausbrach, wurde die Schule von Zombies überrollt. Man kam ihnen zu Hilfe, die ersten Wellen der Untoten wurden erfolgreich bekämpft. Martinez versuchte einen gesamten Jahrgang zu retten, indem er die Schüler in die Sporthalle einschloss, was sich aber als Fehler herausstellen sollte. Die Albträume von jenem Tag verfolgten ihn und ließen ihn nie mehr los – der Lärm kreischender Kinder, die nach ihren

Müttern schrien, als Dachfenster eingeschlagen wurden und Monster wie stümperhafte Fallschirmjäger vom Dach zu Boden fielen. Aber das Schlimmste waren die Schuldgefühle. Selbst Martinez ist nur um Haaresbreite entkommen, hat sich mit letzter Kraft zur Laderampe gekämpft ... Aber er würde nie die Stimmen der Kinder vergessen, die um Gnade flehten, ehe sie von den unerbittlichen Kiefern der Beißer in Stücke gerissen wurden.

»Wenn ich mir die Spuren genau anschaue«, meint Lilly endlich, »glaube ich, dass sie ihn ausfindig gemacht und dann angegriffen haben, vielleicht sogar im Wagen.« Sie setzt das Fernglas ab. »Er war nicht perfekt, aber er war einer von uns – er war ein guter Mann. Das hat er nicht verdient.«

Austin kommt zu ihr und legt einen Arm um sie. »Du hättest nichts dagegen unternehmen können, Lilly. Er wusste, worauf er sich einlässt.«

»Mag ja sein«, murmelt sie, aber ihre Stimme lässt jegliches Selbstbewusstsein vermissen.

Austin seufzt erschöpft. »Können wir jetzt von hier abhauen? Ich meine ... Wir haben doch unsere Mission erfüllt, oder?«

Gabe faucht ihn an: »Was zum Teufel soll das denn heißen: Mission erfüllt? Nichts ist erfüllt, außer dass Martinez ins Gras gebissen hat.«

Austin schaut ihn an. »Wir haben ihn gefunden. Wir wissen, warum er nicht zurückgekommen ist. Es gibt nichts, was wir hier noch machen können, oder? Akte geschlossen. Basta, aus, fertig.«

David mischt sich ein. »Ich muss sagen, dass ich mit unserem Schönling hier übereinstimme. Vielleicht hat es ja alle Flüchtlinge getroffen. Und außerdem geht die Sonne bald unter.«

Lilly wirft einen Blick über die Schulter, sucht den Rückweg nach Zombies ab, sieht aber keine. »Okay, abgemacht«, sagt sie. »Haltet euch gebückt und macht keinen Mucks ... Schließlich wollen wir nicht, dass uns die Beißer auf die Spur kommen.«

Sie machen sich auf den Weg, schleichen den Pfad zum Bachbett zurück, als Gabe die Gruppe plötzlich überholt, sich vor Lilly aufstellt und ihr den Weg versperrt. Seine Augen leuchten. »Anhalten!«, befiehlt er und schubst sie zurück. »Wir gehen nirgendwohin!«

Austin stellt sich zwischen die beiden, ganz der Beschützer, aber Lilly gestikuliert, dass sie sich alle hinhocken sollen. »Ruhe, verdammt noch mal!« Dann wendet sie sich Gabe zu. »Was zum Teufel ist dein Problem?«

Gabe fixiert sie mit seinem Blick. »Wir müssen *Beweise* mitnehmen.«

»Wie bitte?«

»Der Governor will Beweise sehen, ehe er uns glaubt.«

»Beweise?!« Sie starrt ihn an. »Du hast mehr als nur einen Augenzeugen. Was schwebt dir denn vor, Gabe – eine Haarlocke? Mach dich locker, Mann! Oder willst du, dass wir alle draufgehen?«

Gabe greift nach seinem Messer, das in der Scheide um seinen Oberschenkel steckt, und zieht es hervor. Die Klinge funkelt in der späten Nachmittagssonne. »Mach, was du willst, Lilly ... Aber ich werde nicht ohne einen Beweis nach Woodbury zurückkehren.«

Lilly kniet sich fassungslos hin, beobachtet Gabe, wie er sich den Hang hinunterschleicht. Dann dreht sie sich zu den anderen um. »Verfickte Scheiße! Los … Wir müssen ihm helfen.«

Als sie am Bachbett ankommen, hat jeder seine Waffen gezückt und entsichert. Sie brauchen nur noch abzudrücken. Gabe schleicht sich zur Wiese, sucht hinter einer uralten knorrigen Eiche Schutz. Lilly hockt tief gebückt nur wenige Meter hinter ihm. Sie sucht die Umgebung ab, hat die beiden Ruger schussbereit in ihren schweißnassen Händen. Austin ist mit seiner Glock hinter ihr, während David die Nachhut bildet. Er passt auf, dass ihr Fluchtweg nicht abgeschnitten wird.

Die Stille ist nervenzerreißend – als ob mehrere Tonnen auf ihren Schultern ruhen –, und das Einzige, was sie hören können, ist ihr eigener Atem und ihre klopfenden Herzen. Lilly sieht, wie Gabe einen Stein aufnimmt. Sie zielt mit ihren lieb gewordenen Rugerchen auf den weit entfernten Schwarm Monster auf der Wiese, der nach wie vor ziellos durch die Gegend streift. Noch hat keine der Kreaturen Witterung aufgenommen.

Der Beißer, der einmal zu ihrem eingeweihten Kreis gehörte – der ehemalige American-Football-Trainer, der vor weniger als einem Jahr noch eine Flasche Brandy mit Dr. Stevens, Alice und Lilly zu Silvester leerte –, taumelt jetzt ziellos nur ein paar Meter von Gabe entfernt durch das Unkraut. Seine milchig weißen Augen durchsuchen die angrenzenden Bäume, sein Unterkiefer arbeitet unentwegt.

Gabe wirft den kleinen Stein über die Lichtung in Martinez' Richtung.

Die vier Menschen starren voller Anspannung, als der

einsame Beißer innehält. Er legt den Kopf zur Seite, verarbeitet anscheinend das Geräusch, das der Stein gemacht hat, als er durch das Unkraut auf Martinez zugerollt ist. Dann dreht er sich langsam in die Richtung, aus der der Stein gerollt kam, und schlurft los.

Gabe wirft sich auf den Beißer.

Die nächsten Sekunden vergehen so schnell und doch so langsam wie in einem Albtraum. Alles scheint gleichzeitig zu passieren. Gabe wirft sich auf Martinez, der einmal für die Sicherheit von Woodbury verantwortlich war, und durchtrennt mit der beinahe dreißig Zentimeter langen Klinge den Hals des Beißers. Er zögert nicht den kleinsten Augenblick, gibt dem Monster keine Chance zu reagieren. Das Messer fährt mit der Wucht einer Guillotine durch Haut, Knorpel, Arterien, Muskeln und Halswirbel, als ob alles aus Butter wäre.

Gabe schnappt sich den Schädel, dreht sich um und eilt zu Lilly. Die gesamte Aktion ist extrem leise über die Bühne gegangen – ein paar Schritte, ein Grunzen und ein Knacken von Ästen –, aber es war genug, um die Aufmerksamkeit der anderen Beißer zu erregen. Kaum hat Lilly die fürchterliche Tatsache begriffen, als auch schon die Schießerei um sie herum losgeht.

Sie dreht sich um und sieht, wie Austin und David mit erhobenen Waffen dastehen. Die Mündungen leuchten in rascher Reihenfolge hell auf – jede Stichflamme wird von einem leisen Knall begleitet –, und die Kugeln krachen durch die Blätter und erlegen innerhalb des Bruchteils einer Sekunde ein halbes Dutzend Zombies in der südöstlichen Ecke der Wiese.

Gabe stellt sich neben ihr auf, in der einen Hand den

noch tropfenden Schädel, während er mit der anderen nach seinem Maschinengewehr greift.

In einer flüssigen Bewegung fasst er die Waffe, legt den Zeigefinger um den Abzugshahn, hebt sie und schießt eine Salve ab. Die kurze Mündung leuchtet auf und verursacht absolutes Chaos in der nahenden Schar von Zombies. Die Kugeln reißen Löcher in ein Dutzend Schädel und lassen Gewebe und Knochenteile sowie einen roten Dunst durch die Blätter fliegen. Die reanimierten Kadaver aller Größen, jeden Alters und Geschlechts sacken in schaurigen Haufen in dem hohen Gras zusammen, bis das Magazin von Gabes Bushmaster keine Patronen mehr hergibt.

Mehr Kreaturen erwachen aus ihrer Stumpfheit – der Lärm des Gefechts und der Geruch der Lebenden zieht sie an –, und die Szene verändert sich schlagartig innerhalb weniger Sekunden. Wie ein Schwarm Fische ändert die Horde gleichzeitig die Richtung, und Scharen von wandelnden Toten beginnen wie ein Ballett Betrunkener auf sie zuzustolpern. Lilly stellt sich auf und nimmt ein paar Schritte rückwärts. Sie murmelt: »Das sind zu viele, Gabe ... Viel zu viele ... Verdammte Scheiße, *es sind zu viele!*«

Gabe steht immer noch neben ihr und stößt ein verärgertes Grunzen als Antwort hervor, während er das Magazin auswirft. Dann versucht er, seine Tasche zurechtzurücken, um den schleimigen, abgetrennten Kopf, den er noch immer in der einen Hand hält, hineinzustecken. Sobald er wieder beide Hände zur Verfügung hat, holt er ein weiteres Magazin aus seinem Gürtel und schiebt es in die leere Kammer des Maschinengewehrs. Er dreht sich um und sieht eine weitere Horde Untoter, die sich durch das

Geäst zu ihrer Rechten drängt – tödliche schwarze Münder schnappen wie Piranhas nach ihnen. Gabe gibt das Magazin frei und drückt ab, um eine weitere Salve in Richtung der Monster zu schicken.

Lilly hockt sich nieder, als Gabes wilde Schüsse das Blattwerk zerreißen.

Die grüne Wand löst sich in Luft auf, und ein weiteres halbes Dutzend Beißer geht in Wolken aus Blut und Gewebe zu Boden. In der Zwischenzeit haben David und Austin ein Dutzend Salven auf die gegenüberliegende Ecke der Wiese losgelassen und weitere Untote von ihrem Elend erlöst. Lilly zieht sich weiter zurück, erkennt keine Alternative, sieht keinen Sinn in dem Kampf, kann sich nicht vorstellen, wie sie diesem Schwarm Einhalt gebieten können.

Erneut geht ihnen die Munition aus, und für einen hektischen Moment starren die drei Männer über die Schulter auf Lilly, die wie angewurzelt stehen bleibt. Die wilde Schießerei und die Heftigkeit des Angriffs haben die Wiese in eine Wolke aus Schießpulver, Gewebe und Blut gehüllt. Der Rauch ist so dick, dass Lilly kaum ihre Mitstreiter sehen kann. Die Zombies kommen währenddessen immer näher. Plötzlich fällt bei ihr der Groschen: Es gibt nur einen einzigen Ausweg aus dieser Situation, nur eine Antwort, wie sie diesem Chaos lebendig entfliehen können.

Sie muss es nicht einmal aussprechen, ihr Gesichtsausdruck sagt alles.

Alle vier fangen an zu rennen.

Sie kämpfen sich durch das dichte Dickicht, Lilly voran, springen über umgestürzte Bäume und freiliegende Wurzeln, die Arme in der Luft wedelnd und nach Luft ringend.

Vor langer Zeit war sie mal eine gute Leichtathletin an der Marietta High School – ihre beste Disziplin die fünftausend Meter, die sie in weniger als neunzehn Minuten absolvieren konnte –, und jetzt findet sie ihren natürlichen Trab wieder – kein Sprint, kein kopfloses Rennen, sondern eher ein gleichmäßiger Rhythmus, den ihr Körper bestimmt, der sich gut und richtig anfühlt. Die Angst vertreibt jegliche Gedanken an ihren schwangeren Zustand. Jeder Bauchmuskel ist bis zum Äußersten gespannt, sodass sie gar keine Zeit hat, irgendwelche möglichen Krämpfe zu spüren. Die schwarzen Eichen fliegen an ihr vorbei, während sie dem Bachbett folgt. Trotz ihrer Schwangerschaft schafft sie es, den mäandernden Pfad mit beiden Waffen in ihren kalten, gefühllosen Händen entlangzulaufen.

Gabe trabt neben ihr her, Austin ist ihnen dicht auf den Fersen. Er schnauft bereits. David ist der Langsamste von allen – er hat sein ganzes Leben lang geraucht –, und es fällt ihm schwer mitzuhalten. Er wirft einen Blick über die Schulter, sieht, wie sie die Beißer in dem Morast aus Bäumen hinter sich lassen, fällt aber beinahe hin, weil er nicht sieht, wo er hinläuft ... Aber er schafft es gerade noch, auf den Beinen zu bleiben und nicht den Anschluss zu verlieren.

Sie legen einen guten Kilometer durch den Wald in weniger als drei Minuten zurück.

Endlich wird Lilly langsamer. Keuchend ringt sie nach Luft und ist berauscht von der Tatsache, dass ein gesunder Mensch eine ganze Armee von Untoten locker hinter sich lassen kann. Wenn er Blut riecht, kann ein Zombie sich auf einen Menschen stürzen, aber über die Distanz haben die

Kreaturen keine Chance, und Distanzen sind Lillys Spezialität.

Sie blickt nach hinten, sieht, dass die Beißer weit zurückgefallen und jetzt außer Sicht sind. Obendrein weht der Wind nun von den Beißern zu ihnen, sodass die Monster die Truppe nicht mehr wittern können. Lilly versucht, wieder Atem zu schöpfen, als sie sich dem Hubschrauber nähert.

Niemand sagt ein Wort, als sie an dem Wrack vorbeitraben. Was sollten sie auch sagen? Martinez ist tot – seine Mission ist gescheitert, sein toter Schädel kullert in Gabes Tasche hin und her. Sie schweigen weiterhin, kämpfen sich durch den Morast und den Sumpf in Richtung Truck, der neben der Straße auf sie wartet. Als sie endlich durch den Wald auf den Standstreifen stoßen, sehen sie Gus mit erhobenem Feldstecher neben dem Truck stehen.

»Was ist passiert?«, fragt er Lilly, die ihren Rucksack auf die Ladefläche schmeißt. »Habt ihr ihn gefunden?«

Gabe antwortet: »Das kann man wohl sagen.« Er klettert in die Fahrerkabine. »Und jetzt lass uns von hier verschwinden, aber dalli.«

»Und was ist mit Martinez?«, will Gus wissen, während er sich hinter das Steuer klemmt. Die Ladefläche beginnt zu ächzen, als die anderen noch immer außer Atem aufsteigen. Gus schaut Gabe an. »Was ist passiert? Was ist denn bloß mit euch los?«

Gabe stellt die schmierige Tasche zwischen die Beine auf den Boden der Fahrerkabine. »Fahr endlich los, Gus, okay?«

Gus legt den ersten Gang ein, steigt von der Kupplung aufs Gas und lenkt den Truck auf die Straße.

Auf dem Weg zurück nach Woodbury setzt Lilly sich etwas abseits von den anderen in eine Ecke der Ladefläche und starrt aus einem Spalt der hin und her flatternden Plane aus dem Truck auf die vorbeifliegende Landschaft. Sie grübelt nach, überlegt. Austin versucht immer wieder, sie zum Reden zu bringen, aber sie schüttelt nur den Kopf – kann den Ekel in ihrer Miene nicht verbergen –, um dann wieder stumm aus dem Truck in die späte Nachmittagssonne zu starren, die durch die Bäume scheint.

Der Gedanke, dass sie mit dem schrecklichen Andenken in Gabes Tasche zurückkehren, widert sie an. Sie dachte immer, dass Gabe vernünftiger sei … Aber sie weiß, dass es keinen Sinn macht, sich den Kopf darüber zu zerbrechen. Um Woodburys willen muss sie ihre Gefühle einfach runterschlucken. Wenn Martinez in der Stadt umgekommen wäre, hätte jemand – vielleicht sogar sie selbst – seinen Kadaver in Stücke schneiden und den Beißern in der Arena als Leckerbissen hinschmeißen müssen. Warum also dieser Zwiespalt?

Kognitive Dissonanz.

Lilly erinnert sich an den Seelenklempner in Marietta, der ihr einmal diesen obskuren psychotherapeutischen Begriff erklärt hat – er beschreibt die Spielchen, die in einem Gehirn passieren, wenn einem zwei oder mehr gegensätzliche Ideen im Kopf herumgeistern. Zu einfacheren Zeiten kämpfte Lilly mit ihren zwiespältigen Gefühlen – Stolz auf der einen Seite, Selbsthass auf der anderen –, aber damals genoss sie noch den Luxus, sich über ihren Bauchnabel den Kopf zu zerbrechen und ihre Gedanken über die trivialen Unannehmlichkeiten ihres ach so ruhigen Alltags einem Therapeuten gegenüber mitzuteilen. Heutzutage fällt es ihr schwerer, sich mit den subtilen Feinheiten der Moral, der Ethik oder des Rechts und Unrechts zu beschäftigen. In dieser neuen Gesellschaft geht es lediglich darum, wie man den nächsten Tag überlebt. Also dreht sie sich erneut weg und starrt weiterhin auf die flackernden Sonnenstrahlen, während sie alle paar Sekunden von einem neuen pränatalen Krampf gebeutelt wird.

Die Unterleibsschmerzen kommen in letzter Zeit in immer regelmäßiger werdenden Abständen. Lilly weiß nicht wieso, weshalb, warum, aber der Stress der vergangenen Tage und Wochen könnte durchaus ein Mitauslöser sein. Es vergeht keine Stunde, in der sie sich nicht Sorgen um ihre Essgewohnheiten oder ihre Gesundheit macht. Aber wie zum Teufel soll sie unter diesen verrückten Umständen auch noch darauf achten können? Austin hat bereits Pläne geschmiedet, sich nach gesundem Essen umzuschauen, denn Ramen-Nudeln und Cola oder Fanta bilden nicht unbedingt die Basis für eine ausgewogene Ernährung. Lilly braucht mehr – und zwar nicht nur ab und zu, sondern ständig.

Endlich zurück in Woodbury geht jeder seiner Wege. Lillys Reaktion auf das Erlebte ist, sich von ihrer Umwelt abzukapseln. Sie redet kaum mit Austin, obwohl der, wie immer, sich Sorgen um sie macht. Es heißt, dass der Governor heute Abend eine Ansprache in der Arena halten will. Austin muss Lilly anflehen, mit ihm zu kommen. Er kann sich des Gefühls nicht erwehren, dass sie beide dabei sein sollten – zusammen mit jedem anderen Einwohner Woodburys. Schließlich ist es unmöglich vorherzusagen, was der Governor vorhat.

Austin glaubt, dass sie vor einer Wende stehen, dass die

Evolution ihrer Stadt einen Umkehrpunkt erreicht hat, einen Meilenstein, den niemand von ihnen hat kommen sehen – ein richtiges Schlüsselerlebnis. Aber weder Austin noch Lilly – noch *irgendjemand* in Woodbury – hat auch nur die leiseste Ahnung, was auf sie zukommt.

Sieben

Es ist genau eine Minute nach einundzwanzig Uhr Standard Eastern Time am Abend des 11. Mai des zweiten Jahres des »Großen Kummers«, wie manche religiös angehauchten Bewohner Woodburys die Plage nennen, und die großen Halogenscheinwerfer über der Südtribüne der Arena beginnen zu flimmern. Die heißen Strahlen scheinen auf das staubige Innenfeld – wie auch auf die langsam zerfallende äußere Rennstrecke – und taucht sie in surreales, silbernes Licht. Das Dröhnen der Stimmen aus den Tribünen verstummt augenblicklich. Jetzt ist nur noch leises Gemurmel und nervöses Murren zu hören, was einen an die Geräusche einer Glaubensgemeinschaft erinnert, die einem strengen Prediger Opfer und Bittgesuche unterbreiten will. Kein Schreien, kein Kreischen, kein Gejaule – die Atmosphäre ist nicht mit der zu vergleichen, die sonst während einer der typischen Kämpfe in der Arena vorherrscht. Lediglich hier und da kann man angespanntes Flüstern vernehmen.

Ob es an einem Kurzschluss in einem der Stromgeneratoren oder kaputten Glühfäden in den Xenon-Scheinwerfern liegt, weiß niemand, aber der strahlende Lichtstrahl, der auf die Mitte der Arena gerichtet ist, beginnt zu flackern. Jetzt werden auch die anderen Scheinwerfer ins Leben gerufen, beginnen ebenfalls zu flimmern, ehe sie Betriebstemperatur erreicht haben. Der resultierende Effekt hat die nervenaufreibende Qualität eines alten Filmprojektors, der nicht ganz rundläuft, oder die eines Stroboskops, in dessen Blitze langsame Geister aus Nitrat, Staubteufel und Müll über die verlassene Rennstrecke huschen, während im Hintergrund die leeren Beißerkäfige unheimlich aufleuchten.

Etwas Epochales wird gleich passieren, und jeder einzelne der ungefähr fünfzig Zuschauer – immerhin sind rund achtzig Prozent der Bewohner Woodburys anwesend – spielt nervös mit den Händen und kann die Anspannung kaum noch ertragen. Das Gerücht hat sich überall breitgemacht, dass die Festivitäten des heutigen Abends mit einer Ansage des angeschlagenen Governors beginnen – und das will sich natürlich niemand entgehen lassen. Nicht wenige sind heute in der Erwartung gekommen, sich den sprichwörtlichen Fix abzuholen, eine Dosis Rückversicherung von dem Mann, der alles im Griff hat und das Kind schon schaukelt, der ihnen die Zombies vom Leib hält. Aber während die Minuten vergehen und der heiß erwartete Augenblick näher rückt, verschlechtert sich die Stimmung schlagartig. Es ist, als ob das gemeinsame Grauen während des »Großen Kummers« ein Eigenleben entwickelt hat, zu einer Bakterie geworden ist, wie ansteckende Tuberkulose, mit der man durch bloßes Atmen, gar durch die verstohlenen Blicke der Geknechteten angesteckt werden kann.

Nach wenigen Minuten – es ist jetzt fünf nach neun – ertönt das Rauschen und Knistern der Beschallungsanlage und hallt durch die Arena und über die Tribünen. »GUTE MENSCHEN VON WOODBURY«, schallt die Whisky-Stimme von Rudy Warburton, eines gestandenen Mannes aus den Südstaaten – aus Savannah, um genau zu sein. Früher einmal war er Maurer, hat sich jetzt aber auf den Bau und die Ausweitung des Verteidigungswalls spezialisiert. Seine Worte besitzen die Ausstrahlung eines immer wieder heruntergeleierten Texts, den man ihm kurz zuvor gegeben hat – wahrscheinlich vom Governor selbst. »ICH BITTE UM EINEN WARMEN APPLAUS FÜR UNSEREN ANFÜHRER, FÜR UNSER ALLER VORBILD ... FÜR DEN GOVERNOR!«

Einen Augenblick lang geschieht nichts, ehe ein lauwarmes Klatschen und einige zaghafte Jubelrufe von den Tribünen ertönen.

In einer der hintersten Ecken in der ersten Reihe neben dem Maschendrahtzaun sitzt Lilly Caul neben Austin und beobachtet, wartet und kaut auf ihren Fingernägeln. Sie hat sich eine Decke über ihre Jeansjacke geworfen. Ihr Blick ist auf den gegenüberliegenden Eingang gerichtet, den der Governor für gewöhnlich benutzt, um die Arena zu betreten und wieder zu verlassen.

Das Klatschen verstummt, und ein peinliches Schweigen breitet sich aus, das langsam einem nervösen Raunen Platz macht. Lilly hat bereits sämtliche Nägel abgekaut – jetzt kommt die Haut dran. Vor wenigen Wochen noch hat sie es geschafft, diese unangenehme Angewohnheit aufzugeben – komischerweise zur gleichen Zeit, zu der sie erfahren hat, dass sie schwanger ist –, aber jetzt wird sie rückfällig. Ihre Fingerspitzen gleichen einem Schlachtfeld – stummelig mit abstehenden Hautfetzen und unzähligen Rissen. Sie setzt sich auf ihre Hände, holt tief Luft und konzentriert sich, um gegen einen drohenden Krampf anzukämpfen. Eine Locke fällt ihr ins Gesicht.

Austin dreht sich zu ihr und streicht ihr die Haare aus den Augen. »Alles klar bei dir?«, fragt er.

»Bestens«, antwortet sie und lächelt ihn ironisch an. Sie haben viel über Lillys Morgenübelkeit gesprochen, sich mit den Unannehmlichkeiten auseinandergesetzt, welche die Schwangerschaft mit sich bringt, die Krämpfe, die Schmerzen und das Wundsein. Aber ihre unausgesprochenen Ängste bilden mittlerweile die Grundlage für jedes Gespräch, das sie führen. Sind diese Symptome normal? Läuft sie Gefahr, das Baby zu verlieren? Wie soll sie an vernünftige Nahrung, an die notwendige Schwangerschaftsbetreuung kommen? Ist Bob fähig, sich darum zu kümmern? Und die Großmutter all ihrer Sorgen: Kann der alte Sani das Baby überhaupt entbinden, wenn es so weit ist? »Der lässt sich aber Zeit, warum kommt er nicht einfach heraus?«, murmelt Lilly und nickt kurz in Richtung des nördlichen Eingangs zur Arena. »Man kann die Luft vor Anspannung und Nervosität ja förmlich schneiden.«

Als ob der Governor ihre Worte gehört hätte, als ob sie ihn angespornt hätten. Auf einmal ist alles still, als eine magere Gestalt im nördlichen Eingang erscheint. Das allgemeine Schweigen ist so beunruhigend, als ob man eine Lunte angezündet hätte.

Alle Köpfe wenden sich nach Norden. Besorgte Mienen gaffen völlig fassungslos, als der Mann der Stunde langsam in die Mitte der Arena humpelt. Wie immer trägt er seine Jagdweste, die Armeehose und die Knobelbecher. Ein bisschen wackelig auf den Beinen ist er schon noch. Er bewegt sich so vorsichtig wie das Opfer eines Schlaganfalls, macht einen kleinen Schritt nach dem anderen. Rudy, der ihn angekündigt hat, geht neben ihm, hält einen kleinen, mit Fettflecken übersäten Pappkarton in der einen und ein kabelloses Mikrofon in der anderen Hand. Was die Leute am meisten wundert, ist nicht die schwarze Augenklappe aus Leder, auch nicht die unzähligen Narben und verheilenden Wunden, die selbst aus großer Distanz auf der Haut des Governors sichtbar sind. Was sie am meisten entsetzt, das ist der fehlende Arm.

Philip Blake hält vor seinem Publikum inne, reißt Rudy das Mikrofon aus der Hand, schaltet es ein und starrt in die Menge. Sein Gesicht ist in dem silbernen Licht der Scheinwerfer so blass wie Porzellan. Das Flackern lässt ihn aussehen, als ob er einem Albtraum entsprungen ist – wie ein Darsteller aus irgendeinem dieser uralten Stummfilme.

Dann ertönt seine Stimme inmitten von Knistern und Rauschen aus den hoch oben angebrachten Lautsprechern, während Rudy die Arena verlässt. »ICH MUSS MICH DAFÜR ENTSCHULDIGEN, DASS ICH IN DER LETZTEN ZEIT NICHT FÜR EUCH DA WAR.« Er macht eine Pause, starrt in die Menge. »ICH WEISS, DASS ES HIER UND DA ANGELEGENHEITEN GAB, UM DIE ICH MICH NICHT KÜMMERN KONNTE ... UND DAFÜR MÖCHTE ICH EUCH UM VERGEBUNG BITTEN.«

Die Menschen scheinen den Atem anzuhalten, nur das eine oder andere Räuspern unterbricht die Stille. Lilly sitzt noch immer auf ihrem Platz in der ersten Reihe der Nordtribüne. Plötzlich wird sie von einer schlimmen Vorahnung ergriffen. Der Zustand des Governors sieht in dem flackernden Licht der Halogenscheinwerfer noch schlimmer aus, als er tatsächlich ist.

»ES WIRD NICHT LANGE DAUERN, EHE IHR EURE VIELGELIEBTEN SPIELE WIEDERHABEN WERDET«, fährt er fort. Die unheimliche Stille scheint ihn genauso wenig zu berühren wie die Anspannung, die sich wie ein Nebel über die Arena legt. »ABER WIE IHR EUCH WOHL DENKEN KÖNNT – SCHAUT MICH NUR AN –, HABE ICH ANDERE SORGEN GEHABT, DIE MEINE ZEIT IN ANSPRUCH GENOMMEN HABEN.«

Wieder eine Pause, während der Governor seinen Blick langsam über die Tribünen voll finsterer Gesichter schweifen lässt.

Lilly erzittert – trotz der schwülen Abendluft, die nach brennendem Gummi riecht –, und eine unerklärliche Welle des Schreckens übermannt sie. *Ich hoffe, dass er das hier durchziehen kann. Wir brauchen einen Anführer, wir brauchen diesen Mann, den Governor.* Mit einer Hand hält sie die Jacke geschlossen, fühlt die sich widersprechenden Emotionen in ihr aufeinanderprallen. Einerseits verspürt sie Sympathie und Scham gegenüber dem Mann in der Arena und schwelende Wut gegenüber denen, die ihm das angetan haben. Gleichzeitig aber kann sie sich eines Gefühls nicht erwehren, das ganz tief in ihr alles zu bestimmen scheint, unablässig und grundlegend: Sie kann nicht anders, als alles anzuzweifeln.

»WIE IHR WISST, IST ES SCHON EINE GANZE ZEIT LANG HER, DASS WIR NEUE LEUTE IN UNSERER STADT WILLKOMMEN HEISSEN DURFTEN.« Er holt tief Luft, als ob er sich gegen die Schmerzen wappnen will, die ihn quälen. »ES WAR MIR ALSO EIN ABSOLUTES VERGNÜGEN, ALS NEULICH EINE KLEINE GRUPPE ÜBERLEBENDER AUFTAUCHTE. ICH BIN DAVON AUSGEGANGEN, DASS SIE WIE WIR SIND ... ÜBERGLÜCKLICH, NOCH AM LEBEN ZU SEIN ... UND DANKBAR,

ANDERE ÜBERLEBENDE ZU SEHEN ... DAS WAR ABER NICHT DER FALL.« In der darauffolgenden Pause hallen seine Worte gen Himmel und schlagen dann auf die Menge ein, die um ihn herum sitzt. »ES GIBT DAS BÖSE IN DIESER WELT ... UND ES KOMMT NICHT NUR IN FORM DIESER UNTOTEN MONSTER, DIE TAGEIN, TAGAUS VON UNSEREM VERTEIDIGUNGSWALL ABPRALLEN.«

Für einen kurzen Augenblick wirft er einen Blick auf den Pappkarton neben ihm. Lilly fragt sich, was der Karton wohl sollte – vielleicht irgendeine Art Requisite –, aber das Gefühl, das in ihr aufsteigt, ist nicht gerade beschwichtigend. Sie fragt sich, ob die anderen auf den Tribünen ein ähnlich ungutes Gefühl bei dem Anblick dieses feuchten, verschimmelten, blutbesudelten Pappkartons empfinden wie sie. Kommt denn niemand auf die Idee, dass was auch immer sich darin befindet, ihr aller Schicksal entscheidend beeinflussen kann?

»ANFANGS HATTE ICH NICHT DIE LEISESTE AHNUNG, ZU WAS SIE FÄHIG SIND«, fährt Philip Blake fort und starrt in den Himmel. »ICH HABE IHNEN VERTRAUT ... DAS WAR MEIN GRÖSSTER FEHLER. SIE HABEN PROVIANT GEBRAUCHT – UND DARAN FEHLT ES UNS SCHLIESSLICH NICHT, DAVON HABEN WIR GLÜCKLICHERWEISE GENÜGEND. SIE WOHNEN IN EINEM GEFÄNGNIS, GAR NICHT SO WEIT VON UNS ENTFERNT. SIE HABEN UNSEREN SICHERHEITSBEAUFTRAGTEN – MARTINEZ – MIT SICH GENOMMEN. ICH GING DAVON AUS, DASS SIE DARÜBER VERHANDELN WOLLTEN, UNSERE BEIDEN LAGER ZUSAMMENZULEGEN. WO IMMER AUCH DER SICHERSTE

ORT WAR, DAS WÜRDE UNSERE GEMEINSAME HEIMAT WERDEN.«

Jetzt kniet er sich vor den Pappkarton, und seine Stimme wird leiser; abgrundtiefe Verachtung schwingt auf einmal in ihr mit. Das Mikrofon überträgt jede noch so kleine Nuance: das Schnalzen seiner Zunge, das wutentbrannte Knurren in den Tiefen seines Schlunds.

»EINIGE VON IHNEN SIND ZURÜCKGEBLIEBEN – UND EINES NACHTS, ALS ICH NICHTSAHNEND ZUHAUSE WAR, HABEN SIE MICH ÜBERFALLEN UND GEFOLTERT – MICH VERSTÜMMELT – UND MICH DANN MEINEM SCHICKSAL ÜBERLASSEN.«

Lilly hört ihm genau zu, es ist, als ob sich eine grausame Eiseskälte von ihrer Magengegend in ihr ausbreitet. Sie bemerkt seine Ausschmückungen, die Unwahrheiten. »Sie« haben ihn angegriffen? »Sie« haben ihn gefoltert? Es war eine einzelne Frau mit einem Katana-Schwert, oder etwa nicht? Was hat er vor? Misstrauen nagt auf einmal an ihr, als der Mann in der staubigen Arena wieder die Stimme erhebt, die mit jedem Wort tiefer und unheilvoller wird.

»SIND SIND GEFLOHEN«, erzählt er weiter und kniet vor der unheimlichen Schachtel, als ob jeden Augenblick ein Clown herausspringen würde. »UND DAS MÜSST IHR ALLE WISSEN.« Er macht erneut eine Pause, starrt die Menge an, als ob er ihre Stimmung in sich aufsaugen will. »AUF DER FLUCHT HABEN SIE DR. STEVENS GETÖTET. DIESE LEUTE SIND WILDE, UNMENSCHLICHE BESTIEN.«

Er hält erneut inne, als ob die Anstrengung der Rede ihn bereits völlig erschöpft hat.

Lilly schaut zu, wie der Mann inmitten des flackernden Lichts der Halogenlampen kniet. Irgendetwas stimmt hier nicht. Woher will er denn wissen, dass sie Dr. Stevens ermordet haben? Schließlich hat er im Koma gelegen, und Augenzeugen gibt es auch nicht mehr. Woher will er wissen, dass Stevens nicht einfach aus Versehen über ein Nest voller Beißer gestolpert ist? Lilly ballt die Hände zu Fäusten.

Der Governor erhebt wieder die Stimme: »ICH HABE UM MARTINEZ' LEBEN GEBANGT, HABE NICHT GEWUSST, OB SIE IHN GEFANGEN GENOMMEN HABEN ODER OB IHM ETWAS SCHLIMMERES DROHTE. EHE WIR EINEN SUCHTRUPP AUSSENDEN KONNTEN, WURDE ETWAS MITTEN IN DER NACHT VOR DEM HAUPTEINGANG ABGESTELLT.« Er öffnet den Deckel des Kartons und zieht einen dunklen, glänzenden Gegenstand hervor, der etwa so groß wie ein nicht aufgeblasener Basketball ist.

»SIE HABEN UNS DAS HIER GESCHICKT!«

Er steht auf und präsentiert allen Anwesenden, was er in der Hand hält.

Trotz des allgemeinen entsetzten Luftholens, des schockierten Keuchens und der Tatsache, dass manche sich ruckartig abwenden, ändert sich die Stimmung schlagartig. Der Anblick des abgetrennten Kopfs, wie er an den Haaren baumelt, provoziert eine angeborene Reaktion in jedem Menschen – nicht nur aufgrund des natürlichen Ekels, sondern infolge jahrhunderte- oder gar jahrtausendealter genetischer Programmierung.

Lilly faltet die Hände, blickt zu Boden und schüttelt den Kopf. Eigentlich wusste sie, dass so etwas in der Art passieren würde, aber die Vielzahl der Lügen hat sie doch überrascht, und der Anblick von Caesar Martinez' abgeschlagenem Kopf verursacht in ihr größeren Ekel als erwartet. Während ihrer rasanten Flucht an dem Bachbett entlang und durch den Sumpf hat sie ein- oder zweimal einen Blick von ihm erhascht, *das* aber – dieses grausame Ding, das der Governor an den Haaren gepackt hat und jetzt jedem Einzelnen entgegenhält – sieht im flackernden Schein der Halogenscheinwerfer irgendwie *anders* aus. Ein menschlicher Kopf, abgetrennt vom Körper, arbeitet sich nicht sofort als solches in das Bewusstsein des Betrachters durch. Nein, zuvor gilt es noch, diverse Stufen zu durchlaufen: Zuerst sieht er falsch, künstlich aus, dann in einer makabren Art komisch – das blasse, gummiartige Gesicht des einmal gut aussehenden Latinos ist kaum mehr als ein Scheinbild – eine fleischige Nachbildung für Halloween mit einem blanken Blick des Hungers in der Fratze.

Dann aber folgt die Gewissheit, das schiere Entsetzen, und die Realität lässt sich nicht mehr länger leugnen.

Für einen kurzen Augenblick hält der Governor den Schädel in die Höhe, damit alle ihn sehen können, lässt ihn wie ein Pendel hin und her baumeln. Lilly aber sieht in dem flackernden Licht nichts weiter als ein träges Schwingen. Ranken aus blutigen Sehnen und Nerven hängen wie Wurzeln aus dem abgeschnittenen Hals. Schwarze Flüssigkeit tropft aus dem offen stehenden Mund, und wenn die Augen nicht bereits milchig überzogen wären, hätte man nicht gewusst, dass Martinez bereits selbst zu einem Beißer mutiert ist. Sein zerfetztes Kopftuch bedeckt noch immer den Schädel, hängt an einem Ende blutig herunter.

Die Leute in den hinteren Reihen starren auf den Horror vor ihnen aus einer Entfernung von fünfundzwanzig Metern. Sie sehen nicht, dass das blutleere Gesicht in der hektischen Leichenstarre der Untoten noch unentwegt zuckt – die Augenlider und Mundwinkel, selbst der Kiefer des Beißers pulsieren noch. Und es wird nicht aufhören, bis das Ding entweder verbrannt oder das Gehirn zerstört wird. Lilly ist eine der wenigen, die nah genug am Geschehen sitzen, um dies zu merken. Sie erkennt die furchtbaren Zeichen ewiger Verdammnis. »Gütiger Himmel«, murmelt sie mehr zu sich selbst als zu anderen, bemerkt Austin kaum, der ihr in beruhigender Geste die Hand auf den Arm legt.

Der Mann in der Arena ist aber noch nicht fertig: »ICH WUSSTE, DASS NIEMAND VON EUCH DAS SEHEN WOLLTE, UND ES TUT MIR LEID, EUCH SO ZU SCHOCKIEREN. ICH WILL NUR, DASS IHR ALLE WISST, MIT WEM WIR ES HIER ZU TUN HABEN« – erneut eine dramaturgische Pause vom Governor –, »DAS SIND NICHTS ALS MONSTER!«

Lilly bemüht sich, ihren Ekel runterzuschlucken. Sie wirft einen raschen Blick über die Schulter und sieht, wie die Worte des Governors auf die Menschen wirken. Einige der Männer ballen die Hände zu Fäusten, in ihren Mienen machen Schock und Überraschung weißglühender Wut Platz, und sie kneifen die Augen wie in Rage zusammen. Die Frauen reißen ihre Kinder enger an sich, senken die Köpfe zu ihren Brüsten hinab und drehen die Köpfe ihrer Jungen weg von dem Grausen in der Arena. Andere beißen die Zähne vor Hass, Mordlust und Blutrausch zusammen. Lilly macht die offensichtlich erfolgreiche Manipulation des Governors Angst – insbesondere welche Mob-Mentalität sie bei den Einwohnern auslöst.

Die Stimme dröhnt erneut aus den Lautsprechern: »DIESE WILDEN WISSEN, WO WIR WOHNEN! SIE WISSEN, WAS UNSER IST! SIE KENNEN UNSERE STÄRKEN UND SCHWÄCHEN!« Wieder lässt er den Blick über ihre besorgten Gesichter streifen. »ICH SAGE, WIR GREIFEN SIE AN, EHE SIE DIE CHANCE HABEN, UNS AUSZULÖSCHEN!«

Lilly zuckt bei den unerwarteten Beifallsrufen und allgemeinem Getose zusammen, das aus den Rängen hinter ihr stammt. Und es sind nicht nur Männer. Die Stimmen kommen auch von Frauen aller Altersgruppen und politischen Gruppierungen, vereinen sich zu einem düsteren Halleluja von Geschrei in den silbrig strahlenden Himmel. Einige der Zuschauer stoßen die Fäuste in die Luft, während andere wilde, wutentbrannte Schreie ausstoßen. Der Governor saugt alles in sich auf. Noch immer hält er den Schädel in die Luft wie in einem Shakespeare-Stück und lässt ihn in der surrealen Langsamkeit der flackernden Lampen hin- und herbaumeln. Er kann es kaum erwarten, inmitten des allgemeinen Wahnsinns wieder das Wort zu erheben.

»ICH WERDE NICHT EINFACH ABDANKEN UND ZUSEHEN, WIE SIE UNS ZERSTÖREN – NICHT NACH ALL DEM, WAS WIR BEREITS VERLOREN HABEN – NICHT NACH ALL DEN OPFERN, DIE WIR HABEN BRINGEN MÜSSEN!«

Einige der Zuschauer stoßen Rufe der Begeisterung wie bei einem aufpeitschenden Gottesdienst aus. Lilly fängt vor Schreck an zu beben, sodass Austin ihr beruhigend den Arm tätschelt. Er hat sich zu ihr gebeugt und flüstert unentwegt: »Das wird schon ... Alles wird gut ... Es ist okay, Lilly ...« Hinter ihnen brüllt ein Mann: »SCHEISSE, JAWOHL!« Ein anderer stimmt mit ein: »SO SIEHT'S AUS!« Die Stimmen werden immer lauter, bis der Governor sie mit seinem typischen Knurren unterbricht.

»WIR HABEN SEHR HART GEARBEITET, UM DAS HIER ALLES AUFZUBAUEN – UND SOLL DER TEUFEL MICH HOLEN, WENN ICH ZULASSE, DASS IRGENDJEMAND MIR DAS EINFACH ALLES WEGNIMMT!«

Die Menge grölt zustimmend. Lilly hat genug gesehen. Sie steht auf und starrt Austin an. Nickend erhebt er sich ebenfalls und folgt ihr die Tribüne entlang, um hinter einer Ecke zu verschwinden.

»ICH BIN FROH, DASS IHR DAS AUCH SO SEHT«, knurrt der Governor jetzt, seine Stimme wird wieder etwas ruhiger, klingt beinahe hypnotisierend. »ZUERST MÜSSEN WIR SIE AUSFINDIG MACHEN. ICH WEISS, DASS DIE MEISTEN LEUTE, DIE HIER EINMAL GEWOHNT HABEN, NACH ATLANTA GEZOGEN SIND. SCHLIESSLICH HAT DIE REGIERUNG UNS ALLEN BEFOHLEN, IN DEN STÄDTEN ZUFLUCHT ZU SUCHEN ... ABER ES MUSS NOCH JEMANDEN HIER GEBEN, DER SICH ZUMINDEST ETWAS AUSKENNT. WENN ES EINER VON EUCH IST, SOLL ER SICH MELDEN!«

Auf dem Weg aus der Arena, während sie durch die dunklen, stinkenden, mit Müll übersäten Tunnel nach draußen gehen, hört Lilly die Stimme des Governors geisterhaft nachhallen.

»DAS GEFÄNGNIS, IN DEM SIE SIND, KANN ZEHN KILOMETER ENTFERNT SEIN, VIELLEICHT AUCH

ZWANZIG … UND WIR WISSEN NICHT EINMAL, IN WELCHER RICHTUNG. LEUTE, UNSER UNTERFANGEN WIRD KEIN ZUCKERSCHLECKEN!«

Lilly und Austin treten aus dem Tunnel und entfernen sich von der Arena, doch die Stimme, jetzt etwas leiser, scheint sie zu verfolgen.

»ABER WIR WERDEN ES SCHAFFEN – WIR WERDEN SIE BESTRAFEN – DARAUF KÖNNT IHR GIFT NEHMEN!«

In jener Nacht kann Lilly kaum schlafen. Sie wälzt sich im Bett neben Austin hin und her, fühlt sich schwer und lethargisch. Ihr ist schlecht. Während der letzten Woche hat sie Vitamine für die Schwangerschaft genommen und so viel Wasser wie möglich getrunken. Seitdem gönnt ihr ihre Blase kaum noch eine ruhige Minute. Jede Nacht muss sie mindestens ein halbes Dutzend Mal aufstehen, um aufs Klo zu gehen, und während sie dasitzt, hört sie leise, unheimliche Stimmen von Toten, vom Wind von den weiten Feldern westlich der Stadt an ihre Ohren getragen. Der Governor war der Meinung, und da hat er richtig gelegen, dass die Beißer nicht die einzige Ursache des Bösen in dieser unheilvollen neuen Welt sind. Jetzt aber kämpft Lilly sich durch einen Dschungel entgegengesetzter Emotionen, während der Zweifel an ihr nagt. Sie will an den Governor glauben – muss es sogar –, aber sie kann die Gefühle, die in ihr hochkommen, nicht ignorieren. Ihre Haut prickelt, es erscheint ihr beinahe so, als ob sie Ausschlag bekommt, während sie in ihrer Wohnung auf und ab geht, immer wieder so leise wie möglich ins Bett steigt und aufsteht, um Austin nicht aufzuwecken.

Als die ersten Anzeichen der Morgendämmerung die dunklen Schatten beiseitedrängen, hat sich der Plan in ihrem Kopf gefestigt. Sie will mit dem Mann reden – versuchen, mit ihm vernünftig zu diskutieren. Er wird ihr schon zuhören, wenn sie es nur richtig angeht. Schließlich haben sie beide ein gemeinsames Ziel: Woodbury zu retten. Aber die Leute in dieser Art und Weise aufzupeitschen – dieses unnötige Säbelrasseln – ist einfach verrückt. Lilly muss ihn zur Vernunft bringen oder zumindest einen Versuch wagen.

Sie wartet bis zum Vormittag – bringt ein angespanntes Frühstück mit Austin hinter sich –, ehe sie zum Governor geht. Austin will sie begleiten, aber das ist eine Sache, die sie allein hinter sich bringen muss.

Also schaut Lilly bei seiner Wohnung vorbei, aber der Vogel ist ausgeflogen. Deshalb macht sie sich auf zur Krankenstation und fragt Bob, ob er weiß, wo der Governor sich aufhält, aber Bob hat keine Ahnung, was Philip gerade treibt. Sie klappert die Straßen Woodburys ab, bis sie Schüsse hört. Diese stammen vom Verteidigungswall hinter der Rennstrecke, und sie macht sich sofort auf den Weg.

Die Temperaturen steigen unentwegt, der Himmel ist blass und die Luftfeuchtigkeit beinahe nicht mehr auszuhalten. Die Mittagssonne heizt die geteerten Parkplätze so auf, dass sich bereits Risse bilden, und es stinkt nach Asphalt und Dung. Lillys ärmelloses T-Shirt und ihre Jeans sind bereits durchgeschwitzt, und ihre Krämpfe haben wieder begonnen. Sie hat keinen Appetit und ist sich nicht sicher, was ihren Körper mehr durcheinanderbringt – die Schwangerschaft oder ihre Angst.

An der Südseite der Arena stehen Gabe und Bruce vor

einem Tor. Sie rauchen und haben ihre Waffen über die Schultern geworfen wie Paramilitärs in Kriegsfilmen. Ab und zu ertönen Schüsse aus kleinkalibrigen Pistolen, dringen über den verlassenen Parkplatz zu ihnen herüber. Sie ertönen noch hinter dem Maschendrahtzaun, der die Stadt von den mit Beißern infizierten Vororten trennt.

»Habt ihr Philip gesehen?«, erkundigt Lilly sich bei Gabe, während sie auf die beiden zugeht.

Ehe Gabe eine Chance zu antworten hat, fährt Bruce Cooper sie an: »Was willst du denn schon wieder? Der hat gerade keine Zeit.«

»Hey, halt mal den Ball flach«, meint Gabe zu dem gewaltigen Schwarzen in Armeeklamotten. »Sie ist auf unserer Seite, schon vergessen?« Gabe wendet sich an Lilly. »Er ist unten am Zaun, übt sich im Zielschießen. Was willst du denn von ihm?«

»Mich nur mit ihm unterhalten«, antwortet Lilly. »Habt ihr schon Fortschritte bei der Suche nach dem Standort des Gefängnisses gemacht?«

Gabe zuckt mit den Achseln. »Unsere Leute fahren den Highway auf und ab, aber es gibt noch nichts Neues. Kann ich dir irgendwie behilflich sein?«

Lilly seufzt. »Ich dachte, ich unterhalte mich nur kurz mit dem Governor. Ist nichts Wichtiges ... Ich habe nur ein paar Ideen gehabt.«

Gabe wirft Bruce einen flüchtigen Blick zu. »Ich weiß nicht. Er hat gemeint, dass er nicht gestört werden ...«

Er wird von einer rauen Stimme unterbrochen, die um die Ecke zu kommen scheint. »Ist schon gut – lasst sie durch!«

Sie tun, wie ihnen geheißen, und Lilly geht durch das

Tor und einen schmalen Bürgersteig entlang, vorbei an einer Reihe Behindertenparkplätze, bis sie einen abgemagerten, einarmigen Mann in einem olivfarbenen Armeeparka sieht, der vor dem Maschendrahtzaun steht.

»Ein erstaunliches Organ, das menschliche Hirn«, sagt er, ohne aufzublicken. Neben ihm ist eine Schubkarre voller Waffen – Pistolen und Gewehre aller Kalibergrößen –, und es wird Lilly rasch bewusst, dass er auf die Beißer auf der anderen Seite des Maschendrahtzauns schießt – für ihn ist das wohl wie eine groteske Schießbude. Etwa ein Dutzend verstümmelter Körper liegen hinter dem Zaun, und die Luft ist leicht bläulich vor lauter Schießpulver. »Es gleicht einem Computer, der sich selbst neu starten kann«, murmelt er, sucht sich eine 9-mm-Pistole aus der Schubkarre mit seiner linken Hand, hebt sie hoch, entsichert sie und zielt damit. »Und doch so scheiß zerbrechlich … Kann jeden Augenblick abstürzen.«

Er zielt auf die Schar Zombies auf der anderen Seite des Zauns und drückt ab.

»FUCK!« Die Kugel streift den Schädel einer Frau, die ein in Fetzen herabhängendes Sommerkleid trägt. Sie stolpert, hält sich aber aufrecht, um weiter gegen den Zaun anzustürmen. Genervt spuckt der Governor auf den Boden. »Mit links bin ich wirklich nicht zu gebrauchen!« Er drückt erneut ab, immer wieder, und erst beim vierten Mal zerbirst der Kopf der Frau. Sie rutscht zu Boden und hinterlässt eine blutige Spur aus Gewebe und Knorpel am Zaun. »Das wird nicht leicht«, murmelt Philip. »Ich muss alles neu lernen, angefangen mit Arsch abwischen.« Schließlich wendet er sich Lilly zu. »Bist du gekommen, um mir den Po zu versohlen?«

Lilly starrt ihn verwirrt an. »Wie bitte?«

»Mir war schon klar, dass dir meine kleine Präsentation nicht sonderlich gut gefallen hat.«

»Ich habe nie gesagt ...«

»Deine Körpersprache hat dich verraten, deine Miene ... Auch meine Redekunst hat dich anscheinend kaltgelassen.«

All das spricht er in breitem Georgia-Slang aus – rollt die »R«s in »verrr-rrrra-ten«, und Lilly stellen sich die Nackenhaare auf. Was hat er mit ihr vor? Will er sie etwa herausfordern? Sie benetzt sich die Lippen und wählt dann ihre Worte mit allergrößter Vorsicht. »Okay, pass auf ... Ich bin mir sicher, dass du weißt, was du tust. Ich will dir auch nicht sagen, wie du Woodbury zu führen hast. Es ist nur ... Da waren Kinder unter den Zuschauern.«

»Und du bist der Meinung, dass ich die Grenze überschritten habe, als ich ihnen Martinez' Überreste gezeigt habe?«

Lilly holt tief Luft. »Okay, ja ... Wenn ich ganz ehrlich mit dir bin ... Ja ... Es war alles ein bisschen dick aufgetragen.«

Er legt die 9-mm wieder zurück in die Schubkarre und holt sich eine mit Nickel beschlagene .357er hervor, checkt die Trommel und hebt dann die Waffe, um erneut zu zielen. »Lilly, uns steht ein weiterer Krieg bevor«, fängt er behutsam an und folgt einem Beißer mit der Waffe, der gerade aus dem uralten Eichenhain kommt. »Und ich kann dir eines versprechen.« Sein linker Arm ist jetzt so ruhig wie ein Stahlträger. »Wenn diese Leute nicht bereit sind, unsere Stadt zu verteidigen, koste es, was es wolle, werden wir alles verlieren ... *Alles*.« Sein linker Zeigefinger streichelt den Abzugshahn. Langsam gewöhnt er sich daran. »Alles, was dir nahe ist … Alles, was du liebst, Lilly. Du wirst – und das kann ich dir garantieren – *alles verlieren.*«

Er zieht die rechte Wange hoch, blickt mit dem linken Auge durch Kimme und Korn und drückt ab.

Lilly zuckt bei dem Lärm nicht zusammen – blinzelt nicht einmal, obwohl die .357er einen Höllenlärm macht. Stattdessen steht sie da und starrt den Mann an, überlegt, spürt, wie der eiskalte Schrecken in ihr sich zu Gewissheit verhärtet. Der Mann hat nicht ganz unrecht.

Auf der anderen Seite des Maschendrahtzauns bricht ein großer Beißer in einer Lache aus Blut und Körperflüssigkeiten in sich zusammen. Lilly beißt die Zähne zusammen. Sie spürt, wie jedes Stück glühender Asche des Lebens in ihr kämpft – wie ein Sämling, der nach einem Sonnenstrahl sucht.

Endlich sagt sie ganz leise: »Ja, du wirst schon recht haben. Ich stehe hundertprozentig hinter dir – wir alle –, ganz gleich, was passiert. Wir sind bereit. Ganz gleich, wie schlimm es kommen wird.«

Am Nachmittag werden ihre Bauchkrämpfe immer schlimmer, bis sie schließlich nicht mehr gerade stehen kann. Zusammengerollt liegt sie auf ihrem Futon im Schlafzimmer. Die Fenster hat sie mit Decken verhangen, um die grellen Strahlen der Frühlingssonne nicht einzulassen. Ein mildes Fieber ergreift sie – nachmittags hat sie achtunddreißig Grad –, und helle Punkte wie Sonnenflecken fangen an, vor ihren Augen hin und her zu huschen. Mit jedem stechenden Schmerz in ihrer Bauchgegend oder dumpfen Pochen über dem Nasenrücken leuchten sie hell auf.

Gegen sechs ergreift sie der Schüttelfrost, und sie zittert

und bebt krampfhaft auf der heruntergekommenen elektrischen Heizdecke, die Austin aus seiner Wohnung geholt hat. Sie fühlt sich, als ob sie sich übergeben muss, aber es kommt nichts heraus. Es geht ihr erbärmlich.

Endlich klettert sie aus dem Bett, um sich ins Badezimmer zu schleppen. Ihr Kreuz ziept schmerzhaft, und sie quält sich steif über die Holzdielen, stolpert mehr oder weniger ins Klo, barfuß, und schließt sich dann in die stinkende Kammer mit Fliesen an der Wand und uraltem Linoleum auf dem Boden ein. Erschöpft setzt sie sich auf die Schüssel und versucht zu pinkeln. Aber nicht einmal das will ihr gelingen.

Damit sie bloß nicht dehydriert, hat Austin hat ihr den ganzen Tag lang unentwegt Flüssigkeit eingeflößt, aber Lillys System ist derart aus dem Gleichgewicht, dass sie kaum mehr als ein paar Schluck Wasser auf einmal zu sich nehmen kann. Jetzt sitzt sie in der Finsternis des Badezimmers und versucht trotz der Krämpfe, die heiße Beben durch ihre Gedärme schießen lassen, langsam und ruhig zu atmen. Sie ist schwach, wie ausgewrungen, lahm. Als ob ein Klavier auf sie gefallen wäre. Liegt es am Stress? Sie blickt zu Boden und blinzelt. Sieht das Blut im Schritt ihres Slips. Eine Eiseskälte ergreift ihren gesamten Körper. Sie hat stets ihre Unterwäsche genauestens nach Blutspuren abgesucht und bisher noch nie auch nur einen Tropfen gesehen. Also versucht sie, Ruhe zu bewahren, tief einzuatmen, zu überlegen.

Ein lautes Klopfen reißt sie aus ihren Tagträumen. »Lilly?«, ertönt Austins Stimme von der anderen Seite der Tür. Er klingt alarmiert. »Lilly, geht es dir gut?«

Sie lehnt sich vor, greift nach dem Porzellanknauf und

fällt dabei beinahe von der Schüssel. Die Tür öffnet sich einen Spalt, und sie starrt in Austins glasige, weit aufgerissene Augen. »Ich glaube, wir sollten Bob aufsuchen«, sagt sie ruhig. Doch ihre Stimme bebt vor Angst.

Acht

Es ist Nacht, und Philip Blake räumt auf – sowohl im metaphorischen als auch im wörtlichen Sinn. Ein Mann am Rande der Revolution, ein Krieger kurz vor der Schlacht. Er will, dass sein Umfeld die klare, nüchterne, sterile Organisation seines Geistes widerspiegelt. Keine entkörperlichten Stimmen mehr, weg mit der Ambivalenz, die sein symbiotisches zweites Ego mit sich bringt. In dem Behältnis, das seinen Kopf darstellt – durch seine Folter gereinigt und geläutert –, sind sämtliche Überreste Brian Blakes weggeätzt, per Sandstrahl von den Tiefen seines Gehirns beseitigt. Er gleicht jetzt einem Uhrwerk – geeicht auf das Einzige, das ihn noch antreibt: *Rache*.

Also beginnt er mit den Zimmern seiner Wohnung, dem Tatort des Verbrechens. Noch immer sind Zeichen der verruchten Tat anwesend, und er fühlt sich genötigt, sie bis ins letzte Detail zu entfernen.

Bruce holt Putzmittel aus dem Lager, und der Governor verbringt Stunden damit, die Anzeichen seiner Folter durch die verrückte Schlampe mit dem Schwert auszulöschen. Mit nur der linken Hand geht die Arbeit denkbar mühsam voran. Langsam, aber stetig saugt er sorgfältig den verfilzten Teppich, auf dem noch immer Spuren seines eigenen Bluts zu sehen sind, mit einem batteriebetriebenen Dirt Devil ab. Für die hartnäckigeren Flecken bedient er sich eines speziellen Lösemittels, bürstet es mit einer weichen Bürste ein, bis der Teppich sich beinahe in seine Bestandteile auflöst. Er räumt auf, macht das Bett, füllt dreckige Wäsche in Tüten, wischt die Holzdielen, behandelt sie mit Wachs und entfernt den moosigen Dreck an seiner aus Aquarien bestehenden Schrankwand, ohne auch nur einen Blick auf die zuckenden, abgetrennten Köpfe in den Becken zu werfen.

Während der ganzen Zeit ist Penny im Eingangsbereich an einer Ringschraube angekettet. Ab und zu vergewissert er sich, dass bei ihr alles in Ordnung ist – das leise Knurren, das dumpfe Rasseln der Kette, das sie auslöst, wenn sie daran zerrt, sich losreißen will, und das Schnappen ihrer winzigen, scharfen Zähnchen, wenn sie vor blindem Hunger in die Luft schnappt, haben einen beruhigenden Effekt auf ihn. Als er aber um sie herum sauber macht, fängt das ständige Klappern an, ihm langsam auf die Nerven zu gehen.

Es dauert Stunden, die Wohnung zu seiner vollsten Zufriedenheit zu reinigen. Die Tatsache, dass er nur einen Arm zur Verfügung hat, macht solche Aufgaben wie den Mülleimer öffnen oder den Besen um Ecken schieben nicht gerade einfacher. Um das Ganze noch schlimmer erscheinen zu lassen, entdeckt er immer wieder Stellen, die er aus Versehen ausgelassen hat, Winkel, die noch Spuren seiner Tortur aufweisen – klebrige Überreste seines Bluts, Enden von Panzerband, unter einem Stuhl findet er einen Bohrer, an dem noch immer Stücke seines Gewebes kleben, auf dem Teppich liegt noch ein Fingernagel. Er arbeitet bis spät in die Nacht, bis er selbst die letzten Überreste, die ihn an sein Leiden erinnern können, beseitigt hat. Selbst die Spuren, die sich für immer verewigt haben, wie zum Beispiel die Verunstaltungen des Teppichs durch die Brandnarben der Lötlampe oder die Löcher, die durch das Vernageln der Spanholzplatte entstanden sind, werden durch das Umstellen der spärlichen Möbel unsichtbar gemacht.

Endlich hat er sämtliche Beweise seiner Folter vernichtet.

Zufrieden mit seiner Arbeit, lässt er sich in seinen Sessel im Nebenzimmer fallen. Das leise Blubbern der Aquarien beruhigt ihn, und das gedämpfte Schlagen der wiederbelebten Schädel gegen die Innenseite der Scheiben wirkt beschwichtigend. Er starrt auf die aufgedunsenen, teigigen Fratzen, die im Wasser auf und ab tanzen, und stellt sich den prächtigen, ja glorreichen Moment vor, wenn er die Schlampe mit den Dreadlocks Teil für Teil auseinandernimmt ... Bis er endlich einschläft.

Er träumt von den guten alten Tagen, sieht sich zuhause in Waynesboro mit Frau und Kind – eine Vorstellung, die ihm sein Gehirn mit der Unfehlbarkeit einer Atomuhr als real präsentiert –, und er ist glücklich, von Grund auf glücklich. Vielleicht war es die einzige Zeit, in der er je glücklich gewesen war ...

In dem gemütlichen, kleinen Zimmer neben der Küche im hinteren Teil des mit Holz beschlagenen Hauses in der Pilson Street lümmelt Penny auf seinem Schoß. Sarah Blake sitzt auf dem Sofa neben ihnen, den Kopf auf Philips Schulter gelegt, während er Penny laut aus einem Dr. Seuss-Buch vorliest.

Plötzlich aber stört ihn etwas – ein merkwürdiges Geräusch, ein Klopfen? Nein, ein dumpfes, metallenes Geklapper. Im Traum blickt er zur Decke und sieht, dass sich Risse bilden, und jedes neue Klappern verursacht einen weiteren kleinen Riss in dem Putz über ihren Köpfen, der bereits durch die Sonnenstrahlen, die ins Zimmer dringen, auf sie herunterrieselt. Das Klappern wird lauter, schneller, und er sieht weitere Risse in der Decke, bis es sie schließlich in Stücke reißt. Er schreit auf, als das ganze Zimmer über ihnen zusammenstürzt.

Die Katastrophe reißt ihn aus dem Schlaf.

Mit einem Ruck richtet er sich auf, und seine Wunden unter seiner Kleidung bereiten ihm Höllenqualen von den Hammerschlägen, tiefen Einschnitten und diversen Löchern, die mit Nadel und Faden zusammengenäht worden sind. Kalter Schweiß bedeckt seinen ganzen Körper, und sein fehlender Arm pulsiert vor Phantomschmerzen. Er schluckt Magensäure und sieht sich im Zimmer um – das dumpfe Glimmen der Aquarien bringt ihn langsam wieder in die Realität zurück –, und erst jetzt merkt er, dass das fürchterliche Klappern noch immer nicht aufgehört hat.

Es ist Penny im angrenzenden Zimmer, die noch immer auf Luft beißt! Schrecklich!!

Er muss etwas dagegen unternehmen!!!

Und wenn er auch das erledigt hat, ist er endlich fertig mit der Arbeit in seiner Wohnung.

»Mach dir man keine Sorgen, Lilly, Mädchen. Wie der Zufall es will, bin ich recht geübt, wenn es ums Entbinden geht«, meint Bob Stookey. Er schämt sich nicht, die beiden in dem silbrigen Licht der unterirdischen Krankenstation anzulügen. Es ist mitten in der Nacht, und es herrscht Totenstille in dem weiß gekachelten Raum. Bob hat das

Blutsauerstoffmessgerät an die Krankenbahre gerollt, auf der Lilly unter einem Laken liegt. Austin steht neben ihr, ist unruhig, kaut auf den Fingernägeln und lässt den Blick ständig von Bobs wettergegerbtem Gesicht zu Lilly und wieder zurück wandern.

»Ich bin zwar keine Hebamme«, gibt Bob zu, »aber während meiner Zeit beim Militär habe ich auf genügend schwangere Soldatinnen aufpassen müssen. Dir und deinem Baby wird schon nichts passieren … Alles in bester Ordnung … Mach dir man keine Sorgen.«

In Wahrheit musste Bob während seines Einsatzes in Afghanistan nur eine einzige schwangere Frau betreuen, eine Übersetzerin – eine Einheimische, die gerade mal siebzehn war, als ein Soldat, der für die Poststelle arbeitete, sie schwängerte. Bob hielt ihren Zustand geheim, bis sie eine Fehlgeburt hatte. Es war Bob, der ihr die traurige Nachricht überbringen musste – obwohl er sich sicher war und es bis zum heutigen Tag ist, dass sie es selber schon genau wusste. Eine Frau weiß so etwas einfach. Mehr muss man gar nicht sagen … *Eine Frau weiß so etwas.*

»Und was ist mit dem Blut?«, will Lilly wissen. Sie liegt auf der gleichen Krankenbahre, auf der der Governor rund eine Woche zwischen Leben und Tod schwebte. Bob hat ihr bereits einen Port kurz über dem Handgelenk gelegt und ihr den letzten Beutel Glukose im Lager gegen eine eventuell drohende Dehydrierung gegeben, um sie stabil zu wissen.

Jetzt versucht er, den beruhigenden Tonfall aufrechtzuerhalten, während er sich über sie beugt. »Das ist nichts Besonderes am Anfang einer Schwangerschaft«, beteuert er, hat aber keine Ahnung, ob es wahr ist, was er behauptet. Er wendet sich ab und wäscht sich die Hände im metallenen Waschbecken. Das Plätschern des Wassers ist in der ansonsten so stillen Krankenstation übermäßig laut, hilft aber nicht, von den unterschwelligen Emotionen abzulenken. »Ich bin mir sicher, dass alles gut wird«, versichert er ihr und dreht sich wieder um.

»Wenn du irgendetwas brauchst, lass es mich wissen, Bob«, meldet sich Austin zu Wort. Er trägt seine Kapuzenjacke, seine Haare sind zu einem Pferdeschwanz zusammengebunden. Er macht den Eindruck eines verirrten Kindes, das jeden Augenblick in Tränen ausbrechen könnte, und legt dann Lilly eine Hand auf die Schulter.

Bob trocknet sich die Hände mit einem Handtuch. »Lilly Caul wird Mutter ... Ich kann es immer noch kaum fassen.« Dann geht er wieder zu ihr, lächelt sie an und stülpt sich Einweghandschuhe über die Hände. »Und genau das brauchen wir hier in Woodbury«, fährt er offensichtlich bemüht fort. »Endlich einmal eine gute Nachricht.« Er fährt mit einer Hand unter das Laken und tastet vorsichtig Lillys Bauch ab, während er sich zu erinnern versucht, wie man eine Fehlgeburt diagnostiziert. »Und du wirst eine fantastische Mutter sein.« Er dreht sich zu dem Tablett voller Werkzeuge und Instrumente, findet einen flachen Fühler aus Edelstahl. »Manche Leute sind einfach dazu geboren, wisst ihr, was ich meine? Ich hingegen ...«

Lilly dreht sich zur Seite und schließt die Augen. Bob kann spüren, dass sie ihr Bestes tut, um nicht zu weinen. »Irgendetwas fühlt sich nicht richtig an«, murmelt sie. »Da ist etwas im Argen, Bob. Ich weiß es, ich kann es spüren.«

Bob wirft Austin einen Blick zu. »Junge, es wird Zeit, dass ich eine vernünftige gynäkologische Untersuchung vornehme.«

Tränen formen sich in Austins Augen. Er weiß Bescheid. Bob kann es in seiner Miene sehen. »Was auch immer, Bob.«

»Kleines, ich muss da mal rein und mich umsehen«, erklärt er. »Wird wohl nicht gerade angenehm werden – und kalt obendrein.«

Mit geschlossenen Augen flüstert Lilly kaum hörbar: »Schon gut.«

»Alles klar, dann fangen wir mal an.«

»Verdammt noch mal, halt endlich still!« Philip Blake hockt kauernd in der Dunkelheit im Eingangsbereich seiner Wohnung. In der Hand hält er eine Nadelzange, und seine linke Hand ist mit einer Schicht Panzerband geschützt. »Ist schon klar, dass dir das keinen Spaß macht, aber ich hoffe, du verstehst, dass danach alles viel besser wird.«

Er stochert in dem schwarzen Mund oder eher Maul seiner toten Tochter mit der Zange herum und versucht einen Schneidezahn zwischen die Greifbacken zu kriegen. Penny hingegen hat nichts anderes im Sinn, als in seine Hand zu beißen, aber er hält sie unter Kontrolle, indem er ihr mit einem Knobelbecher auf den Bauch gestiegen ist. Ihr Gestank umgibt ihn, aber er ignoriert alles um sich herum und konzentriert sich stattdessen auf die Arbeit.

»Das ist wirklich wichtig für unsere Beziehung«, sagt er endlich und ergreift einen Schneidezahn mit der Zange. »Hier kommt er!«

Er zieht den Zahn – es klingt, als ob er eine Flasche Wein aufmacht. An der Wurzel hängen noch kleine Stückchen modriges Fleisch. Penny zuckt kurz zusammen, ihre dämonischen Gesichtszüge verziehen sich, und ihre großen, milchigen Augen starren auf eine Leere irgendwo jenseits dieser Welt.

»Und schon kommt der nächste«, murmelt Philip sanft, als ob er versucht, ein Haustier zu beruhigen. »Ich kann spüren, wie er sich lockert.« Er stöhnt auf, reißt fest und zieht den zweiten Schneidezahn. »Da haben wir es schon. Siehst du? Ist doch gar nicht so schlimm, oder?« Er wirft den Zahn in den Mülleimer, der hinter ihm steht und wendet sich dann wieder dem Zombiegirl zu. »Du hast dich ja schon beinahe daran gewöhnt, oder etwa nicht?«

Sie geifert ihn an, und eine schwarze, ölige Substanz rinnt aus der Mundöffnung, während er ihr einen Zahn nach dem anderen zieht. Ihr Gesicht ist jetzt so ausdruckslos wie die der Sonne abgeneigte Seite des Mondes. »Nur noch ein paar, dann haben wir es geschafft!«, ruft er aufmunternd und macht sich an ihrem Unterkiefer zu schaffen. »Hört sich doch gut an, meinst du nicht?« Er zieht ihr die restlichen Zähnchen ohne viel Aufhebens, wobei Stücke vom Unterkiefer über ihr verdrecktes Sommerkleidchen kullern.

Dank der fortgeschrittenen Verwesung kann er jetzt rasch arbeiten.

»Siehst du?«, beschwichtigt er sie. »Und schon sind wir fertig.«

Für einen kurzen Augenblick, als er in der totenstillen Krankenstation am Fuß von Lillys Krankenbahre steht, erinnert Bob Stookey sich an damals in Afghanistan, als er einem Militär-Chirurgen bei der Kürettage an der Übersetzerin half: *Pech gehabt – ausgeschabt!* Diesen blöden Satz hat er eigentlich nie gemocht, kann ihn aber auch nicht vergessen. Jetzt kramt er in seinen Erinnerungen nach dem, was er an jenem Tag gelernt hat. Sanft streckt er die Hand unter das Laken, das Lillys Leiste bedeckt. Er vermeidet es, die Schwangere anzuschauen.

Aber Lilly starrt so oder so nur die Wand an.

Bob beginnt mit der Untersuchung. Der Chirurg hatte ihm erklärt, wie eine gesunde Gebärmutter sich während der ersten Woche einer Schwangerschaft im Gegensatz zu einer anfühlen soll, die gerade eine Fehlgeburt erlitten hat. Es dauert nicht lange, bis Bob den Eingang zum Gebärmutterhals gefunden hat, und Lilly stößt ein qualvolles Wimmern aus, das Bob fast das Herz bricht. Er tastet die Gebärmutter ab und befindet, dass sie komplett geweitet und voller Blut und Schorf ist. Mehr muss er nicht wissen. Sanft zieht er sich wieder zurück.

»Lilly, ich will, dass du dich an eines erinnerst«, sagt er und zieht sich die Handschuhe aus. »Es gibt keinen Grund ...«

»Nein!« Sie hat den Kopf noch immer abgewendet und fängt an zu weinen. Ihre Tränen kullern auf das Kopfkissen. »Ich wusste es ... Ich habe es gewusst!«

Austin legt hilflos den Kopf auf die Krankenbahre.

»Was habe ich mir nur dabei gedacht?« Sie weint leise vor sich hin, Tränen strömen ihre Wangen hinab. »Was zum Teufel habe ich mir dabei nur gedacht? ...«

Bob ist am Boden zerstört. »Aber Kleines, jetzt ist nicht die richtige Zeit, sich selbst sämtliche Schuld aufzuladen, okay? Die gute Nachricht ist: Ihr könnt es wieder versuchen ... Du bist schließlich noch ein junges Ding – und gesund. Ihr könnt es definitiv wieder versuchen!«

»Das reicht, Bob«, presst Lilly zwischen den Schluchzern hervor, hat aber mittlerweile aufgehört zu weinen.

Bob senkt den Blick zu Boden. »Tut mir leid, Kleines.«

Austin schaut auf, wischt sich die Tränen aus den Augen und starrt auf die gegenüberliegende Wand. Er atmet qualvoll aus. »Kacke, Kacke, Kacke! KACKE! KACKE!! KACKE!!!«

»Reich mir ein Handtuch, Bob.« Lilly setzt sich auf. Sie hat einen merkwürdigen Gesichtsausdruck, unmöglich ihn zu lesen, aber ein Blick reicht, um Austin und Bob zu sagen, dass sie lieber den Mund halten und ihr schnellstens ein Handtuch besorgen sollen. Bob schnappt sich eins und reicht es ihr. »Und jetzt befreie mich von diesem ganzen Dreck, der an mir hängt«, befiehlt sie tonlos und wischt sich sauber. »Ich muss hier raus.«

Bob entfernt den Port, reinigt den Einstich und verbindet ihr Handgelenk.

Sie steht von der Krankenbahre auf und erweckt für einen Augenblick den Eindruck, als ob sie sofort wieder hinfallen würde. Austin kommt ihr zu Hilfe, hält sie sanft an der Schulter fest. Sie aber stößt ihn fort und holt sich ihre Anziehsachen, die über einer Stuhllehne hängen. »Es geht mir gut.« Sie zieht sich an. »Alles bestens.«

»Kleines, überanstrenge dich doch nicht.« Bob umkreist sie, als ob er ihr den Weg zur Tür versperren will. »Du solltest dich erst mal ein wenig ausruhen, dich hinlegen.«

»Aus dem Weg, Bob«, fährt sie ihn mit geballten Fäusten durch zusammengebissene Zähne an.

»Lilly, warum ...« Als sie ihm einen giftigen Blick zuwirft, verstummt Austin auf der Stelle. Der Ausdruck in ihrem Gesicht – der Kiefer wie aus Beton und die Augen funkelnd vor Wut – schockiert Austin wie noch nie zuvor.

Bob will etwas sagen, überlegt es sich aber noch einmal und entscheidet, dass er sie besser gehen lässt. Er tritt beiseite, schaut Austin an und gibt ihm zu verstehen, dass auch er Lilly jetzt in Ruhe lassen soll.

Sie reißt die Tür auf, stürmt hinaus und knallt sie hinter sich zu. Die zurückbleibende Anspannung lässt die Luft in der Krankenstation förmlich knistern.

Für einen schier endlosen, quälenden Moment kniet Philip Blake in dem düsteren Eingangsbereich seiner Wohnung vor seinem monströsen Nachwuchs. Penny scheint von der stümperhaften Zahnbehandlung sehr mitgenommen. Ihre dünnen Beinchen zittern einen Moment lang unkontrolliert, und sie tastet ihr verwestes, blutiges Zahnfleisch mit ihren schwarzen Lippen ab, während sie die ganze Zeit auf den Mann vor ihr starrt.

Philip lehnt sich vor. Falsche Erinnerungen geistern in seinem Kopf herum, wie er seine Tochter zudeckt, ihr Gute-Nacht-Geschichten vorliest, mit der Hand über ihre dichten, goldenen Locken fährt und ihr einen Kuss auf die zart duftende Stirn gibt. »Ist schon wieder gut«, murmelt er der Kreatur zu, die noch immer an ihren Ketten zerrt. »Und jetzt komm her.«

Er umarmt sie mit seinem einen Arm. Sie fühlt sich wie eine leere, zerbrechliche Hülle an, wie eine winzige Vogelscheuche. Mit seiner behandschuhten Hand fährt er über ihren kalten, grau melierten Kiefer. »Und jetzt gib Daddy einen Kuss.«

Er küsst sie auf ihr ranziges Loch von einem Maul, das früher mal ein fröhlich plappernder Kindermund gewesen ist, sucht Wärme, Nähe, schmeckt aber nur die bittere Fäulnis verdorbenen Fleisches und Kot. Unfreiwillig zuckt er zurück. Das schleimige Gewebe, das an seinen Lippen kleben bleibt, ekelt ihn aufs Äußerste an. Er keucht und wischt sich beinahe panisch den schwarzen Geifer aus dem Gesicht. Sein Magen verkrampft sich.

Plötzlich stürzt sie sich mit zusammengekniffenen Augen auf ihn, versucht, ihn mit ihrem geschundenen Zahnfleisch zu beißen.

Er krümmt sich zusammen, schafft es gerade noch, sie mit seinem Arm abzuhalten. Die Übelkeit verwandelt sich in eine Fontäne heißen Gallensafts, die in ihm hochsteigt. Er übergibt sich auf den Holzdielen, und die schleimige gelbe Flüssigkeit aus Magensäure und Gallensaft spritzt auf den Boden vor ihm. Er würgt und würgt, bis nichts mehr in seinem Magen übrig bleibt.

Als er fertig ist, wischt er sich erneut den Mund und beginnt zu hyperventilieren. »Oh, Kleines ... Es tut mir leid.« Er schluckt und versucht, sich wieder unter Kontrolle zu kriegen, den Ekel und die Scham und Abneigung beiseitezuschieben. »Tu einfach so, als ob nichts passiert wäre.« Er holt tief Luft und schluckt erneut. »Ich bin mir sicher ... Mit der Zeit ... Ich werde ... Ich werde mich ...« Er fährt sich mit dem Ärmel über die Stirn. »Lass das bitte nicht zwischen uns ...«

Er wird von einem lauten Klopfen an der Tür zu seiner Wohnung unterbrochen. Der Governor fängt sich, schluckt den Ekel hinunter und zwinkert mit den Augen. »Kack!« Er rafft sich auf die Beine. »KACK!«

Während der folgenden dreißig Sekunden – so lange dauert es, bis Philip Blake sich zusammenreißt, zur Tür geht, den Riegel zurückschiebt und sie aufmacht – verwandelt sich der Mann von einem zitternden, schwachen, verschmähten Vater zu dem allbekannten und gefürchteten knallharten Anführer Woodburys. »Habe ich oder habe ich *nicht* gesagt, dass ich *nicht gestört* werden will?«, faucht er die tief in den Schatten getauchte Gestalt im schwachen Licht des Gangs an.

Gabe räuspert sich. Er hat sich einen Armee-Parka übergeworfen, über dem er einen Munitionsgürtel und einen Patronengurt trägt. Er wählt seine Worte vorsichtig: »Tut mir leid, Boss – aber die Kacke ist am Dampfen.«

»Welche Kacke?«

Gabe holt tief Luft. »Okay. Es gab eine Explosion. Wir glauben, es war bei der National Guard Station – eine riesige Rauchwolke ist in den Himmel gestiegen. Bruce ist mit ein paar Männern los, um Näheres herauszufinden. Kaum waren sie weg, haben wir Schüsse gehört.«

»Von wo?«

»Recht nah, aus der gleichen Richtung.«

Der Governor wirft ihm einen vernichtenden Blick zu. »Warum schnappst du dir dann nicht einfach ein Auto und … SCHEISSE!« Er macht einen Schritt zurück in die Wohnung. »Ach, vergiss es! Vergiss es einfach! Folge mir!«

Sie nehmen einen gepanzerten Truck. Der Governor hat auf dem Beifahrersitz Platz genommen, auf seinem Schoß liegt ein AR-15-Maschinengewehr. Gabe hat sich hinters Lenkrad geklemmt. Er spricht kaum ein Wort, während sie die Flat Shoals Road entlang und dann einige Kilometer durch einen Wald fahren, in dem es nur so von Beißern wimmelt, bis sie zum Highway 85 kommen. Sie folgen ihm, lassen diverse Feldwege hinter sich. In der Ferne sehen sie einen Fleck schwarzen Rauchs im Nachthimmel hängen. Der Governor schweigt ebenfalls, hängt die ganze Zeit auf dem Beifahrersitz seinen Gedanken nach. Zwei von Gabes Männern, Rudy und Gus, stehen auf den seitlichen Trittbrettern und halten sich an der Fahrerkabine fest, die Maschinengewehre stets schussbereit.

Während sie durch die Nacht gen Osten poltern, verspürt der Governor bei jedem Stein, bei jeder Kuhle quälende Phantomschmerzen. Es ist, als ob Tausende von Nadeln sich in ihn bohren. Ein bizarres Gefühl, das ständig mit seinen Sinnen spielt. Im dämmrig grünen Licht der Fahrerkabine glaubt er, immer wieder seinen rechten Arm im Blickwinkel zu sehen. Wenn er aber genauer hinschaut, holt ihn die Realität wieder ein. Er wird von Minute zu Minute wütender, sinniert in der rumpelnden Finsternis vor sich hin, denkt über den bevorstehenden Krieg, über die kranke Schlampe nach, die ihn angegriffen hat, und wie er ihren Kopf ach-so-langsam von ihrem Körper trennen wird …

Die großen Heerführer der Geschichte, Männer, über die Philip in Büchern gelesen hat – von MacArthur bis hin zu Robert E. Lee –, waren nie an der Front, sondern hielten sich zusammengepfercht mit anderen Kommandeuren in Zelten weit hinter dem Geschehen auf, planten, analysierten, entwarfen Strategien, studierten Karten. Aber nicht Philip Blake! Er sieht sich eher als Attila der Hunnenkönig, der voller Rachegelüste in Ägypten einfällt und von dessen blutigem Schwert der Tod tropft. Seine Augenklappe juckt förmlich vor Vorfreude, als das Adrenalin durch seinen Körper schießt. Er trägt seinen Autohandschuh an der linken Hand, und das Leder knarzt, als er die Hand zu einer Faust ballt.

Sie fahren an einer ihnen wohlbekannten Abfahrt des zweispurigen Highways vorbei. Der Wind hat einen Buchstaben von dem großen Schild weggeweht.

Der Governor sieht den riesigen grauen Pakplatz des Walmart. Er schimmert im Mondlicht wie ein großer, starrer Ozean. An seinem westlichen Ende liegen einige umgestürzte Überreste eines Trucks. Der Governor erkennt die Silhouette. Dann fällt bei ihm der Groschen: Der gehört zu unserem Fahrzeugpark!

»SCHEISSE!« Der Governor deutet in die Richtung des ramponierten Fahrzeugs. »Da drüben, Gabe – in der Nähe der Müllcontainer!«

Gabe gibt Gas, rast die Einfahrt entlang, saust über den Parkplatz. Hinter dem Truck steigt eine große Staubwolke in den Nachthimmel. Als sie zu dem umgestürzten Wrack kommen, steigt Gabe aufs Bremspedal, sodass sie zehn Meter vor ihrem Ziel zu stehen kommen.

»SCHEISSE!« Der Governor stößt die Tür der Fahrerkabine auf, stellt sich auf das Trittbrett und überschaut das Gemetzel, das sich vor ihm auf dem Parkplatz ausbreitet. «FUCK!«

Er hüpft vom Trittbrett auf den Asphalt, die drei anderen Männer sind ihm dicht auf den Fersen, und rennt zu den leblosen Körpern. Einen Augenblick lang herrscht Totenstille. Der Governor mustert den Unfallort, speichert den Schauplatz in seinem Gedächtnis ab. Der Motor läuft noch, Kohlenmonoxid und Schießpulver hängen noch immer in der Luft und tauchen die Szene in eine dicke blaue Rauchwolke.

»Verdammt!« Gabe betrachtet die vier Leichen, die in ihrem eigenen Blut auf dem Parkplatz liegen. Einer wurde der Kopf abgetrennt. Die Hände fehlen auch. Der Schädel ruht in fünf Meter Entfernung in einer Lache aus Blut und Gewebe. Ein anderer – der Junge namens Curtis – liegt mit den Armen in die Hüften gestemmt nicht weit entfernt. Seine toten, offenen Augen starren auf die Sterne über ihm. Ein dritter schwimmt in seinem eigenen Blut und Knorpelgewebe. Seine Gedärme quellen aus einem großen Einschnitt in seinem Bauch. Es bedarf keines Sherlock Holmes, um von dem sauberen, langen Schnitt und den glatt abgetrennten Extremitäten auf das Katana-Schwert als Bringer des Todes zu kommen.

Gabe stapft zu der größten Leiche, einem schwarzen Mann, der noch vor sich hin siecht, aber bereits so viel Blut durch die vielen Einschüsse verloren hat, dass er es nicht mehr lange machen wird. Sein Gesicht ist blutüberströmt und klebrig. Bruce Cooper versucht mit letzter Anstrengung etwas zu sagen.

Aber niemand kann ihn verstehen.

Der Governor geht zu ihm hin und starrt ihn an. Außer weißglühender Wut verspürt er kaum eine Emotion. »Sein Kopf ist noch intakt«, sagt Philip zu Gabe. »Schau auf die Bisswunden, es wird nicht lange dauern, ehe er zu einem von denen wird.«

Gabe will schon antworten, als der schwache Bariton von Bruce Cooper die Stille durchbricht – er bekommt kaum noch Luft, kann sich vor Schmerzen fast nicht mehr rühren. Der Governor kniet sich zu ihm hinunter und legt das Ohr an seinen Mund.

»H-hab den G-glatzkopf g-gesehen, den Jungen«, stammelt Bruce, während sein Rachen sich mit Blut füllt. »Sie … Sie sind zurückgekommen … Sie …«

»Bruce!« Der Governor kniet sich näher zu ihm hin. Sein verärgertes Bellen lässt jedes Mitgefühl vermissen: »BRUCE!«

Aber der große Mann kann nicht mehr. Sein rasierter Schädel – jetzt voll pechschwarzen Bluts – dreht sich ein letztes Mal zu Philip. Seine Augenlider flattern und hören dann auf, sich zu bewegen, werden starr und so leblos wie Murmeln. Der Governor starrt den Mann einen Augenblick lang an.

Dann wendet er sich ab, senkt den Blick zu Boden und schließt die Augen.

Er sieht nicht, wie die anderen vor Respekt vor dem eisernen Krieger die Häupter senken, vor dem Mann, der pflichtbewusst und ohne nachzufragen jeden Befehl des Governors ausgeführt hat, der ihm immer beiseitegestanden ist. Philip Blake kämpft jetzt gegen den Schmerz an, der sich wie eine beißende Chemikalie in seine Gedanken einzuschleichen droht und an seiner Entschlossenheit nagen will. Bruce Cooper ist nur ein Mann – nichts weiter als ein kleines Rädchen im Getriebe der Woodbury-Maschine –, aber insgeheim hat er Philip Welten bedeutet. Außer Gabe war Bruce beinahe das, was Philip einen Freund genannt hätte. Er hat sich ihm anvertraut, ihm seine Aquarien gezeigt, Bruce hatte sogar Penny gesehen. Bruce zollte dem Governor bedingungslosen Respekt, vielleicht hatte er ihn sogar geliebt. Soweit Philip weiß, war es Bruce gewesen, der ihm das Leben gerettet und Bob dazu gezwungen hat, sich am Riemen zu reißen und seine Wunden zu versorgen.

Der Governor blickt auf. Er sieht, wie Gabe sich wegdreht, den Kopf weiterhin tief gesenkt, als ob er seinem

Boss gegenüber Ehrerbietung und Privatsphäre in diesem fürchterlichen Moment gewähren will. An seiner Hüfte hängt eine Glock, 9-mm. Jetzt gibt es nur noch eines, das sie tun müssen.

Der Governor reißt die Pistole aus Gabes Halfter, dass Gabe vor Schrecken zusammenzuckt.

Er zielt auf Bruces Kopf und drückt ab – aus nächster Nähe –, und das Hohlspitzgeschoss gräbt sich in Bruces Schädel. Der Knall lässt alle aufschrecken – alle außer dem Governor.

Dann wendet er sich an Gabe. »Die sind gerade erst *hier* gewesen.« Seine Stimme ist tief, rau und leise – eine Stimme, in der glühende Wut und Chaos mitschwingt. »Findet ihre scheiß Spuren, findet ihr scheiß Gefängnis.« Er starrt Gabe mit seinem noch übrig gebliebenen Auge an und brüllt: »UND ZWAR SOFORT!!«

Ohne ein weiteres Wort zu sagen, geht er zurück zum Truck.

Eine ganze Weile lang steht Gabriel Harris inmitten der Leichen, die wie kaputte Schaufensterpuppen auf dem in Mondschein getauchten Parkplatz verstreut sind. Die Unentschlossenheit, die in seinem Gehirn tobt, paralysiert ihn. Er beobachtet, wie der Governor davonstürmt, sich hinter das Steuer des gepanzerten Trucks setzt und losfährt. Gabe ist sprachlos, verwirrt. Wie zum Teufel soll er denn jetzt dieses verdammte Gefängnis finden, zu Fuß, ohne Proviant, mit viel zu wenig Munition und nichts weiter als zwei Männern? Und wenn er schon dabei ist, wie sollen sie nach Hause kommen? Etwa den Daumen ausstrecken und trampen? Aber plötzlich verändern sich Gabes

Gedanken von völligem Verdruss zu einer unerschütterlichen Entschlossenheit. Ein Blick auf die Überreste von Bruce Cooper, seinem Freund und Waffenkamerad, reicht dazu völlig aus.

Der Anblick des Riesen, wie er da im Mondschein liegt – jetzt so ramponiert und zerstört wie ein Stück Fleisch von einem Schlachtvieh –, löst etwas tief in seinem Inneren aus, gibt Reserven frei, deren er sich nie zuvor bewusst war. Zwiespältige Emotionen wallen in ihm auf – Trauer, Wut und Angst. Er beißt die Zähne zusammen, schluckt die Gefühle wieder runter. Dann befiehlt er den beiden anderen Männern, ihm zu folgen.

In den finsteren Ecken des Supermarkts, unter umgestürzten Regalen und Schaufensterauslagen, finden sie zwei noch brauchbare Rucksäcke, eine Taschenlampe, einen Feldstecher, eine Schachtel Kekse, ein Glas Erdnussbutter, etwas Papier, Stifte, Batterien und zwei Schachteln .45er-Munition.

Sie verstauen das Gefundene in den Rucksäcken und machen sich auf Richtung Osten. Zuerst folgen sie den Reifenspuren, die zu einem staubigen Feldweg führen, ehe sie scharf gen Süden abbiegen. Sie folgen ihnen die ganze Nacht, bis sie an eine Teerstraße kommen, wo sich die Spur verliert.

Gabe aber will nicht aufgeben. Er befiehlt, dass sie ausschwärmen sollen. Gus schickt er nach Osten, Rudy nach Westen. Der Plan ist, dass sie sich an der Kreuzung der Highways 80 und 267 wiedertreffen.

Die Männer gehen ihres Weges, die schwachen Lichtkegel ihrer Taschenlampen verlieren sich im Nebel der Morgendämmerung. Gabe holt sein knapp dreißig Zentimeter langes Messer hervor und bahnt sich den Weg durch das dichte Blattwerk. Er schneidet und hackt sich einen Pfad nach Süden frei, bis es am Horizont heller wird und ein neuer Tag sich ankündigt.

Nach einer Stunde begegnet er einigen verirrten Beißern, die sich durch den Wald kämpfen und wahrscheinlich von seinem Geruch angezogen worden sind. Er schafft es, die meisten hinter sich zu lassen, ohne dass sie ihn bemerken. Nur einmal wird er von einem kleinen Zombie – entweder ein Kleinwüchsiger oder ein Kind, das verweste Gesicht lässt keine Rückschlüsse mehr zu – angegriffen. Er erlegt ihn mit einem einzigen Messerhieb in den Schädel. Schweißperlen bilden sich auf seinem muskulösen Nacken, laufen seinen Rücken hinab. Er kommt jetzt schneller voran, kämpft sich leichter durch das Dickicht überwucherter, brach liegender Felder.

Gegen Mittag erreicht Gabe die Kreuzung der zwei ramponierten Highways. Er sieht Rudy und Gus in der Ferne. Sie sitzen wie zwei Eulen auf einem Lattenzaun, warten auf ihn. Wenn er ihre niedergeschlagenen, griesgrämigen Mienen richtig liest, sind sie genauso wie er leer ausgegangen.

»Lasst mich raten«, sagt er, als er näher kommt. »Nichts.«

Gus zuckt mit den Achseln. »Bin an ein paar kleinen Bauernhöfen vorbeigekommen, alle verlassen ... Aber nirgends ein Gefängnis.«

»Ich auch«, murmelt Rudy. »Nichts außer abgewrackte Autos und leere Gebäude. Bin über ein paar Beißer gestolpert, konnte sie aber ohne viel Aufhebens beiseiteschaffen.«

Gabe seufzt, zieht sein Taschentuch aus der Hosentasche und trocknet sich den Nacken. »Wir müssen weitersuchen, verdammt noch mal.«

Rudy meldet sich zu Wort: »Warum versuchen wir nicht, ...«

Plötzlich ertönen Schüsse von Westen her. Es hört sich wie eine kleinkalibrige Pistole an. Die Explosionen hallen bis zu ihnen, und Gabe dreht sich blitzartig um. Die Schüsse kommen aus dem Wald.

Die beiden anderen Männer blicken auf, starren Gabe an, der den Wald hinter dem Zaun absucht. Einen Moment lang herrscht völlige Stille.

Dann wendet Gabe sich den beiden zu und sagt: »Okay, folgt mir ... Und haltet euch geduckt. Ich habe das Gefühl, dass unser Ziel nicht weit entfernt ist.«

Neun

Lilly verbringt den gesamten nächsten Tag in ihrer Wohnung, schluckt Aspirin, tigert in Jogginghose und T-Shirt durchs Wohnzimmer. Sie macht Inventur ihres Arsenals an Waffen und Munition. Das spärliche Licht des bewölkten Tages dringt durch Rollläden und lässt ihren Kopf heftig pochen, aber sie ignoriert die Schmerzen, angetrieben von Adrenalin und weißglühendem Hass, die wie Starkstrom durch ihre Venen fließen.

Nach einer schlaflosen Nacht und einer Reihe angespannter Diskussionen mit Austin hat sie einen Entschluss gefasst. Ihr Zorn gegenüber diesen Arschlöchern, die einfach nach Woodbury gekommen und somit der Grund sind, dass sie ihr Baby verloren hat, lässt sie nicht in Ruhe. Sie hat beinahe zwei Jahre in dieser Plage überlebt, und während dieser Zeit hat sie eine Theorie aufgestellt, wie die Überlebenden einander begegnen, miteinander umgehen müssen. Entweder hilft man sich gegenseitig – wenn es denn möglich ist –, oder man lässt den anderen verdammt noch mal in Frieden. Aber diese Eindringlinge haben jeglichen zivilisierten Umgang zwischen Menschen mit den Füßen getreten und alles zerstört, und die Empörung darüber brennt wie ein Feuer in Lilly. Gott sei Dank ist das Wundsein in ihrer Bauchgegend abgeklungen – zusammen mit dem Schock, dass all ihre Vorstellungen eines anderen

Lebens völlig den Bach runtergegangen sind. Aber statt einer Leere wird ein stetig wachsender Hass in ihr geschürt, der sie völlig beherrscht.

Sie hat sämtliche Schachteln, Kartons und gebrauchte Möbel beiseitegeschoben, gegen die Wände aufgetürmt, um ihr Waffenarsenal, bestehend aus kleinkalibrigen Pistolen, Messern und Munition, auf dem Boden auszubreiten. Sie hat nie einen Gedanken daran verschwendet, was sie während der letzten Monate alles gebunkert hat – vielleicht aus Paranoia oder irgendeiner dunklen Intuition heraus –, aber jetzt liegt alles sauber geordnet vor ihr: Ihre zwei .22-Kaliber-Ruger MK II hat sie wie bei einem Wappen an erste Stelle positioniert, daneben zwei Magazine mit je zehn Schuss, darunter ein Stoffgürtel. Dazu zwei Schachteln mit .40er-Munition, eine Machete, eine Reihe Schalldämpfer, Austins Glock liegt auf ein paar dazugehörigen Magazinen, ein Remington-.308-MSR-Gewehr, drei Messer mit langen Klingen, mal mehr, mal weniger scharf, eine Spitzhacke mit langem Stiel und eine ganze Reihe verschiedener Halfter, Scheiden und Taschen.

»Suppe ist fertig!«, ruft Austin aus der Küche und versucht, so fröhlich und optimistisch wie nur möglich zu klingen, aber die Trauer schwingt in seiner Stimme mit. Es ist, als ob eine ständig präsente Schwere auf ihm liegt. »Was hältst du davon, wenn wir im Hinterzimmer essen?«

»Kein Hunger«, ruft sie zurück.

»Lilly, nun komm schon … Das kannst du mir nicht antun«, tadelt er sie, kommt ins Wohnzimmer und trocknet sich die Hände an einem Küchentuch. Er trägt ein abgegriffenes R.E.M. T-Shirt. Sein Haar ist offen, sodass ihm lange Locken über die Schultern auf den Rücken fallen. Er macht einen nervösen Eindruck. »Du musst etwas essen.«

»Wieso?«

»Lilly, ich bitte dich!«

»Austin ... Es ist nett, dass du dir Sorgen um mich machst.« Sie würdigt ihn nicht einmal eines Blicks. »Iss ruhig, aber ich möchte nichts.«

Er fährt sich mit der Zunge über die Lippen, wählt seine Worte mit aller Vorsicht: »Dir ist klar, dass wir diese Leute vielleicht nie wiedersehen?«

»Oh, das werden wir ... Das kann ich dir versprechen ... Wir sehen sie wieder.«

»Was soll das denn heißen?«

Sie starrt auf ihr Arsenal. »Das soll heißen, dass ich nicht ruhen werde, bis ich sie gefunden habe.«

»Aber warum? Was soll das denn bringen?«

Lilly wirft Austin einen stählernen Blick zu. »Ist der IQ-Level hier gerade gesunken, so wie die Temperatur?«

»Lilly ...«

»Hast du denn überhaupt nicht mitgekriegt, was hier vor sich geht?«

»Das ist ja das Problem!« Er wirft das Küchentuch auf den Boden. »Ich habe alles mitgemacht, war stets an deiner Seite. Ich habe aufgepasst, ich weiß *alles,* was hier vor sich geht.« Er schluckt seine Wut runter, holt tief Luft und versucht sich wieder zu beruhigen. Dann sagt er behutsam: »Ich kann doch sehen, wie sehr es dich verletzt, Lilly. Und mir geht es nicht anders.«

Lilly schaut wieder auf ihre Ansammlung von Waffen und Munition und antwortet dann sanft: »Das weiß ich doch, Austin.«

Er geht zu ihr und legt ihr eine Hand auf die Schulter. »Das ist doch alles verrückt.«

Ohne den Blick zu heben, entgegnet sie: »Es ist, wie es ist.«

»Und was *ist* es?«

Endlich schaut sie ihm in die Augen. »Das ist ein scheiß Krieg.«

»Krieg? Ehrlich? Das hört sich mehr nach dem Governor als nach dir an.«

»Da gibt es keinen Mittelweg, Austin. Entweder überleben die oder wir. So einfach ist das.«

Austin seufzt genervt auf. »*Die* machen mir keine Sorgen, Lilly! Ich mache mir Sorgen um *uns!*«

Sie wirft ihm einen weiteren vernichtenden Blick zu. »Du solltest deinen scheiß Kopf mal aus dem Sand ziehen und dir über *die* Gedanken machen, denn wenn du das nicht tust, gibt es vielleicht bald kein *wir* mehr ... Und kein Woodbury. Es wird überhaupt nichts mehr geben!«

Austin senkt den Kopf und antwortet nicht.

Lilly will schon weiter wettern, hält sich aber im letzten Augenblick zurück. Sie sieht, wie sich seine Miene verändert, wie seine Augen sich mit Tränen füllen, eine sogar die Wange hinunterkullert und vom Kinn zu Boden tropft. Lillys Zorn und Wut verpuffen, und ihr Magen verkrampft sich vor Traurigkeit. Sie geht zu ihm hin, umarmt ihn. Er erwidert ihre Geste und flüstert ihr dann voller Trauer ins Ohr: »Ich fühle mich so hilflos. Zuerst verlieren wir das Baby ... Und jetzt ... Es kommt mir so vor, als ob du dich von mir entfernst ... Und ich darf dich nicht verlieren ... Ich kann nicht ... Ich kann einfach nicht.«

Sie hält ihn in den Armen, streicht ihm über das lange

Haar und flüstert sanft zurück: »Du wirst mich nicht verlieren. Du bist mein Mann, verstehst du das? Du und ich – Ende der Geschichte. Verstehst du das?«

»Ja …« Seine Stimme ist so leise, dass sie kaum zu hören ist. »Ich verstehe … Danke … Danke.«

Eine Weile lang stehen sie in dem fahlen Licht des unordentlichen Wohnzimmers, sagen kein Wort, sondern halten sich nur in den Armen, als ob sie sich so vor allem beschützen könnten. Lilly kann Austins Atem hören, spürt sein Herz gegen ihre Brust schlagen.

»Ich weiß, wie das ist, wenn man sich hilflos, wehrlos fühlt«, meint sie schließlich und schaut ihm in die Augen. Sie stehen so nahe zusammen, dass ihre Gesichter sich beinahe berühren, sie ineinander verschmelzen. »Vor nicht allzu langer Zeit war ich die Vorzeigefigur für alles, was für Hilflosigkeit stand. Ich war ein Wrack. Aber jemand hat mir geholfen, hat mir Selbstbewusstsein geschenkt, mir beigebracht zu überleben.«

Austin zieht sie noch enger an sich und flüstert: »Genau das ist es, was du für mich getan hast, Lilly.«

Sie küsst ihn sanft auf die Stirn und erwidert seine innige Umarmung. Gott sei ihr gnädig, sie liebt ihn! Sie wird für ihn um ihre gemeinsame Zukunft kämpfen, bis zum Tod. Sie hält seinen Kopf in den Händen, streicht über seine langen Locken, aber das Einzige, woran sie denken kann, ist, sich in die Schlacht zu werfen und jedes einzelne dieser unglaublichen Monster zu vernichten, die sie bedrohen.

Es ist später Nachmittag, und die Sonne senkt sich langsam Richtung Horizont. Der Governor sitzt allein auf einer leeren Tribüne der Rennstrecke. Der Wind bläst leere

Plastiktüten und sonstigen Unrat über das menschenleere Innenfeld. Die letzten Sonnenstrahlen lassen die giftigen Staubteilchen in der schweren Luft golden schimmern, ehe die Sonne schließlich hinter den Wolken verschwindet und der Wind Staubteufel über die Strecke weht und den Abend einläutet. Es ist, als ob die Szene Philip Blakes ernste Laune widerspiegelt.

Ein großer General hat mal gesagt, dass es »das große Einatmen vor dem Sturm« sei, und Philip verspürt eine ähnliche Schwere in der Luft. Er sitzt in dem schwindenden Licht, sammelt sich, tankt Energie und fantasiert über den Ruhm, der auf dem Schlachtfeld geerntet wird. Er stellt sich die Genugtuung vor, wenn er die Schlampe, die ihn verstümmelt hat, wie eine blutgefüllte Piñata aufschlitzt. In Philips Kopf schwirrt die dunkle Energie des Krieges wie in einem atomaren Teilchenbeschleuniger – er surrt vor Zorn – und verwandelt diese ansonsten magische Stunde in einen gottlosen Ritus, in eine heilige Beschwörung.

Plötzlich, als ob seine Gedanken ihn herbeigerufen hätten, taucht ein Bote auf – eine untersetzte Gestalt in Armeehose, Stiefel und Militärjacke –, kommt aus den Schatten des gegenüberliegenden Eingangs zur Arena direkt auf ihn zu.

Philip blickt auf.

Gabe läuft über das Innenfeld. Von dem andauernden Rennen ist er völlig außer Atem. Sein Gesicht drückt Dringlichkeit aus, und seine Augen leuchten vor Aufregung. Er macht Philip in der Ferne aus, läuft um die Tribüne, springt über den Zaun und klettert die Sitzreihen hinauf, bis er schließlich vorm Governor steht. »Die haben gesagt, dass ich dich hier finden würde«, sagt er hyperventilierend, legt die Hände auf die Knie und ringt nach Luft.

»Immer mit der Ruhe, Kemosabe«, beruhigt ihn der Governor. »Ich hoffe, du bringst gute Nachrichten?«

Gabe sieht ihn an und nickt. »Wir haben es gefunden.«

Die Worte hängen einen Augenblick in der Luft. Philips Miene verändert sich keinen Deut, ist in dem schwächer werdenden blauen Licht weiterhin unlesbar. Er starrt in die Ferne. »Dann fang mal an.«

Und Gabe erzählt.

Nachdem sie die Schüsse gehört hatten, krochen sie durch den dichten Wald neben dem Highway, bis sie zwei Frauen und einen älteren Mann sahen, die auf einer Lichtung Schießübungen machten. Gabe und seine Männer versteckten sich hinter ein paar Bäumen und beobachteten das Treiben aus sicherer Entfernung, während die drei eine Handvoll Beißer umlegten, um dann einen von ihnen in Richtung eines hohen Zauns in der Ferne zu schleifen.

Zuerst machte es alles keinen Sinn, aber als Gabe und seine Jungs endlich dem Pfad den Hügel hinauf folgten, um sich ein Bild von der Landschaft zu machen, erhaschten sie einen Blick von dem, was hinter dem Zaun lag und sich über die benachbarten Felder scheinbar wie aus dem Nichts ausbreitete: ein riesiger Häuserblock. Und erst jetzt fielen bei ihnen die Groschen.

Was früher als Meriwether County Correctional Facility bekannt war, erstreckte sich über zahlreiche Äcker bis hin zur östlichen Landkreisgrenze – ein im Zickzack verlaufendes Netzwerk aus grauen Nachkriegsbauten, das hinter drei Sicherheitszäunen lag. Gabe begriff sofort, warum niemand in Woodbury auf die Idee gekommen war, dass sie hier etwas finden könnten: Der Bundesstaat Georgia hatte die Strafvollzugsanstalt nach dem Crash von '87 lahmgelegt, so dass sie jahrelang von der Bildfläche verschwunden und in dem ländlichen Hinterland wie ein Geisterschiff in Vergessenheit geraten war. Der einzige Grund, warum Gabe sich bei dem Anblick auf einmal an die Anstalt erinnerte, war sein Cousin Eddie. Eddie war ein Drogendealer in Jacksonville gewesen, der in den späten 90er-Jahren hier festgehalten wurde, bis sein Berufungsverfahren in die Wege geleitet wurde. Georgia hatte die Anlage, die eigentlich als Gefängnis für verurteilte Verbrecher konzipiert war, als eine Art Wartesaal benutzt. Sie ließen es zwar nur von einem Minimum an Wachen beaufsichtigen, diese reichten aber aus, um die Anlage weiter in Betrieb zu halten und sicherzugehen, dass sämtliche Sicherheitsvorrichtungen und das gesamte Arsenal an Waffen und Munition nicht dem Zahn der Zeit ausgesetzt wurden.

Bei genauerer Betrachtung schätzte Gabe die Anstalt zwar als sicher ein – aber beim besten Willen nicht als *uneinnehmbar*. Innerhalb des Stacheldrahtzauns und der Wachtürme lagen der Hof und die verkommenen Basketballplätze leer da. Sie wurden wohl vor langer Zeit schon von Beißern befreit. Und obwohl eine Handvoll Zombies vor dem äußersten Zaun herumstreunten – der Geruch von Frischfleisch zog sie halt an wie der Honig die Bienen –, machten die rußgeschwärzten Gebäude einen relativ soliden Eindruck. Sie wirkten alles andere als baufällig, und aus ihren Schloten stieg schwarzer Rauch in den Himmel. Irgendjemand hatte die Generatoren und Notfallaggregate zum Laufen gebracht. Die Anlage machte einen aufgeräumten Eindruck – als ob Kühlung, Duschen und Kantinen voller Essen sowie bis zum Bersten volle Lagerräume vorhanden waren. Zudem musste es mindestens eine Sporthalle und Räume mit Gewichten für Krafttraining geben. Und all das wartete nur darauf, von ihnen eingenommen zu werden ...

»Die haben nichts weiter als die Zäune«, erklärt Gabe und steht nur wenige Zentimeter vom Governor entfernt. »Und sie lassen die Beißer zufrieden, die sich um den äußersten Zaun versammeln. Vielleicht nur aus Nachsicht, aber vielleicht sind sie auch cleverer, als wir denken.« Gabe macht eine Pause, damit der Governor das Gehörte verarbeiten kann.

»Erzähl weiter«, befiehlt der Governor, ohne die Augen von der menschenleeren Rennstrecke zu nehmen. Er saugt die Informationen in sich auf, ehe die zunehmende Dunkelheit eine Decke über die Arena legt. »Ich bin ganz Ohr.«

»Die Sache ist die«, fährt Gabe fort, und seine Stimme vibriert förmlich vor Spannung. »So viele können es gar nicht sein. Sprich, selbst wenn sie *eine Unmenge* an Waffen haben, ist es unmöglich, sie alle zu bemannen.«

Der Governor antwortet nicht. Er kneift sein noch übrig gebliebenes Auge zusammen und hält den Blick auf die langsam verschwindenden äußeren Kurven der Rennstrecke gerichtet.

»Wir haben sie stundenlang beobachtet«, erzählt Gabe weiter. »Wir können sie morgen angreifen. Die werden wie die Fliegen fallen, das kann ich dir versprechen ... Die würden kaum Widerstand leisten ...«

»Nein.«

Das Wort schießt wie ein Feuerwerkskörper aus dem

Mund des Governors in die dunkle Nacht hinaus. Es ist, als ob er einen Eimer kaltes Wasser über Gabe schüttet, der seinen Ohren nicht trauen will. Er starrt Philip an und neigt den Kopf ungläubig zur Seite.

Der Governor hebt den Blick und schaut in den Himmel, ehe er sich an Gabe wendet. »Wir werden warten.«

Wut und Verzweiflung ergreifen den gedrungenen Mann. »Verdammt noch mal, Governor! Nach all dem, was sie Bruce angetan haben? Wir müssen sie alle machen! Je schneller, desto besser!«

»Wie bitte?« Das noch gute Auge des Governors starrt Gabe jetzt an. Seine Iris reflektiert das Mondlicht, erweckt den Anschein, als ob dahinter eine Lunte angezündet worden ist. »Nachdem sie von hier geflohen sind, waren sie in Alarmbereitschaft. Wahrscheinlich die ganze Zeit, denn egal, was wir unternommen haben – es war uns unmöglich, sie zu finden.« Er macht eine theatralische Pause, ganz wie ein Professor während einer Vorlesung. »Nachdem Martinez sie verraten hat – und sie haben ihn abschlachten lassen, darauf kannst du Gift nehmen –, haben sie erneut die Alarmglocken geläutet. Und noch immer haben wir nichts unternommen.«

Mittlerweile nickt Gabe langsam; er ahnt, worauf der Governor hinauswill.

»Jetzt sind sie in unser Territorium eingefallen, haben nicht nur Bruce auf dem Gewissen«, fährt der Governor fort, das glitzernde Auge noch immer auf sein Gegenüber fixiert. »Sie erwarten von uns, dass wir uns wehren, dass wir sie verfolgen. Aber nein, wir warten, bis sie überzeugt sind, dass wir auch diesmal den Schwanz einziehen und uns alles gefallen lassen – oder wir sie nicht finden können.«

Gabe nickt.

»Und genau dann greifen wir an«, schließt der Governor. »Und wenn du mit dabei sein willst, statt Futter für die Beißer zu werden, hältst du deine gottverdammte Schnauze und verschwindest aus meinem Blickfeld.«

Gabe steht noch einen Augenblick sprachlos da, schluckt seine Bestürzung und Scham hinunter.

»SOFORT!«

Die dröhnende Stimme des Governors hallt über die leeren Tribünen hinweg.

Schon am nächsten Tag hat sich die Atmosphäre in Woodbury grundlegend verändert. Jeder Mann, jede Frau und jedes Kind kann es spüren, aber die wenigsten können die Spannung in Worte fassen, die unter der Oberfläche des gewohnten Alltags anschwillt – Kinder werden plötzlich nicht mehr hinausgelassen, müssen sich mit Malbüchern oder Brettspielen beschäftigen und ruhig sein oder sich wie Erwachsene flüsternd unterhalten und nicht mehr als das Nötigste austauschen. Jegliche Anzeichen des Galgenhumors, der zuvor noch die Gerüchteküche rund um den Kaffeespender im Diner an der Hauptstraße auszeichnete, sind jetzt komplett verschwunden und machen einer grimmigen Atmosphäre Platz, von der jeder Informationsaustausch, jedes Treffen, jede zu erledigende Aufgabe geprägt ist.

In der folgenden Woche setzen sich Gabe, Lilly und die Ältesten Woodburys zusammen und legen ihre Pläne dar. In geheimen Treffen bereiten sie Familienoberhäupter und die fittesten jungen Erwachsenen – diejenigen, die an der Front sein werden – auf den bevorstehenden Angriff auf das Gefängnis vor. Sie delegieren Aufgaben, um die Stadt auf den Krieg einzustellen, und schon bald bildet sich eine Art organische Hierarchie. Wenn der Governor den Führungsstab darstellt, dann sind Lilly und Gabe seine Generäle. Ihre Aufgabe ist es, die zusammengewürfelten Gruppen aus Woodburys Einwohnern in ein grimmiges Invasionskommando zu organisieren und Befehle an die gemeinen Soldaten weiterzugeben. Lilly ist zur selbsternannten Fahnenträgerin geworden, verwandelt Angst in rechtschaffene Wut und lässt die Nachricht verbreiten, dass es sich hier lediglich um eine weitere Mission handelt – die einzige Art und Weise, wie sie die Kinder von Woodbury beschützen können.

Die Rennstrecke wird zur offiziellen Kommandozentrale. Sämtliche Waffen und die Munition werden unterhalb der Arena in den Katakomben und durch Regenplanen geschützt im Innenfeld gelagert. Der Governor macht die Presseboxen hoch oben in den Tribünen zu seinem Heiligtum, in dem Karten von Meriwether County an den Wänden hängen und auf den Tischen ausgebreitet sind. Auch noch spät in der Nacht kann man die Silhouette des einarmigen Kriegers allein in seiner Pressebox vor dem gelben Licht einer Glühlampe erkennen, wie er beinahe zwanghaft die gut fünfunddreißig Kilometer lange Strecke zwischen Woodbury und der ehemaligen Strafvollzugsanstalt studiert. Er plant die Invasion wie Eisenhower den alliierten Angriff auf Anzio.

Als die Woche zu Ende geht, ist Lilly mit der Inventur der Waffen fertig, die Woodbury zur Verfügung stehen. Sie haben siebenundzwanzig Kisten 7.62er- und 5.56er-Munition und genügend Magazine für eine kleine Armee.

Außerdem sind sie in Besitz von genügend kugelsicheren Kevlar-Westen, um die Hälfte aller Erwachsenen auszustatten. Dazu kommen drei .50-Kaliber-MGs und unzählige andere langläufige Waffen – darunter auch Scharfschützengewehre. Es gibt reichlich Treibstoff, sodass mindestens ein Dutzend Trucks – die meisten stammen aus der National Guard Station – die fünfunddreißig Kilometer lange Reise über Feldwege zur Front machen können, darunter sechs gepanzerte und minensichere Fahrzeuge, zwei Laster, ein Truppentransporter, zwei Humvees und zwei große Buicks – viertürige Limousinen, die man im Notfall auch einsetzen kann.

Gabe verbringt den Großteil der zweiten Woche damit, den Abrams M1 Panzer – sie haben ihn eingemottet in der National Guard Station gefunden – zu reparieren. Der Panzer verfügt über ein ferngesteuertes .50-Kaliber-Geschütz und eine 105-mm-Kanone mit zweiundvierzig Schuss. Da der Motor mit Diesel betrieben wird, schickt Gabe zwei Erkundungstrupps aus, um selbst die letzten Tropfen an Diesel-Treibstoff im Landkreis ausfindig zu machen.

Als das Ende der zweiten Woche des Wartens und der Vorbereitungen gekommen ist, hat Lilly sämtliche Ängste überwunden, und sie genießt das erste Mal seit Anfang der Plage einen ruhigen Schlaf. Sie leidet nicht mehr unter Albträumen, wacht putzmunter auf, und ihr ganzer Körper prickelt vor Aufregung – sie kann den bevorstehenden Kampf kaum erwarten. Selbst den guten Austin hat das Fieber ergriffen. Er übt regelmäßig mit einem der Scharfschützengewehre, ist sogar recht gut im Umgang damit geworden. Lilly verspürt eine noch tiefere Verbundenheit zu Austin – ausgelöst nicht nur durch die gemeinsame Trauer über ihren Verlust, auch die Mission hat eine zusammenschweißende Wirkung, wie ihr gemeinsamer Hunger nach einer besseren Zukunft. Sie haben sich davon überzeugt, dass dies der einzige Ausweg ist, und der so gefasste Entschluss dient dazu, dass sie jetzt beinahe unzertrennlich sind.

Nachdem sich am folgenden Dienstag die Abenddämmerung über die Stadt gelegt hat – beinahe drei Wochen sind inzwischen vergangen, seit Gabe das Gefängnis gefunden hat –, lädt Lilly die letzten Hochverfügbarkeitsmagazine, die auf langen Tischen in den Katakomben unterhalb der Arena aufgereiht sind, auf einen der Laster. Nach getaner Arbeit räumt sie noch das Restliche zusammen und macht sich dann auf den Nachhauseweg. Als sie aus dem westlichen Tunnel auf den Parkplatz der Rennstrecke tritt, hört sie auf einmal ein lautes Schlurfen hinter sich. Es kommt aus den Schatten des Tunnels und lässt ihr die Haare zu Berge stehen. Sie zieht eine Ruger, dreht sich in Windeseile um und hebt gleichzeitig die Waffe, bereit, in die Richtung, aus der das verdächtige Geräusch gekommen ist, zu feuern.

Plötzlich ertönt eine Stimme aus der Finsternis. »Eine junge Frau in einem zwielichtigen Viertel – und das ganz allein.« Die schlanke Gestalt, die noch immer im Schatten lauert, zieht an einer Zigarette, und das orangefarbene Glühen ist das Einzige, was Lilly sehen kann. »Wenn das mal nicht schiefgeht!«

»Wer ist da?« Lilly zielt mit der Waffe auf die Silhouette in der Dunkelheit. Die rauchige Stimme kommt ihr bekannt vor, aber sie ist sich nicht hundertprozentig sicher. »Sag schon, wer bist du?!«

Der Governor tritt aus dem Schatten in den gelben

Lichtkegel einer Sicherheitslampe. »Gut zu sehen, dass deine Reflexe funktionieren«, sagt er und wirft die Kippe auf den Boden.

»Scheiße, du hast mir einen ganz schönen Schrecken eingejagt!« Sie steckt die Waffe zurück ins Halfter, entspannt ihre Muskeln. »Du solltest die Leute nicht so erschrecken, sonst kann es noch passieren, dass du dir aus Versehen eine Kugel einfängst.«

»Hm, da hast du nicht ganz unrecht, werde es mir merken.« Er lächelt sie an, fährt sich mit den Fingern seiner übrig gebliebenen Hand den Schnurrbart entlang. Er trägt sein neues Mode-Accessoire – die schwarze Augenklappe –, die übliche Armeehose und natürlich die unverwechselbare Jagdweste. Sein Stumpen von einem Arm ist in vergilbte Bandagen gehüllt. Das gute Auge leuchtet in dem schummrigen Licht. »Lilly, ich habe dich in den letzten Wochen genau beobachtet.«

»Ach?«

»Du hast diese Leute auf Vordermann gebracht, und dafür bin ich dir dankbar.«

»Ich glaube, wir sind gut vorbereitet.«

»Da stimme ich dir zu. Und das ist auch gut so, denn wir werden in wenigen Stunden losrollen, kurz vor Sonnenaufgang.«

Sie starrt ihn an. »Morgen?«

»Jawohl.« Er hält sie mit seinem Blick gefangen. »Du bist die Erste, die davon erfährt … Wollte nicht, dass die Leute sich vor Aufregung in die Hosen machen. Ich will zusammen mit der aufgehenden Sonne von Osten her angreifen – im Schutz der Bäume. Diese scheiß Trucks sind viel zu laut, und wir müssen ihnen ja nicht unbedingt eine halbe

Stunde Vorwarnung geben. Sieh zu, dass sich das herumspricht, ja?«

»Klar doch.« Sie nickt ihm zu. Eine Eiseskälte macht sich in ihrer Magengegend breit, und ihr wird beinahe schwindlig vor Vorfreude. »Wir sind bereit, Governor. Wir stehen hundertzehn Prozent hinter dir!«

»Ehrlich? Gut.« Er reibt sich das Kinn. »Wie sieht es mit deinem Herzallerliebsten aus? Kann man ihn als Scharfschützen gebrauchen?«

»Austin? Ja, das will ich meinen. Er kann es kaum erwarten – so wie wir alle. Soll ich den ersten Truck steuern?«

»Nein, du nimmst den Laster. Gabe wird die Führung im Panzer übernehmen. Wir werden es schön locker angehen.«

»Okay.«

»Das Ding ist zwar schnell – kommt auf gute achtzig, wenn man ihn tritt –, aber wir haben Zeit.«

»Alles klar.« Sie blickt ihn an. »Und wo fährst du mit?«

»Bei der Hinfahrt? Ich werde bei dir auf der Ladefläche hocken – zusammen mit den Jungs.«

»Gut.«

»Ich werde die ganze Zeit am Funk hängen und mit dir, Gabe, Gus und Rudy in Kontakt bleiben. Aber sobald wir näher heran sind, will ich, dass wir kurz anhalten, damit ich noch eine schöne Rede halten kann. Die Leute müssen vernünftig angefeuert werden.«

»Macht Sinn.«

»Die letzten Meter werde ich im Panzer mit Gabe mitfahren.«

»Verstehe.« Lilly fährt sich mit der Zunge über die Lippen. »Da gibt es noch etwas, worüber ich mir nicht ganz sicher bin.«

»Und was ist das, bitte schön?«

»Was ist mit den Leuten im Gefängnis?«

Er starrt sie an. »Was soll mit ihnen sein?«

Sie zuckt mit den Achseln. »Was ist, wenn sie ... Du weißt schon ... Was ist, wenn sie sich *ergeben*, die weiße Flagge schwenken oder so?«

Der Governor lässt den Blick in den Nachthimmel schweifen. Er holt eine weitere Zigarette aus seiner Weste und zündet sie an. Um seinen Kopf wabert ein Kranz aus Rauch. »Kommt Zeit, kommt Rat, Lilly«, murmelt er leise und zieht die Worte in die Länge. Dann richtet er den Blick wieder auf sein Gegenüber. »Bist du dir sicher, dass du bereit bist?«

»Klar ... Was soll das denn heißen? Ich bin bereit, und wie!«

»Geht es dir gut?«

»Ja! Ich will diese Arschlöcher genau wie du zur Strecke bringen. Aber warum fragst du?«

Er holt tief Luft und starrt sie an. »Ich weiß, was passiert ist.«

»Du weißt Bescheid?«

»Das Baby.«

»Was?« Gänsehaut macht sich auf ihrem gesamten Körper breit. »Wie hast du ...?«

»Bob hat es mir erzählt.« Er senkt den Kopf. »Es tut mir leid, dass du das hast durchmachen müssen. Ist schlimm für eine Frau. Mehr will ich gar nicht sagen.«

Lilly schluckt. »Ich bin bereit, Governor. Ich habe dir gesagt, dass ich bereit bin, und das habe ich auch so gemeint.«

Er mustert sie in dem fahlen gelben Licht der Sicherheitslampe. Ihr wird ganz mulmig – in seinem Blick liegt ein Hauch von Mitleid, was sie beinahe beschämt. Lilly will Seite an Seite mit diesem Mann kämpfen, dieser fehlerhaften, bösartigen, groben, stumpfen Version von einem Mann – jetzt mehr als je zuvor.

Er zieht erneut an seiner Zigarette und meint dann: »Ich brauche dich, Kleines.«

»Du hast mich«, beteuert sie ihm.

»Ich habe zwar genügend Durchschlagskraft«, beginnt er und starrt sie mit seinem zyklonartigen Blick an, »aber du schaltest dein Gehirn ein, bist eine geborene Anführerin, und außerdem kannst du mit einer Waffe umgehen. Ich brauch dich an der Front, Lilly.«

Sie nickt. »Verstehe.«

Er zieht ein letztes Mal an seiner Zigarette. »Was dir passiert ist … Es zeigt nur mal wieder, wie gefährlich diese Welt mit diesen Arschlöchern dort draußen ist. Wir müssen uns um sie kümmern, ehe etwas Schlimmeres passiert – und es wird an uns liegen, diese Aufgabe zu erledigen. Ganz gleich, was passiert – koste es, was es wolle. Verstehst du mich?«

Sie schaut ihm eine Weile in die Augen, ehe sie antwortet. Ihre Stimme klingt kalt und tonlos: »Wir sehen uns morgen früh.«

Mit diesen Worten dreht sie sich um und geht davon, die Hände zu Fäusten geballt.

Der Governor steht im Schatten des Tunnels und beobachtet Lilly Caul, wie sie langsam in der Nacht verschwindet. Er sieht ihrem Gang an, dass sie bereit ist – bereit, für die Sache zu töten.

Sie biegt in die Hauptstraße ein, verschwindet um die Ecke.

Philip holt tief Luft, wirft die Kippe auf den Boden, tritt sie mit einer Stiefelspitze aus. Jetzt gibt es nur noch eins zu tun, ehe der nächste Tag dämmert – ein letztes Mitglied seines Stammes, das er noch auf Vordermann bringen muss, ehe glorreiches Blut fließen kann.

Er geht den Säulenvorbau entlang, bis er zur Straße kommt. Philip pfeift fröhlich vor sich hin, fühlt sich so lebendig wie nie zuvor – sein Gehirn scheint von jeglichem Zweifel reingewaschen.

Der Krieg hat begonnen.

TEIL 2
Die Uhr des Jüngsten Gerichts

… Und als er diese Worte hatte alle ausgeredet,
zerriss die Erde unter ihnen und tat
ihren Mund auf und verschlang sie mit
ihren Häusern, mit allen Menschen,
die bei Korah waren, und mit all ihrer Habe …

Numeri 16,31-32

Zehn

Bob Stookey steht im stinkenden Eingangsbereich zur Wohnung des Governors und reibt sich nervös die knochigen Hände. Er ist noch ganz benommen, schließlich hat man ihn um drei Uhr morgens aus dem Bett geholt! Jetzt versucht er sich zurechtzufinden und nicht auf das untote Kind zu starren, das keine drei Meter von ihm entfernt an der Kette zerrt. *Hm, tot oder untot, das ist hier die Frage*, sagt er sich. Das Ding, das einmal ein Mädchen war, trägt einen kleinen blauen Kleiderrock mit Blumen als Muster – der Stoff ist voller Flecken, so zerfleddert und verdreckt, dass es den Anschein hat, man hätte es durch einen Fleischwolf gedreht. Ihre Zöpfe stehen wie ein grausamer Witz von ihrem monströsen Kopf ab, und ihre großen Augen sind weit aufgerissen – wie ein Fisch, der am Haken hängt. Ihr zahnloses schwarzes Zahnfleisch schnappt wie wild in der Luft nach dem nächsten menschlichen Wesen – in diesem Fall ist es Bob.

»Ich bin bald wieder da, Kleines – mach dir mal keine Sorgen«, sagt der Governor und kniet sich vor sie hin. Er lächelt sie mit merkwürdiger Miene an. Hätte man Bob gebeten, den Gesichtsausdruck des Governors zu beschreiben, hätte er ihn wahrscheinlich als die Maske eines Toten oder eines Clowns beschrieben, die auf ein unbelebtes Gesicht gemalt wurde. »Ich werde so schnell wieder da sein, dass du nicht einmal die Gelegenheit haben wirst, mich zu vermissen. Du wirst schön Onkel Bob gehorchen, während ich weg bin, ja? Bist ein gutes Mädchen.« Das Penny-Ding stöhnt und schnappt mit ihrem Zahnfleisch in der Luft. Der Governor legt einen Arm um sie und drückt sie an sich. »Ich weiß – ich liebe dich auch.«

Bob wendet sich ab. Er wird von einer Welle merkwürdiger Emotionen heimgesucht – Ekel, Traurigkeit, Angst und Mitleid – alles vermischt sich in seinem Magen zu einem Feuerball. Er ist einer von nur drei Menschen, denen der Governor Pennys Dasein anvertraut hat, aber im Augenblick ist Bob sich nicht mehr so sicher, ob er überhaupt zu diesem eingeweihten Zirkel gehören will. Er starrt auf den Teppich und schluckt seine Übelkeit wieder runter.

»Bob?«

Der Governor muss Bobs finsteren Blick bemerkt haben, denn er spricht jetzt in einem Tonfall zu ihm, mit dem man ein Kind zurechtweist. »Bist du dir sicher, dass du das machen kannst? Ich meine es ernst – sie bedeutet mir die Welt!«

Bob lehnt sich gegen die Wand und holt tief Luft. »Ich kann schon auf sie aufpassen, Governor. Werde so nüchtern wie eine Jungfrau bleiben. Ihr wird schon nichts passieren, mach dir da mal keine Sorgen.«

Der Governor stößt einen Seufzer der Erleichterung aus und wendet den Blick erneut auf die geifernde Kreatur vor ihm. »Du kannst sie auch an die Leine nehmen, wenn du möchtest ... Aber ich nehme es dir nicht übel, wenn du sie angekettet lässt.« Der Governor starrt auf ihr ständig zuschnappendes Maul. »Sie kann nicht mehr beißen, ist aber trotzdem nicht sehr einfach in Schach zu halten. Außerdem haben wir gerade blöderweise nichts, um sie zu füttern, was auch nicht zu ihrer Beruhigung beiträgt.«

Bob nickt ihm aus dem Eingangsbereich zu. Schweißperlen bilden sich auf seiner Stirn, seine Augen brennen, und er weiß jetzt, dass er sich der Kreatur eigentlich keinen Zentimeter nähern will.

Der Governor wendet sich ihm zu. »Aber wenn irgendjemand stirbt – *irgendjemand* –, dann kümmerst du dich darum, dass sie etwas zwischen die Kiefer kriegt. Hast du mich verstanden?«

»Yeah.« Bob versucht, nicht auf das Monster zu starren. »Schon klar.«

Der Governor umarmt sein Zombiekind ein letztes Mal, und ein feiner Faden schwarzen Geifers bleibt an seiner Schulter kleben, als er sich endlich von ihr löst.

Etwas mehr als eine Stunde später – es ist vierzehn Minuten nach fünf – steht der Governor neben Gabe am Nordende von Woodburys Marktplatz. Eine einzige Sicherheitslampe, die an einem der Telefonmasten über ihnen hängt, spendet ein wenig Licht, das sich durch die Wolken flatternder Motten zu ihnen durchkämpft. Die beiden Männer tragen schwere Kevlar-Körperpanzerung, die sie von der National Guard Station haben mitgehen lassen. Der Brustschutz und die Westen verleihen den beiden in der Finsternis des frühen Morgens einen grimmigen, kampfeslustigen Eindruck. Die Kälte der Nacht ist an ihren Atemschwaden sichtbar, der dampfend in den Himmel steigt. Sie mustern ihre dreiundzwanzig Mann starke Miliz, die in strammer Haltung vor ihnen steht.

Fast zwei Dutzend Männer und Frauen, bis an die Zähne mit Munition und Patronengürtel, mit Pistolen und extra Magazinen bewaffnet, stehen Schulter an Schulter auf dem Bürgersteig. Sie blicken ihren Anführer an und erwarten die letzten Befehle, ehe es in die Schlacht geht. Hinter ihnen sind sämtliche Fahrzeuge aufgereiht – alle voll betankt und mit laufendem Motor. Die Scheinwerfer beleuchten das Haupttor.

Sie werden etwas mehr als die Hälfte ihrer Mitbewohner zurücklassen, ohne eine Waffe oder Munition, denn ihr gesamtes Arsenal befindet sich mittlerweile in Kisten verpackt auf den Ladeflächen der Trucks oder an ihren Körpern. Der Governor bittet die Sterns, während seiner Abwesenheit auf die Stadt aufzupassen, und als Barbara Einspruch erheben will – schließlich zählen sie und ihr Mann David zu den besten Schützen Woodburys –, klärt der Governor sie auf, dass er sie nicht darum bittet, sondern ihnen es verdammt noch mal befiehlt.

Mit seiner lauten Stimme richtet er sich jetzt an seine Truppen. »Diese Arschlöcher haben Doc Stevens umgebracht! Und Bruce Cooper haben sie auch auf dem Gewissen!« Er mustert die Reihen der düsteren Gesichter und findet endlich Lilly, die ganz an der Seite steht, Austin mit geschultertem Scharfschützengewehr gleich neben ihr. Seine Miene verrät, dass er zu allem entschlossen ist. Das Haar hat er streng nach hinten zu einem mehr oder weniger ernsthaften Pferdeschwanz gebunden. Lillys Handflächen ruhen auf den Griffen ihrer Ruger. Auf dem Rücken trägt sie ihr Remington-MSR-Gewehr. Für einen kurzen Augenblick glaubt Philip etwas in ihren Augen zu erkennen, das ihm nicht behagt. Vielleicht stellt er es sich ja nur vor, aber sie macht den Eindruck, als ob sie tief in Gedanken versunken ist – sie grübelt über etwas nach, statt vor Blutrausch außer sich vor Freude zu sein. Philip blickt sie an, und seine Stimme hallt über den Marktplatz: »Sie haben mich verstümmelt – und jetzt ist es an der Zeit, dass sie für das bezahlen, was sie uns angetan haben!«

Lilly erwidert seinen Blick für eine halbe Ewigkeit, ohne eine Reaktion zu zeigen.

Dann nickt sie.

Der Governor brüllt: »AUFSTEIGEN UND LOS GEHT'S!«

Um halb sechs am nächsten Morgen kommt der schwer gepanzerte Konvoi mit dröhnenden Motoren, knarrenden Karossen und chaotischem Gebrüll endlich ins Rollen.

In seiner Mitte folgt Lilly den roten Hecklichtern vor ihr, so gut sie kann. Sie hat beide Hände auf das gigantische Steuer des zweieinhalb Tonnen schweren M35-Lasters gelegt. Sie kann kaum die Hand vor Augen sehen. Die Trockenheit der vergangenen Wochen hat die Straße, die von Woodbury zum Highway führt, so staubig und sandig wie einen Sandkasten werden lassen. Nachdem sie das südliche Tor der Stadt hinter sich gelassen haben, arbeitet sich der Konvoi langsam einen mit Nebel bedeckten Hügel empor. Lilly kann kaum noch die knapp fünf Meter lange Ladefläche ihres Trucks im Rückspiegel erkennen, die voll beladen mit Passagieren ist.

In der riesigen Fahrerkabine fühlt sie sich wie eine Kleinwüchsige. Ihr Fuß reicht gerade mal bis zum Gaspedal, und es stinkt nach dem Schweiß von Generationen von National Guard-Wächtern. Austin sitzt neben ihr auf dem

Beifahrersitz mit dem Funksprechgerät auf dem Schoß. Alle paar Augenblicke ertönt die knisternde Stimme des Governors aus dem Lautsprecher, die Gabe ermahnt, nicht schneller als 60 km/h zu fahren, um die Formation nicht zu sehr in die Länge zu ziehen. Außerdem soll er darauf achten, auf die 85 Richtung Süden einzubiegen – NICHT NACH NORDEN, VERDAMMT NOCH MAL! – und die scheiß Scheinwerfer auszuschalten, um nicht den gesamten Landstrich aufzuwecken!

Vor Jahren hat Lilly viel Zeit in der Psychiatrie in Marietta verbracht. Die Seelenklempnerin, eine nette Dame namens Dr. Cara Leone, die es vorzog, mit ihren Patienten zu reden, statt ihnen Medikamente über Medikamente einzuflößen, hat viel Energie aufgewendet, um die Gründe für Lillys wild durch die Gegend rasende Gedanken aufzudecken. Ihrer Meinung nach lag es an Lillys Hormonen, ihren Wachstumsschmerzen, ihrer neurochemischen Natur und zu guter Letzt an einer gehörigen Portion Verlustschmerz wegen ihrer an Krebs gestorbenen Mutter. Lillys Angstanfälle passierten immer an öffentlichen Orten, inmitten einer Menschenmenge, und wurden von einem wahren Hexentanz an wirren Gedanken in ihrem Schädel begleitet. Sie glaubte hässlich zu sein, eine Versagerin, war übergewichtig, hatte Krebsgene in ihrem Körper. Sie hatte einen Gehirntumor und würde auf der Stelle sterben … Glücklicherweise überlebte sie jeden dieser Anfälle, war ihnen sogar entwachsen – bis jetzt.

Jetzt, wo sie dem Laster vor ihr folgt, die Hecklichter durch den dichten Staub kaum erkennen kann, nimmt sie den Anflug einer ersten Panikattacke wahr. Sie hat dieses Gefühl während der letzten zehn Jahre nicht mehr verspürt, kaum noch gekannt. Und gerade jetzt muss es wieder anfangen! Sie merkt, wie all ihre Gedanken ihr durchs Gehirn fegen, sie schwindlig werden lassen, wie die Angst wächst und ihr die Haare im Nacken zu Berge stehen lässt. Sie blickt auf die rot glühenden Leuchten vor ihr, starrt unentwegt, bis sich die Lampen zu zwei roten Zwergen in einem düsteren Universum voller Staub verwandeln ... Sie konzentriert sich auf all das, was sie gelernt hat – erinnert sich an das, was Bob ihr während ihrer Grundausbildung beigebracht hat: das Zen des Scharfschützen.

Die Kugel folgt einer Kurve. Das muss der Scharfschütze kompensieren, indem er höher zielt. Je weiter er schießt, desto höher muss er zielen. Wenn die Entfernung bis zum Ziel nicht bekannt ist, kann der Schütze die notwendige Höhe berechnen, indem er sich einen oder mehrere Orientierungspunkte in der Nähe des Ziels aussucht, wie zum Beispiel einen Kirchturm, und daraus die Entfernung ableitet. All das lässt sie sich durch den Kopf gehen, während sie fährt, verdrängt die Angst durch pure Konzentration. Der Kopfschuss ist allem anderen vorzuziehen. Der normale Kopf ist fünfzehn Zentimeter breit, und die normale Schulterbreite beträgt fünfzig Zentimeter. Die Entfernung vom Becken bis zur Oberkante der Stirn misst einen Meter. Vor ihr biegt der Laster rechts in den Millar Drive ein, und sie folgt ihm, indem sie das riesige Lenkrad herumreißt, um ihren M35 ebenfalls auf den zweispurigen Highway zu steuern.

Es geht ihr schon besser. Sie spürt, wie sich ihre rasenden Gedanken sammeln und im Nest einer Kobra, eines Scharfschützen zur Ruhe kommen – einem Zustand, von dem Bob einmal geschwärmt hat, als er im Vollrausch war. Je nach Art der Kugel verändert sich die Kurve, die sie beschreibt. Ihr Remington schießt ein .308 Kaliber, 175 Gran schweres Geschoss mit einer Geschwindigkeit von 818 m/sec ab. Bei einer Entfernung von 550 m muss der Lauf um 17 Grad angehoben werden, um das Ziel zu treffen. Sie merkt, dass der Konvoi an Geschwindigkeit zulegt. Die Nadel ihres Tachos kriecht jetzt über die sechzig. Sie tritt auf das Gas, um mitzuhalten. Neben ihr meldet sich Austin zu Wort. »Hä?« Sie wirft ihm einen Blick zu. Es kommt ihr vor, als sei sie gerade aus einem Tiefschlaf erwacht. »Hast du was gesagt?«

Er blickt sie an. Die Spannung legt sich wie eine Maske über seine jugendlichen Gesichtszüge. »Alles klar bei dir?«

»Alles klar.«

»Gut.« Austin nickt und wirft einen Blick aus dem Fenster auf die umliegende Landschaft. Lilly bemerkt, dass der Himmel über den Bäumen langsam in ein ausgewaschenes Grau übergeht. Nicht mehr lange, bis es richtig hell ist. Sie klammert sich ans Lenkrad und folgt dem Konvoi, der jetzt auf einen Feldweg abbiegt. Die Staubwolke wird wieder dichter. In regelmäßigen Abständen wirft sie einen Blick in den Seitenspiegel und sieht, wie der Governor hinten auf der Ladefläche zwischen Männern und Frauen eingeklemmt steht – wie ein Stück Silberbesteck in einer Schublade.

Er sieht aus, als ob er scheiß Kap Horn umsegelt, denkt sie, und innerhalb eines Wimpernschlags überfluten sie eine ganze Reihe von Emotionen. Sie schämt sich für ihn, wie er mit seiner verwegenen Augenklappe und seiner Körperpanzerung dasteht – den Kopf trotzig in die Höhe gereckt, während er sich mit seiner einen Hand an dem Geländer festhält – wie ein verwundeter, von Rache angetriebener General. Plötzlich weiß sie, dass alles wahr, alles echt ist. Aber ein anderer Teil von ihr saugt seine imposante Pose in sich auf. Er ist der härteste aller harten Typen, und sie spürt, wie die Zuversicht durch ihre Adern schießt. Sie zieht mit diesem Mann in den Krieg – und sie kann sich keine bessere Person vorstellen, mit der sie diesen Krebs, der sie alle bedroht, aus der Welt schaffen kann.

Eine Viertelstunde lugt die Sonne mit ihrem grellen Orange über den Horizont, und die Wagen schlängeln sich eine sanfte Steigung hoch.

Der Wald zu beiden Seiten des Konvois wird mit jedem Meter dichter, und der Duft von Tannen und Humus sowie der Gestank von Beißern erfüllen die Fahrerkabine. Ein erneuter Blick von Lilly in den Seitenspiegel: Der Governor steht noch immer auf der Ladefläche. Er späht in die Ferne, nimmt das Handsprechfunkgerät von seinem Gürtel, während die anderen dicht um ihn herum sitzen und mit grimmigen Mienen ihre Waffen noch einmal überprüfen.

Der Governor drückt auf die Sprechtaste, und augenblicklich ertönt seine knisternde Stimme in der Fahrerkabine: »Wir kommen jetzt zu dem Hügel, von dem aus man das Gefängnis überblicken kann ... Richtig, Gabe?«

Das Funkgerät beginnt erneut zu knistern, und Gabes Stimme ertönt: »Jawohl, Boss – das Gefängnis ist noch einen halben Kilometer entfernt, es liegt in der Senke dahinter, an der Landkreisgrenze.«

»Okay«, meldet sich der Governor wieder. »Hier ist der Plan. Wir suchen uns eine Lichtung, an der wir halten können. Am besten wäre es natürlich, wenn wir von dort aus das Gefängnis sehen können.«

»Verstanden.«

Die Morgensonne ist mittlerweile so hoch gestiegen, dass ihre hauchdünnen Strahlen bis zum Waldboden reichen und die geisterhaften Pappelsamen erhellen, die durch die Luft schweben und der Szene etwas Urtümliches verleihen. Es ist genau Viertel nach sechs. Gabe findet eine schmale Lichtung, die gerade genug Platz für den ganzen Konvoi bietet, und der Rest der Fahrzeuge folgt seinem Beispiel – sie fahren langsam, wollen die Motorengeräusche so leise wie möglich halten –, bis einer nach dem anderen anhält.

Lilly biegt mit ihrem M35 in die Lichtung ein, hält sich noch immer hinter dem Laster vor ihr, nimmt den Gang raus und steigt auf das Bremspedal.

Eine ganze Weile lang wird kein Wort gesprochen. Lilly kann das Blut in ihren Adern pulsieren hören. Plötzlich wird eine Tür geöffnet, dann noch eine. Jetzt haben sie den Punkt erreicht, an dem es kein Zurück mehr gibt. Lilly und Austin steigen aus der Fahrerkabine. Ihre Knochen tun ihnen weh vor Anspannung, und ihre Mägen sind völlig verkrampft. In der frühmorgendlichen Stille der allgegenwärtigen kühlen blauen Schatten der Bäume hört Lilly, wie Waffen entsichert und Magazine eingeschoben werden. Kugelsichere Westen werden zurechtgerückt, Sonnenbrillen aufgesetzt, und die gesamte Mannschaft reiht sich vor den Kühlern ihrer sanft vor sich hin schnurrenden Fahrzeuge auf.

»Da sind wir also«, verkündet der Governor, der noch immer auf der Ladefläche von Lillys Truck steht. Seine Stimme lässt alle anderen verstummen und aufhorchen. Mit einer ausladenden Geste deutet er auf eine Lücke in den Bäumen im Osten, auf einen Feldweg, der sanft in die Senke hinabführt. Das Gefängnis ist durch die flackernde

Luft in weniger als einem halben Kilometer Entfernung zu sehen. »Wir sind ihnen so nahe, dass wir ihre Bosheit riechen können.«

Sämtliche Köpfe drehen sich in Richtung der Gebäude in der Senke. Sie gleichen einem komplexen Beduinencamp, das anscheinend mitten im Nirgendwo aufgeschlagen wurde. Die niedrig gehaltenen Schlafsäle liegen hinter Reihen von Maschendraht- und Stacheldrahtzäunen. Die Wachtürme sind nicht bemannt – vollkommen leer und somit nutzlos. Lilly scheint von dem Ort irgendwie angezogen zu werden – es ist wie ein Geistergefängnis, dem Untergang geweiht, von Gespenstern entweiht. Seine Gänge waren einmal mit dem Abschaum der Gesellschaft gefüllt, jetzt aber macht es den Eindruck, als ob es vor sich hin schläft. Ein Gewirr von Feldwegen erstreckt sich um den äußeren Zaun, und die einzige Bewegung, die sie von ihrem Standpunkt aus erkennen kann, ist eine Schar Beißer, die so dicht zusammengedrängt ist wie Berufspendler im Stoßverkehr. Sie stolpern, schlurfen und torkeln um den Zaun, und aus dieser Entfernung sehen sie so klein und dunkel wie ein Schwarm Ungeziefer aus.

»Versucht auf den letzten Metern mit dem Panzer mitzuhalten«, befiehlt der Governor von der Ladefläche aus und brüllt laut genug, dass alle ihn klar und deutlich hören können, aber nicht so laut, dass seine Stimme weiter als nötig getragen wird – zumindest *noch* nicht. »Ich will, dass sie die unablässige, erbarmungslose Welle sehen, die vom Horizont her auf sie zurollt. Wir werden sie einschüchtern, ehe wir überhaupt angefangen haben – die sollen sich schon in die Hose machen, ehe der erste Schuss gefallen ist!«

Lilly reißt das Gewehr von der Schulter und überprüft den Verschluss – die Waffe ist geladen und schussbereit. Ihr Rückgrat kribbelt vor Erwartung.

»Wenn es anfängt, wenn das Töten startet«, fährt der Governor fort und blickt jeden der anwesenden Krieger mit seinem übrig gebliebenen Auge an, »dürft ihr euch nicht von ihrem Äußeren ablenken lassen. Ihr werdet Frauen oder sogar Kinder sehen, aber ich versichere euch, dass sie allesamt *Monster* sind! Sie unterscheiden sich kaum von Beißern, die wir ohne mit der Wimper zu zucken umlegen!«

Lilly wechselt einen nervösen Blick mit Austin, der mit geballten Fäusten neben ihr steht. Er nickt ihr zu. Seine Miene bricht ihr beinahe das Herz – sein jugendliches Gesicht ist im strengen Morgenlicht um Jahre gealtert.

»Das Leben hier«, erklärt der Governor weiter, »hat die Menschen verändert, sie zu Leuten gemacht, die ohne Umschweife andere umbringen, ohne einen einzigen Gedanken an sie zu verschwenden – ohne jeglichen Respekt vor dem Leben. Sie verdienen es nicht, unter uns zu bleiben.«

Jetzt klettert der Governor über das Geländer und springt zu Boden. Lilly beobachtet ihn, und ihr Puls wird schneller. Sie weiß genau, was er vorhat. Er geht zum führenden Panzer. Der Kies knirscht unter den Sohlen seiner Stiefel. Er hebt die behandschuhte Hand und ballt sie zu einer Faust.

Gabe sitzt hinter dem Steuer und lehnt sich aus der Luke. Seine Miene ist verwirrt. »Alles klar bei dir, Boss?«

Der Governor blickt zu ihm auf. »Stell dich zusammen mit den anderen in einer Reihe auf. Ich will, dass unser Konvoi genauso breit ist wie die Senke. Außerdem brauchen wir einen Späher, der ein Auge darauf hat, dass niemand durch einen Hinterausgang entkommt.«

Gabe nickt verständnisvoll. »Kommst du nicht mit?«

Der Governor wirft einen Blick auf das Gefängnis. »Das würde ich mir für alles in der Welt nicht entgehen lassen.« Dann wendet er sich wieder Gabe zu. »Nein, ich fahre bei dir im Panzer mit.«

Sie nähern sich von Osten her, die Sonne im Rücken, und wirbeln ordentlich den Sand auf.

Als sie mit brüllenden Motoren den Hügel hinab in die Senke brausen, sitzt der Governor auf dem Panzerturm, seine behandschuhte Hand wie an die Kanone geschweißt, als ob er ein bockendes Pferd reiten würde.

Die äußere Zufahrtsstraße – circa fünfzig Meter vom äußeren Zaun entfernt – hat sich ziemlich verändert. Sämtliche Beißer in der Gegend, angezogen von dem Lärm, haben sich an der Ostseite des Zauns versammelt. Es sind mindestens hundert, wenn nicht mehr, und sie stellen eine weitere Schutzschicht für die dar, die sich im Gefängnis befinden – ob gewollt oder nicht. Gleichzeitig ertönen panische Stimmen von den asphaltierten Plätzen hinter dem Zaun. Die Überraschung ist gelungen, denn die Einwohner suchen jetzt verzweifelt nach Deckung.

Der riesige Sandsturm, der jetzt die Ausmaße eines Schirokko angenommen hat und den gesamten Konvoi zu verschlingen scheint, macht das Chaos komplett. Lilly kann kaum noch die Hand vor den Augen sehen und steigt aufs Bremspedal, sodass ihre Mannschaft auf der Ladefläche gegen die Fahrerkabine geschleudert wird. Austin prallt gegen das Armaturenbrett und schlägt sich die Stirn an der

Windschutzscheibe auf. Lilly holt tief Luft, dreht sich zu Austin und fragt: »Bist du verletzt?«

»Mir geht es gut«, murmelt er und ergreift seine Waffe, um wieder einsatzbereit zu sein.

Der Sandsturm legt sich. Die Strahlen der Morgensonne scheinen durch die in der Luft schwebenden Partikel auf sie herab und hüllen die Szene in einen träumerischen, unwirklichen Schleier. Lillys Herz pocht heftig in ihrer Brust. Ihr Schädel droht vor nervöser Anspannung zu platzen. Durch die verdreckte Windschutzscheibe erkennt sie den mit Stacheldraht gekrönten äußeren Zaun – Hunderte von Metern lang –, vor dem sich die Beißer versammelt haben.

Sie schwärmen um den Zaun wie Bienen um einen Topf Honig, Hunderte von ihnen. Sie geifern und fauchen, bewegen sich, als ob sie ein Organismus wären, angetrieben durch einen unstillbaren, dämonischen Hunger, aufgepeitscht durch den lärmenden Konvoi, den panischen Vorbereitungen im Gefängnis und dem verführerischenDuft menschlichen Fleisches.

Durch das Fahrerfenster bemerkt Lilly im Blickwinkel eine Bewegung. Der Governor ist auf die Kanone gerutscht und gleicht jetzt einer Galionsfigur auf einem alten Segelschiff. Er hat die Brust vorgestreckt, Adrenalin pumpt durch seine Adern. Er hebt seine behandschuhte Hand und deutet auf die Schar von Untoten. Er erhebt die Stimme, und sie dröhnt wie der Schuss einer Kanone:

»VERNICHTET SIE ALLE! – SOFORT!«

Das Infanteriefeuer explodiert über die gesamte Breite des Konvois – ein horizontaler Tornado, der sich in das tote

Fleisch gräbt. Lilly ist wie hypnotisiert, gelähmt von dem ohrenbetäubenden Lärm. Beißer zerbersten in Wolken voller Blut und verwesendem Gewebe. Schädel detonieren in scheinbar choreografierten Explosionen, als die .50 Kaliber Kanonen – auf Schnellschuss geschaltet – bemannt werden, und Köpfe platzen wie aneinandergereihte Glühbirnen, ihr Inhalt wird Richtung Zaun geschleudert, an dem die größeren Stücke kleben bleiben. Zerfetzte Körper drehen sich auf der Stelle und fallen dann zu Boden. Leere Patronen werden zigfach aus den aufblitzenden Waffen wie aus Metall speienden Springbrunnen ausgeworfen. Der Zaun scheppert und rattert infolge des Gemetzels, die Überreste der Beißer türmen sich gegen ihn auf. Lilly hat nicht einmal die Chance, sich aus dem Fenster zu lehnen und auch nur einen einzigen Schuss abzufeuern. Das ungeheure Feuergefecht dauert nur wenige Minuten an – dient zum Schluss kaum zu mehr, als die beeindruckende Show aufrechtzuerhalten –, aber während der ersten zwei Minuten vernichtet es die Zombies mit der Gewalt eines Tsunamis, eine grausame rote Welle der Zerstörung, die Fleisch in Tausende Stücke zerplatzen lässt, Extremitäten aus ihren Kugelgelenken reißt und Schädel in monströse Fratzen aus rotem Gewebe verwandelt. Der Lärm ist unvorstellbar, er hallt in Lillys Ohren nach. Sie hält sie mit den Händen zu, aber es hilft nichts. Die Luft um sie herum scheint zu vibrieren. Das Schießpulver bildet eine blaue Wolke entlang des östlichen Zauns, bis der Großteil der Beißer von den Kugeln in Stücke gerissen worden ist.

Als sie auch die letzten Untoten unschädlich gemacht haben, hört die Schießerei abrupt auf, und eine unheilvolle Stille legt sich über die Landschaft. Lilly starrt durch ihre verdreckte Windschutzscheibe auf die zerfetzten, blutigen Leichen, die sich gegen den Zaun auftürmen. Für einen schrecklichen Augenblick glaubt sie, eines dieser Bilder von den Schreckenstaten des Zweiten Weltkriegs wiederzuerkennen – wie die Leichname eines Konzentrationslagers in eine mit Kalk bestreute Grube geworfen werden –, und das Gefühl lässt sie die Lider schließen, den Kopf schütteln und sich die Augen reiben, um dieses fürchterliche Bild ein für alle Mal aus ihrem Schädel zu vertreiben.

Der Klang einer rauen, rauchigen Stimme, verstärkt durch ein Megafon, reißt sie aus ihren Tagträumen. »AN ALLE, DIE DA DRINNEN NOCH AM LEBEN SIND – DAS IST EURE LETZTE CHANCE, EUCH ZU ERGEBEN, ZU ÜBERLEBEN.« Der Governor steht auf dem Bollwerk des Abrams-Panzers und richtet das Megafon auf die riesigen, menschenleeren Plätze auf der anderen Seite des Zauns. Seine Stimme hallt von den Wänden der Schlafsäle und den anderen Gebäuden wider. »EINE ZWEITE CHANCE WIRD ES NICHT GEBEN.«

Lilly steigt lautlos aus der Fahrerkabine, und Austin folgt ihrem Beispiel.

Sie nehmen hinter den großen Vorderrädern Deckung und zücken die Waffen. Schussbereit lugen sie hinter den Türen hervor und sehen das Gefängnis mit seinen leeren Basketball- und Parkplätzen und Höfen. Niemand scheint sich zu bewegen, doch sehen sie den einen oder anderen Schatten, der über eine Wand oder zwischen zwei Gebäuden huscht.

»IHR HABT UNS GETÖTET UND VERSTÜMMELT – UND JETZT VERSTECKT IHR EUCH HINTER EUREN ZÄUNEN – ABER EURE ZEIT IST ABGELAUFEN!« Das letzte Wort ist mit einer solchen Giftigkeit und Leidenschaft ausgespuckt, dass es die Wände mit der schleichenden Gefahr einer tödlichen Krankheit zu durchdringen scheint.

»WIR WERDEN EUCH GNADE ZUTEILWERDEN LASSEN – ABER NUR UNTER EINER BEDINGUNG.«

Lilly starrt jetzt auf den Governor, der noch immer auf dem vorderen Teil des Panzers steht. Selbst aus dieser Entfernung – es sind circa fünfundzwanzig Meter – kann sie in seinem guten Auge die Leuchtkraft eines Flammenmeers erkennen. Das Geräusch seiner verstärkten Stimme gleicht einer zerberstenden Dose.

»ÖFFNET DAS INNERE TOR ... SAMMELT EURE WAFFEN ZUSAMMEN, ALLE PISTOLEN UND GEWEHRE, SÄMTLICHE MUNITION, MESSER, WAS AUCH IMMER IHR HABT – SCHUTZAUSRÜSTUNG, ALLES – UND WERFT ES AUF EINEN HAUFEN HINTER DAS INNERE TOR. DANN SCHLIESST IHR ES WIEDER UND WARTET, BIS WIR DIE BEISSER AUS DEM WEG GERÄUMT HABEN.«

Der Governor hält inne und lauscht. Aber die Stille wird nur von dem schwindenden Echo seiner Stimme und den laufenden Motoren des Konvois untermalt.

»WIR MÜSSEN UNS NICHT GEGENSEITIG UMBRINGEN ... ES BESTEHT NOCH IMMER DIE CHANCE, DASS WIR ZUSAMMENARBEITEN KÖNNEN.«

Schweigen.

Hinter dem Reifen des M35 sieht Lilly, dass neue Scharen von Zombies sich im Norden sammeln und langsam um den Zaun schlurfen, um zu ihren gefallenen Brüdern zu gelangen. Sie beäugt den riesigen Hof auf der anderen Seite des Zauns, das Unkraut, das aus jedem noch so kleinen Riss im Asphalt hervorsprießt und den vereinzelten Müll, der vom Wind über den Platz geweht wird. Sie blinzelt, kann kaum die wenigen dunklen Flecken erkennen, die vereinzelt herumliegen und auf den ersten Blick wie Unrat oder Kleidung aussehen, die der Wind erfasst hat. Aber je länger sie sich konzentriert, desto überzeugter ist sie davon, dass es Menschen sind, die auf dem Bauch kriechend nach Deckung suchen.

»TUT, WAS ICH GESAGT HABE, UND ÖFFNET DAS TOR.« Lilly glaubt, dass die Stimme des Governors beinahe vernünftig klingt, wie ein Lehrer, der seinen Schülern mit großem Bedauern die Regeln des Nachsitzens erklären muss. »ES IST EURE LETZTE CHANCE.«

Der Governor senkt das Megafon und wartet ruhig auf eine Antwort.

Lilly kniet noch immer hinter der Fahrertür ihres M35 und hält ihr Gewehr mit beiden Händen. Um den Abzugshahn legt sie jetzt einen schweißnassen Zeigefinger, und die folgende Stille – in Wirklichkeit nur wenige Minuten – scheint Ewigkeiten zu dauern. Die Sonne brennt ihr ins Genick, sodass sich Schweißperlen bilden und ihren Nacken hinunterlaufen. Ihr Magen verkrampft sich. Sie kann den Gestank der Beißer im Wind riechen, und ihr wird auf der Stelle schlecht. Von der anderen Seite der Fahrerkabine hört sie Austins Atmen, sieht seinen Schatten. Er starrt auf den Boden, sein Scharfschützengewehr in den Händen.

Plötzlich wird sie von einer Welle von Krämpfen erfasst, sie senden scharfe Schmerzen durch ihre Bauchgegend. Es ist, als ob eine Kreissäge in ihr wütet, und sie krümmt sich vor Schmerzen, versucht, Luft zu holen. Sie spürt, dass es sie verrückt macht. Einfach verrückt macht! Sie versucht, sich wieder auf die Flecken im Hof zu konzentrieren und die Krämpfe zu ignorieren, aber sie kämpft auf verlorenem Posten. Die Schmerzen pochen in ihr, und sie vergleicht sie mit den verdammten Arschlöchern, die noch im Gefängnis hocken. Sie weiß, dass die Logik nicht gerade lupenrein ist, aber sie kann sich ihrer Gedanken nicht erwehren: *Sie haben daran Schuld, sie haben diese Schmerzen, dieses Elend verursacht. Nur wegen ihnen brennt dieses scheiß Feuer in mir – nur wegen ihnen!* Plötzlich ertönt die Stimme des Governors, diesmal aber leise. Von seiner Position auf dem Panzer brummt er: »Motherfucker ... Die haben wohl tatsächlich vor, sich mit uns anzulegen.«

Mittlerweile hat es circa ein Dutzend Beißer auf den Konvoi abgesehen, einige von ihnen kommen von Süden und Westen her um die Ecke, und der Governor seufzt genervt auf. Endlich hebt er das Megafon: »FEUER FREI!«

Die Läufe heben sich, Bolzen werden gezogen, aber noch ehe jemand die Chance zum Abdrücken hat, ertönt der Knall eines Scharfschützengewehrs. Das Geräusch stammt von hoch oben in dem lautlosen blauen Himmel – von einem der Wachtürme.

Die Kugel trifft den Governor in die rechte Schulter.

Elf

Eine Kugel, die aus einem vernünftigen Scharfschützengewehr abgeschossen wird – wie es beim Militär der Fall ist –, verlässt den Lauf mit einer Geschwindigkeit von bis zu 1.066 m/sec. Die meisten solcher Geschosse – in diesem Fall eine Winchester Kaliber .308 aus dem Gefängnisarsenal – tun sich leicht, eine kugelsichere Weste zu durchdringen, um dann die Innereien ihres Opfers zu zerfetzen, aber die Distanz zwischen Wachturm (an der südöstlichen Ecke des Zauns) und Panzer (der mindestens hundert Meter östlich vom Zaun steht) verlangsamt die Kugel aufgrund der Luftreibung beträchtlich.

Als das Geschoss die Kevlar-Weste des Governors trifft, rast sie gerade mal mit 600 m/sec durch die Luft und vergräbt sich mit solcher Wucht in das kugelsichere Material, dass der Governor glaubt, Mike Tyson hätte ihm gerade eins verpasst. Die Härte des Aufpralls schleudert ihn nach hinten, sodass er vom Panzer fällt.

Er landet hart auf dem Rücken, sodass es ihm den Atem verschlägt.

Der Rest des Konvois kommt in Bewegung. Jeder Schütze blickt von Kimme und Korn oder seinem Fernrohr auf, aber das Erstarren dauert nur Bruchteile einer Sekunde – selbst Lilly ist hinter ihrer Fahrertür zusammengezuckt und starrt auf den auf dem Boden liegenden

Mann –, bis der Governor nach Luft schnappt, einatmet und den Schock runterschluckt. Er atmet einige Male tief ein und aus, dann kommt er wieder auf die Beine und sucht hinter dem Panzer Deckung.

»Scheiße!«, zischt er durch zusammengebissene Zähne und versucht auszumachen, aus welcher Richtung die Kugel stammt.

Lilly blickt zu der südöstlichen Ecke des Gefängnisses auf. Der Wachturm glänzt in der harschen frühmorgendlichen Sonne. Die hölzerne Struktur spitzt sich nach oben hin zu und wird von einem kleinen Häuschen mit einem Rundgang gekrönt. Aus dieser Entfernung ist es beinahe unmöglich zu sagen, ob sich da oben jemand aufhält oder nicht, aber Lilly glaubt einen dunklen Flecken liegend auf dem Steg zu erkennen.

Sie will gerade etwas sagen, als ein weiterer Blitz – oder war es das Funkeln eines Spiegels? – in der Ecke des Wachturms aufleuchtet. Eine Nanosekunde später folgt der Knall.

Zehn Meter zu Lillys Linken zuckt plötzlich einer der Schützen – ein junger Mann namens Arlo mit einem Ziegenbärtchen und einem unbändigen blonden Schopf – in einer Wolke aus Blut zusammen. Das .308-Kaliber-Geschoss fährt durch seinen Hals und wirft Gewebe aus dem Austrittsloch aus, sodass er nach hinten geworfen wird.

Seine Kalaschnikow fliegt durch die Luft, während er auf das hinter ihm stehende Mitglied der Woodbury-Miliz prallt und dann leblos zu Boden sackt. Der Mann hinter ihm stößt einen Schrei aus, sein Gesicht ist voller Blut, und er wirft sich ebenfalls zu Boden. Völlig außer Fassung und von Panik besessen, kriecht er auf allen vieren unter Lillys Truck.

Jetzt hat auch der Governor gesehen, was Lilly schon längst vermutet hat. »DER WACHTURM!« Er deutet auf die südöstliche Ecke des Zauns. »DIE SIND IN DEM SCHEISS WACHTURM!«

Erneut das helle Mündungsfeuer, und wieder dauert es ein wenig, ehe der Knall an ihre Ohren dringt. Ein weiterer Mann aus Woodbury – er steht gute fünf Meter rechts vom Governor – wird von einem Kopfschuss zurückgeworfen und bliebt im hohen Gras liegen.

Mittlerweile ist die gesamte Woodbury-Miliz dabei, Deckung zu suchen. Panische Stimmen erheben sich, stoßen undeutliche Schreie aus, und die Männer und Frauen aus Woodbury stürzen sich hinter die Geschütze, die Kotflügel oder offenen Türen der Trucks.

»DA!« Der Governor zeigt erneut auf den Wachturm. »DA OBEN, LINKS!!«

Lilly zückt ihr Remington, legt es auf die Tür und zielt auf den in Sonnenschein getauchten Wachturm. Durch das Fernrohr sieht sie jemanden auf dem Boden des Umlaufs liegen sowie den Lauf einer Waffe, der auf sie beziehungsweise auf die Stellung ihrer Miliz gerichtet ist. Sie holt Luft. Es ist eine Frau. Zu erkennen ist sie an den Zöpfen und der zierlichen Gestalt. Aus irgendeinem Grund erfüllt Lilly diese Erkenntnis mit Wut und Rage. So sehr hatten diese Gefühle noch nie Besitz von ihr genommen. Aber ehe sie noch die Chance hat abzudrücken, schmettern mehrere Kugeln um sie herum auf die beiden Seiten ihres Trucks.

Mit der Antwort der Woodbury-Miliz scheint die Luft zu detonieren, denn sie entfesselt einen wahren Feuersturm auf den Wachturm. Die .50-Kaliber-Maschinengewehre rütteln an den Grundfesten ihrer Verankerungen, und die Sturmgewehre geben alles, was sie können. Lilly zuckt bei dem Lärm und der Hitze zusammen. Das Sausen in ihren Ohren ist beinahe unerträglich, während sie versucht, selbst einige platzierte Kugeln in Richtung des Wachturms zu schicken. Ein erneuter Krampfanfall raubt ihr den Atem, bringt sie aus dem Gleichgewicht und erfüllt sie mit Schmerzen, die wie ein Buschfeuer durch sie zu rasen scheinen. Sie ignoriert die Qualen, hält den Atem an, zielt erneut, hebt den Lauf etwas, um die Kurve der Kugel auszugleichen – wenige Zentimeter reichen schon – und drückt ab. Ihr Gewehr rotzt ab, der Rückschlag trifft sie hart an der Schulter, und der Strahl Schießpulver schießt ihr wie heißes Öl ins Gesicht.

Weit oben auf dem Wachturm löst sich der Umlauf aufgrund unzähliger winziger Detonationen langsam in Luft auf. Eine Reihe von Staubwolken steigen in die Luft. Dort, wo vorher noch hölzerne Bretter lagen, ist jetzt nichts mehr, die Kugeln prallen von dem metallenen Geländer ab und füllen die Umgebung der schwarzen Gestalt mit rauchenden Einschlägen.

Es ist schwer zu sagen, ob und wie schlimm sie die Scharfschützin getroffen haben, aber es scheint schier unmöglich zu sein, dass jemand ein solches Trommelfeuer – es dauert immerhin eineinhalb Minuten – mit all den umherfliegenden Holzsplittern und Glasscherben überleben kann. Lilly nutzt die Zeit, um ein Dutzend weitere Kugeln Richtung Wachturm zu schicken. Sie muss nur einmal innehalten, um die Patronen auszuwerfen und nachzuladen. Dann sucht sie den Umlauf durch den Sucher ihres Gewehres ab und sieht zu ihrer Erleichterung unzählige Blutflecken an einer Wand des Wachturms.

Sie stellen das Feuer ein und warten. Vom Wachturm kommt nichts mehr. Scheint ganz so, als ob die Frau erledigt ist – mehr als wahrscheinlich das Ende dieser mordenden Schlampe. Aber in all dem Chaos ist es unmöglich zu sagen, wer ihr den Garaus gemacht hat. Lilly senkt den Lauf und bemerkt zwei junge Männer zu ihrer Linken, die hinter der Heckklappe ihres Trucks auf dem Boden kauern und sich abklatschen.

Plötzlich ertönt die Stimme des Governors. »Und?! Wollt ihr jetzt etwa 'ne scheiß Medaille?«

Sie wirft einen Blick über die Schulter und sieht, wie der Einarmige sich zu den beiden jungen Männern schiebt. »Jetzt hört endlich auf, euch gegenseitig einen runterzuholen und beseitigt die Leichen!« Mit diesen Worten deutet er auf die ersten Gefallenen, Opfer der Scharfschützin – ihre menschlichen Überreste liegen in bizarren Posen in dem hohen Gras, die Schädel in Lachen ihres eigenen Bluts und Gewebes schwimmend. »Und macht den Rest der Beißer unschädlich«, weist er sie an und zeigt auf die letzten Zombies, die jetzt um die Ecke des Zauns torkeln und durch eine blaue Rauchwolke auf sie zukommen. »Ehe sie es bis hierher schaffen und uns anknabbern!«

Lilly überlässt es den anderen, auch noch die letzten am Zaun herumtorkelnden Untoten ins Jenseits zu befördern. Stattdessen nimmt sie ihre Stellung hinter der Fahrertür ihres M35 wieder ein, das Gewehr zu ihrer Seite, und wartet, bis die Arbeit verrichtet ist. Die Sonne brennt gnadenlos auf sie herab. Einen Augenblick lang denkt sie an den jungen Mann, der vor ihren Augen von der Scharfschützin im Wachturm niedergemäht wurde. Lilly hat Arlo so gut wie gar nicht gekannt, weiß nicht einmal, wie er mit Nachnamen geheißen hat. Widersprüchliche Emotionen breiten sich in ihr aus – Trauer um die Gefallenen gemischt mit weißglühender Wut für die mordenden Monster im Gefängnis. Sie will das ganze Gelände abfackeln, eine Atombombe darauf abwerfen, es dem Erdboden gleichmachen – aber tief in ihrem Inneren regt sich ein kleines, ein anderes Gefühl, ein Zweifel, der ihren Magen wie ein krebsartiger Tumor aufzufressen droht. Bleibt ihnen denn nichts anderes übrig? Ist das die einzige Art und Weise, mit diesem Problem umzugehen? Sie wirft einen Blick durch die Fahrerkabine auf Austin, der hinter der Beifahrertür kauert. Er drückt alle paar Sekunden ab, als ob er an einem Schießstand steht. Er scheint ruhig, unter Kontrolle, aber sie kann den Wahnsinn in seinem Gesichtsausdruck erkennen. Ist Lilly jetzt genauso benebelt wie er? Dann nimmt sie eine Bewegung in ihrem äußersten Blickfeld wahr. Sie dreht sich blitzschnell um und sieht, wie Gabe aus dem Panzer klettert und lossprintet.

Der große, in Schweiß gebadete Koloss macht einen unruhigen, beinahe panischen Eindruck, als er beim Governor ankommt. Philip indessen steht beinahe gebieterisch da, scheint ungeduldig und ballt seine Hand zu einer Faust. Die beiden Männer brüllen sich gegenseitig an, aber Lilly kann wegen des Trommelfeuers um sich herum kaum ein Wort von dem verstehen, was sie sich gegenseitig an den Kopf werfen. Satzfetzen wie »brauchen zu viel Munition«, »schießen wie Amateure« und »warum machen wir nicht einfach den Zaun platt?« dringen an ihre Ohren.

Endlich dreht der Governor sich zu seinen Kriegern um

und schreit, so laut er kann: »Stopp! – STOPP! – FEUER EINSTELLEN!!«

Der ohrenbetäubende Lärm hört augenblicklich auf und taucht die Wiese in unheimliche Stille. In Lillys Ohren vermengen sich die noch immer widerhallenden Schüsse der Geschütze mit dem Rauschen in ihrem Kopf. Sie lugt über ihre Tür und sieht einige Beißer am Zaun – mindestens ein Dutzend von ihnen. Sie sind wie durch die Mangel gedreht, völlig durchlöchert mit Kugeln, aber ihre Köpfe sind so gut wie unversehrt, sodass sie weiterhin durch den Staub schlurfen – wie Kakerlaken, denen das Gift des Kammerjägers nichts anhaben kann.

Zu ihrer Linken hört Lilly die Stimme des Governors: »Jared! Schmeiß den Panzer an!«

Lilly reißt sich zusammen und kommt auf ihre noch etwas wackeligen Beine. Sie nimmt ihr Gewehr und schleicht zur Rückseite des M35. Zu ihrer Überraschung trifft sie dort auf Austin, der sein Garand-Scharfschützengewehr mit zitternden, schweißnassen Fingern neu lädt. Strähnen seines Haares haben sich aus dem Pferdeschwanz gelöst und hängen ihm ins Gesicht, andere kleben an seiner feuchten Stirn. »Ist bei dir alles in Ordnung?«, fragt sie ihn, als sie sich ihm nähert und ihm eine Hand auf die Schulter legt.

Austin zuckt erschrocken zusammen und antwortet dann: »Klar ... Ich meine ... Klar. Ja, alles in Ordnung. Warum fragst du?«

»Ich wollte mich nur vergewissern.«

»Und bei dir?«

»Alles bestens und voll einsatzbereit.« Sie starrt auf die Wolke Abgas, die plötzlich vom Panzer aufsteigt. Der Turbodiesel nagelt sonor vor sich hin. »Was zum Teufel haben die denn jetzt vor?«

Austin sieht, wie der Panzer einen Satz nach vorne macht und in Richtung Zaun rollt. Er scheint von dem Anblick dieser mächtigen Maschine wie benommen zu sein, die den wankenden Kadavern immer näher kommt.

Sekunden später fährt der Abrams M1 in das chaotische Regiment von Beißern, das ziellos vor dem Zaun herumstolpert. Ein Dutzend oder mehr Zombies werden unter die Ketten gerissen – das Geräusch, wie ihre Knochen und Körper vom Gewicht des Panzers zermalmt werden, erinnert an eine riesige Säge in einer gigantischen Müllpresse. Lilly wendet sich ab, damit ihr das Frühstück nicht hochkommt. Plötzlich dreht der Panzer sich in den schleimigen Überresten um neunzig Grad auf der Stelle und fährt dann parallel den Zaun entlang. Wie eine gewaltige Bowlingkugel rollt er über einen lebenden Kadaver nach dem anderen und legt die grausame Effizienz eines titanischen Mähdreschers an den Tag, der ein Feld aberntet. Schädel werden zerdrückt, Organe zerplatzen wie mit Blut gefüllte Blasen, und das Zerquetschen von Hunderten von verwesenden Leichen schickt eine widerlich stinkende Nebelbank in die Luft.

Die Truppen aus Woodbury – die meisten von ihnen haben mit gezückten Waffen Zuflucht hinter den Trucks gesucht – bemerken, dass hinter den Zäunen plötzlich ein reges Treiben herrscht. Schatten huschen zwischen Gebäuden hin und her, erscheinen in Gebäudeeingängen und verstecken sich in den dunklen Nischen an den Rändern der Basketballplätze und Höfe. Jetzt, wo die Horden von

Beißern außer Gefecht gesetzt und beiseitegeräumt sind, ist das Gefängnisgelände ungeschützt, und die Angreifer können es ohne Probleme einsehen. Gestalten rennen durch die Gegend, suchen Deckung, kriechen auf allen vieren nach Sicherheit suchend in das jeweils nächstliegende Gebäude. Aber erst als der Panzer an der äußersten Ecke des Zauns anhält, bemerkt Lilly, dass eine weitere Schar Beißer – es sind vielleicht drei Dutzend an der Zahl – aus dem angrenzenden Wald kommen, um sich durch die matschigen Überreste ihrer Gefährten zu ihnen durchzukämpfen.

Der Panzer wartet noch immer im Leerlauf am Ende des Zauns. Der Governor kommt um die Ecke eines Trucks, und sein Auge funkelt vor aufflammender Wut. Er stapft an Lilly vorbei und begutachtet den Kadaverbrei. Gabe gesellt sich zu ihm, und Lilly kann ihre Unterhaltung nicht überhören.

»Ich hab eine Idee«, meint Gabe zum Governor. »Der Anblick des Panzers allein scheint nicht auszureichen, um sie in die Knie zu zwingen. Aber wie wäre es, wenn wir die verdammte Kanone mal sprechen lassen würden? Dann horchen die schon auf, glaubst du nicht?«

Der Governor würdigt ihn nicht einmal eines Blicks, sondern starrt weiterhin unentwegt auf den Zaun. Er fährt sich mit den Fingern den Schnurrbart entlang, reibt sich das Kinn, überlegt. Der Panzer rollt jetzt langsam zurück zum östlichen Tor und dreht sich dann wieder in seine Ausgangsposition zurück. Der Governor beäugt das Manöver skeptisch. »Jared hat fünf Monate gebraucht, bis er das Scheißding endlich vernünftig steuern konnte, aber er hat keine Ahnung, wie man die Kanone lädt, geschweige denn, wo der Abzugshahn ist. Um es auf den Punkt zu bringen: Außer einfach nur *da* zu sein kann die Kiste nicht viel.«

Endlich wendet der Governor sich Gabe zu, und etwas Beunruhigendes – Gabe kann nicht genau sagen, was – schwelt in seinem Auge. »Die Sache ist die, er kann nicht mehr, als die Herde zu reduzieren, ehe der Rattenfänger von Hameln den Rest macht.«

Gabe starrt ihn verständnislos an. »Der *was*?«

Es fängt mit einem aufheulenden Motor hinter den Lastern an. Plötzlich erscheint ein grauer, rostiger Chevy S-10 und fährt Richtung Zaun. Lilly und Austin nehmen wieder ihre Stellung hinter den Wagentüren ein, als das Kräfteverhältnis auf dem Schlachtfeld sich ändert. Sie sehen zwei ihrer Kameraden aus Woodbury in Panzerwesten auf dem hinteren Trittbrett des Wagens stehen. Sie fangen wie wild mit den Armen zu fuchteln an und schreien in Richtung der übrigen Beißer, die den Panzer überlebt haben. Nach kurzer Zeit haben sie ihr Ziel erreicht, denn die Aufmerksamkeit der hungrigen Monster ist jetzt völlig auf sie gerichtet.

Der Wagen fährt langsam wieder zurück zum Konvoi, und die Zombies folgen ihm.

Während all das vor sich geht, fällt der Governor eine Entscheidung – es ist an der Zeit, dem Schauspiel ein Ende zu machen. Er befiehlt, sie alle niederzumähen, ihnen den scheiß Garaus zu machen. Jetzt. SOFORT!! ...

»MACHT SIE NIEDER! FEUER FREI!«

Auf dem Gelände hechten die Bewohner zu Boden, als die Luft über ihnen Feuer zu fangen scheint. Die Schwächeren halten die Arme über den Kopf und bleiben auf dem

Boden liegen, während andere wie von der Tarantel gestochen kriechend Zuflucht suchen. Die Älteren helfen den Jüngeren. Das gewaltige Trommelfeuer aus dem Osten, das aus jeder Ecke, jeder Nische über die ganze Breite der Senke über sie hereinbricht, sendet kleine Rauchwölkchen über den Schotter, die sich im Zickzack über die Parkplätze und Basketballplätze ziehen. Die Kugeln prallen von den Müllcontainern, den Brettern über den Körben, den Rinnen und den Fallrohren, den Belüftungsschächten in den Wänden und von den Kompressoren der Klimaanlagen ab. Kreischende Stimmen dringen an Lillys Ohr, während sie ihre Ziele anvisiert und abdrückt. »RUNTER!«, brüllt jemand und reißt eine Frau zu Boden. »ALLE RUNTER!«, ruft eine andere und erwischt eine weitere Frau, die versucht, dem Feuersturm zu entfliehen. Überall auf dem Gelände herrscht jetzt wildes Treiben. Einige der Gestalten – allzu viele scheinen es nicht zu sein – sind bewaffnet. Diese Tatsache gefällt Lilly gar nicht, und sie senkt den Lauf ihrer Waffe, um sich einen Überblick über die Situation zu verschaffen. Sie blickt auf und sieht einen Mann, er ist schon etwas älter – ohne Hemd, dicklich, mit Bart und langen, wilden Haaren –, der auf einen Eingang zuläuft. Eine plötzliche Salve durchlöchert seine Schulter, reißt Fleischfetzen von seinen behaarten Armen und Bauch. Der Alte geht in einer roten Wolke zu Boden, und Lilly atmet angespannt aus.

Dann erhebt sich eine weitere Gestalt – und für einen sehr kurzen Augenblick glaubt Lilly sie, es ist ein Mann, wiederzuerkennen.

Sie stellt ihr Fernrohr scharf und sieht den ausgeprägten Kiefer des Mannes, der auf den Namen Rick Grimes hört – das Arschloch, der die Flucht aus Woodbury organisiert hat, der Anführer dieser Tiere, der Mann, der sich mit dem Governor angelegt und höchstwahrscheinlich Martinez und wer weiß wen sonst noch alles auf dem Gewissen hat. Jetzt ergreift er eine Frau und brüllt sie an: »REIN MIT DIR! ... HIER DRAUSSEN FINDET IHR KEINE DECKUNG ... HAST DU MICH VERSTANDEN?!!« Er zerrt die Frau zum nächsten Gebäude – es ist zwanzig Meter entfernt. Lilly rechnet kurz nach – er ist circa hundertfünfzig Meter von ihr entfernt.

Die Litanei von Bobs Scharfschützenunterricht hilft ihr, Ruhe zu bewahren, sie zu stabilisieren – *einatmen, Ziel erfassen, Entfernung einschätzen, Lauf ausrichten* – und jetzt hat sie den Mann namens Rick genau in der Mitte des Fadenkreuzes. Sie atmet langsam aus, will gerade abdrücken ... Aber plötzlich sie hält mitten in der Bewegung inne. Wartet. Etwas rührt sich tief in ihren Gehirnwindungen, etwas, das sie nicht identifizieren kann. Es ist etwas Unfertiges, irgendwie Elektrisches – wie eine Synapse, die unkontrolliert vor sich hin sendet –, und vor ihrem inneren Auge erscheinen eine Reihe von Blitzen, aber die Bilder kommen und gehen zu schnell, als dass Lilly sie verstehen könnte.

Der Governor steht noch immer sechs Meter von Lilly entfernt und erhebt so plötzlich die Stimme, dass sie zusammenzuckt. »Jetzt haben wir sie! Es ist nur noch eine Frage der Zeit, ehe ...!«

Der Einschlag einer Kugel auf den Panzer unterbricht ihn jäh. Er bückt sich und lugt dann in Richtung Gefängnis hin zum Wachturm an der nordöstlichen Ecke des Zauns. Die anderen folgen seinem Beispiel, und plötzlich werden sie alle von dem Aufblitzen eines Gewehrlaufes geblendet – ein zweiter Scharfschütze! Der Governor duckt sich hinter dem Panzer, schnappt sich sein Funkgerät, bedient die Sprechtaste und faucht in das Mikro: »Schaltet den Wichser aus!«

Zwei MGs Kaliber .50, die auf den Dächern zweier Laster neben Lilly aufgebaut sind, wenden sich gen Norden, und Lilly beißt die Zähne zusammen, als der krachende Lärm losgeht, ein wahrer Reigen von Patronenhülsen auf sie herabregnet und die zwei Waffen eine Welt des Schmerzes Richtung Wachturm entsenden. Die Fenster zerbersten in tausend Stücke, Scherben fliegen durch den hellblauen Himmel. Wellen über Wellen zerbrochenen Glases erschüttern die Luft in einem Chor atonalen Getoses und schicken zig Ranken schneidenden Unheils in alle Himmelsrichtungen.

In ihrem Blickwinkel von weit unten hinter der Fahrertür bemerkt Lilly weiteres Treiben hinter dem Zaun. Die Menschen, die gerade noch mit dem Bauch auf dem Asphalt lagen, springen jetzt auf, nutzen die Ablenkung und rennen um ihr Leben in die nächstgelegenen Schutz spendenden Eingänge. Der Governor hat es offensichtlich auch gesehen, denn er dreht sich um und ruft einem der Schützen zu: »HEY!« Er deutet auf das Gelände hinter dem Zaun. »Die versuchen, sich in Sicherheit zu bringen, verdammt noch mal!« Dann zeigt er auf den Wachturm. »Es müssen nur ein paar von euch Schwachköpfen auf den Turm schießen, um das Arschloch da oben zu erledigen! Schaltet verdammt noch mal endlich eure grauen Zellen ein!!«

Einige Schützen wenden ihre Aufmerksamkeit jetzt dem Gefängnis zu und lassen einen wahren Kugelhagel über das Gelände niedergehen. Alle, die eben gerade noch in der Flucht begriffen waren, stürzen sich jetzt wieder panisch zu Boden. Lilly überprüft die Lage durch ihr Fernrohr und sieht, wie ein paar Gestalten ihre Umgebung nach Waffen absuchen. Eine junge Frau mit kurzen schwarzen Haaren kriecht auf ein Gewehr zu, ein großer Afroamerikaner durchsucht eine Tasche, und sie erkennt eine Frau mit Dreadlocks – *Michonne* –, die eine kleine Waffe aus dem Gürtel eines gefallenen Mannes zieht. Kaum hat Michonne die Waffe – eine 9-mm? – ergriffen, dreht sie sich um und fängt an zu schießen. Ihre Entschlossenheit bewegt andere dazu, ebenso zurückzuschießen, und es werden immer mehr …

»IN DECKUNG!«, brüllt der Governor. »ALLE – SUCHT DECKUNG – SOFORT!!«

Innerhalb weniger Sekunden fällt ein Woodbury-Krieger nach dem anderen.

Da gibt es Johnny Aldridge, ein Herumtreiber Mitte vierzig, der Martinez unterteilt war – eine sanfte Seele, die sämtliche Mitglieder aller Heavy-Metal-Gruppen kannte, die in den Neunzigerjahren durch den Süden getingelt sind. Jetzt liegt er im hohen Gras neben Lilly, nah genug, dass sie den abgestandenen Zigarettenrauch an ihm riechen kann. Seine glasigen Augen hat er im Augenblick seines Todes weit aufgerissen, und aus seinem noch immer pulsierenden Adamsapfel sprudelt frisches Blut. Lilly wendet den Blick ab und schließt die Augen. Ein bisher ungeahnter Horror ergreift sie, wandert ihr Rückgrat runter und schickt eisige Blitze durch ihren Körper.

Sie dreht sich zu Austin herum, der neben ihr auf dem Bauch liegt. Er schluckt, sagt aber nichts. Sein Gesichtsausdruck verrät Bände, seine Augen glänzen vor Schrecken. Sie will gerade den Mund aufmachen, als sie hört, dass das Trommelfeuer aus dem Gefängnis abnimmt ... Laden sie nach? Oder haben sie sich in den Gebäuden in Sicherheit gebracht? Dann ertönt erneut die Stimme des Governors, und Wahnsinn und Wut klingen in ihr mit: »ZURÜCKFALLEN! ZURÜCK MIT EUCH, VERFICKT NOCH MAL! ZURÜCK!!!«

Lilly hört, wie hinter ihr die Motoren aufheulen. Der Lärm des Konvois übertönt die Stimme des Governors, sodass er richtig brüllen muss, um sich in dem Tumult Gehör zu verschaffen. »Wir müssen uns neu formieren, verdammt noch mal – so geht das nicht weiter!«

Lilly verlässt ihre Position und klettert vorsichtig zurück in die Fahrerkabine. Sie öffnet die Beifahrertür für Austin, der sofort neben ihr Platz nimmt. Er hat den Kopf gesenkt und atmet schwer. Bei jeder Kugel, die einschlägt, zuckt er zusammen. Aus dem Augenwinkel sieht Lilly, wie Gabe zurück zum Panzer läuft.

Der untersetzte Mann keucht nach Luft, als er sich neben den Governor hockt. »Und? Was meinst du?«

»Das läuft nicht so, wie ich es mir gedacht habe«, meint der Governor, spricht aber eher mit sich selbst als zu Gabe. Er ballt seine behandschuhte Hand so hart zu einer Faust, dass das Leder zu knirschen beginnt. Durch zusammengebissene Zähne zischt er wie ein Wahnsinniger: »DAS FUNTIONIERT NICHT!«

Gabe will schon antworten, als der Governor plötzlich aufspringt und ihn mit der Faust so hart am Kiefer trifft, dass Gabes Kopf zurückgeworfen wird. Seine Lippen platzen, und Spritzer roten Bluts fliegen durch die Luft, als

Gabe durch die Gewalt des Hiebes mit dem Rücken gegen den Panzer prallt. Er beugt sich nieder, bleibt hocken, blinzelt und fasst sich an die Lippe. Er starrt den Governor mit weit aufgerissenen Augen an. »WAS ZUM TEUFEL …!«

Der Governor wirft ihm einen verächtlichen Blick zu. »Park deinen Arsch in dem verfickten Truck und halt die Schnauze!«

Lilly hat das Geschehen in weniger als zehn Meter Entfernung aus der Fahrerkabine ihres M35 beobachtet und circa achtzig Prozent verstanden – aber das hat gereicht. Eine Eiseskälte macht sich in ihrer Bauchgegend breit, und der Gallensaft kommt ihr hoch. Sie wirft Austin einen Blick zu, aber er antwortet nicht. Sie tritt auf das Gaspedal und legt den Rückwärtsgang ein. Währenddessen wirft sie einen letzten Blick in Richtung Gefängnis.

Durch die Zäune hindurch erkennt sie eine einzelne Gestalt, die im Hof liegt. Eine Lache Blut breitet sich um sie aus. Es ist ein Mann in einem Gefängnisoverall, vielleicht Ende dreißig. Er hat rotblondes Haar mit einigen grauen Strähnen dazwischen und macht einen rauen, harten Eindruck. Dort, wo einmal sein rechter Arm war, hat er jetzt nur noch einen Stumpen. Er versucht sich langsam in Richtung der Gebäude zu schleppen, aber er ist tödlich verletzt – es hat ihn in den Eingeweiden getroffen –, sodass selbst das Kriechen zu einer Qual wird. Aber er kämpft sich voran, Zentimeter um Zentimeter, hinterlässt allerdings eine immer größer werdende Blutspur. Selbst aus dieser Entfernung weiß Lilly, um wen es sich handelt: Rick! Seinen Verletzungen nach zu urteilen, hat er so gut wie keine Überlebenschancen.

Sie wendet sich ab, als der Konvoi ins Rollen kommt.

Ein Truck nach dem anderen macht eine Kehrtwende und fährt dann erneut gen Osten – in die Richtung, aus der sie gekommen sind. Lilly folgt dem Panzer, verschwindet in der Staubwolke, die von den vielen Fahrzeugen aufgewirbelt wird. Sie verspürt keinerlei Gefühle für den Mann namens Rick … weder Sympathie noch Genugtuung … In ihr herrscht völlige Leere.

Zwölf

»Ich finde, wir sollten etwas sagen«, gibt Austin von sich, nachdem mehr als eine Stunde vergangen ist. Seine Stimme ist heiser, und er macht einen erschöpften Eindruck, wie er fünf Kilometer östlich vom Gefängnis am Ufer eines ausgetrockneten Flussbetts so dasteht. Er schaudert und wirft einen Blick auf das Massengrab, das vor ihm liegt. Sie haben ihre Gefallenen in das Flussbett geworfen – Arme und Beine stehen in unnatürlichen Winkeln von den Körpern ab, und die Blutflecken färben sich schwarz in der prallen Sonne. Die abgestandene Luft wimmelt vor Mücken und Staub.

»Ich weiß nicht … Ja, vielleicht hast du recht.« Lilly steht neben ihm und kaut auf den Fingernägeln. Strähnen ihres kastanienbraunen Haares haben sich aus dem Pferdeschwanz gelöst und verdecken ihre finstere Miene. Lillys Waffen stecken in ihren Halftern, die sie um die Hüfte trägt, und ihre Ellenbogen sind geschunden und blutig. Ihr Rücken pocht vor Schmerz, und ihre Gelenke quälen sie mit dumpfer Erschöpfung – von ihrer Bauchgegend ganz zu schweigen: Die Krämpfe schütteln sie weiterhin unentwegt, wollen einfach nicht nachlassen. Doch tapfer schluckt sie ihre Leiden runter und starrt auf die Leichen zu ihren Füßen.

Lilly kannte jeden einzelnen von ihnen – und wenn nicht mit Namen, dann doch zumindest vom Sehen her. Jetzt liegen sie wie aufgestapelte Holzscheite in dem Graben, um zu verhindern, dass auch sie zu Beißern werden oder einer Schar Zombies als Leckerbissen dienen. Diese Männer, die Lilly jeden Tag in Woodbury über den Weg gelaufen sind, sie gegrüßt, den Hut beziehungsweise die Baseballkappe vor ihr gezogen und ihr zugeblinzelt haben, waren beileibe nicht perfekt, aber es waren anständige, wenn auch einfache Männer. Arlo oder Johnny zum Beispiel hatten ihre Rationen mehr als nur einmal mit Lilly geteilt – das Handeln wahrer Freunde. Jetzt, wo sie auf sie hinabstarrt, verspürt Lilly eine große Leere in sich, und die Grabrede, die sie eigentlich halten will, kommt ihr nicht über die Lippen.

»Johnny, Arlo … Ronnie, Alex und Jake … Evan und … äh …« Sie kann sich nicht mehr an den Namen des jüngsten unter ihnen erinnern und blickt Austin hilflos an.

Seine Augen sind schon ganz feucht vor Trauer. »Andy.«

Lilly nickt. »Andy … Genau.« Sie senkt den Kopf und versucht nicht auf die Leichen zu starren, die einen wilden Haufen bilden. Wie ihre Oma Perl gesagt hätte: »*Das sind nur die Schalen, die übrig geblieben sind … Ihre Seelen sind längst fort, Kleines.*« Jetzt wünscht Lilly sich, dass sie einen religiösen Zug an sich hätte. Aber wie konnte jemand in diesen Zeiten an eine alles liebende Gottheit glauben? Trotzdem, es wäre schön. Lilly schluckt ihren Kummer runter und fährt sanft fort: »Jeder Einzelne von euch hat sein Leben für etwas Größeres gegeben … Ihr wolltet eure Gemeinde beschützen … Ihr habt alles gegeben.« Ihre Stimme wird schwächer, die Erschöpfung macht sich in ihr breit. »Auf dass ihr jetzt an einem besseren Ort seid. Ruht in Frieden.«

Dem folgt Stille, nur das entfernte Rufen eines Reihers unterbricht das Schweigen. Lilly spürt die Präsenz der anderen, die weiter unten am Flussbett auf sie warten, und sie wendet sich in ihre Richtung nach Süden.

In circa fünfzig Meter Entfernung steht eine düstere Gestalt hinter einem Baum – mit Augenklappe und pechschwarzer Kevlar-Weste. Er schneidet eine Grimasse, als er über das Flussbett auf die gegenüberliegenden Bäume starrt. Gabe steht neben ihm und schraubt wortlos den Schalldämpfer auf die Mündung seines Revolvers. Zwei weitere Männer stehen in gebührender Entfernung mit Schaufeln in der Hand. Die sechzehn anderen Überlebenden der notdürftig zusammengewürfelten Miliz – ein Dutzend Männer und vier Frauen – sind beim Konvoi geblieben, kümmern sich um die Verwundeten und halten Wache auf der staubigen Lichtung ganz in der Nähe. Niemand scheint gerade großes Interesse für Grabreden aufbringen zu können.

Gabe reicht dem Governor die Waffe, der ihm kurz angebunden zunickt, ehe er das Flussbett entlang zu Lilly geht. »Bist du fertig?«, fragt er mit finsterer Miene.

Lilly nickt. »Ja.«

Der Governor stellt sich vor ihr auf und starrt auf das Massengrab. »Mein Onkel Bud hat im Zweiten Weltkrieg im Pazifik gedient.« Philip blickt nicht auf, sondern entsichert die Waffe, zielt auf Arlo Simmons' blutbesudelten Schädel und drückt ab. *Poff!*

Lilly reagiert kaum auf den gedämpften Schuss – ihre Nerven scheinen tot. Der Governor zielt auf den Kopf des nächsten Opfers und drückt erneut ab. Diesmal zuckt Lilly bei dem fürchterlichen Geräusch zusammen, als die Kugel durch den Knochen dringt.

Der Governor wirft den anderen einen Blick über die

Schulter zu und ruft dann: »Ich will, dass jeder das hört! Kommt hierher!«

Langsam, beinahe widerwillig, legen die übrig gebliebenen Kämpfer ihre Waffen, Munition, Magazine oder Erste-Hilfe-Koffer ab, werfen ihre Zigaretten zu Boden und schlurfen Richtung Flussbett am Waldrand. Die Sonne senkt sich langsam hinter dem westlichen Horizont, und die immer düsterer werdenden Schatten lassen die Anspannung noch weiter steigen.

»Mein Onkel Bud hat sein Leben auf der USS *Sonoma* gelassen. Das war Oktober 1944«, fährt Philip mit kalter, tonloser Stimme fort, während er auf den nächsten Schädel zielt und eine Kugel darin versenkt. Lilly zuckt erneut zusammen. Jetzt erhebt der Governor die Stimme, dass die gesamte Mannschaft ihn hören kann. »So ein Kamikaze-Pilot hat das Schiff getroffen ... Und versenkt ... Es wurde von Wilden zerstört, die keinerlei Respekt gegenüber den Regeln des Krieges oder Menschenleben überhaupt haben.« Er drückt wieder ab, schickt eine weitere Kugel Richtung Leichenhaufen, lässt einen Schädel nach dem anderen zerplatzen. Er hält inne, dreht sich zu den Anwesenden um, deren bleiche Gesichter ihn anstarren. »Und mit genau so etwas haben wir es hier zu tun. Ich will, dass ihr das nie vergesst.«

Er macht erneut eine dramaturgische Pause, lässt seine Worte wirken, ehe er einen Blick über die Schulter wirft und den zwei Männern mit Schaufeln in der Hand zunickt. »Ihr könnt loslegen, Jungs. Zeit, dass sie unter die Erde kommen.« Dann wendet er sich den anderen zu. »Diese Leute sind nicht umsonst gestorben.«

Die beiden Männer mit den Schaufeln kommen näher und fangen an, lose Erde vom Ufer in das vertrocknete

Flussbett zu schaufeln. Der Governor sieht ihnen zu, holt tief Luft, und seine Miene verwandelt sich. Lilly sieht im Augenwinkel, wie er innerlich mit sich kämpft, will ihn aber nicht anstarren.

»Diese Menschen, gegen die wir kämpfen«, fährt er fort, »sind schlimmer als die scheiß Beißer ... Sie sind das verkörperte Böse ... Sie sind Monster ohne jeglichen Respekt für das Leben ihrer Kinder, ihrer Eltern oder sonst jemanden. Ihr habt es am eigenen Leib miterlebt. Ihr habt gesehen, wie sie euch abknallen, ohne mit der Wimper zu zucken. Sie werden euch alles nehmen und dann ein Tänzchen auf euren Leichen veranstalten.«

Philip Blakes Gesichtsausdruck verändert sich kaum merklich in dem düsteren, schwindenden Tageslicht ... Kochende Wut macht etwas Merkwürdigem, Wahnhaften Platz – selbstgefällig neigt er den Kopf, in seinem noch existierenden Auge leuchtet rechtschaffener Zorn. Lilly wird nervös. Er lässt den Blick über seine Miliz schweifen.

»Aber ich habe Neuigkeiten für diese Wilden«, verkündet er, während die Männer hinter ihm die letzten Schaufeln voll Erde über die Leichen werfen und sich dann mit gesenktem Kopf entfernen.

Seine Stimme verändert sich, wird tiefer, sanfter, wie ein Prediger, der vom Fegefeuer zu den Psalmen springt.

»Sie können uns angreifen, so oft sie wollen ... Sie können mich verstümmeln ... Sie können auf unsere Gräber spucken ... Aber wir werden nicht aufgeben, denn wir sind auf einer heiligen Mission, Leute ... Wir müssen nicht nur uns vor diesen Monstern beschützen, nein, unsere Aufgabe lautet, die Welt von diesem Übel zu befreien.« Jetzt blickt er jeden Einzelnen seiner privaten Armee an. »Wir werden doppelt so hart austeilen, werden Feuer mit Feuer bekämpfen. Es wird nicht leicht, aber wir werden alles geben, was wir haben.«

Sein Blick bleibt auf einem Mann mittleren Alters mit einer Baseballkappe hängen. Er trägt ein Jeanshemd, die Hände ruhen auf seinen beiden .45er Colts. »Raymond, ich will, dass du dir eine kleine Truppe zusammenstellst und dir heute Nacht den Zaun genauer anschaust. Such nach Schwachstellen, halte die Augen auf. Ich will von jeder Bewegung im Lager erfahren – ich will genau wissen, was sie in dem verdammten Puff, in dem sie sich verstecken, vorhaben.« Dann wendet er sich einem anderen Mann zu – einem in Lederklamotten gekleideten Biker mit Bart, der eine Pumpgun in den Händen hält. »Earl, ich will, dass du mit drei Leuten unsere Flanken sicherst, während wir uns neu formieren. Wenn euch irgendetwas auffällt, schießt los. Hast du mich verstanden?«

Der bärtige Koloss nickt kurz angebunden und verschwindet dann, um seine Leute zusammenzutrommeln.

Schließlich dreht der Governor sich zu Lilly um und sagt leise: »Ich brauche dich und deinen Schönling. Macht mal eine Inventur. Ich will wissen, wie es um unsere Munition bestellt ist. Ich will zurückschlagen, und zwar erbarmungslos. Aber erst müssen wir wissen, dass wir die nötigen Mittel dazu haben. Okay?«

Lilly nickt. »Kein Thema ... Machen wir.«

Der Governor blickt sich um und schaut dann gen Himmel. »Wird bald dunkel.«

Lilly wirft ihm einen fragenden Blick zu. »Was geht in dir vor?«

Er schaut finster drein. »Das wirst du noch früh genug

erfahren«, antwortet er knapp, dreht sich um und verschwindet.

Keiner der angeschlagenen Woodbury-Miliz bemerkt die zwei Gestalten im Osten, die aus dem nicht gekennzeichneten Hinterausgang des Zellenblocks D über den Gefängnishof huschen. Sie verlassen das Gelände durch ein provisorisches Tor im Nordwesten.

Niemand von der angeschlagenen Woodbury-Miliz bemerkt die Silhouetten eines Mannes und einer Frau, die Seite an Seite durch das hohe Gras und das Dickicht am Waldrand am westlichen Horizont laufen. Es herrscht noch nicht völlige Finsternis, und die goldene Abenddämmerung umhüllt die umliegenden Wiesen mit einem nebligen, weichzeichnenden Schleier. Die Schatten der Bäume und der Schornsteine des Gefängnisses werden länger, bilden surreale, unheimliche Muster, während die beiden flüchtenden Gestalten sich unbemerkt davonmachen – ihre Waffen sicher in Scheiden gehüllt auf den Rücken gebunden – und genau siebzehn Minuten nach sechs Eastern Standard Time im dunklen Wald verschwinden.

Raymond Hilliards Aufklärungstrupp ist noch nicht einmal gestartet – sie überlegen noch, welche Waffen, wie viel Munition und Proviant sie mitnehmen sollen. Die Männer, die sich auf den stählernen Karossen der Trucks befinden, sind viel zu niedrig positioniert, um über den sie umgebenden Wald zu schauen. Wenn sie über die Wipfel sehen könnten, würden sie raschelndes Blattwerk und sich rasch bewegende Beine der zwei schleichenden Angreifer bemerken, die sich tiefer in den Wald kämpfen und immer näher kommen.

Am Rand der Lichtung, die das Flussbett umgibt, aber außerhalb des Kreises, den sie mit den Trucks gebildet haben, kauern drei Männer und eine Frau in den immer länger werdenden Schatten. Sie überprüfen ihre Waffen und die Munition.

»Lass den Krempel hier«, befiehlt Raymond Hilliard dem Ältesten der Truppe.

»Was – *das* hier?« James Lee Steagal, ein drahtiger alter Landarbeiter aus Valdosta mit schütterem Haar und den Augen eines Bluthunds, deutet auf die Flasche mit Fusel, aus der er gerade einen ordentlichen Schluck genommen hat.

»Nein, du Volltrottel – den verdammten Rucksack«, weist Raymond ihn zurecht und zeigt auf den schweren Ranzen, den James auf dem Rücken trägt. Raymond Hilliard ist ein ehemaliger American-Football Coach eines C-Klasse College-Teams aus Nord-Atlanta, groß gewachsen und grauhaarig – ein echter Südstaatler. Seine Falcons-Baseballkappe ist tief in die Stirn gezogen, sodass man kaum seine intelligenten, dunklen Augen sehen kann. In den Händen trägt er ein AR-15 mit einem Hochverfügbarkeitsmagazin. »Wir nehmen nicht viel mit – nur genug, um uns verteidigen zu können.«

»Reicht meine Tec-9, Ray?«, fragt die Frau. Gloria Pyne ist klein und kompakt mit rötlicher Haut und Augenfältchen, die auf ihr Alter schließen lassen. Sie hat dichte rote Haare, die unter einem Visor mit dem Aufdruck DER NEBEN MIR IST EIN IDIOT stecken.

»Ja, das passt schon. Steck' noch ein extra Magazin ein.« Raymond wendet sich an die Männer hinter Gloria – beide jünger und in der typischen Kluft der Hip-Hop-Generation gekleidet. Sie tragen schlotternde, kurze Hosen, Turnschuhe und Netz-Unterhemden. Sie machen beide einen kleinlauten Eindruck, sind etwas ängstlich, obwohl jeder eine AK-47 mit einem Hochverfügbarkeitsmagazin in der Hand hält. »Ihr beide seid auf den Flanken – und immer schön die Augen im Hinterkopf haben.«

Sie blicken sich gegenseitig an, räuspern sich nervös, und einer flüstert dem anderen zu: »Augen im Hinterkopf? Alter, wie sieht das denn aus!«

»Schnauze!«

Das tiefe Knurren kommt von hinter einem der Trucks, und kurz darauf erscheint Gabe, der sein MG über der Schulter trägt. Seine Miene ist finster, und er blitzt sie mit nervöser Anspannung an. Er eilt auf die beiden jungen Männer zu und zischt sie durch zusammengebissene Zähne an. Auf seinem dicken Nacken haben sich Schweißperlen gebildet, und sein Rollkragenpullover ist unter den Achseln und auf der Brust ganz feucht. »Hört auf herumzualbern und macht euch endlich an die Arbeit!«

Raymond entsichert sein Sturmgewehr und nickt seiner Truppe zu. »Okay, dann mal los.«

Sie haben kaum fünfhundert Meter zurückgelegt – schleichen sich im Gänsemarsch durch den dichten Wald, Raymond vorn mit Gabe neben ihm, um zu sehen, wie sie die Sache angehen, und die anderen folgen den beiden auf den Fersen –, als Jim Steagals Blase plötzlich drückt.

In den letzten Jahren hat Jims Prostata des Öfteren Probleme gemacht. Er hat vergessen, vor dem Aufbruch aufs Klo zu gehen, deshalb muss er wegen des Whiskys, an dem er den ganzen Abend genippt hat, jetzt bereits pinkeln. Ihm ist bei dem Marsch durch den stillen, immer finsterer werdenden Wald gar nicht wohl, aber er will nichts sagen, sondern folgt Gabe. Er zuckt bei jedem Knirschen von Ästen, bei jeder Zikade, die eine tiefe, dröhnende Symphonie in die dunkle Nacht zirpt, zusammen. Im Wald ist es noch düsterer, eine erdrückende Atmosphäre, und die Luft ist voller Glühwürmchen und hin und wieder einer Motte, die ihnen über den Weg fliegen. Der Gestank von Beißern steigt ihnen in die Nase, aber es ist nicht so schlimm, dass sie sich Sorgen machen müssten. Die Zombies sind von dem Treiben im Gefängnis so fasziniert, dass die umliegenden Wälder wie leer gefegt zu sein scheinen. Jim beißt die Zähne zusammen, als seine Blase sich wieder einmal meldet, und folgt Ray und Gabe den mäandernden Pfad entlang.

Sie kommen zu einer Lichtung – einer mit Moos bewachsenen kleinen Schlucht von der Größe eines Tennisplatzes –, und der Mond scheint so hell wie eine Leselampe auf sie herab. Raymond hält inne. »PSSSSSSST!« Er dreht sich zu ihnen um und bedeutet mit einer Geste, dass sie sich ducken sollen. Sein Flüstern ist kaum laut genug, um über dem Zirpen der Zikaden gehört zu werden. »Haltet alle mal kurz still.«

Gabe geht zu ihm, und die beiden Männer knien sich am Rande der Lichtung hin. »Gibt es ein Problem?«

»Ich habe etwas gehört.«

»Was denn?«

Raymond lässt den Blick über die Lichtung auf den gegenüberliegenden Waldrand schweifen. »Ich weiß nicht, vielleicht war es auch nichts.« Er dreht sich zu Gabe um. »Das Gefängnis ist nicht mehr weit, oder?«

»Nein. Na und?«

»Vielleicht sollten wir eine Anhöhe finden, um zu sehen, was da unten abgeht.«

Gabe nickt. »Guter Plan ... Wir machen kehrt und nehmen dann den Pfad, der zum Kamm führt.«

»Geh du voran, ich bin direkt hinter dir.«

Die beiden Männer richten sich auf und wollen gerade zu den anderen gehen, als Jim Steagal plötzlich vor ihnen steht. »Jungs, ihr könnt schon mal vorgehen. Ich bin gleich wieder da.«

Raymond und Gabe tauschen einen Blick aus. »Was zum Teufel ist dein Problem?«

»Der Ruf der Natur, Leute – muss mal pinkeln. Kann man nichts gegen machen.«

Gabe stöhnt genervt auf. »Dann hau rein, Mann, und sieh zu, dass du bald nachkommst.«

Jim nickt ihnen zu und macht sich zum gegenüberliegenden Waldrand auf.

Gabe und Raymond führen die anderen den Pfad zurück und warten an der Gabel darauf, dass der Kollege sein Geschäft bald erledigt hat. Jim geht zu einem Baum, wirft sich die Waffe über die Schulter und macht den Reißverschluss auf. Der Urin bildet einen Bogen und plätschert auf dem harten Untergrund laut vor sich hin.

Jim stöhnt vor Erleichterung auf. Plötzlich nimmt er ein Geräusch zu seiner Linken wahr. Vielleicht ist es ein brechender Ast, vielleicht bildet er es sich auch nur ein. Der Wald lebt, atmet. Die Urinpfütze breitet sich auf dem Boden aus.

Während er weiter seine Blase entleert, glaubt er, eine Bewegung im Augenwinkel erkannt zu haben. Er schaut nach links, als ein Schatten aus der Dunkelheit auftaucht –

begleitet von dem Scheppern und Rattern einer Panzerweste –, und er stößt einen unfreiwilligen Laut aus, der tief aus seinen Lungen kommt: »W ...WAS ...?«

Die Frau wirft sich mit gezücktem Katana-Schwert auf ihn. Die messerscharfe Klinge funkelt im Mondlicht. Sie bewegt sich so rasch, dass ihre schwarze Kevlar-Weste und die dunklen Dreadlocks schemenhaft ineinander verschwimmen, eins werden. Ihr schmales Gesicht wird von einem Helm geschützt.

Das Ganze passiert so schnell, dass Jim nicht einmal mit Pinkeln aufhören kann, als sie ausholt. Das Letzte, was Jim Steagal in der glänzenden, auf ihn zurasenden Klinge sieht, sind seine weit aufgerissenen, entsetzten Augen.

»Schnell, Tyreese!«, flüstert die Frau mit den Dreadlocks und wendet sich dann wieder dem Toten zu. »Hilf mir mit dem hier!«

Im selben Augenblick erscheint das Gesicht von Raymond Hilliard hinter dichtem Gestrüpp. Er wirft einen Blick durch das Blattwerk, kann seinen Augen bei dem Anblick kaum trauen.

Dann passiert alles ganz schnell – beinahe zu schnell, um es mit bloßem Auge verfolgen zu können. Raymond stürzt sich den Pfad hinab zur Lichtung. Er reißt das bereits entsicherte AR-15 hoch, als plötzlich eine weitere blauschwarze Kevlar-Weste wie aus dem Nichts erscheint und über die Lichtung auf den anstürmenden Schützen zuschnellt. Der riesige Afroamerikaner – seine Schultern sind so breit wie Brückenpfeiler – wirft sich auf Raymond Hilliard.

Raymonds Sturmgewehr entlädt sich bei dem Aufprall –

der Schuss erschüttert die stille Nachtruhe mit seinem lauten Knall –, und die Kugel fliegt in hohem Bogen durch die Blätter, scheucht auf ihrem Weg durch die Vegetation eine Schar Fledermäuse auf, die sich flatternd in den Himmel erhebt. Raymond wird zu Boden geworfen, begraben unter dem schwarzen Riesen in Körperpanzerung. Sein Schädel prallt auf einen Stein, und er verliert einen Augenblick lang das Bewusstsein.

Beinahe zur gleichen Zeit bemerkt die Frau namens Michonne, die sechs Meter entfernt am anderen Ende der Lichtung steht, die anderen Mitglieder der Woodbury-Truppe, wie sie mit erhobenen Waffen den Hang herauf auf sie zulaufen. Mündungsfeuer erhellt den pechschwarzen Wald.

»Ach du Scheiße«, murmelt sie und bückt sich, als die Kugeln ihr um die Ohren fliegen.

In vollem Lauf sieht Gabe, wie Raymond in fünf Meter Entfernung langsam wieder zu sich kommt, blinzelt und versucht, sich von dem Fleischberg auf ihm zu befreien. Sein Gegner rappelt sich auf. Er ist beinahe zwei Meter groß, wiegt mindestens zweieinhalb Zentner – wovon vielleicht hundert Gramm Fett sind, und Gabe muss anerkennen, dass dieser Riese sich für seine Größe und beeindruckende Masse sehr schnell und geschmeidig bewegt.

Der Mann sprintet über die Lichtung, ergreift die Hand der Frau und versucht sie mit sich zu reißen. »LAUF!«, brüllt er. »NUN MACH SCHON!«

»NEIN!« Sie befreit sich von seinem stählernen Griff, als Gabe auf sie zielt und abdrückt – die Kugel prallt von ihrer Kevlar-Weste an der Schulter ab, ein Feuerwerkskörper in der Finsternis, und sie verschwindet hinter einem Baum. Der Riese wirft sich zu Boden. In der flimmernden Dunkelheit erhebt sich die Stimme der Frau über den Schüssen. »Wir erledigen das hier und jetzt, Tyreese! Jetzt oder nie!«

Mittlerweile ist Gabe hinter einem umgefallenen Baum am Rande der Lichtung in Deckung gegangen – zusammen mit den anderen Mitgliedern seines Stoßtrupps –, und er drückt erneut ab. Die anderen folgen seinem Beispiel und ballern wild drauflos.

Das arhythmische Waffenfeuer füllt die Luft mit silbernen Blitzen, zerfetzt das Blattwerk in tausend Stücke. Gabe benutzt seine .357er Magnum mit Laserzielgerät – der rot leuchtende Strahl tanzt über die Lichtung, während er versucht, die sich bewegenden Schatten zu erfassen –, und seine ersten drei Kugeln schlagen nur wenige Zentimeter neben dem auf dem Bauch liegenden schwarzen Mann auf den Boden ein und wirbeln Erde, Steinchen und Äste auf.

»FUCK!«, grunzt der Mann namens Tyreese durch zusammengebissene Zähne und legt die Arme schützend über den Kopf.

»Hey!« Der Klang von Michonnes Stimme aus den naheliegenden Schatten erregt die Aufmerksamkeit des großen Mannes. »Hier! Tyreese! Komm her!« Sie streckt die Hand aus, ergreift ihn an der Kevlar-Weste und zieht.

Tyreese schlittert auf dem Untergrund, verliert das Gleichgewicht und rutscht dann auf dem Hosenboden einen kleinen Hang hinab, knapp unter riesigen, von Opossums oder Waschbären gefällten Baumstämmen auf einen Graben zu. Gabe blinzelt und schwingt den Lauf seiner Waffe in Richtung des Afroamerikaners, der aber längst mit der Frau in der Dunkelheit verschwunden ist.

Wie Zauberei.

Beide ... Einfach ins Nichts verschwunden.

»WAS ZUM TEUFEL ...?!« Sekunden später stehen Gabe und Gloria Pyne zusammen mit den beiden jungen Burschen am Rand der Lichtung. Jeder hält eine noch rauchende Waffe in der Hand und hat die Augen weit aufgerissen, damit sie besser in der Finsternis sehen können. Die Stille der Nacht liegt auf ihren Schultern – die Zikaden zirpen so laut wie Düsenjäger in ihren Ohren. Mondschein erhellt die Mienen ihrer angespannten Gesichter.

»Wie zum Teufel sind sie ...?«, Gloria beginnt die rhetorische Frage, aber Gabe unterbricht sie jäh.

»FINDET SIE!«, brüllt er so laut, dass ihm die Venen pochend aus dem Hals treten. Seine muskulösen Schultern sind bis zum Reißen angespannt. Gabriel Harris wirft leere Patronenhülsen aus, schnappt sich den Hochgeschwindigkeitslader vom Gürtel und legt weitere sechs Hohlspitzgeschosse ein. Aber ehe sie überhaupt die Chance haben, sich auf die Suche zu begeben, ertönt ein neues Geräusch von der gegenüberliegenden Seite der Lichtung, das ihnen die Haare im Nacken aufstehen lässt. Sie verstummen augenblicklich, erstarren förmlich zu Statuen. Die beiden jungen Männer, Eric und Daniel, starren einander an. Es hätte alles sein können – der Wind oder vielleicht Tiere. Aber die Arschlöcher, die sie gerade angegriffen haben, können mittlerweile schon über alle Berge sein.

Wieder ein Geräusch. Eine Art dumpfer Knall oder Schlag in der Finsternis, als ob ein Schalter umgelegt oder ein Ast knacken würde, und wieder stehen sie wie gebannt da und drehen sich nach Westen um. Sie heben ihre Waffen, atmen gemeinsam ein, und jeder legt den Zeigefinger um den Abzugshahn. Gabe kriegt Gänsehaut, als er seine Magnum mit beiden Händen umfasst und seine muskelbepackten Arme gerade vor sich ausstreckt. Der Lauf zielt auf die dichte, undurchdringliche Finsternis vor ihm. Niemand sagt ein Wort, und so warten sie eine halbe Ewigkeit, dass sich endlich etwas hinter dem Waldrand bewegt. Aber nichts geschieht. Sie warten auf ein erneutes Geräusch, aber die Stille umgibt sie nun völlig. Gabe kann sein Herz schlagen hören.

Nach weiteren schier unendlichen Sekunden gestikuliert Gabe mit der einen Hand zu Eric, dem jüngeren der beiden Hip-Hop-Brüder, gibt ihm zu verstehen, dass er nach links ausfallen soll. Daniel, der andere, soll die rechte Seite abdecken. Mit kurzem Nicken signalisieren sie ihr Verständnis und bewegen sich dann lautlos in die ihnen angewiesene Richtung. Gabe zeigt Gloria an, dass sie mucksmäuschenstill sein und ihm folgen soll. Zentimeter um Zentimeter arbeiten sie sich den Waldrand entlang, der mittlerweile so dunkel wie ein schwarzer Samtvorhang ist. Gabe schwingt seine Waffe die ganze Zeit in schussbereiter Stellung durch die Luft, und Gloria folgt seinem Beispiel mit ihrer Tec-9. Auch sie hat beide Hände um den Griff gelegt. Mit vor Anspannung zugekniffenen Augen und gerunzelter Stirn suchen sie die Umgebung ab. Der Wald aber gibt keinen Ton mehr von sich. Gabe inspiziert das Dickicht, schließlich könnten sich Beißer verbergen, denkt er, die in der Dunkelheit auf uns warten, sich auf den Angriff vorbereiten. Eine andere Möglichkeit wäre …

Dann, ohne jegliche Vorwarnung, ertönt das ohrenbetäubende Brüllen der Frau hinter ihnen …

»JETZT!«

… und Gabe hat gerade noch genug Zeit, um sich in Windeseile umzudrehen, als zwei Gestalten aus verschiedenen Richtungen auf die Lichtung stürzen. Und in dem panischen Moment, ehe jemand eine Chance hat abzudrücken, realisiert Gabe, was geschehen sein muss – selbst als er seine .357er Magnum herumreißt und schon am Hahn zieht, bilden sich die Bilder vom Geschehen in seinem Kopf wie Sonnenflecken in der Finsternis: *Sie haben Steine über die Lichtung geworfen – der älteste Trick der Welt. Und wir sind darauf reingefallen!* Plötzlich, noch ehe er in der Lage ist abzudrücken, schimmert ein Lichtstrahl in der Dunkelheit vor Gabes Gesicht – Vorsicht – VORSICHT!

Das Katana-Schwert in der Hand der Frau saust messerscharf an seinem Schädel vorbei und verfehlt seinen Hals um eineinhalb Zentimeter. Gabe hat es lediglich seinem starken Reflex zu verdanken, seinem plötzlichen Zurückweichen, dass er noch am Leben ist. Dabei hat er aus Versehen abgedrückt, die Kugel schießt ins Leere, aber sein Kopf und sein Körper sind noch immer eine Einheit. Er stößt einen unfreiwilligen Schrei aus, und genau in diesem Augenblick scheint sich die Lichtung zu entzünden.

Einen Augenblick lang herrscht völliges Chaos auf der Lichtung – überall leuchten die Stroboskopeffekte des Mündungsfeuers auf, der Lärm der vielen Schüsse dröhnt in den Ohren, panisches Geschrei ertönt, Kugeln zischen durch die Luft und die zwei mit Körperpanzerung versehenen Gestalten tun ihr Bestes, um dem Kugelhagel zu entfliehen – wenn auch in verschiedene Richtungen.

Dreizehn

Das Scharmützel dauert nur wenige Sekunden, nicht einmal eine Minute, aber als der Dunst sich hebt und die Echos der Schüsse sich in den umliegenden Bäumen verlieren, liegt einer der jungen Männer – Eric – tot auf dem Boden, sein Kopf durch die scharfe Klinge des Katana-Schwerts abgetrennt. Einer der zwei Angreifer hat ebenfalls dran glauben müssen, das Gesicht hart in das Gras gepresst. Der andere aber ist verschwunden – das Katana-Schwert liegt einsam und verlassen am Rand der Lichtung im Unkraut.

Gabe hyperventiliert regelrecht, während er rasch den Waldrand nach ihr absucht. »WO ZUM TEUFEL KANN SIE HIN SEIN?!!«

Dann hört er was! Er beugt sich vor und sieht eine dunkle Gestalt, die sich durch das Dickicht aus umgefallenen Baumstämmen und Unterholz kämpft. Er kann sogar ihr schweres Atmen hören.

»IHR BLEIBT DA!«, blafft Gabe die anderen an und deutet auf den riesigen Afroamerikaner, der vor ihm auf dem Boden liegt. »DER HIER DARF NICHT STERBEN!«

Der Mann namens Tyreese ächzt unfreiwillig. Eine von Gabes Kugeln hat die Panzerung über seinem rechten Oberschenkel durchdrungen, sich einen Weg durch die Muskeln gebahnt und ihn bewegungsunfähig gemacht.

Daniel und Raymond stürzen sich auf ihn, drücken ihre Waffen gegen seinen muskulösen Nacken und stemmen ihre Knie in seinen Rücken.

Gabe wuchtet ein weiteres SpeedLoader-Magazin in seine .357er Magnum und stürzt sich den Abhang hinunter, um die Verfolgung aufzunehmen.

Die Finsternis und Stille des Waldes umgibt ihn völlig, aber Gabe trabt unverdrossen durch die dicht aneinandergereihten Bäume, beide Hände um den Griff seiner Waffe gewickelt. Das rote Licht des Laserzielgeräts tanzt von einem Blatt zum anderen. Die Frau hat einen gehörigen Vorsprung, aber der Wald im Osten ist so dicht, dass Gabe rasch aufholt – er wirft sich einfach durch das Gestrüpp, das seinem wuchtigen Körper auf der Stelle nachgibt. Dann sieht er ihre Gestalt keine fünfzig Meter vor sich. Sie läuft auf eine weitere Lichtung zu, erreicht sie, bricht aus dem Wald – ihre Glieder scheinen sich zu verlängern, als sie mit riesigen, gazellenartigen Sätzen über die Wiese auf das Ödland in der Ferne zusprintet.

Gabe hat mittlerweile die Lichtung erreicht. Ihm wird klar, dass er sie nie einholen wird – zumindest nicht in einem Sprint auf offenem Gelände. Also hält er an und wirft sich auf ein Knie, damit er besser zielen kann. Er richtet den Laser auf die fliehende Schlampe, deren Kevlar gepanzerte Gestalt in der Ferne zu verschwinden droht.

Gabe ist ganz ruhig, der Laser strahlt durch die Finsternis und tanzt jetzt um ihre Füße.

Er drückt ab, und ein halbes Dutzend Kugeln schießen eine nach der anderen aus dem Lauf. Ihr Echo steigt in den sternenbedeckten Nachthimmel auf. Der Rückschlag der Waffe lässt seine Arme erzittern. Er schaut durch den

Sucher, um zu sehen, ob er getroffen hat: Eine Kugel fliegt über ihren Kopf, während zwei andere um ihre Füße in den trockenen Boden einschlagen. Der Rest geht völlig daneben. Sie rennt weiter, bis sie aus seinem Blickfeld verschwunden ist.

»KACK! KACK! KACK-KACK-KACK!« Gabe spuckt wütend auf den Boden und knurrt vor Zorn laut auf. Dann erweckt ein Geräusch zu Gabes Linker seine Aufmerksamkeit – ein neuer Schatten erscheint zwischen den Bäumen.

Der einsame Beißer rumpelt durch das Gestrüpp ins Mondlicht. Der Lärm hat ihn angezogen – ein Mann in einer zerfledderten Latzhose, mit einem langen, faltigen Gesicht in der Farbe von Regenwürmern. Die toten Arme strecken sich nach Gabe aus, die faulenden Zähne schnappen wie Kastagnetten nach ihm. In aller Ruhe greift Gabe nach seinem Randall-Messer mit der knapp dreißig Zentimeter langen Klinge. »Du kannst das hier zwischen die Zähne kriegen, Motherfucker!«

Gabe stößt die Klinge in den Kiefer und in die Nasenhöhlen des Zombies. Die Kreatur sackt augenblicklich in sich zusammen. Das Licht in seinen Augen erlischt im Handumdrehen. Gabe lässt den Griff los, und das Monster poltert zu Boden – das Randall-Messer steckt noch immer in seinem Doppelkinn.

Eine Weile lang blickt Gabe auf die verwesten Überreste, die im hohen Gras zu seinen Füßen liegen. Der Anblick inspiriert ihn – er hat eine Idee. Er lässt den Blick wieder auf den Rand der Lichtung schweifen und mustert die dunklen Bäume, in die die Frau verschwunden ist. Jetzt weiß er, was zu tun ist.

»Die kann mich mal«, sagt er laut zu sich selbst und

reißt das Messer aus dem toten Untoten. Er hat ihr Schwert. Das reicht. Entschlossen dreht er sich um und macht sich auf den Weg zu den anderen, während er den Plan, den er ihnen gleich unterbreiten wird, bis aufs Letzte ausheckt.

Der Governor steht im Kreis der Trucks – eine einzelne Camping-Laterne auf einem Baumstumpf wirft düsteres Licht über die staubige Lichtung auf dem Kamm. Die Gesichter der zusammengewürfelten Woodbury-Miliz leuchten in blassem Gelb, während sie sich gegenseitig die Wunden säubern, sich verbinden oder untersuchen – als sich plötzlich Schritte aus der Finsternis nähern.

»Was zum Teufel …?«, murmelt er, als die Truppe erschöpfter, kampfesmüder Gestalten zwischen zwei Trucks hinter ihm auf ihn zutritt. Die Köpfe wenden sich den Neuankömmlingen zu – die Nerven sind bis zum Zerreißen wegen der ständig steigenden Anzahl von Beißern in der Gegend gespannt –, und viele stöhnen erleichtert auf, als sie die Truppe erkennen.

Ein untersetzter Mann mit Schultern wie ein Schrank führt die bunt gemischte Mannschaft an. Hinter Gabe kommen zwei weitere Männer zum Vorschein – Raymond und Daniel. Sie haben einen vierten Mann im Schlepptau. Er ist in schwarze Körperpanzerung gehüllt und offensichtlich verletzt. Das Blut tropft dem Gefangenen von seinem schlaff herunterhängenden Kopf. Er schlurft zwischen den beiden Männern her, die Arme um ihre Schultern gelegt. Gloria Pyne bildet die Nachhut, die Arme voller Gewehre und Pistolen.

»Den haben wir im Wald gefunden«, berichtet Gabe, als

er sich vor dem Governor aufstellt. »Er und die Frau haben uns angegriffen. Sie haben Eric und Jim getötet.«

Die Miene des Governors verhärtet sich im schwachen Licht der Camping-Lampe. »Die Frau? Meinst du etwa die Höllen-Schlampe, die mich gefoltert hat?«

Gabe nickt. »Genau. Wir sind ihnen in den Wald gefolgt. Sie haben sich gewehrt, konnten uns aber nicht lange standhalten.«

Die beiden Männer schleppen den Gefangen zum Baumstamm mit der Lampe und richten ihn so weit wie möglich auf, sodass der Governor ihn mustern kann. Er ist kaum noch bei Bewusstsein. Sein Helm wurde ihm vom Kopf gerissen, und sein Gesicht beginnt von den vielen Schlägen bereits anzuschwellen. Tyreese versucht den Kopf zu heben, aber er schafft es nicht, stößt stattdessen durch zusammengebissene Zähne einen schmerzhaften Seufzer aus.

»Dachte mir, dass du dich vielleicht mit dem hier etwas auseinandersetzen willst«, schlägt Gabe vor und deutet mit dem Daumen auf Tyreese. »So eine kleine Unterhaltung unter vier Augen wäre doch nicht schlecht, oder?«

Der Governor starrt auf den verwundeten Riesen. »Die Frau, Gabe. Was ist mit der Frau?«

»Sie ist geflohen, hat sich in den Wald geschlagen. Also habe ich dir einen Gefallen getan.«

Der Governor neigt den Kopf zur Seite. »Einen Gefallen? Gabe, hast du den Verstand verloren?«

Gabe wirft dem Governor einen Blick zu – weder ein Lächeln noch eine Grimasse. Die Miene des untersetzten Mannes ist schwer zu lesen. Endlich sagt er: »Ich habe sie eingeholt und ihr den verdammten Schädel weggeblasen.«

Es folgt ein Augenblick der Stille, während der sich der Governor gegen eine Welle widersprüchlicher Emotionen wappnet, die ihn zu begraben droht – Erleichterung, Wut, morbide Neugier, Enttäuschung, aber stärker als alle anderen zusammen: *Misstrauen.* »Du hast ihr in den Kopf geschossen?«, fragt er endlich. »Du hast sie umgebracht?«

»Ja.« Gabe starrt dem Governor in die Augen – der verlorene Sohn kehrt zurück. Absolute Stille droht alles andere zu übertönen. »Die gibt keinen Mucks mehr von sich, Boss.«

Der Governor lässt sich das Gehörte durch den Kopf gehen. »Du hast gesehen, wie sie gestorben ist?« Eigentlich will er jedes Detail wissen, welchen Gesichtsausdruck ihre Miene in ihrem letzten Moment hatte, will sich vergewissern, dass sie gelitten hat. Aber statt Gabe mit tausend Fragen zu überschütten, wiederholt er nur die eine: »Hast du es gesehen?«

Gabe dreht den Kopf, wirft einen Blick über die Schulter. »Gloria!« Die Frau mit der DER-NEBEN-MIR-IST-EIN-IDIOT-Sonnenkappe tritt vor, balanciert das Arsenal in ihren Armen. Gabe erklärt: »Die Schlampe ist davongerannt, hat es recht weit geschafft. Ich hab sie aber nicht aus den Augen gelassen, hab abgedrückt, gesehen, wie sie zu Boden gegangen ist. Dann hat sie sich nicht mehr bewegt.« Gabe benetzt sich die Lippen, wählt seine Worte mit aller Vorsicht. »Ich bin mir sicher, dass es nicht so langsam und schmerzvoll gewesen ist, wie du es dir gewünscht hättest, aber sie ist tot, Boss.« Gloria reicht ihm etwas Längliches, das in ein Stück Gamsleder eingewickelt ist. »Aber ehe sie die Flucht ergriffen hat …«

Gabe nimmt das längliche Ding entgegen, wickelt es vorsichtig aus und zeigt es dem Governor.

»... haben wir ihr das hier abgenommen.« Gabe hält es in die Höhe, sodass es im fahlgelben Licht funkelt. »Habe mir gedacht, dass du gerne eine Trophäe behalten möchtest.«

Gabe schwingt das Katana-Schwert gekonnt und hält es dann im rechten Winkel in kämpferischer Pose über seinem Kopf. Sieht ganz schön bescheuert aus, denkt sich der Governor, sagt aber nichts. Stattdessen starrt er auf das Schwert, erfasst die Tragweite dieser Neuigkeit und holt tief Luft. Plötzlich reißt er Gabe das Katana-Schwert aus den Händen, sodass die restliche Truppe zurückschnellt. Gabe aber bleibt wie angewurzelt stehen und schaut den Governor mit starrem Blick an.

Das Auge des Governors funkelt mit latenter Gewaltbereitschaft, als er seine Schultern nach vorne zieht und das Schwert über den Kopf hebt. Einen Augenblick lang ist Gabe, als wäre jemand über sein Grab gelaufen. Dann, mit einer raschen Bewegung, lässt der Governor die Klinge auf den Baumstamm niedersausen, in den es sich mit einem lauten, dumpfen Knall vergräbt.

Totenstille. Das Schwert ragt aus dem rottenden Klotz wie eine Flagge, die auf einem Gipfel gehisst worden ist.

»Bringt ihn in mein privates Büro«, sagt der Governor endlich und zeigt auf den verwundeten Gefangenen. »Wir werden uns ein wenig unterhalten.«

»Wir sind auf derselben Seite, du und ich«, fängt der Governor an und starrt auf den Riesen, der auf einer Bank in der Ladefläche eines Trucks sitzt. Es ist sehr stickig unter der Plane und stinkt nach altem Schweiß und Blut. Eine einzige Glühbirne voller Fliegenmist scheint auf den stählernen Boden, während der Governor unruhig auf und ab läuft – seine Stiefel krachen bei jedem Schritt auf dem Eisen. »Das verstehst du schon, oder?«

Nur die Lehne der Bank hält den schwarzen Mann in der schäbigen Kevlar-Panzerung aufrecht. Die Hände sind ihm hinter den Rücken gebunden, und sein geschwollenes Gesicht rollt von einer Seite auf die andere. Er spuckt Blut auf den Boden und schafft es, zum Governor aufzuschauen. Endlich wandelt er seine harte, kampferprobte Miene zu einer Grimasse voller Schmerz und Zorn. »Ehrlich? Und welche Seite soll das bitte schön sein?«

»Die Seite des *Überlebens*, Freundchen!« Der Governor wirft ihm die Worte hin, will eine Reaktion von dem Afroamerikaner, will ihn provozieren. »Wir sitzen alle im selben Boot, kämpfen um unser Leben. Habe ich nicht recht, Kumpel?«

Der schwarze Mann schluckt und starrt den Governor an. Mit leiser, angespannter Stimme, die kurz davor ist sich zu überschlagen, antwortet er: »Ich heiße Tyreese.«

»Tyreese! *Ty-rreeeese* ... Hört sich gut an.« Der Governor läuft erneut auf und ab. »Okay, Tyreese. Ich stelle dir mal eine Frage. Und sei ehrlich, wenn du antwortest.«

Der Schwarze spuckt erneut zu Boden. »Was auch immer ... Ich habe nichts zu verbergen.«

»Wir könnten dich bis zum Umfallen foltern, dir deine letzten Momente auf dieser Erde zur Hölle machen, all solch schönen Sachen, aber hey, was soll das? Sollen wir das ganze Spiel wirklich wiederholen? Ich tue dir weh, richtig weh, bis du kurz davor bist, das Bewusstsein zu verlieren, willst aber immer noch nicht singen. Also breche ich dich, häute dich bei lebendigem Leib oder so, bla, bla, bla ... Müssen wir diesen ganzen Scheiß echt wieder durchmachen?«

Der Riese von einem Mann blickt auf und starrt den Governor an. »Du kannst es ja versuchen.«

Der Governor schlägt zu, hart. Eine rasche, kraftvolle Rückhand seiner behandschuhten Hand – so brutal, dass der Kopf des Mannes gegen das metallene Geländer hinter ihm kracht. Tyreese zwinkert unfreiwillig, blinzelt, als ob man ihm Riechsalz unter die Nase gehalten hätte. »Wach endlich auf, Mann!«, sagt der Governor mit freundlichem Tonfall, beinahe gutmütig. »Du musst dir das durch den Kopf gehen lassen, dir alles gut überlegen. Verstehst du, was ich meine? Sonst kann das in die Hose für dich gehen.«

Tyreese holt tief Luft, versucht, seine Wut zu kontrollieren und den Schmerz runterzuschlucken. Seine massiven Schultern beben unter der ramponierten Körperpanzerung. »Fick dich ins Knie.«

»Tyreese, überleg' doch mal.« Der Governor klingt enttäuscht, niedergeschlagen. »So wird das nichts mit uns beiden. Lass es bitte nicht so weit kommen, dass ich dir Schmerzen zufügen muss – und zwar solche Schmerzen, wie du sie im ganzen Leben noch nicht verspürt hast. Beantworte einfach ein paar einfache Fragen. Nicht mehr und nicht weniger!«

Tyreese überwindet seine Schmerzen. »Was willst du wissen?«

»Schwachpunkte im Gefängnis, zum Beispiel.«

Tyreese fängt an zu lachen. Es ist ein ironisches, amüsiertes Lachen, das eine Weile andauert, ehe er sich wieder aufrichtet. »Es gibt keine Schwachstelle – das ist ein scheiß Gefängnis, Sherlock!«

»Okay, wie wäre es damit: Wie viele Leute seid ihr? Welche Waffen habt ihr und wie steht es um eure Munition? Wo kriegt ihr euren Strom her?«

Der schwarze Mann blickt ihn an. »Und wie wäre es damit: Warum frisst du nicht deine eigene Scheiße und stirbst?«

Der Governor starrt den Mann eine Weile lang an und spannt dann die Muskeln, um ihn erneut zu schlagen – diesmal mit der Faust. Aber gerade als er ausholen will, wird er durch ein Klopfen an der Ladeluke unterbrochen. Jemand will ihn sprechen.

»Governor?«

Es ist Lilly. Ihre Stimme lässt es dem Governor eiskalt den Rücken hinunterlaufen. Er kaut einen Moment lang auf der Innenseite seiner Backe und überlegt, ehe er antwortet – lässt sich die Situation durch den Kopf gehen. Vielleicht ist es ja gar nicht so schlecht – vielleicht sollte sie sich das mit ansehen – die Brutalität in den dunklen Augen des Riesen miterleben. Dann würde sie wissen, worum es hier geht, mit wem sie es wirklich zu tun haben. »Komm ruhig rein, Lilly!«, ruft er schließlich. »Du kannst meine Zeugin sein.«

Die Plane wird zurückgeschlagen, und Lilly Caul klettert auf die dürftig beleuchtete Ladefläche. Ihre Haare sind zu einem Pferdeschwanz nach hinten gebunden, sodass man die Anspannung auf ihrem sonnengebräunten Gesicht nur zu gut erkennen kann. Der Schweiß steht ihr auf der Stirn. Sie hält Abstand, beäugt die Szene aus der sicheren Entfernung bei der Ladeklappe.

Der Riese auf der Bank wendet sich ihr kurz zu, atmet tief ein und versucht sich zu beherrschen. Er macht den Eindruck, als ob er gleich explodieren würde.

Der Governor bemerkt, dass der Typ kurz davor ist, die Kontrolle zu verlieren, beugt sich über ihn und starrt ihm in die Augen. Tyreese erwidert seinen Blick. Der Governor lächelt ihn an und sagt mit sanfter Stimme, als ob er mit einem Kind sprechen würde: »Lilly, darf ich vorstellen? Das ist Tyreese. Netter Typ mit einem schlauen Köpfchen auf seinen gewaltigen Schultern. Ich habe gerade versucht, ihm etwas Vernunft einzureden, wollte herausfinden, ob ich irgendwie mit diesem Rick-Typen in Kontakt treten kann. Ich will ihnen klarmachen, dass sie sich einfach ergeben sollen, um weiteres Blutvergießen zu vermeiden, aber …«

Plötzlich schnellt Tyreese nach vorn – beschleunigt seine zweieinhalb Zentner mit atemberaubender Geschwindigkeit – und stößt seine Stirn mit voller Wucht gegen das Gesicht des Governors. Dieser, völlig überrascht von dem urplötzlichen Manöver, wird nach hinten geworfen, verliert kurz die Besinnung und knallt mit dem Rücken gegen die gegenüberliegende Bank. Sein Kopf schnellt nach hinten, ehe er scheinbar leblos zu Boden sackt.

Lilly zieht ihre Ruger und zielt auf den Afroamerikaner. »ZURÜCK MIT DIR!« Sie entsichert die Waffe. »ZURÜCK MIT DIR, VERDAMMT NOCH MAL! SOFORT! SETZ DICH!«

Tyreese tut wie ihm geheißen, die Hände noch immer auf den Rücken gefesselt. Er schnauft, und sein Gesicht zuckt vor Zorn. Aus seinem Schenkel fließt Blut, von der Schusswunde, klar, aber er scheint es gar nicht zu bemerken. Der ehemalige NFL-Linebacker war auch Türsteher für einige der härtesten Nightclubs in Atlanta. Er macht den Eindruck, als ob er Lilly mit zwei Fingern das Rückgrat brechen könnte. Seine Miene bleibt stoisch, obwohl Blut aus seiner aufgeplatzten Lippe quillt. Langsam senkt er den Blick und schüttelt den Kopf. Dann murmelt er etwas, aber es ist zu leise, als dass Lilly es verstehen könnte.

Lilly geht zum Governor, kniet sich vor ihn hin und hilft ihm, sich aufzusetzen. »Alles klar bei dir?«, fragt sie ihn fürsorglich.

Der Governor blinzelt, versucht sich zu orientieren. Dann holt er Luft. Seine Stirn ist voller Blut, und er hustet krampfhaft. Aber der Schmerz weckt ihn wieder auf, erfrischt ihn, verleiht ihm neue Energie. »Siehst du? Verstehst du jetzt endlich, was ich die ganze Zeit sage?«, stammelt er. »Man kann mit diesen Menschen einfach nicht vernünftig verhandeln ... Man kann mit ihnen nicht *reden* ... Das sind verfickte Wilde!«

Wieder murmelt der Riese etwas so leise, dass man es kaum hören kann.

Lilly und der Governor blicken auf. Tyreese öffnet und schließt den Mund, als ob er mit sich selbst spricht. »Und die Heiden sind zornig geworden ...«

»Was war das, Arschloch?«, zischt ihn der Governor an. »Willst du deine Geistesblitze nicht auch mit dem Rest der Klasse teilen?«

Tyreese blickt auf, und sein dunkles Gesicht bebt vor Zorn. »Und die Heiden sind zornig geworden, und es ist gekommen dein Zorn und die Zeit der Toten, zu richten, die deinen Namen fürchten, den Kleinen und Großen, und zu verderben, die die Erde verderbt haben ... Und es erhob sich ein Streit im Himmel.« Er hält inne und starrt sie an.

»Das ist aus der Offenbarung … Nicht, dass ihr die Bibel erkennen würdet, wenn ihr drüber stolpert. Aber genau das passiert. Man kann das Rad der Zeit nicht mehr zurückdrehen, die Tür ist geöffnet. Ihr könnt auf euch und euer Scheißleben pfeifen. Ihr werdet anhand eurer eigenen verdammten Waffen sterben und es nicht einmal …«

»HALT DIE SCHNAUZE!« Lilly springt auf, stürzt sich auf Tyreese und hält ihm den Lauf ihrer Ruger gegen die Stirn. »HALT EINFACH DEINE VERDAMMTE FRESSE!«

Der Governor kommt langsam und mühselig auf die Beine und stellt sich dann zwischen Lilly und Tyreese. »Okay, jetzt mal schön sachte, Lilly. Ich werde das Kind schon schaukeln.« Sanft führt er sie weg von dem Gefangenen in Richtung Ladeluke. »Ist schon gut, Lilly. Ich mach das, ich kümmere mich um ihn.«

Lilly ringt nach Luft, steht etwas unschlüssig vor der Luke, sichert die Waffe wieder und steckt sie zurück ins Halfter an ihrer Hüfte. »Tut mir leid.«

»Lilly, mir geht es gut. Mach dir keine Sorgen«, sagt der Governor und klopft ihr leicht auf den Arm, ehe er sich das Blut von der Stirn wischt. »Ich kümmere mich schon um ihn. Versuch du lieber, ein wenig zu schlafen.«

Lilly mustert ihn. »Bist du dir sicher, dass alles okay ist?«

»Ja, ja. Ich mach das schon. Ist schon gut«, versichert er ihr.

Nach einer langen Pause wendet sie sich zu dem Gefangenen, der jetzt wieder auf der Bank sitzt und zu Boden starrt. Sie stößt einen Seufzer aus und verschwindet.

Der Governor dreht sich um und schaut Tyreese an. Dann flüstert er ganz leise zu sich selbst: »Ich mach das schon.« Er geht langsam zu der gegenüberliegenden Bank.

Unter ihr, inmitten der vielen Spinnweben und dem ganzen Müll, findet er einen Baseballschläger, der neben einem Haufen Lumpen liegt. »Ich mach das schon«, flüstert er erneut, als er den Schläger hervorkramt. Dann geht er zur Ladeluke und zieht die Tür zu. Sie schließt sich mit einem metallenen Klicken. Endlich hat er die nötige Privatsphäre. Der Governor wendet sich dem Gefangenen zu.

Philip lächelt den Mann an. »Ich mach das schon.«

Die wenigsten der Überlebenden der Woodbury-Miliz schaffen es an diesem Abend, etwas Schlaf zu finden – und Gabe am allerwenigsten. Er wälzt sich auf zwei harten Paletten auf einer der Ladeflächen hin und her. Sein runder, fassförmiger Bauch ist zwischen der Bank und einer Reihe Kisten mit Proviant eingekeilt. Er versucht, den Kopf freizubekommen, aber seine Gedanken schwirren in seinem Kopf rum und kommen immer wieder auf seine Lüge zurück. Wie oft hat er schon gelogen, seitdem die Plage ausgebrochen ist? Er weiß es mittlerweile gar nicht mehr. Aber diese letzte Lüge könnte sich an ihm rächen – die Schlampe mit den Dreadlocks treibt sich noch immer dort draußen herum. Was ist, wenn der Governor es herausfindet? Gabe überlegt, ob er einen Schlussstrich unter das Ganze ziehen und zu den Leuten im Gefängnis überlaufen soll. Erneut wälzt er sich herum. Das Zirpen der Zikaden und Quaken der Frösche schwillt in der Finsternis an, um dann wieder abzunehmen. Für Gabe nimmt es beinahe gewitterartige Formen an – wie ein Regenguss, und er hält sich die Ohren zu, um die Gedanken fortzutreiben. Sein Magen brennt und brodelt vor Nervosität. Seine Bauchgegend macht ihm mittlerweile schon seit Monaten nichts als Probleme –

ein Resultat aus der schlechten Ernährung und dem nicht enden wollenden Stress, dem er ausgesetzt ist. Jetzt aber kommt es ihm vor, als ob Nadeln in seinen Bauch, in die Eingeweide gestochen würden. Er versucht, gleichmäßig Luft zu holen und langsam wieder auszuatmen. Immer schön tief, und die Atemübungen versetzen ihn endlich in einen halb komatösen Schlummer. In seinen Träumen tauchen immer wieder Bilder aus der eben verbrachten Nacht auf – die schwarze Frau mit den Dreadlocks, wie sie ihm auflauert und ihr Katana-Schwert in seinen Unterleib bohrt, kurz unter dem Bauchnabel, und dann anfängt, ihn aufzuschneiden, als ob sie eine Tür für seine Eingeweide schaffen wollte. Er versucht aufzuschreien, aber nichts als heiße Luft entweicht seinem Mund. Schließlich wacht er schweißgebadet und nach Atemluft ringend auf.

Jemand klopft an der Luke seines Trucks. Gabe blinzelt, sieht das schwache Licht durch die Plane und hört dann eine tiefe, raue Stimme: »Hey! Gabe, raff dich auf, du Fettsack. Ich brauche dich. Und zwar sofort!«

Der Governor steckt seinen Kopf durch die Plane, als Gabe sich von den Paletten erhebt, sich den Rollkragenpullover schnappt und ihn über den Kopf streift. »Bin schon da, Boss. Was gibt's?«

»Sag ich dir auf dem Weg. Nimm deine AR-15 mit und hilf mir mit dem Riesen.«

Gabe folgt dem Governor über die Lichtung hin zu einem Transporter. Auf der Ladefläche sieht er den Mann namens Tyreese. Sein Leben hängt an einem seidenen Faden. Zusammengekauert liegt er auf dem metallenen Boden des Trucks, die Körperpanzerung ist in eine Ecke geworfen, und seine Handgelenke sind noch immer mit Draht hinter dem Rücken zusammengebunden. Sein Körper ist kaum noch als solcher zu erkennen, nachdem der Governor ihn die ganze Nacht hindurch unablässig mit dem Baseballschläger malträtiert hat. Jetzt kann er kaum noch atmen, seine Augen sind zugeschwollen, die Lippen aufgeplatzt und blutend, während er ständig irgendwelche Litaneien vor sich hin flüstert – apokalyptische Bibelverse, die kaum zu verstehen sind.

Der Governor und Gabe zerren ihn auf eine Bank – gar nicht so einfach, wenn man bedenkt, dass der Mann ein Eigengewicht von zweieinhalb Zentner hat. Dann fesseln sie ihn daran und an das Metallgeländer. Der Governor bedeckt ihn mit einer Plane und murmelt: »Wir werden das Geschenk auspacken, wenn wir da sind.«

Gabe wirft Philip einen fragenden Blick zu. »Wenn wir wo sind?«

Philip seufzt auf. »Du bist aber auch ein einfältiger Motherfucker, Gabe.«

Sie klettern von der Ladefläche und gehen um den Truck zur Fahrerkabine. Gabe setzt sich hinter das Steuer, und Philip klettert auf den Beifahrersitz, ehe er Gabe befiehlt, es schön langsam anzugehen – keine Scheinwerfer.

Endlich rumpeln sie über die Lichtung. Niemand außer Lilly bemerkt ihr Verschwinden. Im letzten Augenblick stellt sie sich im schwachen Glimmen kurz vor dem Morgengrauen vor den Truck und zwingt sie anzuhalten.

Gabe tritt auf die Bremse und kurbelt sein Fenster runter. »Was willst du, Lilly?«

»Was habt ihr vor? Wo zum Teufel wollt ihr hin?« Lilly lugt neugierig in die Fahrerkabine und sieht den Governor.

»Ich komme mit. Wartet eine Sekunde, ich hole nur rasch meine Waffen.«

»Nein!« Der Governor lehnt sich auf dem Beifahrersitz vor und schaut Lilly in die Augen. »Du bleibst, behältst die Lage hier im Auge. Wir werden versuchen, mit ihnen zu verhandeln. Schließlich haben wir mit dem Riesen ein Ass im Ärmel.«

Lilly nickt langsam, beinahe widerwillig. »Okay, aber seht euch vor. Die sind euch zumindest zahlenmäßig weit überlegen.«

»Das lass mal unsere Sorge sein. Du hältst hier inzwischen die Stellung.« Der Governor zwinkert ihr zu.

Dann kurbelt Gabe die Scheibe wieder hoch und gibt erneut Gas, und der Truck verschwindet in einer Staubwolke. Lilly schaut ihm nach.

Erst jetzt bemerkt sie – und aus irgendeinem Grund erfüllt sie die Erkenntnis mit Grauen –, dass der Governor Michonnes Schwert dabeihat.

Laut der Uhr im Armaturenbrett erreichen sie das Gefängnis genau sieben Minuten vor sieben. Vorher fegen sie noch eine Schar Beißer beiseite, die durch das hohe Gras östlich der Vollzugsanstalt irrt. Der Kühlergrill des Trucks zerschmettert die einzelnen Gruppen reanimierter Kadaver. Bei jedem Aufprall ertönt ein wässriger, dumpfer Schlag, und das Brechen von Knochen unter den riesigen Reifen dringt an ihre Ohren. Der Governor befiehlt Gabe, auf die Hupe zu drücken, sodass alle, die vorher noch in den grauen Zellenblöcken hinter dem Stacheldrahtzaun geschlafen haben, wach sind. Gabe hält kurz vor dem Maschendrahtzaun im Osten des Geländes und macht dann eine Kehrtwende. Er kurbelt das Fenster runter, schnappt sich die .38er Special, die über dem Tacho liegt und feuert ein paar Kugeln auf ein paar vereinzelte Beißer ab, die noch ziellos in der Gegend herumwandern. Köpfe explodieren in Wolken aus Blut und Gehirngewebe – mindestens ein halbes Dutzend Zombies gehen wie Bowlingkegel zu Boden.

»Und jetzt rückwärts zum Zaun«, ordnet der Governor an, nachdem er sich die Lage durch den Seitenspiegel angeschaut hat.

Gabe legt den Rückwärtsgang ein, tritt so hart aufs Gas, dass er den Motor beinahe überdreht, und lässt dann die Kupplung schnalzen. Sie nähern sich rückwärts dem Zaun, als hätten sie eine Pizza auszuliefern. Gabe bemerkt im Blickwinkel reges Treiben, kann aber im Spiegel nicht genau erkennen, was hinter dem Zaun vor sich geht. Die Insassen des Gefängnisses sprinten über die Basketballplätze und Höfe, wecken einander auf, suchen nach ihren Waffen. Warnrufe und Schreie ertönen über dem Nageln des Dieselmotors.

Keine drei Meter vor dem äußersten Zaun hält Gabe den Truck an.

»Na, dann mal los«, raunt der Governor, tritt die Tür auf und steigt aus.

Die beiden Männer gehen langsam und gefasst um den Truck zur Ladefläche. Das Katana-Schwert hängt in einer Scheide um die Hüfte des Governors. Zusammen öffnen sie die Luke. Gabe spürt förmlich die Blicke der Menschen im Gefängnis im Nacken. Ehe sie auf die Ladefläche klettern, murmelt der Governor leise: »Du kümmerst dich um die scheiß Zombies, bis ich fertig bin, okay?«

»Klar doch«, antwortet Gabe und wuchtet ein Magazin in sein AR, entsichert es und klettert hinter dem Governor in den Truck.

Sie reißen die Plane von dem verwirrten Schwarzen, als ob sie ein Pflaster mit einem schnellen Ruck von einer Wunde entfernen würden. Tyreese atmet noch immer flach, seine Augen sind zu dünnen Schlitzen zugeschwollen. Er versucht durch sie hindurchzuschauen, will sich bewegen, aber der Schmerz hält ihn in Schach. Als der Governor ihn auf die Füße reißt, entringt sich ihm ein wimmerndes Geräusch.

»Hey, Freundchen! Es ist … Showtime!«, flüstert Philip so sanft, als spräche er mit einem verwundeten Tier, das er zum Tierarzt bringt.

Vierzehn

Innerhalb der Barrikade aus Stacheldraht- und hohem Maschendrahtzaun halten die meisten der Gestalten plötzlich inne. Ihre Augen werden von dem unerwarteten Anblick ihres Kameraden auf dem Truck wie magisch angezogen – jeder kann ihn sehen. Der Governor hat den benommenen Riesen zur Ladeluke geschubst und ihn auf die Knie gezwungen. Mit gesenktem, herabhängendem Kopf kauert er am Rande des Trucks und gibt ein tragisches Bild ab. Die Ladefläche und Luke dienen für einen Augenblick als Theaterbühne. Die Handgelenke des muskulösen Mannes sind noch immer hinter seinem Rücken zusammengebunden, und sein Kopf hängt nach vorn, als ob er eine Tonne wiegen würde. Die Stille breitet sich schlagartig aus, und der Wind weht dramaturgisch Strähnen über die Augenklappe des Governors, als dieser langsam das Katana-Schwert aus der Scheide zieht.

»EHE HIER IRGENDJEMAND NERVÖS WIRD UND ABDRÜCKEN WILL«, ruft er über den Zaun hinweg und hält das Schwert über die gekrümmte Gestalt zu seinen Füßen, »SOLLT IHR WISSEN, DASS ICH AUCH DIE FRAU HABE!« Er saugt die Stille in sich auf. »WENN MEIN FETTER FREUND HIER UND ICH NICHT IN EINEM STÜCK WIEDER ZURÜCKKOMMEN, WIRD SIE DRAN GLAUBEN MÜSSEN!«

Er hält inne, erlaubt, dass seine kleine Einleitung wirkt.

»ALSO KEINE PLÖTZLICHEN BEWEGUNGEN, OKAY?«

Er macht wieder eine Pause, lauscht, wie seine Stimme durch den Irrgarten der vielen Gänge und Zellenblöcke hallt. Er deutet die anhaltende Stille als Zustimmung und nickt dann langsam.

»SO, JETZT, DA DIE SPIELREGELN KLAR SIND, KÖNNT IHR EUCH WAHRSCHEINLICH DENKEN, WOHIN DAS HIER FÜHRT. ÖFFNET DIE TORE, STEIGT AUF UND KOMMT MIT UNS – ODER EUREM KUMPEL HIER WIRD ETWAS FÜRCHTERLICHES ZUSTOSSEN.«

Der Governor lässt ihnen Zeit, um das Gehörte zu verarbeiten, will schon weiterreden, als eine plötzliche Bewegung direkt neben ihm seine Aufmerksamkeit auf den Gefangenen lenkt. Tyreese hebt den Kopf mit äußerster Anstrengung und lugt durch die geschwollenen Augen auf das Gelände vor ihm.

»L-lasst ihn nicht rein!« Die Stimme ist vor Schmerzen kaum wiederzuerkennen, und seine Worte sind von dem vielen Blut in seinem Mund nur undeutlich zu verstehen. »Ihr dürft nicht …«

Philip schlägt mit der stumpfen Seite der Klinge zu, trifft Tyreese auf den Kopf. Der Hieb ist so hart, dass ein Brechen zu hören ist, und der Schwarze sackt zu Boden. Tyreese stöhnt auf, halb grunzend, halb wimmernd.

»Fresse!« Philip starrt auf den Mann zu seinen Füßen, als ob es sich um ein Stück Dreck handelt. »Du sollst deine dreckige Fresse halten!« Dann richtet er sich wieder an die Leute im Gefängnis. »IHR HABT DIE WAHL, LEUTE! WAS WOLLT IHR TUN?«

Er wartet einen Moment. Lediglich Tyreeses unregelmäßiges, gequältes Atmen ist zu hören.

»ICH GEBE EUCH EINE MINUTE, UM EUCH ZU ENTSCHEIDEN!«

Eine endlose Minute verstreicht, während der Governor merkt, dass er von jedem nur erdenklichen Gebäude aus angestarrt wird – eine kleine Gruppe dunkler Schatten steht hinter einem der Wachtürme, eine weitere in der Nische eines großen Zellblocks, und auf den Höfen gieren unzählige danach, was als Nächstes passieren wird. Sämtliche Augen sind auf ihn gerichtet. Einige zielen mit Waffen auf ihn, während andere panisch flüstern, disputieren. Aber es dauert nicht lange, ehe Philip klar wird, wie das Spiel ausgeht. Er hätte es ahnen können. Jetzt weiß er, was zu tun ist.

»DAS WAR ES ALSO?« Er verspürt ein Kribbeln im Rücken – das ihm bereits wohlbekannte Klingeln in seinem Schädel, ein roter Nebel, der sich über sein übrig gebliebenes Auge legt. Er kriegt Gänsehaut, und sein Kopf lässt keinerlei Gedanken mehr zu – es ist die große Ruhe vor dem Sturm.

Der erste Hieb kommt scharf und hart, wird aber durch die unkoordinierten Sehnen im linken Arm des Governors etwas gedämpft – um einen guten Winkel zu erreichen, muss er sich unnatürlich nach vorne beugen, schafft es aber nicht ganz, und die Klinge bleibt nach vier Zentimetern im dicken Stiernacken des Afroamerikaners stecken. Tyreese stößt ein gedrosseltes Zischen aus. Sein Körper zuckt zusammen, als ob er einen Stromschlag erhalten hätte.

»Fuck!«, stammelt der Governor im Flüsterton, als das Blut um die Schneide des Katana-Schwerts austritt. Sie hat es nicht durch die Knorpelmasse des Riesen geschafft. Das entfernte Keuchen und Stöhnen von jenseits des Zauns dringt kaum an die Ohren des Governors. Philip setzt einen Stiefel auf den Nacken seines Opfers und reißt das Schwert mit einem wässrigen Schmatzen frei.

Der schwarze Mann sackt noch weiter zusammen, als ob man einen Schalter umgelegt hat. Der Schock paralysiert ihn, scheint ihn am Boden der Ladefläche kleben zu lassen. Sein Kopf erbebt, als die Hauptschlagader aus ihrem natürlichen Verlauf gerissen wird.

Als er bereits unfreiwillig auf allen vieren kauert – sein Nervensystem ist kurz davor, den Geist aufzugeben –, schafft er es trotzdem, nicht ganz hinzufallen. Nur sein Kopf ruht auf dem kalten Boden, während seine Arme und Beine im Todeskampf verkrampfen. Seine Brust hebt und senkt sich, während er in der riesigen Blutlache, die sich rasch unter ihm ausbreitet, zu ertrinken droht.

Der Governor erhebt das Schwert, um erneut zuzuschlagen, und diesmal schafft er es, mehr Wucht in den Hieb zu bringen. Die Klinge gräbt sich tiefer in den dicken Nacken, arbeitet sich jetzt bis zur Hälfte vor – Blut spritzt aus der Wunde wie aus einem Geysir, fliegt in hohem Bogen durch die Luft und bedeckt jetzt beinahe den gesamten Boden der Ladefläche. Diesmal hört der Governor entsetzte Schreie aus dem Gefängnis. Erneut reißt er die Klinge aus dem Fleisch.

Tyreese bricht nun völlig zusammen. Sein Kopf rollt auf dem Boden, hängt nur noch halb an seinem Hals. Er landet ungelenk. Sein lebloses Gesicht ist auf den blutbesudelten Boden gepresst. Aus der klaffenden Wunde ragen Röhren, Adern und Venen. Sein Kreislauf pumpt noch immer, wenn auch umsonst. Außer ein paar postmortalen Zuckungen in den Muskeln des Riesen liegt er jetzt ganz still vor dem Governor. Leblos.

Mit einem eleganten Schwung bringt der Governor das Schwert zum letzten Mal nieder – die Gewalt, mit der er zuschlägt, hinterlässt entsprechende Wunden im Nacken des Afroamerikaners. Wieder spritzt Blut in die Luft, trifft Philip mitten ins Gesicht. Endlich hat der den Nacken völlig durchtrennt, der Schädel rollt über den Boden. Der Gesichtsausdruck auf dem abgetrennten Kopf ist beinahe friedlich. Die Augen starren in die Luft … Der Kopf rollt ein Stück weiter, und aus dem Hals sprudelt jetzt das Blut wie aus einem Springbrunnen, bis es über den Rand der Ladefläche fließt und auf den trockenen Boden tropft.

Der Governor ist völlig außer Atem. Das war anstrengend. Er schnauft und keucht, entfernt sich einen Schritt von dem grässlichen Spektakel zu seinen Füßen, das Schwert noch immer in der linken Hand. Selbst aus dieser Entfernung kann er die traumatisierten Schreie aus dem Gefängnisgelände hören. Es ist wie ein Rauschen, das der Wind an seine Ohren trägt – Geräusche des Ekels vermischt mit Verzweiflung –, aber es dient nur, Philips Zorn noch weiter zu schüren.

Er kickt den Schädel verächtlich von der Ladefläche, und der Kopf fliegt durch die Luft, rollt durch das hohe Gras, ehe er endlich in ein paar Meter Entfernung mit dem Gesicht nach unten zur Ruhe kommt. Dann stößt er die blutigen Überreste des Toten ebenfalls aus dem Truck, sodass der riesige Körper mit einem nassen Klatschen auf dem Erdboden landet.

Gabe hat sich inzwischen wieder hinter das Steuer gesetzt. Aufmerksam folgt er den Dutzenden von Beißern, die aus dem Norden und Westen von all dem Lärm angelockt werden und auf sie zuschlurfen. Er öffnet die Beifahrertür, als Philip von der Ladefläche springt und um den Truck zur Fahrerkabine geht.

»Die Beißer sollen sich die Leiche holen«, meint Philip, als er in aller Ruhe auf die Tür zuschreitet. Er lässt sich Zeit, zeigt keinerlei Angst. Als er bei Gabe ist, sagt er: »Lass uns abhauen, ehe die Beißer zu nahe kommen oder diese Neurotiker auf die Idee kommen ...«

Der trockene, harte Knall eines Gewehrs unterbricht ihn, und der Governor duckt sich instinktiv, als der erste Schuss vom Kotflügel abprallt, eine Delle verursacht und Funken in die Luft fliegen.

»FUCK! ... FUCK!« Der Governor bleibt geduckt, als erneut Schüsse durch die Luft peitschen – drei weitere großkalibrige Salven, die die Seitenwand durchlöchern und Staub wenige Zentimeter von Philips Kopf aufwirbeln. Panisch krabbelt er die letzten Meter, als Gabe die Fahrertür zuwirft und den Motor anlässt.

»FAHR LOS, VERDAMMT NOCH MAL! FAHR ENDLICH!!!«, brüllt der Governor, nachdem er auf den Beifahrersitz geklettert ist. Der Truck bewegt sich ruckartig vorwärts und hinterlässt eine Rauchwolke, als Gabe aufs Gaspedal tritt und auf die Straße in fünfhundert Meter Entfernung zusteuert. Innerhalb weniger Sekunden haben sie die Wiese hinter sich gelassen und befinden sich auf der Straße nach Süden ...

... um in der frühen Morgensonne so schnell zu verschwinden, wie sie gekommen sind.

Als Gabe den Truck in die Zufahrtsstraße der staubigen Lichtung lenkt, wo sie ihr behelfsmäßiges Lager aufgeschlagen haben, stehen zwei Gestalten vor ihm. Raymond Hilliard und Lilly Caul warten, die Hände in die Hüften gestemmt. Die Sonne scheint auf den Kreis der Militärfahrzeuge hinter ihnen, und die beiden machen einen besorgten Eindruck.

Gabe lässt sie links liegen, steuert den Truck über die Lichtung und hält neben dem Panzer an. Mit einem Seufzer der Erleichterung stellt er den Motor ab.

Der Governor klettert aus der Fahrerkabine und sieht, wie die beiden auf ihn zukommen.

»Und?«, fragt Raymond Hilliard. Er nimmt seine Baseballkappe ab und wischt sich den Schweiß von der Stirn. »Äh ... Wie ist es gelaufen?«

»Wie es *gelaufen* ist?«, wiederholt der Governor und stürmt ohne innezuhalten an ihnen vorbei. Das Katana-Schwert hängt an seiner Hüfte und schwingt mit jedem Schritt mit. »Es ist nicht gelaufen, überhaupt nicht! ES HAT VERDAMMT NOCH MAL NICHT FUNKTIONIERT!«

Raymond beobachtet den Mann, wie er auf das vorübergehend aufgestellte Zelt am Rand der Lichtung zugeht, in dem der Proviant gelagert wird. Lilly eilt ihm nach.

»Was ist passiert?«, fragt sie, als sie Philip eingeholt hat und seinen linken Arm ergreift.

Er hält inne und starrt sie an. Gabe steht hinter den beiden und schaut kleinlaut und schuldig drein. »Wir wollten, dass sie das Tor öffnen – hatten vor, ihren Mann gegen Zugang zum Gefängnis einzutauschen. Wir haben ihnen sogar mit Tyreeses Tod gedroht.« Der Governor lässt den Blick nicht von Lilly ab, und in seinem einzigen düsteren

Auge funkelt der Wahnsinn. »Diese verrückten Scheißkerle haben ihren eigenen Mann erschossen!« Gabe senkt den Kopf und starrt verlegen zu Boden. »Wir hatten ein Druckmittel – deswegen haben sie ihrem eigenen Mann in den Kopf geschossen!«

Lilly reißt den Mund auf und stammelt: »Was zum Teufel ...?«

»Sie haben ihn umgebracht, sodass wir ihn nicht mehr gegen sie einsetzen konnten!« Der Governor starrt sie weiterhin an. »Verstehst du? Hast du jetzt geschnallt, mit was für Menschen wir es zu tun haben?«

Mittlerweile hat sich eine Traube um sie gebildet, die ebenfalls wissen will, was passiert ist – elf Freizeitsoldaten stehen fassungslos und schockiert um sie herum. In ihren Augen kann man ihr Entsetzen lesen. Das ist schlimmer, als sie es sich erträumt haben. Das ist härter an der Schmerzgrenze, als sie es je erlebt haben. Gloria Pyne blickt zu Boden und kickt Staub auf. Sie lässt sich die Sache durch den Kopf gehen. Raymond Hilliard drängt sich zwischen Gus und Gabe und richtet sich an den Governor: »Und? Was machen wir jetzt?«

Der Governor wendet sich langsam zu ihm um – fixiert sein Gegenüber mit seinem einen Auge – und sagt sanft und eiskalt: »Was wir jetzt machen?«

Raymond Hilliard nickt angespannt, das Nicken eines verwirrten Kindes. Dann ergreift der Governor das Katana-Schwert, zieht es aus der Scheide, hält es empor und brüllt: »Wir bringen jeden Einzelnen von ihnen um – DAS IST, WAS WIR JETZT VERDAMMT NOCH MAL MACHEN WERDEN!«

Lilly ballt bei dem unerwarteten Paukenschlag des

Governors die Hände zu Fäusten – unfreiwillig –, und sie kann Philip Blake nicht aus den Augen lassen. Er wendet sich von Lilly ab und dreht sich zur Gruppe, lässt den Blick das Katana-Schwert in seiner Hand hinabschweifen, als ob er vergessen hat, dass es überhaupt existiert, und spricht dann mit flacher, monotoner Stimme, während er die fein gearbeitete Klinge mustert: »Ab jetzt gibt es kein Warten mehr – wir können uns nicht mehr aufhalten lassen. Es ist an der Zeit, einen Schlussstrich zu ziehen.« Dann schnaubt er unerwartet, blinzelt, als ob er einen Stromschlag erlitten hat. Hinter ihm ertönt ein Rascheln. Gabe stammelt etwas im Flüsterton, aber er nimmt es gar nicht erst wahr. »WIR RÜCKEN AUS! SOFORT!«

Die anderen stehen einen Augenblick lang wie angewurzelt da, wie bestellt und nicht abgeholt. Die morgendlichen Sonnenstrahlen spielen um ihre Füße, tauchen sie in feurig gelbe Tümpel. Sie starren vor sich hin, einige schlucken, andere greifen nach ihren Waffen. Der Governor lässt das Katana-Schwert durch die Luft sausen.

»SOFORT!« Er starrt sie an. »Holt eure Scheißwaffen, steigt ein und lasst uns losfahren! Wir werden diese Monster vernichten, die Welt von ihnen befreien – und zwar HIER UND JETZT!« Er sieht ihre blassen, fahlen Gesichter. »Was zum Teufel ist denn nur los mit euch? Ihr habt mich gehört! Packt eure Siebensachen und auf geht's!«

Niemand rührt sich vom Fleck. Der Governor hört, wie Gabe tief Luft holt, dreht sich um und schaut den untersetzten Mann mit dem Stiernacken im Rollkragenpullover an. »Was verdammt noch mal ist denn los? Gibt es ein Problem?«

»Ich ... äh ...!«, stammelt Gabe und wendet den Blick ab,

lässt ihn stattdessen über die Schatten neben dem Laster schweifen, als plötzlich eine dunkle Gestalt aus dem Dunkel erscheint.

Der Governor bemerkt, dass Gabe irgendetwas gesehen hat, etwas bei dem Laster hinter seinem Rücken, aber ehe Philip die Chance hat, sich umzudrehen, spürt er die unverwechselbare Kälte von Stahl in seinem Nacken kurz über dem Halswirbel.

Philip rührt sich nicht vom Fleck. Der Lauf des Sturmgewehrs wird härter gegen seinen Nacken gepresst. Er atmet aus und murmelt dann: »*Fuck*.«

Gabe steht dem Angreifer am nächsten, und er fährt sich vorsichtig mit der Zunge über die Lippen, ehe er etwas sagt – ein Spieler in einer tödlichen Schachpartie, bei der die Uhr bereits angefangen hat zu ticken. Seine Hand ruht auf dem Griff seiner Pistole, die noch immer im Halfter an seiner Hüfte steckt. Er wendet sich an den Angreifer, der hinter Philip steht. »Okay, du bist nicht blöd«, fängt er sanft an. »Du weißt genau, dass, wenn du *ihn* tötest, du anschließend selber dran glauben wirst.«

»Ja, so viel ist mir auch klar«, antwortet die vertraute Stimme wenige Zentimeter von Philips Ohr entfernt. Es eine Frauenstimme, ruhig und bedächtig – ganz wie eine Telefonistin. Bei dem Klang läuft es dem Governor eiskalt den Rücken runter. Langsam, ganz langsam und kaum merkbar senkt jeder der Umstehenden die Hände zu den Waffen.

»Dann weißt du ja Bescheid. Also, überleg' es dir genau«, fährt Gabe fort und versucht, so ruhig und überzeugend zu klingen wie nur möglich. »Du kannst ja sehen, wie viele wir sind. Du bist so gut wie umzingelt, also ... Ach, du verstehst schon ... Das Ganze ist eher akademisch.«

»Glaubst du denn, dass mir das etwas ausmacht?«, fragt sie. Sie trägt Körperpanzerung, die ihre zarte Figur völlig umhüllt, und um den Kopf eine Art Samurai-Stirnband, das sie eng um ihre wallenden Dreadlocks gebunden hat. In den Händen hält sie ein AK-47 – eine Waffe, die hundert 7.62-mm-Kugeln in einer Minute abfeuern kann. »Glaubst du denn, dass ich das nicht eingeplant habe?« Sie grunzt amüsiert. Philip hat sich während der Unterhaltung keinen Millimeter bewegt. Dann meint die Frau: »*Du* bist hier wohl der Dumme.«

»Echt?« Gabe lächelt und zieht seine .45er mit einer eleganten, flüssigen Bewegung. »Soll das dein Ernst sein?«

»Gabe ... Nein.« Der Governor richtet sein Auge mit feuriger Intensität auf den Lauf von Gabes halb automatischer Waffe. »Gabe!«

»Hast du einen Todeswunsch, Lady?« Gabe zielt auf den Kopf des Governors. »Sehr gut ... Ich werde ihn dir gerne erfüllen!«

»GABE!!«

Der Schuss aus der .45er zerreißt die Stille im gleichen Augenblick, als Michonne abdrückt. Eine Nanosekunde, nachdem der Rückstoß ihre Schulter nach hinten reißt, trifft Gabes Hohlspitzgeschoss auf ihre Kevlar-Weste und reißt ein Loch in das Material. Der Governor hat sich bereits nach vorne geworfen, und Michonnes Kugel streift seinen Unterkiefer direkt unter seinem verwundeten Ohr.

Als die angespannte Szene vor ihren Augen explodiert, werfen sich alle auf den Bauch oder suchen Deckung – Aktion und Reaktion, Leute, die übereinanderstolpern, durch die Gegend fallen –, während der Lärm der Schüsse in aller Ohren klingt. Der Governor kracht zu Boden, beim Aufprall bleibt ihm die Luft weg, blutiger Speichel fliegt durch die Luft, und das Katana-Schwert entgleitet seinem Griff. Michonne wirft sich mit der wilden Eleganz eines Panthers auf das Schwert, während die anderen kaum wissen, wie ihnen geschieht. Lilly taucht hinter dem Kotflügel eines Trucks auf, die Ruger mit zwei Händen haltend – in der Stellung, die Bob Stookey ihr gezeigt hat und die ihr in Fleisch und Blut übergegangen ist. Sie schaut durch den Sucher, versucht, die dunkle Figur ausfindig zu machen. Gabe, jetzt ebenfalls auf dem Boden liegend, schießt wahllos in die Richtung der Angreiferin, während er gleichzeitig zum Governor krabbelt – er leert das ganze Magazin seiner .45er –, trifft aber nichts außer die Sohlen von Michonnes Stiefeln. Mittlerweile hat die schwarze Frau eine behandschuhte Hand um den fein gearbeiteten Griff des Katana-Schwerts gelegt und dreht sich rasch zu Raymond Hilliard, der mit seinem AR-15 den Rückzug angetreten, den Lauf aber stets in Suche eines Ziels auf den Mittelpunkt des Geschehens gerichtet hat. Mit einer einzigen geschmeidigen Bewegung wirbelt sie herum und schlitzt seine Taille mit lautloser Effizienz entzwei.

Das Blut sprudelt aus Raymonds Bauchgegend. Er schreit auf, lässt die Waffe fallen und geht dann rückwärts zu Boden. Jetzt passiert alles so schnell, dass die Anwesenden inmitten der rauen Realität der Sonnenstrahlen, die durch die Bäume stechen, das Geschehen kaum noch mit den Augen wahrnehmen können.

Die anderen Mitglieder der Miliz suchen bei dem Anblick des glänzenden, tödlichen Schwerts Deckung, während

Gabe sich als menschlicher Schutzschild auf den Governor wirft. Währenddessen hat Michonne die Zeit genutzt, um sich hinter einer uralten Eiche in Sicherheit zu bringen. Sie hat ihr Sturmgewehr im Anschlag und eröffnet das Feuer auf diejenigen, die noch immer verdutzt und unschlüssig auf der Lichtung stehen.

Mit einer Hand schickt sie panzerbrechende Kugeln in den ausgetrockneten Boden, sodass Brocken Erdreich in die Luft geschleudert werden. Die Karossen der nahestehenden Trucks werden wie Schweizer Käse durchlöchert und ein wahrer Funkenregen wirbelt durch die Luft. Schüsse prallen ab, fliegen in unvorhersagbarem Winkel durch die Gegend, sodass die gesamte Lichtung in einen höllischen Hagel aus Kugeln und umherfliegenden Metallsplittern getaucht wird.

Und dann – genauso plötzlich, wie sie gekommen ist – ist Michonne wie vom Erdboden verschwunden.

Die Woodbury-Miliz traut der Stille nicht, die dem Sturm folgt. Alles hat so rasch aufgehört, wie es begonnen hat, und der Governor liegt noch eine Weile mit dem Gesicht auf die Erde gepresst da. Der kalte, stechende Schmerz in seinem verwundeten Kiefer breitet sich in ihm aus, ergreift sein Rückgrat. »Geh endlich von mir runter«, zischt er schließlich und windet sich unter der gewaltigen Masse seines Beschützers. »Die Frau, verdammt – DIE FRAU!«

Gabe lässt von Philip ab, rollt beiseite und rafft sich auf. Er blickt sich um, sucht nach Michonne, wirft gleichzeitig das leere Magazin aus seiner .45er und ersetzt es durch ein neues. Schließlich senkt er die Waffe. »Scheiße.« Erneut sucht er den Rand der Lichtung nach der Frau ab, vergewissert sich, dass sie wirklich weg ist. »Scheiße, Scheiße, Scheiße!«

Jetzt steht auch der Governor auf, hält die behandschuhte Hand über die klaffende Wunde an seinem Unterkiefer, um den Blutfluss zu stillen. Auch er schaut sich um. Inmitten der blauen Rauchwolke aus Schießpulver sieht er Raymond auf dem Boden liegen. Um ihn herum breitet sich eine riesige Blutlache aus. Langsam kommen auch die anderen aus ihrer Deckung hervorgekrochen, sind verwirrt, wütend, ängstlich. Lilly tritt aus ihrem Versteck hinter einem Laster hervor. Ihre Augen funkeln vor Zorn. Sie starrt den Governor entsetzt an.

Ohne ihrer Ruger einen Blick zu schenken, wirft sie das leere Magazin aus – die Augen noch immer auf Philip gerichtet. Sie atmet schwer, ihre Lippen beben vor Wut, und ihre Augen blitzen vor Zorn auf. Sie macht den Eindruck, als ob sie Philip bis in die Hölle folgen würde.

Der aber hat andere Sorgen, wendet sich Gabe zu, der noch immer den umliegenden Wald für den Fall absucht, dass Michonne plötzlich wieder auftaucht. Endlich bemerkt er Philips unheilvollen Blick. Gabe schluckt. »Boss, ich ...«

»So ist das also gelaufen?«, unterbricht Philip ihn mit tiefer Stimme, die vor Verachtung trieft. Seine behandschuhte Hand liegt noch immer auf seiner Wunde, um das Blut zu stillen. »Das letzte Mal, als du sie gesehen hast, hast du ihr die Birne weggeknallt? So einfach?«

»Boss ...« Gabe will sich erklären, hält aber den Mund, als er sieht, dass der Governor seine blutige Hand hebt.

»Ich will keinen Ton mehr von dir hören.« Philip deutet mit dem Daumen auf die anderen. »Bereitet alles zum Aus-

rücken vor. Wir werden dem Ganzen ein Ende machen –
UND ZWAR SOFORT!«

Mit Austin an ihrer Seite lässt Lilly jede letzte Kiste mit Munition öffnen und die Waffen laden, jeden letzten Tropfen Diesel in die Tanks füllen, jedes letzte Magazin mit Patronen vollstopfen, jede verfügbare kugelsichere Weste anlegen. Sie weist Gus an, den Governor mit sich selbst auflösendem Faden aus dem Erste-Hilfe-Koffer zu nähen. Sie kontrolliert sämtliche Funksprechgeräte, alle Fahrzeuge, die Reifen, Motoren, Batterien, das Öl und sonstige Flüssigkeiten sowie die Geschütze, Fernrohre, Feldstecher, Helme, Visiere und sonstige Sachen, die mitgenommen werden. Ihr Puls wird immer schneller, je näher der Zeitpunkt rückt, an dem es losgehen soll. Der Ernst der Lage beginnt schwer auf ihren Schultern zu lasten – diesmal fühlt sich alles anders an.

Hass ist eine Mikrobe, die von einem Wirt zum anderen übertragen wird – und genauso ist es zwischen dem Governor und Lilly passiert. Sie hasst diese Leute jetzt mehr als je zuvor – sie hasst sie so sehr, dass sie bereit ist, ein Gemetzel zu veranstalten, um ihre Widersacher vom Angesicht der Erde zu fegen. Sie hasst sie dafür, was sie Woodbury, ihrer Zukunft, ihrer Hoffnung auf ein besseres Leben angetan haben. Sie hasst sie für ihre Brutalität. Sie hasst sie dafür, was sie ihr gestohlen haben. Lillys Leben ist jetzt mehr oder weniger bedeutungslos geworden. Nichts außer ihrem Hass hat noch einen Sinn. Sie ist auf die andere Seite übergesprungen, lebt nur noch in der von ihrem Hass bestimmten Welt, ist bereit zu töten … Sie will diese Motherfucker dem Erdboden gleichmachen.

Austin bemerkt ihre merkwürdige Stimmung, als sie zusätzliche Magazine in den Fahrerkabinen verteilt. Hinter ihren Sitz steckt sie zwei Scharfschützengewehre.

»Hey, alles klar bei dir?«, erkundigt er sich und klopft ihr auf die Schulter. »Was hat das mit dem Summen auf sich?«

Sie hält inne und schaut ihn fragend an. »Summen? Was für ein Summen?«

»Du hast gesummt, hab das Lied nicht erkannt, aber es kam mir irgendwie komisch vor.«

Sie wischt sich über die Stirn. Um sie herum werden überall Motoren angeworfen, und pechschwarze Rauchwolken steigen aus den in die Höhe ragenden Auspuffrohren empor. Türen werden zugeworfen, Schützen klettern auf ihre Gefechtsstationen, und der Governor stellt sich auf seinen geliebten Panzer und beobachtet das Treiben auf der Lichtung. Er bewegt keinen Muskel, ist ganz bleich. Jede Menschlichkeit ist von ihm gewichen, und er gleicht einem Golem, der aus dem Schlamm aufgetaucht ist. Der Anblick verschlägt Lilly die Sprache. Sie will zuschauen, wie er diesen Leuten sämtliche Glieder einzeln herausreißt, ihnen die Hauptschlagader durchbeißt und das Gefängnis in Schutt und Asche legt, ehe er den Boden mit Salz unfruchtbar macht. »Steig ein, Schönling«, sagt Lilly, als sie hinter das Steuer klettert. »Es gibt Arbeit zu tun.«

Kurz vor Mittag verlassen sie ihr behelfsmäßiges Lager. Die Sonne steht hoch am hellblauen Himmel.

Austin sagt nicht viel auf dem Weg, sitzt lediglich auf dem Beifahrersitz und hält seine Waffe auf den Oberschenkeln. Ab und zu wirft er einen Blick auf den Seitenspiegel, um nach den vier Soldaten auf der Ladefläche zu schauen.

Auch Lilly sagt nichts, fährt und fährt und verspürt eine merkwürdige innere Ruhe. Bei jeder Transaktion hat derjenige, der bereit ist, alles aufs Spiel zu setzen, alles zu verlieren, einen Vorteil – für Lilly gibt es keinen Grund mehr zu leben, nur der Hass treibt sie noch an –, und diese Stärke lässt ihre Haut kribbeln, während sie im Konvoi langsam gen Osten fährt. Sie schaltet einen Gang runter und summt melodiös vor sich hin. Sie wirft einen Blick zur Seite auf Austin, und plötzlich verspürt sie ein merkwürdiges Gefühl in ihrer Bauchgegend, ein gewisses Unbehagen, das sie schlagartig ergreift, sich in ihrem Hinterkopf ausbreitet und ihr Selbstbewusstsein in tausend Stücke reißt.

Mit gesenktem Kopf, die Haare ins Gesicht hängend, hat Austin Ballard für Lilly noch nie jünger oder verletzlicher ausgesehen als in diesem Augenblick. Es weckt sie auf, reißt sie aus ihrer stumpfen Benommenheit und schickt eine unerwartete Welle der Angst durch ihre Knochen. Auch sein Leben steht auf dem Spiel, und diese Erkenntnis schlägt mit ungeahnter Wucht auf sie ein – *er ist nicht dafür bereit, nicht dazu in der Lage* –, und die Tatsache macht einer weiteren Realisation Platz, die wie eine Bombe in Lillys Hirn einschlägt. Zuerst sieht sie es nur aus dem Augenwinkel, und sie ist sich nicht sicher, ob jemand anderes im Konvoi es bemerkt hat.

Als der Truck-Konvoi den Höhenrücken östlich vom Gefängnis erreicht und sie etwas durch die Bäume und den weiten Hang voller Wiesen hinab bis zum Feind erspähen können – in mittlerer Entfernung stolpern einige Dutzend Beißer vor dem Gefängnis herum –, erkennt Lilly schwache Anzeichen von Bewegung zu beiden Seiten des Feldwegs. Noch stecken sie tief in den Wäldern, fügen sich perfekt in den schattigen Wald mit seinem dichten Baumbewuchs ein, aber Lilly erkennt ihre stete, emsige Zielstrebigkeit – wie Ameisen in einer Ameisenfarm.

Scharen von Zombies, ohne Zweifel ein paar hundert, haben sich versammelt, wurden während der letzten sechsunddreißig Stunden von dem Lärm der Gemetzel angezogen – und ihre Zahl steigt unablässig wie Amöben in einer Petrischale. Lilly weiß, was das bedeutet. Sie hat schon mit Scharen von Beißern zu tun gehabt. Es war im Herbst des vorangegangenen Jahres während des unüberlegten Versuchs eines Coup d'État in Woodbury. Eine Herde hat Lillys Truppe Putschisten im Wald gleich einer Flutwelle umzingelt, beinahe ihren Van umgeworfen und alles Lebende in einem Umkreis von mehreren Kilometern zunichtegemacht. Lilly weiß nur zu gut, wie unberechenbar und gefährlich so eine Herde sein kann – insbesondere, wenn sie sich zu einem Massenansturm in Zeitlupe zusammenfindet. Wenn sich erst einmal eine Wand aus starrköpfigen, unbeholfenen, schlurfenden Leichen gebildet hat, können sie die stabilsten und standhaftesten Verteidigungsbarrikaden niederreißen und Gebäude zu Trümmerhaufen verwandeln. Die drei Zäune um das Gefängnis werden kein Hindernis für sie darstellen.

In diesem kurzen, angsteinflößenden Augenblick, als der Konvoi über den Kamm fährt und ein Fahrzeug nach dem anderen den Hang hinabkriecht, weiß Lilly, was ihnen bevorsteht. Jetzt versteht sie den Unterschied zwischen dem ersten und dem jetzigen Angriff.

Nun sind beide Seiten verloren.

Fünfzehn

Diesmal sind die Leute im Gefängnis vorbereitet. Der Konvoi schafft gerade mal die halbe Strecke, als Mündungsfeuer die Höfe und Basketballplätze im Gefängnis hell aufleuchten lässt. Der Überraschungseffekt für die heranrollende Miliz aus Woodbury ist perfekt. Bremsen zischen, Windschutzscheiben zerbersten. Kugeln prallen von Stahl und Eisen ab. Trucks schlittern über den Torf. Fahrer und Passagiere ducken sich, manche werfen sich von den Ladeflächen auf den Boden und robben dann unter die schützenden Karossen. Lilly tritt auf die Bremse, sodass der Truck schlitternd zum Stehen kommt, und brüllt Austin an auszusteigen, falls eine Kugel im Tank landet und den Diesel entzündet. Sie öffnet die Tür, wirft sich aus der Fahrerkabine und kommt hart auf dem Boden auf. Um sie herum schlagen Kugeln ein und werfen Erdbrocken auf, sodass sie nicht mehr sehen kann, was um sie herum geschieht. Austin ist ihrem Beispiel gefolgt und liegt nun ebenfalls auf dem Boden. Über dem Kugelhagel kann Lilly gerade noch die Stimme des Governors ausmachen, der irgendwo im dichter werdenden Nebel aus Schießpulver und Staub tobt und rast. Sie schnappt sich ihr Gewehr, um vielleicht das Feuer zu erwidern – einige ihrer Kameraden veranstalten schwache Versuche zurückzuschießen –, aber Lillys Hände gehorchen den Anweisungen ihres Gehirns nicht. Die Leute im Gefängnis haben sich hinter geparkten Autos verschanzt, liegen auf dem Bauch unter den Karossen und erlegen mehr und mehr von Lillys Waffenkameraden. Plötzlich ertönt Gabes Brüllen. Er klingt panisch, streitet sich mit dem Governor, will wissen, warum diese hirnverbrannte Taktik diesmal funktionieren soll. Lilly hält sich die Arme schützend über den Kopf, während um sie herum weitere Erdbrocken von dem erbarmungslosen Beschuss durch die Luft fliegen. Aus dem Augenwinkel sieht sie, wie an den Rändern des Schlachtfelds zerfledderte Gestalten auftauchen, sich stolpernd nähern, und ihr bleibt beinahe das Herz stehen: Es werden immer mehr, der Ansturm der Beißer will nicht aufhören, sie kommen aus allen Richtungen und brechen über den Hang herein wie eine unaufhaltsam heranrollende Pestwelle.

Lilly kriecht unter ihren M35. Sie sieht, wie Austin sich auf der anderen Seite aufrafft und versucht zurückzuschießen. So laut sie kann schreit sie ihm zu, dass er sich verdammt noch mal flach hinlegen und unter dem Truck Deckung suchen soll.

Sie sind umzingelt von Beißern. Die Kugeln sausen den Monstern zwar um die Ohren, treffen sie aber nur vereinzelt. Jetzt wendet sich auch die Meute vor dem Zaun ab und schlurft langsam, aber stetig auf die Invasoren zu. Lilly zielt auf die Beine der Beißer und drückt ab. Zuerst lässt sie sie zu Boden krachen, um ihnen dann den Schädel wegzublasen. Köpfe explodieren wie überladene Sicherungen, Blut und Gewebe spritzen auf den Rasen und auf Lillys Hände und Arme. Die abgefuckten Gestalten stolpern noch immer auf die Woodbury-Miliz zu, und Lilly erlöst einen nach dem anderen von seinem unnatürlichen Dasein, bis ihr Magazin leer ist. Völlig in Nebel aus Schießpulver gehüllt, pocht ihr Herz heftig in der Brust, als sie plötzlich merkt, dass sie wie von einem Schraubstock an der Ferse gepackt wird. Sie schreit vor Schock auf und blickt sich um.

Ein großer männlicher Zombie in Trauerkleidung ist unter den Truck gekrochen. Seine geschwärzte, knochige Hand hat sich um ihr Bein gelegt, das verwesende Maul ist weit aufgerissen – die moosigen grünen Zähne sind nur noch wenige Zentimeter von dem entblößten Fleisch ihrer schlanken Wade zwischen dem Stiefel und dem Schlag ihrer Jeans entfernt. Der Anblick lässt sie erstarren. Dann reißt sie den Lauf ihrer Ruger herum, zielt auf den Schädel des Beißers und drückt ab – vergisst aber, dass das Magazin leer ist. Die Pistole macht *Klick*, aber sonst passiert nichts.

Lilly schreit auf, kickt mit den Beinen um sich und fummelt nach einem vollen Magazin in ihrem Gürtel. Plötzlich wirft sich eine weitere Gestalt neben sie, füllt den beengten Raum unter dem M35 aus – zuerst ist es nur eine dunkle Silhouette –, aber dann erkennt sie den blauen Stahl von Austins Glock.

Ein grelles Flackern erscheint, begleitet von einem lauten Knall, und der männliche Beißer zerbirst in einer öligen Wolke. Schwarze, schleimige Gehirnflüssigkeit strömt aus seinem zerplatzten Schädel und fließt auf das verfilzte Gras unterhalb des M35. Der Gestank des Todes umgibt Lilly, und sie stöhnt gequält vor Schock und gleichzeitig vor Erleichterung auf.

»Geht es dir gut? Hat er dich erwischt? Ist alles klar bei dir?!« Austin plappert unentwegt weiter, legt die Arme um sie und wischt ihr zärtlich ein paar Strähnen aus dem Gesicht, die sich von ihrem Pferdeschwanz gelöst haben.

Lilly nickt und schluckt den kupfernen Geschmack aufsteigender Magensäure wieder runter. Eine weitere Salve übertönt jegliche Kommunikationsversuche. Sie dreht sich um, ergreift ihr Gewehr und arbeitet sich unter dem Truck hervor.

Es ist so dunkel vor lauter Schießpulver, dass man meinen könnte, es wäre bereits abends. Der Rauch raubt Lilly den Atem, stumpft ihre Sinne ab und lässt ihre Augen tränen. Sie lehnt sich gegen die Fahrerkabine, versucht sich zu orientieren und lädt ein volles Magazin in ihre Ruger-Pistole, ehe sie die Waffe in den Gürtel steckt. Dann nimmt sie das Remington-Gewehr und hält es im Anschlag. Austin kommt hinter ihr zum Vorschein und zielt mit seinem Garand auf das Mündungsfeuer hinter den Reihen von Zäunen.

Lilly blickt durch das Fernrohr und sieht ein winziges Objekt, das über dem Stacheldrahtzaun durch die Luft fliegt. Plötzlich verlangsamt sich alles.

Der Kugelhagel hält auf einmal inne, und der Zeitraffer, in dem sich das Gemetzel abgespielt hat, kommt zu einem abrupten Stopp. Vor ihrem inneren Auge sieht Lilly den Gegenstand, wie er in hohem Bogen in Zeitlupe über ihren Kopf hinwegfliegt, auf dem Boden vor einer großen Buick-Limousine aufschlägt und dann unter den verbeulten Kühler rollt.

Die Explosion lässt die Erde beben, verdrängt die Luft aus der Umgebung und verwandelt die grüne Wiese – zumindest für einen kurzen Augenblick – in das lebensfeindlichste Gebiet auf der Welt.

Die Granate hebt das tonnenschwere Fahrzeug in die Luft, reißt Splitter aus dem Vorderteil der Karosserie und wirft alle Umstehenden in einem Umkreis von fünfzehn Metern zu Boden. Der Knall lässt Trommelfelle platzen und Bäume erzittern. Gabe und der Governor werden von der Explosion erfasst, fliegen durch die Luft, prallen der Länge nach auf die Erde und rollen noch mehrmals über den Boden.

Der Governor knallt mit Wucht gegen die Ketten des Panzers. Die Luft entweicht aus seinen Lungen. Mit seinem einem Auge erhascht er einen verschwommenen Blick von dem Kugelhagel, der über seinem Kopf durch die Luft zischt. Dazu gesellen sich rasiermesserscharfe Granatsplitter, die sich in den ahnungslosen Soldaten um den Buick vergraben. Zerfurchte Metallfetzen schießen durch den dicklichen alten Charlie Banes, reißen Stücke aus seiner Brust, heben ihn einen Meter in die Luft und werfen ihn nach hinten, die Arme wedelnd. Er ist voller Blut, landet in einem roten Haufen im Unkraut. Als er endlich zu rollen aufhört, ist er längst tot. Wieder einer.

Zur gleichen Zeit rast eine Konstellation von Granatsplittern auf Rudy Warburtons Brust zu, schlägt durch seinen Oberkörper und lässt ihn einen bizarren, morbiden Jitterbug tanzen. Seine Waffe fliegt durch die Luft, und mit seiner tiefen Whiskystimme – sie ist der des Governors sehr ähnlich, wenn er im Stadion in Woodbury die Meute aufheizt – stößt er einen letzten, herzerweichenden Todesschrei aus, bei dem es dem Governor eiskalt den Rücken hinunterläuft.

»F-FUCK!« Der Governor robbt vom Panzer weg und ringt nach Luft. Die Welt verschwimmt vor seinem verbliebenen Auge, er senkt den Kopf und versucht sich auf den Boden zu konzentrieren. Seine Augenklappe ist verrutscht.

Grashalme stecken in seinen Haaren, und der Gestank brennenden Diesels steigt ihm in die Nase. Sein Körper schreit vor Schmerzen auf. Das bandagierte Gesicht fühlt sich feucht und heiß an, und sein Phantomarm schnellt am Ende des noch vorhandenen Stumpen in die Luft. »F-FFF-FUCK! – F-FFFF-FUCK!!«

Er rafft sich auf die Knie, stützt sich mit seinem noch vorhandenen Arm ab. Es klingelt in seinen Ohren, und sein Gehirn scheint vor Wut zu glühen. Er kriegt kaum mit, dass seine Leute jetzt zurückschießen. Die meisten der noch lebenden Mitglieder der Miliz haben sich hinter den Trucks in Sicherheit gebracht und erwidern jetzt das Feuer, indem sie wahllos in Richtung der Wachtürme, Höfe und Basketballplätze auf der anderen Seite der Zäune abdrücken. Die Luft ist jetzt voller Leuchtspuren und Querschläger. Insgesamt hat es sechs von ihnen erwischt: Sie liegen verstreut auf der schwarzen, verbrannten Erde.

Charlie, Rudy, Teddy Grainger, Bart, Daniel, selbst der Riese Don Horgan, der Ringer – alle tot –, entweder von Kugeln oder Granatsplittern verstümmelt und in Stücke gerissen.

Der Governor sieht Gabe in zehn Meter Entfernung neben einem Laster auf dem Rücken liegen. Sein Kopf hängt zur Seite. Er scheint eine Gehirnerschütterung von der Explosion erlitten zu haben. Heiße Wut durchflutet den Governor, als er sich auf die Beine rappelt. Er zuckt vor Schmerz zusammen. Über seinem Kopf fliegen .50er-Geschosse durch die Luft. Auf der Ladefläche eines Lasters ganz in der Nähe rastet Ben Buchholz am Maschinengewehr aus, übersät das Gefängnis mit Kugeln, ohne zu zielen oder sonst irgendwie einen Plan zu haben. Ein rascher Blick zu dem Wachturm an der südöstlichen Ecke offenbart einen Scharfschützen, der sich einen nach dem anderen der Woodbury-Truppe vornimmt ...

»GABE!«

Die Stimme des Governors klingt gedämpft in seinen mitgenommenen Ohren. Er eilt vom Panzer zum Laster, ohne getroffen zu werden. Mittlerweile hat Gabe es geschafft, sich aufrecht hinzustellen. Er versucht den Schmerz und die Benommenheit hinunterzuschlucken. Der Governor packt den untersetzten Mann am Rollkragenpullover, als ob er einen Welpen am Genick packen würde. »KOMM MIT, VERDAMMT NOCH MAL!«

Philip zerrt Gabe hinter den Panzer.

»MACH SCHON!«, brüllt er und wirft den dicklichen Gabriel Harris mit dem Rücken gegen den Abrams, sodass ihm die Luft aus den Lungen entweicht, während die Kugeln um sie durch die Luft sausen und vom Panzer abprallen.

»Wa ... Was zum ...!!« Gabe krümmt sich vor Schmerz, zuckt bei dem plötzlichen Geratter des Maschinengewehrs zusammen, das keine fünf Meter weit weg wieder wie wild drauflosballert. Das Trommelfeuer lässt nicht nach, lenkt sie ab. Sie ducken sich, zucken vor nervöser Anspannung zusammen, und das Gemetzel verleiht jedem von ihnen eine Art Tunnelblick.

Keiner der beiden sieht den großen, verbeulten Winnebago-Camper aus dem Wald schießen. Von Westen her umkreist er in einer riesigen Staubwolke den Rand des Schlachtfelds. *Niemand* von der Woodbury-Miliz bemerkt den neuen Spieler inmitten des Massakers.

»Wir müssen diesen Scheiß neu überdenken«, verkündet Gabe einige Sekunden später mit erschöpfter Stimme. Er und der Governor kauern hinter dem Panzer, während der Kugelhagel wie Bienen in der Luft um sie herumzischt. Er fixiert den Governor mit seinem Blick und spricht laut genug, damit dieser ihn über das kurz unterbrochene Trommelfeuer hören kann. Er benutzt einen Ton, den er gegenüber dem Governor noch nie gewählt hat – voller Schuldzuweisung und Wut. »Unsere Leute machen sich in die Hose! Und das aus gutem Grund! Die fallen wie die Fliegen. Du musst etwas unternehmen, du musst sie anführen!«

Die linke Hand des Governors schießt hervor, packt Gabe am Hals und schleudert den gewichtigen Mann mit dem Rücken gegen die genietete Panzerung des Abrams. »Halt deine verdammte Schnauze, Gabe! Diesmal werden wir den Schwanz nicht einziehen – wir stürmen das scheiß Gefängnis – jetzt oder nie!«

In der angespannten Millisekunde, die darauf folgt, starrt Gabe seinen Boss mit weit aufgerissenen Augen an – sein Mentor, seine Vaterfigur –, und ein Funken Scham rührt sich in ihm. Noch hat keiner der beiden den Winnebago-Camper bemerkt, der noch immer am westlichen Rand des Schlachtfelds entlangkurvt. Noch ist er weit genug entfernt, um der Aufmerksamkeit zu entgehen – selbst von den Verteidigern im Gefängnis. Plötzlich hält er an, schlittert ein wenig, wirbelt eine Staubwolke auf, und eine Gestalt klettert durch eine Luke auf das Dach – eine Frau mit einem Scharfschützengewehr.

»Okay, okay. Es tut mir leid«, stammelt Gabe. Er hat seine behandschuhten Hände auf das Handgelenk des

Governors gelegt und versucht, den Arm von seinem gewaltigen Nacken zu reißen. Philip lässt los. Gabe hyperventiliert, hört aber nicht auf zu plappern: »Ich will damit doch nur sagen, dass wir hier aufgerieben werden! Wir brauchen einen Plan! Wir können nicht einfach hierbleiben und Munition verschwenden, ohne …«

»HALT DEINE GOTTVERDAMMTE FRESSE!«

Philip Blake starrt den stämmigen Mann mit funkelndem Auge an, als er plötzlich Stimmen aus den finsteren Katakomben seines Gehirns hört – *Philip ist tot, dahin, Philip ist tot und begraben, er ist Staub.* Er zuckt zusammen, als er die unerwartete Todesfee in seinem Schädel wahrnimmt – *Schnauze, Schnauze!* Hinter ihm ertönen Schüsse, das Geballer lässt ihn niederkauern, lenkt ihn von der einsamen Scharfschützin ab, die in ein paar hundert Meter Entfernung auf dem Dach des rostigen Campers über einer schimmernden Fata Morgana zu schweben scheint.

»Jetzt hör mir mal zu, du fette, feige Fressmaschine – wir ziehen uns nicht zurück!«, brüllt er mit würgender Stimme und schubst Gabe erneut gegen das metallene Bollwerk des Panzers. »Hast du mich verstanden?! Kapierst du es jetzt endlich?! Wir beenden das JETZT! – JETZT!!«

Gabe schreckt zurück, reibt sich den Hals, hält Tränen der Furcht zurück. Plötzlich sieht er wie ein kleiner Junge aus, der alles für seinen missbrauchenden Vater tun würde – lügen, stehlen, töten, vergewaltigen, plündern, *alles*, um seinen wütenden Vater zufriedenzustellen, um den Spott der Schulkameraden verstummen zu lassen, die ihn als Fettsack beschimpfen.

Der einzelne Schuss, der vom Westen her ertönt, schickt

eine großkalibrige Kugel mit der Präzision eines Bienenstichs vom Dach des Winnebago-Campers und trifft den ungeschützten Schädel von Gabriel Harris.

Der Governor zuckt zusammen, als Gabes Kopf explodiert, den Panzer mit gallertartigem, fast pinkfarbenem Gehirngewebe bedeckt und einen riesigen Blutfleck auf dem Eisen zurücklässt. Die Luft in den Lungen des Governors scheint zu gefrieren, als Gabe auf wackligen Beinen schwankt, Philip mit gläsernen Augen anstarrt – ein Todesblick wie ein abstürzender Computer –, ihn fixiert und um Vergebung fleht, die aber nie kommen wird. Dann bricht er zusammen. Aus, Ende, finito.

Er prallt mit einer Wucht auf dem Boden auf, die Philip wie eine eiskalte Ohrfeige trifft.

»VERSCHISSENE MUTTERFICKER!«

Philip Blake stürzt um die Ecke des Panzers und lugt zur anderen Seite.

»FUCK! FUCK! FUCK! FUCK!!« Dann endlich macht er den weit entfernten Winnebago-Camper aus, sieht die Frauengestalt, die verwegen gleich einer mythischen Figur, einer Walküre, auf dem Dach liegt. Es ist, als ob sie vom Himmel geschickt wurde, um den Insassen im Gefängnis zur Seite zu stehen. Er blickt sich um, keine fünfzig Meter zu seiner Linken kauert Gus hinter einem Kleintransporter mit einem AR-15 am Anschlag und feuert laut fluchend in Richtung Gefängnis.

»GUS!«, brüllt Philip. »SETZ DICH HINTERS STEUER UND RAMM DIE SCHLAMPE DA HINTEN – SOFORT!!«

In Millisekunden begreift Gus, was der Governor von ihm will. Er nickt ihm kurz zu und kriecht dann um den Chevy S-10 hin zur Fahrerkabine, klettert auf den Fahrersitz. Die Windschutzscheibe ist längst von den vielen Kugeln in Glasscherben verwandelt worden.

Aus dem Auspuff steigt eine schwarze Rauchwolke, als Gus den Gang einlegt, den Gashebel quält und auf den Camper zurast.

Der Governor schleicht zu Gabes Leichnam und reißt ihm das Bushmaster-Gewehr von der Schulter. Dann richtet er sich auf, um sich von der Lage an der Front ein Bild zu machen … Und es kommt ihm so vor, als ob er vom Regen in die Traufe geraten ist.

Hinter der Heckklappe des M35 beobachtet Lilly Caul den Ablauf der Ereignisse. Die Geschehnisse reihen sich gleich einer atomaren Kettenreaktion aneinander, um schließlich zu implodieren. Ihre Lungen heben und senken sich, während ihr Herz mit der Wucht einer Pauke in ihrer Brust pocht. Sie umfasst ihr Remington mit schweißnassen Händen, zuckt bei jedem Knall, der vom Gefängnis her an ihre Ohren dringt, bei jeder Kugel, die über ihren Kopf hinwegzischt, zusammen. Sie lugt gerade rechtzeitig um die Klappe, um zu sehen, wie Gus seinen Kleinlaster gegen den Winnebago-Camper rammt und das riesige Wohnmobil beinahe entzweireißt.

Der Aufprall schickt Glasscherben sowie Kunststoff- und Metallsplitter durch die Luft und die Scharfschützin – eine blonde Frau mit Zöpfen in einem Gefängnisoverall – vom Dach in das Unkraut am Waldrand. Aus der großen Distanz ist es schwer zu erkennen, aber es sieht so aus, als ob es auch Gus erwischt hat. Seine Tür ist aufgesprungen, und sein gedrungener Körper sackt aus der Fahrerkabine zu Boden. Eine schwarze Rauchwolke steigt auf und versperrt schon bald die Sicht auf den Unfallort.

Lilly hört ein gewürgtes, manisches Lachen und blickt nach links. Sie sieht, wie der Governor von hinter dem Panzer auf Gus' Kleinlaster und die Überreste des Winnebago-Campers schaut, der jetzt in einer Wolke aus Flammen und Rauch aufgeht. »NIMM DAS, DU SCHEISS SCHLAMPE! WENN DU MIT UNS SPIELEN WILLST, MUSST DU WISSEN, WAS AUF DICH ZUKOMMT!« Er hört sich an, als ob er kurz vor einem Nervenzusammenbruch steht.

»Scheiße ... Scheiße ... Das ist doch verrückt!« Lilly duckt sich hinter den Laster und erzittert bei der Reihe von Explosionen, die beinahe ihre Trommelfelle zerreißen – kein Wunder, denn sie kommen aus nächster Nähe. Sie dreht sich um und sieht Austin, der an der anderen Seite der Ladeluke kniet und mit seinem Garand .308er-Kugeln auf den Wachturm abfeuert. Er macht den Mund auf, schreit. Lilly versucht, seine Aufmerksamkeit auf sich zu lenken: »Austin! AUSTIN!«

»... Arschlöcher servieren uns einen nach dem anderen ab!« Er drückt erneut ab. Dann wirft er ihr einen Blick mit leuchtenden Augen zu. »Mach schon! Lilly, was ist los? Was tust du da?«

»Spar' dir deine Munition, Schönling!«

»Was zum Teufel plapperst du da?!«

»Du wirst noch ...!«

Lilly erklärt, dass sie nur noch begrenzte Mengen Munition haben, dass sie eine bessere Position einnehmen müssen, um es diesen Schweinen heimzuzahlen. Sie müssten nur eine weitere Granate über den Zaun werfen ...

Plötzlich ertönt die Stimme des Governors über dem

Trommelfeuer. Lilly dreht sich um und sieht, wie er über das Schlachtfeld humpelt, das Gesicht vor psychotischer Manie glühend.

»Nur eine Frage der Zeit!« Er humpelt auf zwei Schützen zu, die sich hinter einem umgefallenen Stapel Proviantkisten verschanzt haben und wie wild auf die Wachtürme schießen. »Wir haben sie festgenagelt! Diese Motherfucker halten nicht mehr lange durch!«

Einer der Schützen – ein älterer Mann mit schütterem Haar und einer gelben Pilotensonnenbrille – blickt von seinem Fernrohr auf, als ihn plötzlich eine Kugel mitten ins linke Auge trifft.

Er wird nach hinten geworfen, die Waffe fliegt durch die Luft, und sein Gehirn breitet sich auf dem Unkraut hinter ihm aus, als er keine drei Meter vor dem humpelnden Governor zusammenbricht.

»Wir haben sie genau da, wo wir sie haben wollen!« Philip stolziert jetzt hinter einer Reihe von Fahrzeugen mit Schützen auf und ab und brüllt: »Lasst ihnen keine Verschnaufpause! Überschüttet sie mit Kugeln!«

»Hey, Governor!« Lilly versucht seine Aufmerksamkeit auf sich zu lenken. »HEY!«

Es folgt ein weiterer Kugelhagel von einem der Wachtürme – der Governor zuckt nicht einmal zusammen, obwohl die Patronen um seine Füße einschlagen –, und dann muss ein weiteres Mitglied von ihnen dran glauben. Eine rote Blutwolke schießt aus seinem Schädel, und seine Baseballkappe fliegt durch die Luft.

»GOVERNOR!!«, brüllt Lilly jetzt Philip an. »DIE TÖTEN UNS EINEN NACH DEM ANDEREN! DAS KANN NICHT SO WEITERGEHEN!«

Einige ihrer Kameraden verlassen jetzt ihre Posten, fliehen in jede erdenkliche Himmelsrichtung oder werfen sich unter die schützenden Karossen der Laster.

»Was *zum Teufel* fällt euch ein?!«, brüllt der Governor seine Truppen an. »WIR KÖNNEN JETZT NICHT AUFGEBEN!! WIR DÜRFEN SIE NICHT GEWINNEN LASSEN!!«

Eine weitere Salve ergießt sich über sie, und Lilly wirft sich hinter ihrem M35 auf den Boden – Austin liegt dicht neben ihr auf dem Bauch –, und Erdbrocken fliegen durch die Luft und ihnen ins Gesicht. Lilly wird ganz schwindlig, sie droht ohnmächtig zu werden. In ihren Ohren klingelt es jetzt so laut, dass ihr die Schüsse vorkommen, als ob sie unter Wasser abgefeuert werden – BONG! BONG! – BONG-BONG-BONG!!, und sie hört, wie der Governor erneut irgendetwas schreit. Sie versucht ihn durch den aufgewirbelten Staub und die Wolke aus Schießpulver auszumachen.

»KACKE!« Der Governor marschiert wie ein hölzerner Soldat auf den Panzer zu, seinen einzigen Arm steif durch die Luft schwingend, die daran hängende behandschuhte Hand zur Faust geballt. »KACKE! KACKE! KACKE! ES IST AN DER ZEIT, DEM EIN ENDE ZU SETZEN!!«

Er erreicht den Abrams und klettert dann die stählerne Leiter hinauf.

In Lillys unscharfem Blick, so wässrig und verschwommen wie Tinte, kann sie kaum erkennen, wie der Governor wie verrückt auf die Luke des Panzers einschlägt. Er brüllt Jared an, ihn einzulassen, als die Luke plötzlich aufgeschraubt wird und wie ein Springteufel aufgeht. Der Governor verschwindet in der finsteren Kabine des Panzers, und seine letzten Worte erreichen Lillys klingende Ohren – »FAHR ENDLICH LOS!« –, ehe die Luke zugemacht wird.

Aus dem Auspuff des Panzers stößt eine schwarze Rußwolke. Die Ketten setzen sich in Bewegung, der Motor heult auf, und das Biest fährt davon.

Lilly ist wie erstarrt. Sie blickt auf, sieht das bizarre Bild, wie der gepanzerte Monolith auf den äußersten Zaun zurollt. Ihre Augen weiten sich unfreiwillig, ihr Atem bleibt ihr im Hals stecken, als sie sieht, welch unerwarteten Lauf die Schlacht jetzt nimmt.

Der Panzer scheppert und klirrt, rollt aber unaufhörlich auf den Maschendrahtzaun zu. Er mäht die letzten Beißer um, die ihm im Weg stehen. Die riesigen Ketten zerkleinern die verfaulten Knochen und das verweste Fleisch unter sich. Der Bug des Panzers erreicht jetzt den äußersten Zaun, der aufstöhnt und die Wellen des Aufpralls nach links und rechts schickt. Der Lärm gleicht einem metallenen Regensturm.

Der äußere Zaun leistet keinen Widerstand – die stählernen Drähte reißen wie Seidenfäden.

Der Abrams rollt über den ersten Zaun mit der Leichtigkeit einer gigantischen Müllpresse. Der Rauch quillt aus den Auspuffen, und die Ketten machen Spaghetti aus dem Stahl unter sich. Zu beiden Seiten krachen mindestens hundert Meter Maschendrahtzaun zusammen, als das Biest auf das nächste Hindernis in seinem Weg zurollt. Auch der zweite Zaun bietet keinen Widerstand und wird mit der gleichen Leichtigkeit niedergerissen.

Während all das passiert, wohnt Lilly einer unheimlichen Feuerpause auf Seiten des Gefängnisses bei. Die einzigen Geräusche – über dem knarrenden, knarzenden Maschendrahtzaun – sind Schritte, die kreuz und quer durch die Gegend laufen, als die Insassen des Gefängnisses versuchen, sich vor dem heranrollenden Monster in Sicherheit zu bringen.

In einer Staubwolke aus Dunst und Kugeln, die von dem Panzer abprallen, überwindet der Abrams auch die letzte Verteidigungsmaßnahme – den innersten Zaun. Funken sprühen und Geschosse sausen durch die Luft.

Querschläger hallen unheimlich durch die Gänge zwischen den einzelnen Zellblocks.

Bald verstummt auch das Feuer von den Wachtürmen, als der Panzer keine zehn Meter innerhalb des Geländes anhält. Stücke von den Zäunen haben sich in seinen Ketten verheddert, wie Essensreste, die zwischen den Zähnen eines nimmersatten Monsters stecken bleiben. Der Motor heult kurz auf, beinahe wie eine Ouvertüre für den nächsten Satz dieser furchterregenden Symphonie.

»Lilly?! Wie geht es dir?! Lilly, rede mit mir!« Lilly kann Austin kaum hören, aber seine Stimme schneidet schließlich doch durch das laute Rauschen von Lillys Gedanken. Sie dreht sich zu ihm um, sieht ihn neben ihr hinter der Ladeluke des M35 liegen. Er klammert sich mit solcher Kraft an dem M1-Garand fest, dass seine Knöchel ganz weiß sind. »Was denkst du?«, fragt er sie mit angsterfüllten Augen. »Was sollen wir jetzt tun?«

Sie will ihm gerade antworten, als eine weitere Stimme sie aus ihrer Erstarrung reißt.

»Auf geht's, wir sind in der Überzahl!« Sie kommt von hinter ihr. Lilly wendet sich ihr zu und sieht die Überreste der Woodbury-Miliz, die langsam aus ihren Löchern hinter den Fahrzeugen hervorkriecht, die Waffen im Anschlag. Tom Blanchford, ein großer Mechaniker aus Macon, lehnt mit dem Rücken gegen seinen Laster. »Auf geht's! Lasst uns diese miesen Schweine ein für alle Mal ins Jenseits schicken! LOS!!«

Einer nach dem anderen kriechen die restlichen Männer und Frauen Woodburys aus ihrer Deckung und über das Schlachtfeld, vorbei an den Überresten der niedergemähten Zäune und in das Gefängnisgelände.

»Los, da müssen wir mit«, drängt Austin, steht auf und streckt dann eine Hand zu Lilly aus, um ihr auf die Beine zu helfen.

Für einen kurzen Augenblick hält sie inne, starrt auf Austins Hand. Ihr Rücken fühlt sich an, als ob Säure in ihrem Rückgrat, in ihren Armen und Beinen fließt, und sie kann den Geschmack von Kupfer und Blut in ihrem Mund schmecken.

Dann, in einem heiseren Flüsterton, antwortet sie: »Ja, lass es uns beenden.«

Sie nimmt seine Hand, springt auf die Füße, bringt ihr Remington-Gewehr in Anschlag, legt es an, nickt ihm rasch zu und folgt dann den anderen.

Sechzehn

Im Inneren des Gefängnisses, in einer Nebelbank aus Staub, öffnet sich die Luke des Panzers und ein dunkles, blutverkrustetes Gesicht erscheint wie ein Hai aus dem tiefsten Ozean. »FEUER FREI! TÖTET ALLE!! JETZT HABEN WIR SIE!!«

Ganze sieben Mitglieder der Woodbury-Miliz tauchen hinter dem Panzer aus der Wolke auf und fächern in verschiedene Richtungen aus, die Läufe ihrer Waffen erhoben. Sie schießen auf alles, das sich bewegt. Für einen Augenblick wird der Basketballplatz in Chaos getaucht, und die Insassen des Gefängnisses fliehen, suchen Deckung, verschwinden in den Gängen der Gebäude – wie Kakerlaken, die in die Risse in den Wänden krabbeln.

Salven aus Maschinengewehren hallen zwischen den Zellblöcken wider, Bewegungen scheinen unscharf. Der Governor schreit Befehle aus der Panzerluke, die aber im Tumult untergehen. Schützen auf beiden Seiten suchen Deckung hinter Gebäudeecken oder unter schattigen Überständen, um dem Gemetzel zu entgehen. Einer der Männer aus Woodbury ergreift die Initiative und klettert auf den Wachturm an der südöstlichen Ecke des Gefängnisses – das Messer zwischen den Zähnen, sein M4 über die Schulter geworfen.

Das Blatt hat sich gewendet. Jetzt sind es die Bewohner

des Gefängnisses, die Schutz suchend durch die Gegend rennen und zu fliehen versuchen.

Lilly und Austin gehören dem letzten Trupp von Angreifern an, die sich den Weg über die umgerissenen Zäune ins Innere des Gefängniskomplexes bahnen. Ihre schweren Stiefel lassen den Maschendraht auf dem Asphalt scheppern. Sie bewegen sich schnell, die Waffen erhoben und schussbereit, dicht auf den Fersen zweier anderer Männer. Die Sonne blendet sie. Lilly hält in jeder Hand eine Pistole, das Remington hängt über die Schulter. Austin hyperventiliert, ein Resultat aus Furcht, Erschöpfung und Wut.

Die Zeit scheint unendlich langsam zu vergehen, alles ist in milchige, sirupartige Bilder gefasst, als Lilly und Austin das erste Gebäude erreichen – zehn Meter vom Panzer des Governors entfernt – und sich mit dem Rücken gegen die steinerne Wand werfen. Lillys Herz pocht heftig in ihrer Brust. Trotz des gewaltigen Adrenalinschubs, den das Stürmen des Gefängnisses in ihr auslöst, empfindet sie eine surreale Klaustrophobie innerhalb dieses riesigen Komplex. Dreistöckige Zellblöcke drängen von allen Seiten auf sie ein, werfen lange Schatten auf Höfe und Basketballplätze. Der Gestank überlasteter Schaltkreise und brennenden Gummis liegt in der Luft. Gedämpfte Stimmen und rennende Fußschritte dringen von der anderen Seite der Wand an ihre Ohren.

Einen Augenblick später bemerkt Lilly eine Bewegung zwischen zwei Gebäuden, hebt eine ihrer Ruger und drückt ab. Sie feuert eine einzige Kugel ab, trifft aber nichts außer Gipsputz, sieht, wie ein Brocken sich von der Wand löst und in zwanzig Meter Entfernung zu feinem Staub wird.

Sie wirft einen Blick über den Basketballplatz auf den Panzer, sieht, wie der Governor aus dem eisernen Biest klettert, die Tec-9 Pistole in der behandschuhten Hand. Dann erkennt sie etwas anderes in der Ferne. Bei dem Anblick läuft es ihr eiskalt den Rücken hinunter, und ihr bleibt die Spucke im Mund stecken.

Weit hinten am Hang – die Erde ist jetzt gebrandmarkt, übersät von Kratern der Granate, voller Reifenspuren und unzähligen Überresten von zerfetzten Beißern – blickt Lilly auf den Wald. Auf dem Kamm, hinter den Reihen alter Eichen und dem dichten Blattwerk, wimmelt es nur so von herumschlurfenden Gestalten, die langsam, aber sicher aus den tiefen Schatten kommen, sich aus dem Dickicht kämpfen – Hunderte von ihnen – und mit steifen Beinen geifernd ans Tageslicht treten. Es sind jetzt so viele von ihnen, dass sie aus dieser Entfernung einer schwarzen Flutwelle gleichen – einer dunklen, verwesenden Woge so breit wie ein Fußballfeld. Langsam rollt sie den Hang hinab, sich immerfort auf den Lärm zubewegend, der aus dem Gefängnis an ihre Ohren dringt. In diesem fürchterlichen Augenblick – es dauert nur so lange, wie eine abfeuernde Synapse in ihrem Schädel – überschlägt Lilly, wie lange es dauern mochte, bis das Unheil sie erreichte. Zehn, vielleicht fünfzehn Minuten, wenn es hochkommt, und sie werden das Gefängnis einfach überrennen. Oder über*schlurfen*, hahaha.

Der Governor lässt sich von dem stählernen Panzer herab und geht hinter dem Abrams in Stellung, um die Lage einschätzen und Befehle geben zu können. Die meisten Überlebenden des Gefängnisses haben es jetzt geschafft, sich in die Zellblöcke und Nebengebäude zu retten, aber einige härtere Typen sind noch immer draußen und hören nicht auf, sich halbherzig zu wehren. Das zwischenzeitlich ertönende Feuer und die panischen Schreie lassen Philip Blake zusammenzucken, als er auf einen seiner eigenen Soldaten zeigt.

»HEY! DU!« Der Governor deutet auf einen großen, schlank gewachsenen Mann mit rasiertem Schädel, der gerade dabei ist, wie wild mit seinem Sturmgewehr auf die verbarrikadierten Fenster des nächstliegenden Gebäudes zu ballern. Philip weiß, dass er zu Martinez' Truppe gehört hat, hat sich aber nie seinen Namen gemerkt. »Her mit dir!«

Der Mann senkt die Waffe und läuft zum Governor. »Sir?«

Philip presst die Worte durch seine zusammengebissenen Zähne hervor. Seine Wunden kribbeln, die Stimmen in seinem Kopf plagen ihn wie das elektrostatische Rauschen eines Kurzwellenradios – weit entfernte Stimmen entsenden gespensterhafte Nachrichten, die seine Gedanken unterbrechen. »Es sind nicht viele von ihnen übrig!«, schreit er dem glatzköpfigen Mann zu. »Ich will, dass du dir ein paar deiner Männer zusammensuchst – hörst du mir überhaupt zu, verdammt noch mal?«

Ein manisches Nicken von dem Glatzkopf. »Jawohl, Sir!«

»Ich will, dass ihr da reingeht – verstanden? Ihr sucht nach allen, die sich da drinnen verstecken. Hast du mich verstanden?«

»Jawohl … Und dann sollen wir … Was?«

Der Governor zischt ihn an. »Und dann sollt ihr ihnen eine Gute-Nacht-Geschichte vorlesen … DU VERDAMMTER SCHWACHKOPF! IHR SOLLT DIE ARSCHLÖCHER KALTMACHEN!«

Der Mann mit der Glatze nickt erneut, dreht sich um und läuft zu den anderen Soldaten. Der Governor sieht ihm eine Weile nach, zuckt erneut zusammen. Sein blutbeschmiertes Gesicht kribbelt heiß, sein verwundeter Kiefer pocht und fiebert. Er redet mit der Stimme in seinem Schädel, die an seinen Gedanken nagt, und murmelt zu sich selbst: »Nur noch eine Frage der Zeit jetzt ... Halt also die Schnauze ... Lass mich zufrieden.«

Er sieht, wie ein Schatten in fünfzig Meter Entfernung zwischen zwei Gebäude huscht. In einer Mauernische kauert eine kleine Gruppe Überlebender, zwei Männer und eine Frau, die heftig diskutieren ... Er duckt sich hinter dem Panzer, hebt Jareds Tec-9 und zielt. Er hat die Frau im Korn und drückt dreimal rasch hintereinander ab – der Rückstoß kugelt ihm die Schulter aus. Die blutrote Explosion in der Nische belebt ihn, der Anblick, wie die Frau auf dem Boden zusammensackt, wirkt für ihn wie ein Schuss Heroin direkt in die Adern.

Der Governor nickt zufrieden, aber noch ehe er Luft holen kann, bemerkt er, wie die zwei anderen Gestalten – ein älterer und ein jüngerer Mann in Körperpanzerung, vielleicht Vater und Sohn? – plötzlich aus ihrer Deckung laufen und wegrennen. Ehe er reagieren kann, sind sie außer Schussweite und bei der Wagenkolonne ramponierter Gefängnis-Fahrzeuge im Westen des Geländes angekommen. Der Governor bemerkt drei seiner Freizeitsoldaten, die am Fuß des Wachturms zu seiner Linken herumlungern. Er ruft ihnen zu: »MACHT DIE ARSCHLÖCHER KALT! SOFORT!!«

Innerhalb weniger Sekunden eröffnen die Männer am Wachturm das Feuer auf die beiden Flüchtenden. Die

Salven der Maschinengewehre schwellen zu einem wahren Trommelfeuer an, und silberne Funken flimmern im Tageslicht.

Der Governor beobachtet das Kreuzfeuer um die beiden flüchtenden Männer, und ein direkter Kopftreffer schaltet den jüngeren der beiden aus. Der Junge in der Körperpanzerung wird in einer Wolke aus Blut, die so schwarz wie Erdöl ist, der Länge nach zu Boden geworfen. Der ältere Mann hält abrupt inne und beugt sich über seinen gefallenen Kumpanen.

Die Schützen stellen jetzt ihr Feuer ein. Der ältere Mann versucht dem jüngeren aufzuhelfen – in dem blauen Nebel aus Schießpulver und Staub ist es schwer zu sagen, was genau passiert ist, aber der Governor glaubt, dass der Mann um seinen Kameraden weint – ein Vater, der seinen sterbenden Sohn streichelt. Er hat den Kopf des Jüngeren in seinen Schoß gelegt, ehe er einen Schrei puren Wehklagens ausstößt.

Der ältere Mann schluchzt und schluchzt, hält noch immer den Körper des anderen in den Armen. Er scheint sich der Gefahren um sich herum überhaupt nicht mehr bewusst zu sein, sich um sein eigenes Leben nicht mehr zu scheren. Dem Governor wird beinahe schlecht bei dem Anblick.

Philip marschiert zu seinen Soldaten am Fuß des Wachturms, die mit gesenkten Waffen betreten herumstehen und mit belämmerten Blicken dem traurigen Geschehen bei der Wagenkolonne folgen. »Was zum Teufel ist euer Problem?«, brüllt der Governor, als er zu dem ersten Schützen tritt.

»O Gott ... Ich ... O Gott.« Der Mann mit der Massey

Ferguson-Baseballkappe – er hört auf den Spitznamen Smitty – hat sich einmal mit dem Governor im Diner an Woodburys Hauptstraße darüber unterhalten, dass er einen Truthahn für das Erntedankfest schießen wollte. Jetzt aber ist sein sprödes Gesicht eingefallen, und Tränen steigen ihm in die rot umrandeten Augen. »Ich habe … Ich habe gerade einen Jungen umgebracht.« Er wirft dem Governor einen gequälten Blick zu. »Ich habe gerade den Sohn von dem Mann da umgelegt, als ob es sich um krankes Vieh handelt.«

Der Governor schaut über den staubigen Basketballplatz und sieht den älteren Mann – seine Miene ist verbittert, und er hat graue Schläfen. Scheint um die fünfzig zu sein, vielleicht sogar Anfang sechzig, kniet gebeugt über dem Jungen. Sein Kiefer, das mit Pomade zurückgekämmte Haar und seine wettergegerbte Haut um die Augen lassen darauf schließen, dass er mal ein Landarbeiter war. Aber er besitzt auch eine gewisse Seriosität, was sein Jammern irgendwie fehl am Platz erscheinen lässt. Den Governor kümmert das herzlich wenig. Das Einzige, was ihn stört, ist die Tatsache, dass niemand das faltige Arschloch wegbläst. Der Governor dreht sich wieder zu Smitty um und meint: »Jetzt hör mir mal zu, das ist wichtig … Hörst du mir zu?«

Der Mann namens Smitty wischt sich mit dem Ärmel über die Stirn. »J …Jawohl.«

»Wie viele unserer Leute hat dieser sogenannte ›Junge‹ mit seinem Scheißgewehr heute umgebracht? Hä? WIE VIELE?«

Smitty senkt den Blick. »Okay … Schon verstanden.«

Der Governor legt seine behandschuhte Hand auf die

Schulter des Mannes und drückt zu. »Du solltest stolz darauf sein, dass du ihn umgebracht hast!« Dann gibt er ihm einen freundschaftlichen Stups. »Nun mach schon! Reiß dich zusammen. Wir sind hier noch nicht durch!«

»Okay«, gibt Smitty kleinlaut bei und nickt kurz angebunden. »Okay.« Er schaut auf seine Waffe, lädt nach, grunzt und flüstert dann kaum hörbar: »Wie auch immer.«

Der Governor hat eine neue Idee und will schon den Mund aufmachen, als er plötzlich eine Bewegung in seinem linken Augenwinkel erkennt. Er reißt den Kopf herum und sieht vier Gestalten, die aus dem Seitenausgang von einem der Gebäude stürmen. Anfangs deutet er nur mit dem Finger und sagt: »Da! DA ... HIER KOMMT ...!«

Aber die Worte bleiben ihm im Hals stecken, als er sieht, um wen es sich handelt.

Er erkennt den großen, gut aussehenden Mann namens Rick – der selbst ernannte Anführer –, wie er wie wild über den Basketballplatz humpelt. Sein schäbiger Gefängnisoverall ist um die Bauchgegend ganz dick von den vielen Verbänden. Zu seiner Linken ist eine Frau, zur Rechten ein kleiner Junge von etwa neun oder zehn Jahren. Rick hilft der Frau, als sie mit größter Mühe, als ob sie krank wäre, über einen Trümmerhaufen springt. Mit weit aufgerissenen Augen und von Panik ergriffen eilen sie durch die Nebelbank aus Staub. Es sieht ganz so aus, als ob sie auf das Tor im Nordwesten zurennen. Die vierte Person ist ihnen dicht auf den Fersen – eine jüngere Frau in einem dreckigen Laborkittel. Sie trägt eine Winchester.

Der Governor erkennt Alice auf der Stelle und schreit wie wahnsinnig: »LEGT DIESE VERRÄTERISCHE HURE AUF DER STELLE UM!«

Dreißig Meter östlich, unter dem Überbau von Zellblock D, beobachtet Lilly Caul die Geschehnisse, die sich vor ihren Augen auf der anderen Seite des Basketballplatzes abspielen. Die erste Salve Maschinengewehrfeuer zerschmettert die vorübergehende Gefechtspause und lässt Lilly die Haare zu Berge stehen. Sie schnappt sich ihr Gewehr vom Rücken und vergisst für einen Augenblick die heranrollende Welle der Untoten.

Die Armee aus Beißern, so dicht gestaffelt wie Batteriehühner, hat den Hang bereits hinter sich gelassen und schlurft jetzt wie eine riesige Meute verwesender Sturzbetrunkener durch das hohe Gras der angrenzenden Wiese. Aus der Distanz sehen sie aus wie eine Invasionsarmee, eine Truppe toter Zenturionen, die aus einer höllischen Totenstadt stammen – die Arme nach vorne ausgestreckt, immer wieder gegeneinanderprallend, die Köpfe von einer Seite zur anderen rollend, die Augen wie Reflektoren, die das Sonnenlicht widerspiegeln – und immer näher kommen, immer deutlicher zu erkennen sind, bis sie kurz vor dem äußersten Zaun stehen. Von Lillys Standpunkt aus kann sie nicht erkennen, wie alt oder groß sie sind, ob es sich um hauptsächlich Männer oder Frauen handelt und in welchem Zustand der Verwesung sie sich befinden, aber sie sind bereits nah genug, um sie riechen und hören zu können. Das ranzige Aroma von Ammoniak, von Zersetzung und das unaufhörliche tonlose Gestöhne wird von der Mittagsbrise an ihre Ohren getragen.

Lilly wird von Rick Grimes, seiner Familie und Alice abgelenkt, und zusammen mit dem Adrenalinschub aus purer Panik und Wut reicht es, dass Lilly das anstürmende Pack Beißer vergisst. Sie ergreift Austin und ruft: »Schau!«

Sie zieht ihn zu sich. »Schau, wen wir da haben! Scheiße, Austin ... KOMM SCHON!«

Sie rennen über den aufgeplatzten Asphalt des Basketballplatzes, die Waffen erhoben und schussbereit. Direkt vor ihnen in circa zwanzig Meter Entfernung feuert ein halbes Dutzend Milizsoldaten auf die flüchtende Familie.

»Los! Ihr müsst weiterrennen! LAUFT!«, brüllt Alice Rick zu, ehe sie eine Salve in Richtung der Angreifer abfeuert.

Lilly sieht, wie Alice kläglich versucht, Rick und seiner Familie lange genug Feuerdeckung zu geben, bis sie außer Reichweite sind, aber die Krankenschwester stellt keine große Bedrohung dar und ist rasch überwältigt. Eine der Kugeln bohrt sich durch ihr Bein und reißt ihr die Füße unter dem Körper weg, während eine zweite sie an der Schulter streift und zu Boden wirft.

Alice schaut mit blutbeschmiertem Gesicht auf, bemerkt drei Männer, die mit erhobenen Waffen und grimmigen Gesichtern auf sie zuschreiten. Sie spuckt und schnaubt verächtlich: »FICKT EUCH!«

Sie drückt ein letztes Mal ab und trifft den Mann neben dem Governor in den Magen.

»SCHEISS SCHLAMPE!«, brüllt der Governor, stürzt sich auf sie und tritt ihr das Gewehr aus den Händen.

Lilly nähert sich von der anderen Seite, die Remington im Anschlag. Sie ist bereit, jederzeit abzudrücken, und zielt auf die am Boden liegende Krankenschwester. Sie schaut Alice in die Augen, und Alice erwidert ihren Blick. Für einen Augenblick lang starren die beiden Frauen einander an, ohne ein Wort zu wechseln. Lilly erkennt die Frau kaum wieder, die einmal ihre Freundin und Vertraute war. Alice spuckt Blut nach Lilly, und Lilly verspürt einen

Anflug von rasender Wut, die ihr den Bauch zusammenzieht.

In ihrem äußeren Blickfeld sieht sie Familie Grimes auf der Flucht. Ein Schuss ertönt, zischt knapp an ihnen vorbei und wirft Funken neben Ricks linker Ferse auf.

Der einarmige Governor beugt sich über die Krankenschwester und spannt die Tec-9, indem er sie mit einem lauten, metallenen Klick gegen den Gürtel um seine Hüfte streift. Er entblößt die Zähne, atmet rasch durch die Nase, und Alice wendet den Blick von ihm ab, schließt die Augen. Sie ist bereit zu sterben. Der Governor zielt mit der Tec-9 auf ihr Gesicht und knurrt leise: »Verräterin ...«

Der Schuss lässt Lilly zusammenzucken. Alices Hinterkopf explodiert.

»Mach sie kalt«, brummt der Governor Lilly an, die ihn aber nicht hört.

»Was?« Sie hebt den Blick von der toten Krankenschwester. »Was hast du gesagt?«

Der Governor zischt sie an: »Ich habe gesagt, du sollst diese Motherfucker kaltmachen.« Er zielt mit der Pistole auf die fliehende Familie. »SOFORT!«

Lilly stellt sich auf, die Beine breit, die Schultern gerade, holt tief Luft, richtet die Waffe auf die drei fliehenden Gestalten in der Ferne. Nur noch fünfundzwanzig Meter, und sie haben es geschafft.

Während der nächsten eineinhalb Sekunden, ehe Lilly durch das Zielfernrohr schaut, erkennt sie im äußeren Blickwinkel eine Reihe von Dingen, die Alarmglocken in ihrem Gehirn auslösen. Sie sieht, wie die anderen Mitglieder der Woodbury-Miliz sich zum zerstörten Maschendrahtzaun umdrehen. Vor den Überresten der ehemaligen

Barrikade rollt der Tsunami aus Beißern unaufhörlich auf sie zu.

Es sind nur noch fünfzig Meter, und die erste Reihe der Herde gleicht einer albtraumartigen Tanzgruppe aus kranken Monstern, die in völlig zerfledderter Zivilkleidung auftritt – schimmelnde Anzüge, ausgefranste Kleider voller dunkler Gallensaftflecken und Latzhosen aus Jeans, die in Fetzen von den Trägern hängen. Ihre vor sich hin starrenden milchig-gelben Augen sind auf das Frischfleisch gerichtet, das auf dem Basketballplatz hin und her wuselt. Ihr Geruch erfüllt die Luft, vermischt sich mit Staubteufeln und formt so eine Nebelbank aus Totengestank. Die schräge Symphonie abgestorbener Stimmbänder erreicht das Crescendo eines psychotischen Musikzugs, hämmert vor sich hin und dröhnt in schiefem Einklang mit der falschen Musik ihres unaufhörlichen Stöhnens.

Lilly konzentriert sich auf ihre Aufgabe und hebt das Zielfernrohr ans Auge.

Für einen einzigen hektischen Augenblick überschlägt sie die Distanz zum Ziel, die Bahn der Kugel und erkennt dann, dass die fliehende Frau, die einen halben Schritt hinter ihrem Mann läuft, etwas eng an ihre Brust gedrückt hält.

Durch das Fadenkreuz sieht es so aus, als ob sie Sprengstoff oder Proviant trägt – eine Bombe, Handgranaten oder ein Maschinengewehr mit kurzem Lauf, eingewickelt in ein Stück Tuch. Lilly entscheidet sich, sie zuerst auszuschalten.

Sie hält die Luft an, richtet das Fadenkreuz auf die Frau und drückt rasch und entschieden ab.

Der Rückschlag bohrt den Schaft des Scharfschützengewehrs in Lillys Schulter, und eine Nanosekunde später sieht sie im Fernrohr, dass die Frau getroffen worden ist.

In dem schmalen, stark vergrößerten Blickfeld des Zielfernrohrs kommt es Lilly vor, als ob sie einen stummen Filmtod miterlebt. Der Rücken löst sich in Luft auf, macht einer blutroten Rose Platz, und der Körper verliert das Gleichgewicht. Die .308er-Patrone bohrt sich durch ihr Fleisch und durch das geheimnisvolle Bündel an ihrer Brust, sodass Fragmente von Knochen, Gewebe, Blutnebel und Knorpel durch die Luft fliegen.

Die Frau geht zu Boden, landet auf dem Asphalt, und ein kleines Etwas flutscht aus der Decke, sodass Lilly es durch das Fadenkreuz sehen kann. Sie erstarrt. Das Fernrohr scheint an ihrem Auge zu kleben, als ob es zuvor in flüssigen Stickstoff getaucht wurde. Sie kann sich von dem Anblick nicht losreißen.

Lillys Bauchgegend scheint zu gefrieren, als sie auf das rosige, kleine Ding im rechten oberen Winkel ihres Fernrohrs starrt.

Der Schrei des Kummers, den der Mann namens Rick ausstößt, dringt aus der Ferne an Lillys Ohren. Er hält inne, wirft einen Blick über die Schulter und glotzt voller Horror auf seine gefallene Frau. Er steht wie angewurzelt da, starrt noch immer auf die tödlich verletzte Frau und das fleischfarbene Etwas auf dem Boden. Der Junge erreicht den Zaun, dreht sich um, um zu sehen, was passiert ist. Der Mann winkt ihm zu, dass er weiter soll. »Schau nicht zurück, Carl! RENN WEITER!«

Der Junge aber ändert die Richtung, sprintet auf den Pritschenwagen zu, der an der nordöstlichen Ecke des Gefängnisgeländes geparkt ist. Weitere Schüsse ertönen von einigen Mitgliedern der Woodbury-Miliz, und der Mann namens Rick stürzt sich auf den Jungen, schnappt sich ihn. »NEIN, CARL! WIR SCHAFFEN ES NICHT BIS ZUM PRITSCHENWAGEN!« Der Mann dreht das Kind um. »WIR MÜSSEN DA ENTLANG! HALT DICH IMMER GEBÜCKT, UND WAS AUCH IMMER DU TUST, DU DARFST NICHT AUFHÖREN ZU RENNEN!«

Lilly bemerkt kaum, dass der Mann und der Junge sich umgedreht haben und jetzt in die entgegengesetzte Richtung zum gegenüberliegenden Tor laufen, wo es mittlerweile von der ersten Welle der Untoten nur so wimmelt. Die vorderste Reihe der Herde stolpert unbeholfen über die Überreste des Maschendrahtzauns und überflutet das Gefängnis. Ihre Mäuler schnappen in der Luft, und sie strecken die Arme nach dem viel verheißenden Frischfleisch aus. Einer nach dem anderen stolpert durch das riesige Loch im Zaun, und die Meute breitet sich im Zeitlupen-Ansturm im Gefängnisgelände aus, die hungrigen gelben Augen stets auf der Suche nach lebendigem Fleisch, aber Lilly kümmert das gerade wenig.

Sie kann sich einfach nicht von dem Anblick abwenden, den sie eigenhändig verursacht hat. Sie sieht etwas winzig Kleines, Fleischfarbenes, das unter der gefallenen Frau hervorlugt. Und wenn man genauer hinschaut, erkennt man einen Arm.

Den Arm eines Babys.

Zuerst bemerkt der Governor Lillys katatonischen Zustand überhaupt nicht. Er ist viel zu sehr damit beschäftigt, die sich rasch ändernde Lage einzuschätzen. Die erste Welle der Leichen ist jetzt weniger als fünfzig Meter von ihnen entfernt, schlurft unbeholfen über den rissigen Asphalt auf die letzten Überlebenden der Woodbury-Miliz zu und verbreitet ihren unsäglichen Gestank und ihre grässlichen Geräusche wie eine ansteckende Krankheit.

Der Governor sieht Rick Grimes und seinen Jungen, wie sie zu einem Loch zwischen zwei niedergerissenen Zäunen kommen und sich durch die Horde heranstürmender Zombies kämpfen. Der Mann feuert Schüsse in die Schädel der Kreaturen, die ihnen im Weg stehen und schafft so eine Lücke, durch die sie entfliehen. »Verrückt! Völlige Schwachköpfe«, grunzt Philip zu seinen Männern. »Verschwendet keine Kugeln mehr. Die Beißer kriegen sie so oder so.«

Und wie es der Governor vorausgesagt hat, lenkt der Lärm ihrer Flucht die Aufmerksamkeit sämtlicher Zombies auf sich, sodass Philip und seine Männer genug Zeit haben, das Gefängnis einzunehmen.

»Was zum Teufel …?« Der Governor bemerkt einen älteren Mann in Vollkörperpanzerung in fünfundzwanzig Meter Entfernung, der auf dem Boden neben der Leiche seines Sohnes kniet. »Warum verdammt noch mal atmet der alte Sack noch?«

Neben Philip zuckt ein schlaksiger ehemaliger Highschool-Mathematiklehrer namens Red nervös mit den Achseln. Er fummelt am Abzugshahn seines AR-15 herum, wirft einen Blick über die Schulter auf die Horde, die auf sie zukommt und dreht sich dann wieder zu dem älteren Mann in Vollkörperpanzerung an. »Hat sich nicht bewegt, nur die Waffe fallen gelassen und sich ergeben.«

Der Governor geht zu ihm hin. Das dröhnende Gestöhn der Beißer erfüllt die Luft. Philip fühlt sich, als ob Ameisen auf seiner Haut krabbeln würden. Er kann die immer näher kommende Herde aus dem Augenwinkel sehen. Sein Phantomarm kitzelt, als er seinen Zyklopenblick auf den schluchzenden Mann mit den zurückgekämmten grauen Haaren richtet.

Der ältere Mann schaut langsam zu ihm auf, als ob er noch immer in einem Albtraum gefangen ist und nicht aufwachen kann. Endlich schauen sie sich in die Augen. »Lieber Herr im Himmel«, murmelt er leise, als ob er eine Litanei aufsagt. »Bitte ... Töte mich einfach.«

Der Governor hält den Lauf der Tec-9 gegen die gerunzelte Stirn des älteren Mannes. Aber er schießt nicht – zumindest noch nicht –, sondern drückt den Lauf für eine halbe Ewigkeit härter und härter gegen die Stirn seines Gegenübers. Und während er den Mann auf den Knien anstarrt, will das Inferno von Rauschen in seinem Schädel nicht aufhören: ... *Staub zu Staub, aus und vorbei, er ist von uns gegangen, Philip Blake ist von uns gegangen.*

Der Schuss der Tec-9 unterbricht die Stimme und schickt den älteren Mann ins Jenseits. Oder ins Nirwana? Scheißegal.

Einen Moment lang starrt Philip Blake auf den alten Mann, der jetzt in einer frischen tiefroten Lache aus Blut neben seinem Sohn liegt. Die Lache breitet sich aus, bildet Flügel auf dem rissigen Asphalt, gleicht einem Rorschach-Test – zwei Engel nebeneinander, Flügel an Flügel, Märtyrer, Opferlämmer. Philip will sich schon abwenden, als er eine weitere Stimme hört, ängstlich und voller Trauer, die ganz aus der Nähe stammt.

Er dreht sich um und sieht, dass Lilly Caul zu der Grimes-Frau gegangen ist und über sie gebeugt auf die Überreste des Babys starrt. Austin Ballard ist nur wenige Meter hinter ihr, schaut voller Schrecken verwirrt drein, dreht sich zu den immer näher kommenden Beißern um. Die Herde ist mittlerweile nur noch dreißig Meter entfernt. Der Gestank und das Getöse sind beinahe unerträglich, und einige der Männer haben bereits das Feuer auf die erste Reihe eröffnet, lassen die Schädel derjenigen, die ihnen am nächsten sind, explodieren – einen nach dem anderen –, dekorieren den Asphalt in Rot und Schwarz.

»Was zum Teufel hat *sie* denn jetzt wieder?«, fragt der Governor niemanden außer sich selbst, als er sich Lilly nähert, die langsam den Kopf schüttelt, die Remington in einer Hand. Strähnen ihres kastanienbraunen Haares hängen ihr ins Gesicht.

Der Governor brüllt sie an: »Was zum Teufel hast du denn *jetzt* schon wieder? Wir müssen los, rein! WAS VERDAMMT NOCH MAL STEHST DU EINFACH DA RUM? ANTWORTE MIR, VERDAMMT NOCH MAL!«

Sie dreht sich ganz langsam um und wirft ihm einen solch verächtlichen Blick zu, dass es ihm beinahe den Atem verschlägt. Sie murmelt etwas, das er zuerst gar nicht hört.

»Was hast du gesagt?«, verlangt er und ballt seine eine behandschuhte Hand zu einer Faust.

»Du Monster«, wiederholt sie, diesmal lauter durch zusammengebissene Zähne.

Der Governor bleibt wie angewurzelt stehen, wie eine Schlange, eine Boa, die sich in der Gegenwart von Gefahr zusammenrollt – und das, obwohl die Horde immer näher kommt! Mit größter Vorsicht artikuliert der Governor jedes Wort einzeln. »Was. Zum. Teufel. Hast. Du. *Mich*. Gerade. Genannt?«

Austin dreht sich zum Governor um und richtet die Waffe auf ihn.

»Ich habe *gesagt*«, brüllt Lilly Caul zurück, und ihre Worte gleichen Dartpfeilen, die auf sein Gesicht gerichtet sind, angetrieben von den Tränen, die ihr die Wangen runterkullern, »dass du ein beschissenes Monster bist! SCHAU DIR AN, ZU WAS DU MICH GEZWUNGEN HAST!!« Ohne die Augen von ihm abzuwenden, deutet sie auf die ermordete Frau und das Baby. Das erbärmliche Bild zeigt das immerwährende Band zwischen Mutter und Kind. »MACH EINFACH NUR DIE AUGEN AUF UND SCHAU HIN!«

Jetzt tut er, wie ihm geheißen, und er *sieht* – vielleicht das erste Mal, seitdem er die Macht in Woodbury, Georgia, an sich gerissen hat, seitdem er der Governor geworden ist. Der Mann, der sich selbst Philip Blake nennt, *sieht* die Konsequenzen seiner Handlungen. »F-fuck«, murmelt er zu sich selbst, aber die Stimme wird von dem Trommelfeuer übertönt, das den erbarmungslosen Ansturm verfaulender Höllenleichen stoppen soll.

»Ein Baby!«, brüllt Lilly. »EIN BABY!« Sie dreht ihr Scharfschützengewehr um und rammt den Schaft dem Governor in seine ohnehin schon lädierte Visage. Der Schmerz rast seinen Nasenrücken empor, und der Aufprall wird von einem feuchten Bums begleitet. Er kann nichts mehr sehen, geht zu Boden. »DU HAST MICH GEZWUNGEN, EIN BABY UMZUBRINGEN!«

Der Governor fällt auf den Rücken und versucht sich wieder aufzurichten, aber in seinem Schädel läuten Alarmglocken. Schwindelgefühle übermannen ihn, rauben ihm den Atem. »W … Was willst du …?«

Lilly Caul richtet jetzt wieder den Lauf auf den Governor und stürzt sich auf ihn, rammt ihm den blauen Stahl so hart in den Rachen, dass sie ihm dabei zwei Schneidezähne ausschlägt. Der Lauf vergräbt sich so tief in seinem Schlund, dass er nur noch würgen kann.

Lillys Finger sucht den Abzugshahn, als Philip Blakes Auge die ihren findet.

Die Welt hört auf sich zu drehen, die Zeit steht still – als ob die Hölle selbst eingefroren ist.

TEIL 3

Der Fall

Des Todes Ruf ist ein Ruf der Liebe.

Hermann Hesse

Siebzehn

LILLY! NICHT!« Die Stimme gehört Hap Abernathy, dem Mitglied der Woodbury-Miliz, das ihr am nächsten steht. Dem pensionierten Busfahrer in seiner dreckigen Baseballkappe drohen die wie Silbermünzen aussehenden, weit aufgerissenen grauen Augen aus dem Kopf zu springen. Die anderen starren voll Horror auf die Szene, die sich vor ihnen abspielt. Einige heben beinahe unfreiwillig die Arme, während andere mit ihren Waffen auf Lillys Kopf zielen. Sie ist sich ihrer kaum gewahr, sondern konzentriert sich einzig und allein auf den knienden Governor mit dem Lauf ihrer Remington im Mund.

Warum drückt sie nicht ab? In ihrem Kopf tickt eine Uhr ... teilnahmslos, kalt, unbarmherzig. Sie zählt die Sekunden, bis sie sich dazu entscheidet, den Finger bis zum Anschlag zurückzuziehen und diese fürchterliche Ära zu beenden. Aber sie drückt nicht ab, starrt stattdessen auf das Gesicht der Verkörperung des Niederträchtigen, Wilden und Brutalen im menschlichen Tier.

Was Lilly nicht bemerkt – zumindest in diesem Augenblick –, ist, dass ihre Kameraden vorübergehend den Blick von der herbeischlurfenden Horde abgewendet haben. Die ersten Beißer – sie sind der ersten Welle nur wenige Schritte voraus – sind jetzt keine fünfundzwanzig Meter mehr entfernt. Ihre glasigen Puppenaugen sind auf die Menschen vor ihnen gerichtet, und sie stolpern tollpatschig auf die Ursache des süßen Duftes zu – die toten Arme nach den Leckerbissen ausgestreckt, die Finger zu Krallen geformt, um instinktiv nach den Lebenden zu grapschen und sie zu zerfetzen.

»Lilly, so hör mir doch zu«, sagt Austin Ballard, als er sich den Weg durch die anderen Freizeitsoldaten bahnt. Als er neben ihr steht, flüstert er ihr hastig ins Ohr: »Du musst das nicht tun ... Hör mir einfach zu ... Du kannst das auch anders regeln ... Du musst es wirklich nicht tun.«

Eine Träne kullert aus Lillys Augenwinkel die Wange hinab und tropft dann von ihrem Kinn. »Ein Baby, Austin ... Das war ein Baby.«

Austin kämpft gegen seine eigenen Tränen an. »Ich weiß, Lilly, aber so hör mir doch zu. Du musst doch nicht gleich ...«

Er hat aber keine Chance, seinen Gedanken fertig zu artikulieren, denn ein langer Schatten wirft sich plötzlich über ihn. Mit der Glock in der rechten Hand dreht Austin sich rasch um, ehe die ersten schleimigen, verwesenden, krallenartigen Finger ihn mit wildem Blutdurst packen.

Lilly wendet sich ebenfalls um und schreit bei dem Anblick auf. Austin zuckt zurück und drückt viermal kurz hintereinander ab – der erste Schuss ist zu hoch angesetzt, während Nummer zwei und drei sich in den Schädel vergraben, und der vierte lässt die Halsschlagader eines zweiten Zombies explodieren. Der erste Beißer krümmt sich, und eine Flut aus Gehirnflüssigkeit fließt an seinem Körper hinab, ehe er auf dem Boden zusammensackt. Der zweite Untote wird nach hinten geworfen. Aus seinem Hals spritzt gallertartiger Saft. Er prallt mit dem Rücken gegen den Kamm der Welle und reißt dann einige kleinere Beißer mit sich zu Boden.

Der Rest der Miliz flieht und schießt wie wild auf die Armee der wiederbelebten Leichen, die jetzt das Gelände eingenommen hat. Der staubige Dunst leuchtet mit dem Mündungsfeuer vollautomatischer Maschinengewehre auf. Funkensprühende Querschläger und Leuchtspuren zischen durch die Luft. Einige der Männer sprinten auf das nächste Gebäude zu – eine Tür ist im Schatten einer Nische halb sichtbar –, während andere wie verrückt mitten auf das sich stetig nähernde Pack Untoter feuern und Fetzen verfaulten Fleisches über der Meute explodieren lassen.

Lilly dreht sich wieder zum Governor um – und zwar genau in dem Augenblick, als er zum Angriff übergeht.

Er packt den Lauf der Remington und schlägt den Kolben so hart er kann Lilly ins Gesicht. Er tritt ihr gegen das Kinn, sodass ihre Unterlippe aufplatzt, ein Zahn abbricht und ihr Sterne vor den Augen kreisen. Sie ist vorübergehend von Sinnen, wird zurückgeworfen. Das Scharfschützengewehr gleitet ihr aus den Händen und fällt scheppernd zu Boden, als der Governor auf die Beine springt.

Ein Beißer wirft sich auf Lilly, und sie trifft ihn mit einem gezielten Kick im letzten Augenblick in die Bauchgegend. Der tote Teenager in zerrissener schwarzer Lederkutte krümmt sich, stolpert rückwärts, hält sich aber auf den Beinen. Obwohl sie doppelt sieht, ihre Lippe wie wild pocht und ihr das Blut aus dem Mund läuft, rennt Lilly davon und schnappt sich im Laufen ihren .22er Revolver aus der Jeans.

»LILLY! HIER ENTLANG!« Austin ist Lilly ein wenig voraus, schießt auf eine Welle Beißer, die aus einer anderen Richtung auf sie eindrängen. Panisch zeigt er auf eine Mauernische keine zehn Meter vor ihnen.

Lilly zögert. Sie wirft einen Blick über die Schulter, sieht, wie sich der Governor, ihr Gewehr in der Hand, umdreht. Er erwischt einen weiblichen Zombie aus nächster Nähe und zerstäubt der Alten den Schädel. Die Masse spritzt ihm ins Gesicht, sodass er rückwärts stolpert, sich schüttelt, hustet und auf den Boden spuckt.

Ein Schrei übertönt plötzlich alle anderen, er kommt aus der gegenüberliegenden Richtung. Lilly dreht sich rasch genug um, um einen ihrer Mitstreiter – einen untersetzten, dicklichen Schlosser aus Augusta namens Clint Mansell – zu sehen, wie er von den schwarzen Zähnen eines riesigen männlichen Zombies erwischt wird. Der Leichnam packt Clint am Genick und versenkt die Zähne in die blutigen Nerven unter all dem Fett. Clint Mansell geht zu Boden, und sein wässriger, gedämpfter Todesschrei scheint den Rest der Truppe aufzuwecken.

»ES SIND ZU VIELE!«, brüllt einer der Älteren, während er auf die Mauernische zuläuft und eine Salve nach der anderen aus seinem AK auf die Horde abgibt.

Lilly schickt einige gezielte Kugeln auf eine kleine Meute Beißer ab, die sich nach ihr recken. Jeder Schuss lässt einen verfaulten Schädel zerplatzen, sodass schwarzes Gewebe aus den Hinterköpfen fliegt. Plötzlich hört sie das psychotische Geplapper des Governors hinter sich.

»KEINE PANIK! DIE KÖNNEN NICHT ... SIND NICHT SCHNELLER ALS ... WO ZUM TEUFEL IST ...? SCHNAUZE! HÖRT MIR ZU, WIR KÖNNEN ... WIR KÖNNEN ... HALT VERDAMMT NOCH MAL DIE FRESSE!! WIR KÖNNEN ... REIN ... DAS GEFÄNGNIS ...

WIEDER AUFBAUEN ... WIR MÜSSEN ZUSAMMEN-HALTEN, LEUTE ... FUCK! FUCK! WIR SCHAFFEN DAS!!«

Auf einmal verspürt Lilly ein Kribbeln im Rücken, und eine merkwürdige Ruhe nimmt von ihr Besitz. Der Lärm des Chaos schwindet in ihren Ohren, wird zu einem leisen Dröhnen. Sie wirft das leere Magazin aus ihrer Ruger, holt ein neues vom Gürtel, wirft es ein und zieht den Schlitten zurück. Dann wendet sie sich zum Governor, der mit dem Rücken zu ihr die Stimmen in seinem Kopf anbrüllt.

Sie hat ungefähr sechzig Sekunden, ehe die nächsten Beißer sich auf sie stürzen werden. Also riegelt sie sich von der Außenwelt ab, verdrängt den Schmerz, den Klang von Austins Stimme, der mit ihr redet, die Angst, das ganze Tohuwabohu – alles.

Noch dreißig Sekunden. Auf einmal wirft der Governor einen Blick über die Schulter und sieht sie, wendet sich aber verächtlich wieder ab.

Sie hebt die Ruger und holt tief Luft.

Fünfzehn Sekunden.

Sie zielt.

Zehn Sekunden.

Sie drückt ab.

Wenn man die Tatsache bedenkt, dass das .22er Kaliber-Geschoss mit vierzig Gran Gewicht durch den Hinterkopf des Governors eintritt, das Gehirn aufmischt und aus seiner Augenhöhle wieder austritt, verspürt der Governor überraschend wenig Schmerzen. Sein gutes Auge wird an einem blutigen Faden in die Luft geschleudert, und der kalte Wind tritt in das Loch in seinem Schädel ein.

Für einen fürchterlichen Augenblick bleibt er, wie ein Patient ohne Narkose bei einer Hirnoperation, auf seinen langsam nachgebenden Knien aufrecht stehen, den Rücken seinen Angreifern zugewandt. Er ist sich gerade noch der Tatsache bewusst, dass der Tod mit der unaufhaltsamen Trägheit eines Güterzugs durch ihn fährt und ihn für immer mitnimmt.

Einen Sekundenbruchteil später versagt ihm sein Gehirn den Dienst, schickt keine Signale mehr an sein Nervensystem, aber es ist Zeit genug, um seinen Zustand in den tiefsten Falten seines Schädels zu registrieren. Die schlechte Nachricht verbreitet sich im Großhirn und in seinen Hirnhälften wie ein Lauffeuer, rast durch sein Gedächtnis und durch die unergründlichen Spalten und Falten seiner geheimen Persönlichkeitsstörung. Die Stimme in seinem Kopf ertönt erneut mit wiedergewonnener Kraft und beschert ihm eine *noch schlimmere* Nachricht, welche ihn in die Ewigkeit begleiten wird: Philip Blake ist seit knapp einem Jahr tot. Philip Blake ist Staub. Die Herrschaft des Governors war eine ... Lüge.

»NNNGGHHUH ...!!« Ein verzerrter Schrei entweicht dem Mund des Governors, als er blindlings umherstolpert, ein letztes Mal versucht, mit der Stimme in seinem Kopf zu diskutieren, aber sein Körper ist jetzt so schwer wie der eines Elefanten, eines sterbenden Elefanten, der von der Totenstarre seines eigenen Gewichts erdrückt wird.

Die Herde der Beißer rückt unaufhaltsam nach, ihre krallenartigen Finger grapschen nach dem warmen, nahrhaften Fleisch des Governors. Ihr unaufhörliches Stöhnen, das wie ein Strahlentriebwerk klingt und verfaulten Atem ausstößt, sowie das wässrige Grunzen lassen die Hörnerven des Governors ein letztes Mal Signale ins Nichts schicken, als der Lärm des Massenansturms ihn übermannt und seine innere Stimme auslöscht, die ihn mit der brutalen Wahrheit konfrontiert: *Er ist nicht mehr ... Er ist schon lange nicht mehr ... Er liegt in der Erde ... Tot ... Vorbei ... Er existiert nicht mehr!*

Der Governor spürt kaum noch, wie Lilly ihm in den Rücken tritt.

Ihr Kick lässt ihn blindlings nach vorn stolpern. Er rudert vergeblich mit seinem noch vorhandenen Arm, es ist beinahe komisch, wie die Flosse eines Fisches, als er in die verwesende, glitschige Masse der wiederbelebten Kadaver stürzt. Die Beißer packen ihn mit ausgestreckten Armen und reißen ihn mit schnappenden Kiefern in Fetzen, und er geht in dem wilden Gedränge zu Boden, windet sich in der fürchterlichen Finsternis, ehe er ein letztes Mal die Stimme erhebt.

»PHILIP BLAKE LEBT!!«

Seinen Todesschrei, wenn auch heiser und so dünn wie Reispapier, können alle in einem Umkreis von dreißig Meter hören.

»PHILIP BLAKE LEBT!!«, brüllt er, als schwarze, schleimige Zähne sich in sein Fleisch graben, ihn zu Boden zwingen, Schneidezähne ihm die Fetzen vom Leib reißen und sich in die Schwachstellen seiner Körperpanzerung vergraben. Dann ist der Hals an der Reihe, seine Extremitäten, seine Wunden – sie müssen zuerst die Augenklappe verschlingen, ehe sie wild vor Blutdurst über seine leere Augenhöhle herfallen. Sie reißen seine Nase auf und saugen das Gewebe aus den Innenhöhlen wie Trüffelschweine, die in der Erde nach verborgenen Schätzen suchen. Die letzten warmen Überreste seines Lebens fließen jetzt in einem wahren Blutsturz aus ihm heraus, der seine Angreifer in ein Taufbecken aus roter Lebensflüssigkeit taucht. Dann macht sich blinde Fresswut breit, und Sehnen und Fleisch werden von den Knochen gezerrt. Der Governor wird ausgeweidet und geviertelt, um den Leichnam in kleinere, fressbare Stücke aufzuteilen … Die letzten gespenstischen Zuckungen des Gehirns beschäftigen sich immer wieder – wie eine Langspielplatte mit Sprung – mit ein und demselben Spruch: PHILIP BLAKE LEBT PHILIP BLAKE LEBT PHILIP BLAKE LEBT PHILIP BLAKE LEBT PHILIP BLAKE LEBT PHILIP BLAKE LEBT PHILIP BLAKE LEBT PHILIP BLAKE LEBT PHILIP BLAKE LEBT PHILIP BLAKE LEBT PHILIP BLAKE LEBT PHILIP BLAKE LEBT PHILIP BLAKE LEBT PHILIP BLAKE LEBT PHILIP BLAKE LEBT …

Innerhalb weniger Augenblicke bleibt nichts weiter übrig als eine Fressorgie und Blut …

… und das nicht enden wollende Rauschen auf Brian Blakes Gehirnmonitor.

Lilly Caul wendet sich von dem grausamen Schauspiel ab – die Haare stehen ihr vor Entsetzen zu Berge. Sie hat beide Ruger gezückt, eine in jeder Hand – und merkt, dass es auch einen vorteilhaften Nebeneffekt dieses Blutdursts gibt. Die Kreaturen, die den Governor verschlingen, Kreaturen von der Art, wie er sie zur generellen Erheiterung Woodburys benutzt hat, sind so beschäftigt mit ihm, dass Lilly eine Möglichkeit sieht, zu entkommen. Es ist nichts weiter als eine kurze Ablenkung, während Dutzende von Beißern nichts anderes im Kopf haben, als Philip in Stücke zu reißen. Der Ansturm ist ins Stocken geraten. Sämtliche Beißer sind von dem Blutdurst angesteckt, wollen nur das Eine, und immer mehr von ihnen werfen sich auf die Überreste des Governors, um auch noch die letzten Bissen warmen Fleischs zu ergattern.

Während des vorübergehenden Aufschubs stehen die restlichen Mitglieder der Woodbury-Miliz wie gelähmt zwischen der Herde und der Mauernische da und können ihren Augen kaum trauen. Sie sehen zu, wie ihr Anführer zu einem schleimigen Haufen reduziert wird, der aus feuchten Gewebeschnipseln und zerfetzten Klamotten besteht. Pures Adrenalin scheint jetzt durch Lillys Adern zu pumpen, und sie wird sich der Situation bewusst, in der sie stecken. In der ganzen Aufregung hat sie Austin aus den Augen verloren. Und genau in dem Augenblick, ehe sie eine Chance hat, ihn ausfindig zu machen, bemerkt sie, dass der Weg zur Mauernische und der Tür frei ist.

»HEY!« Sie versucht die anderen aus ihrer Trance zu reißen, sieht die vier entsetzten Männer und eine Frau – Matthew, Hap, Ben, Speed und Gloria Pyne –, wie sie langsam den Rückweg einschlagen, die Augen aber noch immer auf das Schauspiel vor sich gerichtet haben. »SCHAUT MICH AN! JEDER EINZELNE VON EUCH, UMDREHEN UND MICH ANSEHEN!«

Und innerhalb nur eines Moments ändern sich die Machtverhältnisse auf dem vor Beißern wimmelnden, stinkenden Basketballplatz. Mit Adrenalin vollgepumpt, entdeckt Lilly eine Stimme, von der sie gar nicht wusste, dass sie sie besaß: Ein tiefer Bariton aus ihrem Innersten, die Stimme ihres Vaters, streng, aber fair, standhaft, aber bescheiden und laut genug, um einen Köter von der

Veranda zu brüllen. Jetzt versucht sie es erneut, diesmal allerdings mit ihrer neuen Stimme.

»DAS HÄLT NUR EIN PAAR VON IHNEN AUF UND SELBST DAS NICHT BESONDERS LANGE!« Sie deutet auf die Fressorgie und zeigt dann mit dem Daumen auf die nächstgelegene Mauernische, die tief im Schatten liegt. »ALSO LOS! FOLGT MIR!«

Sie läuft auf das Gebäude zu. Die anderen folgen ihr, einige werden sogar aus ihrer Trance gerissen und feuern Schüsse in den Schwarm. Ein paar Beißer haben sich von der Armee gelöst und schlurfen bereits auf sie zu, aber wenige Schüsse später fliegen auch ihre Schädel durch die Luft. »IMMER WEITER LAUFEN UND SCHIESSEN!«, brüllt Lilly. »ICH HABE BALD KEINE MUNITION MEHR – WIR MÜSSEN ...!«

Es folgt ein lauter Knall, und Lilly bleiben die Worte im Mund stecken. Sie dreht sich um und sieht Austin – er fällt rücklings zu Boden, und zwei Zombies hängen an seinen Beinen – er feuert die Glock ab, verballert die letzten Kugeln im Magazin, zielt in die generelle Richtung ihrer Schädel. Eine Kugel erwischt den Mann mitten im Kopf, aber die Frau erleidet lediglich einen Streifschuss. Austin flucht laut auf und wehrt sich mit allen Kräften gegen sie. Die dickbäuchige ehemalige Hausfrau – noch immer in ihren dreckigen Kittel gekleidet – schnappt mit ihren verwesenden Zähnen nach Austins Handgelenken und wild herumkickenden Beinen.

»AUSTIN!!«

Lilly rennt auf ihn zu, hebt ihre Waffen, ist in Sekundenschnelle bei ihm und schickt genau gezielte Kugeln in Richtung der Hausfrau a.D. Direkte Kopftreffer werfen die Untote zurück. Sie lässt von Austin ab, weil ihr Schädel explodiert. Gehirngewebe und anderes Zeug sprüht durch die Luft, bis nur noch ein halber Kopf übrig bleibt. Sie landet neben Austin, der Schädel gleicht einem ausgelöffelten Kürbis, sodass man Teile ihres infizierten Großhirns sehen kann – der Anblick erinnert an Biologieunterricht an der Highschool. Plötzlich entweicht eine Gaswolke aus ihrem vermoderten Schädel, sodass Austin sich hustend wegrollt und würgt.

Lilly kommt zu ihm, steckt die Pistolen wieder in den Gürtel und schnappt sich eine von Austins Händen mit der Kraft eines Schraubstocks. Sie reißt ihn auf die Beine. »Komm schon, Schönling ... Wir müssen hier weg.«

»Meinetwegen«, murmelt er mit merkwürdiger Stimme und rafft sich auf.

Gefolgt von den anderen, laufen sie zur Mauernische, öffnen die aufgebrochene Metalltür und stehen plötzlich in den unbekannten Katakomben von Zellblock D.

Die stetig anwachsende Zahl an Beißern, die sich über die niedergerissenen Zäune kämpfen, um an der Fressorgie teilzunehmen, lässt die Herde noch größer und furchtbarer werden. Mittlerweile hat sie das ganze Gelände in Anspruch genommen, sodass es in jeder erdenklichen Ecke von zerfetzten, schimmelnden Kreaturen wimmelt – jeder Quadratzentimeter jedes Hofes und Basketballplatzes ist voller Zombies. Manche von ihnen schaffen es, in die Gebäude einzudringen, sie zwängen sich durch offene Türen, die die in Panik fliehenden Gefängnisinsassen haben offen stehen lassen. Der wahnwitzige Lärm und der Gestank durchfluten die Gänge, und ihr grausames Stöhnen hallt durch die menschenleeren Flure.

Weit oben auf dem Kamm hält einer der Überlebenden aus dem Gefängnis inne und wirft einen letzten Blick auf ihr vorübergehendes Zuhause, das jetzt von lebenden Toten überrannt wird.

Wenn es ein prägnanteres, passenderes Bild vom Ende der Welt geben sollte, so wüsste niemand derer, die jetzt auf das Tohuwabohu in der Senke unter ihnen schauen, wie es aussehen könnte. Das riesige Gelände, das sich über mehrere hundert Morgen Land erstreckt, schwimmt förmlich vor sich bewegenden Leichen. Aus dieser Entfernung sieht das Ganze wie ein Haufen schwarzer Punkte aus, die ein pointillistisches Gemälde direkt aus der Hölle abbilden. Die umherstolpernde Menge füllt jede noch so kleine Nische aus. Es ist schwer zu schätzen, aber wahrscheinlich sind es Tausende an der Zahl. Sie stoßen grässliche Schreie und Grunzlaute aus, als ob der sie ständig antreibende, krebsartige Hunger sie von innen her auffrisst. Der Anblick treibt denjenigen Tränen in die Augen, die viele Monate in Sicherheit im Gefängnis verbracht haben. Das Bild hat sich für den Rest ihrer Leben in ihre Gehirne gebrannt. Das Gefängnis ist für sie zu einem Symbol für den bevorstehenden Untergang geworden.

Die letzten paar Seelen, die in den naheliegenden Wald geflohen sind, starren kurz auf den Schwarm, halten es aber nicht lange aus, ehe sie sich abwenden, um sich dann auf die mühsame Suche nach einem geeigneten Unterschlupf zu machen.

Ein ohrenbetäubend lauter Knall hallt durch das Gewölbe und erschüttert die Wände bis ins Mark. Die Mitglieder der Woodbury-Miliz erschrecken, als das Gefängnis der schieren Macht des Ansturms nachgibt, und die fürchterlichen

Geräusche schlurfender Füße und toter Stimmbänder unentwegt von allen Seiten auf sie eindringen. Die Überlebenden kauern in der Mitte der trostlosen, heruntergekommenen Empfangshalle voller Müll, schnappen nach Luft und überlegen, was ihr nächster Schritt sein könnte.

»Austin!« Lilly deutet auf ein Regal an der hinteren Wand der Halle, auf dem Metallrohre, Fahnenmasten und sonstige Gerätschaften liegen. »Tu mir einen Gefallen, schnapp' dir ein Metallrohr und klemm' es vor die Tür da!«

Austin eilt humpelnd in die Finsternis der hinteren Ecke und schnappt sich ein Rohr. Er dreht sich zum Seiteneingang um, über dem ein Schild mit der Aufschrift KORRIDOR D-1 hängt, positioniert die Verstärkung an der Tür und klemmt sie zwischen einem kaputten Scharnier auf der einen Seite und einem abgenutzten Bolzenhalter auf der anderen ein. Kaum ist er fertig, erbebt sie von den Schlägen der Beißer auf der anderen Seite.

Austin schreckt zurück. Putz regnet auf ihn herab, und das Metall beginnt zu quietschen. Eine Horde Zombies wirft sich gegen die Tür, um an das heißbegehrte Fleisch zu kommen, das sie wie Fliegen anzieht.

»Die brechen die Tür noch auf!«, wimmert Matthew Hennesey aus der vorderen Ecke der Halle. »Es sind einfach zu viele!«

»Nein, das wird schon!« Lilly eilt zum Haupteingang und stemmt sich gegen den metallenen Schrank, der bis zum Anschlag mit schweren Akten und Nachschlagewerken gefüllt ist. »Los, helft mir mit diesem Biest – Matthew und Ben – setzt euch in Bewegung!«

Sie schieben und ächzen, bis das riesige Möbelstück vor der Tür steht.

Die Halle ist circa fünfzig Quadratmeter groß, und abgetretene Kacheln bedecken den Boden. An den angestrichenen Betonporensteinen kann man überall verwitterte Graffiti sehen, eines der vielen Anzeichen der jahrelangen Gefängnisaufnahme, die nicht spurlos an der Halle vorbeigegangen sind. Die Luft riecht nach Kreide und hat einen säuerlichen Beigeschmack wie das Innere eines alten Kühlschranks. Vor einer Wand steht ein verdreckter alter Empfangsschalter mit einer Glasscheibe, an dem neue Insassen im Namen des Bundesstaates Georgia willkommen geheißen wurden. Eine weitere Wand ist voller Einschusslöcher, und die kaputten Porträts ehemaliger Gefängnisdirektoren und Politiker hängen schief in ihren ramponierten Rahmen. Fehlender Strom taucht die Halle in kalte Dunkelheit, aber das Tageslicht strömt durch die hohen, mit Metallstäben versehenen Fenster und erhellt den Raum gerade genug, dass Lilly die entsetzten, vor Angst verzerrten Gesichter ihrer Mitstreiter sehen kann.

Außer Lilly und Austin besteht die zusammengewürfelte Gruppe Überlebender in der Empfangshalle aus weiteren vier Männern und einer Frau: Matthew Hennesey, der Maurer aus Valdosta so um die zwanzig, der mit einer ganzen Ladung halb leerer Munitionstaschen bestückt ist und eine nassgeschwitzte Tarnjacke trägt; Hap Abernathy, ein ausgemergelter, grauhaariger und schon pensionierter Schulbusfahrer aus Atlanta, der mit seinem ausgeprägten Humpeln und verarzteten Brustkorb eher einem Kandidaten für eine neue Hüfte gleicht; Ben Buchholz, ein Mann mit auffallend hervorstehenden Augen aus Pine Mountain, der seine gesamte Familie bei einem Massenangriff der Beißer in der Nähe des F.D.Roosevelt-Nationalpark verloren hat und den Anschein macht, als ob ihn dieses Trauma gerade wieder einholt; Speed Wilkins, ein übermütiger neunzehnjähriger Highschool-American-Football-Star aus Athens, dessen Großtuerei auf einen Schlag verschwunden ist und der den Eindruck macht, als ob er sich mit Schnaps die Birne weggeknallt hat, und Gloria Pyne, deren verwundetes Bein notdürftig verbunden ist und deren tiefliegende, von Erschöpfung geprägte Augen noch immer unter ihrer blutbesudelten Schirmmütze mit der Aufschrift DER NEBEN MIR IST EIN IDIOT funkeln.

Ein weiterer dumpfer Schlag lässt sie alle zusammenzucken. »Immer mit der Ruhe, Herrschaften.« Lilly stellt sich mit dem Rücken zum Haupteingang vor den Überresten ihrer Miliz auf. Die beiden Ruger hat sie in die Halfter gesteckt. Munition ist ein Problem, denn außer zwei Kugeln im Lauf stehen ihr nur noch zwei Magazine zur Verfügung – eines mit sechs Patronen, das andere mit einer. Ein Kratzgeräusch stellt ihr die Haare im Nacken auf. Der Schwarm wirft sich erneut gegen die Tür, und der Schrank beginnt unheilvoll zu wackeln und zu knarzen. »Das ist unwahrscheinlich wichtig … Ich meine, dass wir Ruhe bewahren und nicht in Panik ausbrechen.«

»Willst du mich verarschen?!« Hap Abernathy fixiert sie mit seinen grauen Augen. »Ruhe bewahren? Hast du mitgekriegt, wie viele von den Beißern da draußen auf uns warten? Es ist doch nur eine Frage der Zeit, ehe …«

»HALT DEN MUND!«, brüllt Austin den Mann an. Seine Augen leuchten vor Wut auf, und Lilly hebt bei diesem für Austin höchst ungewöhnlichen Ausbruch eine Augenbraue. »Halt einfach die Schnauze und lass die Lady reden. Oder vielleicht willst du auch nur …!«

»Austin!«, unterbricht Lilly ihn und bedeutet ihm mit einer Geste ihrer behandschuhten Hand den Mund zu halten. Sie trägt noch immer die fingerlosen Autohandschuhe, die Austin ihr am Abend zuvor gegeben hat. »Ist schon gut. Er sagt ja nur das, was alle denken.« Lilly lässt den Blick über die Truppe schweifen, und die Stimme ihres Vaters kommt wieder in ihr hoch. »Ich bitte euch, mir zu vertrauen. Nur so kann ich euch hier herauskriegen.«

Sie wartet, während ihre Leute um Fassung ringen, sich wieder beruhigen. Hap Abernathy starrt zu Boden, sein AR-15 in den Armen, als ob sie eine Schmusedecke wäre. Dann wieder ein dumpfer Schlag, und erneut zucken sie zusammen. Darauf ein Krachen aus den Tiefen des Gefängnisses; irgendetwas fällt zu Boden und zerbirst in tausend Stücke. Das Geräusch scheint vom Stockwerk über ihnen zu stammen.

Die Beißer haben es geschafft, in Zellblock D einzubrechen – einer der Hintereingänge stand offen –, aber niemand weiß, wie viele es sind oder welche Teile des Gebäudes sie erobert haben.

»Hap?« Lillys Stimme ist sanft. »Alles klar bei dir? Stehst du hinter mir?«

Er nickt langsam, hebt aber nicht den Kopf. »Ja, Ma'am ... Ich bin dabei.«

Dann herrscht einen Augenblick lang Ruhe, ehe das Schlagen und das tiefe, allgegenwärtige Stöhnen und Geifern der Beißer, die ihnen an die Pelle wollen, die Luft mit unbeschreiblicher Spannung füllt. Niemand spricht Lillys Hinrichtung des Governors vor aller Augen an, sondern jeder ignoriert diese Tatsache mit aller Kraft, die er noch aufbringen kann. Tief in ihrem Bewusstsein wussten wahrscheinlich alle, dass es früher oder später passieren musste. Sie sind gewissermaßen alle Kinder dieses Menschen schändenden Übervaters und versuchen sich von dem unvermeidlichen und logischen Schluss zu erholen – und wie misshandelte Kinder überall auf der Welt verdrängen sie als Erstes instinktiv ihre ungelösten Probleme. Sie schauen Lilly jetzt mit neuen Augen an, warten darauf, dass sie die Führung übernimmt.

»Hier sind wir sicher«, verkündet sie endlich. »Zumindest vorübergehend. Wir stehen Wache bei den Fenstern und sichern sämtliche Türen, so gut es geht. Wie viel Munition habt ihr noch?«

Sie kramen in ihren Gürteln und überprüfen die Magazine ihrer Waffen, und es dauert eine Weile, bis sie alle fertig sind. In der Hitze des Gefechts haben sie den Überblick verloren. Matthew ist am besten ausgestattet – er hat noch zwei Dutzend 7.62-mm-Kugeln und sieben weitere im Magazin seines AK stecken. Der Rest ist aber kaum der Rede wert. Austin hat noch eine einzige Kugel für sein Garand – Gloria leiht ihm eine Glock 17, die sie nicht braucht. Lilly überprüft die zwei Magazine ihrer Ruger und bestätigt den anderen, dass sie nur noch vier Schuss übrig hat.

»Okay, das heißt, dass wir nicht gerade bis an die Zähne bewaffnet sind, aber hier sind wir sicher«, meldet sich Gloria, nimmt die Schirmmütze ab und fährt mit den Fingern durch ihre rot gefärbten Haare. »Und jetzt? Wie lautet der Plan? Wir können nicht einfach ewig hierbleiben.«

Lilly nickt. »Ich finde, wir sollten warten, bis der Schwarm sich wieder beruhigt, vielleicht sogar aufgelöst hat.« Sie schaut ihre Truppe der Reihe nach an, schenkt jedem einen respektvollen Blick, als ob sie ihrer Truppe eine Alternative bietet, die es aber nicht gibt. »Wir bleiben über Nacht hier und wägen die Lage morgen früh neu ab.«

Es folgt betretene Stille, aber niemand stellt ihren Plan in Frage.

Später machen es sich die sechs Überlebenden in diversen Nischen und Ecken der Empfangshalle so bequem wie möglich, damit sie zumindest so tun können, als ob sie sich ausruhen. Lilly und Austin haben sich im Schatten hinter dem Empfangsschalter niedergelassen. Sie bedecken den Boden mit einer Plane, die sie im Lagerschrank gefunden haben, um zumindest ein Mindestmaß an Bequemlichkeit zu gewähren. Dann hocken sie sich darauf, die Rücken gegen die Aktenschränke gelehnt, die an der Wand stehen. Ihre Waffen haben sie auf die Regale hinter sich gelegt, und der nicht enden wollende Lärm der stöhnenden Beißer dringt von draußen an ihre Ohren.

Keiner von beiden scheint Lust zum Reden zu haben. Sie verbringen die Zeit damit, sich gegenseitig festzuhalten, streicheln mit den Fingern über die Arme und Haare des anderen. Was sollen sie auch sagen? Die Welt ist außer Kontrolle geraten, und sie versuchen lediglich, sich aneinander festzuhalten. Lilly kann nicht abschalten, tupft mit einem Papiertaschentuch immer wieder das Blut ab, das aus ihrer geplatzten Lippe rinnt. Ihr Blick wandert durch die Halle und sie bemerkt die eine oder andere merkwürdige Sache wie zum Beispiel den Lufterfrischer, der nach Pinien duftet und über ihren Köpfen von einer Lampe baumelt, den unerklärlichen Blutfleck an der Decke oder die Beule unter Austins Ärmel.

»Lass mal sehen«, sagt sie spät in der Nacht. Ihr Magen

knurrt. Sie weiß nicht, ob es an ihren bis zum Zerreißen angespannten Nerven oder der Tatsache liegt, dass sie seit beinahe vierundzwanzig Stunden nichts mehr zwischen die Zähne gekriegt hat. Sie untersucht den Ärmel von Austins Lederjacke und bemerkt zwei Einstiche über der Beule. »Was zum Teufel ist das?«

»Okay, jetzt reg dich nicht gleich so auf«, fährt Austin sie an, als sie den Ärmel wegschiebt und das Hemd hochkrempelt. Austin hat ein verblichenes blaues Tuch über das Handgelenk gebunden, das jetzt voller Blut ist.

Vorsichtig zieht sie das Tuch beiseite und begutachtet die Wunde. »O Gott! Nein!«, stöhnt sie entsetzt auf. »Bitte sag mir, dass die vom Zaun sind.«

Von dem Blick, den er ihr unter seinen widerspenstigen Locken zuwirft – eine verblüffende Mischung aus Trauer, Entschlossenheit, Kummer und Ruhe –, weiß Lilly sofort, dass er sich das Handgelenk nicht am Stacheldraht aufgerissen hat.

Achtzehn

Die Bisswunde ist tief – der Rand hat sich bereits verdunkelt, und es ist eindeutig, dass die Infektion sich ausbreitet –, so tief, dass die Zähne sich vielleicht sogar bis in eine Arterie versenkt haben und es an ein Wunder grenzt, dass Austin noch nicht verblutet ist. Lilly springt auf. Ihr Herz pocht heftig in ihrer Brust, und in ihrem Kopf herrscht Chaos. Sie stammelt: »Um Gottes willen ... Austin, wir müssen ... Verdammt ... Die Erste-Hilfe-Koffer sind ... Fuck ... FUCK!«

Jetzt steht auch Austin auf, wickelt das Tuch wieder um die Wunde und will schon etwas sagen, aber Lilly eilt wie ein Wirbelwind durch die Regale und Schubladen in der Empfangshalle, um etwas – irgendetwas – zu finden, mit dem sie der Infektion Einhalt gebieten kann. »Wir müssen die Wunde sofort versorgen, ehe sie ... SCHEISSE!«

Lilly reißt sämtliche Schubladen auf, wühlt sich durch alte Akten und Dokumente, staubige Aufnahmescheine, Bürobedarf, Bonbonpapier und leere Schnapsflaschen. Dann wendet sie sich an Austin und meint: »Ein Druckverband!«

»Lilly ...«

Sie packt ihr Jeanshemd und reißt mit zitternden Händen einen Streifen ab. »Wir müssen einen Druckverband anbringen, ehe ...!«

»Was zum Teufel ist denn da los?!«

Die Stimme kommt vom gegenüberliegenden Ende der Empfangshalle und dringt durch das Loch im Glas über dem Schalter an ihre Ohren. Gloria Pyne hat sich eine Umzugsdecke umgeworfen, und ihre roten Augen lassen darauf schließen, dass sie geschlafen hat. Sie klopft an die Scheibe.

Lilly holt tief Luft und versucht, einen gefassten Eindruck zu machen. »Ach, nichts, Gloria. Es ist nur, dass ...«

»Was ist denn mit Austin los?« Sie hat das blutige Tuch über seinem Handgelenk bemerkt. »Ist das ein Biss?« Gloria starrt auf den Verband. »Ist er gebissen worden?«

»Nein, verdammt noch mal, er hat sich nur verletzt ...«

»Lilly, komm mal kurz her, bitte!« Austin legt ihr einen Arm um die Schultern und drückt sie sanft an sich, blickt ihr in die Augen und lächelt traurig. »Es ist zu spät.«

»Was?! NEIN! Was faselst du da für einen Schwachsinn?«

»Es ist zu spät, Schätzchen.«

»Nein! Nein! Fuck, nein! Das darfst du nicht sagen!« Sie blickt durch die staubige Empfangshalle und bemerkt, dass sich die gesamte Truppe vor ihrem Schalter versammelt hat. Das Mondlicht dringt durch die hohen Fenster und scheint auf ihre entsetzten Grimassen. Alle Augen sind weit aufgerissen und auf Austin gerichtet.

»Lilly ...«, fängt Austin an, aber sie würgt ihn mit einer erhobenen Hand ab und dreht sich dann zu den anderen um. »Geht wieder schlafen, verdammt noch mal, jeder Einzelne von euch ... MACHT SCHON! WIR BRAUCHEN EIN WENIG PRIVATSPÄHRE!!«

Langsam dreht sich einer nach dem anderen um und verschwindet wieder im Schatten der Empfangshalle. In der darauffolgenden Stille wendet Lilly sich Austin zu und sucht verzweifelt nach den richtigen Worten. Sie wird ihm unter gar keinen Umständen erlauben aufzugeben.

Austin legt ihr die Hand auf die Wange. »Früher oder später musste es ja passieren.«

»Worüber verdammt noch mal redest du?!« Sie versucht die Tränen zu unterdrücken, die ihr in die Augen steigen. Sie kann es sich nicht leisten, jetzt zu weinen. Vielleicht wird sie eines Tages wieder fähig sein, ihren Tränen freien Lauf zu lassen. Aber nicht jetzt. Jetzt muss ihr etwas einfallen – und zwar schnell. »Okay … Pass auf, ich glaube, wir müssen hier drastisch vorgehen.«

Er schüttelt ruhig den Kopf. »Ich weiß, was du vorhast, aber leider ist es auch für eine Amputation zu spät, Lilly. Ich kann das Fieber schon spüren. Die Infektion hat sich bereits ausgebreitet. Es gibt nichts, was du noch tun kannst. Es ist einfach zu spät.«

»Verdammt! Willst du endlich damit aufhören, so einen Scheiß zu reden?« Sie löst sich von ihm. »Ich werde dich nicht verlieren!«

»Lilly …«

»Nein, nein … Das ist einfach nicht akzeptabel!« Sie fährt sich mit der Zunge über die Lippen, lässt den Blick erneut durch die Empfangshalle schweifen und überlegt, sucht händeringend nach einer Antwort. Dann dreht sie sich wieder zu Austin um, sieht seine Miene, und plötzlich verlässt sie jeglicher Kampfgeist, jegliche Hoffnung. Sie weiß, dass er recht hat, dass sie nichts mehr für ihn tun kann. Wie ein Luftballon mit einem Loch sackt sie in sich zusammen und stößt dann einen langen, qualvollen Seufzer aus. »Wann ist es passiert? War es die dicke Beißer-Frau, die dich angegriffen hat, ehe wir ins Gefängnis sind?«

Er nickt. Sein Gesichtsausdruck scheint noch immer sehr ruhig, beinahe verzückt, wie ein Mann, der gerade eine religiöse Offenbarung erlebt hat. Er legt ihr eine Hand auf die Schulter, streichelt sie. »Du wirst das hier überleben. Ich weiß es. Wenn es irgendjemand schafft, dann du.«

»Austin ...«

»In der Zeit, die mir noch bleibt ... Ich weiß nicht, ich will mich damit nicht beschäftigen. Verstehst du?«

Lilly wischt sich jetzt doch ein paar Tränen aus den Augen. »Es gibt so vieles, was wir nicht wissen. Ich habe von diesem einen Typen gehört, den sie auch gebissen haben, in der Nähe von Macon, und der ist nie zur anderen Seite übergegangen. Dem haben sie einen ganzen verdammten Finger abgenagt, aber er ist nie einer von ihnen geworden.«

Austin stößt einen Seufzer aus und lächelt. »Und es gibt Einhörner.«

Sie packt ihn bei den Schultern und fixiert ihn mit ihren funkelnden Augen. »Du wirst nicht sterben.«

Austin zuckt mit den Achseln. »Klar doch. Passiert den Besten von uns. Früher oder später. Aber du hast eine gute Chance, das Unvermeidbare noch ein wenig aufzuschieben. Du wirst es hier raus schaffen.«

Sie wischt sich das Gesicht mit dem Ärmel ab. Trauer und Schrecken wallen in ihr auf und drohen, ihr Innerstes in tausend Fetzen zu zerreißen. Aber sie schluckt es runter, reißt sich mit aller Kraft zusammen. »Wir werden es alle schaffen, hier rauszukommen, Schönling.«

Er nickt ihr erschöpft zu, setzt sich wieder auf die Plane und lehnt sich mit dem Rücken gegen den Aktenschrank.

»Wenn ich mich nicht irre, liegt da eine Flasche in einer der Schubladen, die du aufgerissen und wieder zugeworfen hast.« Er wirft ihr eines seiner patentierten Rock-Star-Lächeln zu und wischt sich die Locken aus den Augen. »Wenn es einen Gott gibt, dann wirst du auch eine Flasche mit irgendwelchem Fusel finden.«

Für den Rest der Nacht machen sie kein Auge zu, teilen sich die Überreste aus einer Schnapsflasche, die ein überarbeiteter Gefängniswärter hinterlassen hat. In den frühen Morgenstunden flüstern sie miteinander, sind aber vorsichtig, damit die anderen sie nicht hören können. Sie reden über Gott und die Welt, aber nicht über Austins Wunde. Sie planen, wie sie aus dem Gefängnis fliehen können, ob es in anderen Gebäuden vielleicht noch Proviant oder Munition gibt, wie sie die Scharen von Beißern umgehen können, die in den Gängen und Nischen lauern.

Lilly verdrängt Austins gesundheitlichen Zustand komplett. Sie hat zu tun, muss diese Leute heil wieder zurück nach Woodbury bringen. Sie hat die Rolle der Anführerin übernommen, und die passt zu ihr wie keine andere. Es war so einfach, abzudrücken und dem Governor den Schädel wegzublasen. Sie reden darüber, wie die Leute in ihrem Zuhause wohl auf die Nachricht reagieren. Eine Weile lang fantasiert Lilly über ein neues Woodbury, eine Stadt, in der die Menschen atmen können, in Frieden leben und aufeinander aufpassen. Das ist ihr großes Ziel, aber weder sie noch Austin gestehen sich ein, wie weit hergeholt es alles klingt, wie schlecht ihre Chancen stehen, heil aus diesem gottverdammten Gefängnis zu entkommen.

Gegen Morgendämmerung, als die hohen Fenster die Farbe von Schwarz zu Grau wechseln und die ersten Lichtstrahlen die Empfangshalle erhellen, lässt Lilly das Schwärmen und Fantasieren. Sie mustert Austin, der mittlerweile von Fieberkrämpfen heimgesucht wird. Seine dunklen Augen – früher funkelten sie stets vor Schalk – gleichen jetzt denen eines Achtzigjährigen. Sie sind von dunklen Rändern umgeben, und geplatzte Äderchen lassen die Augäpfel rötlich glänzen. Sein Atmen wird immer lauter, rasselt schon vom vielen Schleim, der sich in seinen Atemwegen gesammelt hat, aber er schafft es, sie anzulächeln. »Was ist los? Was denkst du?«

»Hör hin«, flüstert sie leise. »Kannst du es auch hören?«

»Was denn? Da ist doch nichts.«

Sie neigt den Kopf an die Tür, die in das Innere des Gefängnisses führt. »Genau.« Sie steht auf, wischt sich den Staub ab und überprüft ihre Waffen. »Scheint so, als ob die Beißer fort sind. Die leeren Korridore haben sie wohl gelangweilt.« Sie entsichert ihre Ruger. »Ich werde mir mal den Zellenblock genauer anschauen. Vielleicht finde ich ja etwas.«

Austin rappelt sich ebenfalls auf die Beine, fällt aber wegen eines Schwindelanfalls beinahe wieder um. Er schluckt die Übelkeit, die sich in ihm aufbaut, runter. »Ich komme mit.«

»Das kommt gar nicht infrage.« Sie steckt die Waffe wieder in den Gürtel, holt die zweite heraus, überprüft sie und steckt auch sie wieder weg. »Du bist nicht in dem Zustand, irgendetwas zu machen. Ich nehme jemand anderen mit. Du bleibst hier und schaust nach dem Rechten.«

Er wirft ihr einen Blick zu. »Ich komme mit, Lilly.«

Sie seufzt. »Okay ... Wie auch immer. Mir fehlt die Energie, um mich mit dir zu streiten.« Sie geht zur gläsernen Tür, öffnet sie und tritt dann in die staubige Empfangshalle. »Ben? Matthew?«

Die anderen kauern dicht zusammen auf dem Boden der Empfangshalle. Nach der schlaflosen Nacht sitzen sie auf einer Decke, ihre Augen rot vor Erschöpfung. Zuerst macht es den Anschein, als ob sie irgendein Spiel spielen. Der Inhalt ihrer Taschen liegt vor ihnen ausgebreitet, als ob es sich um Wetteinsätze handelt. Dann fällt bei Lilly der Groschen. Sie legen die mageren Vorräte zusammen: Schokoladenriegel, Schlüssel, Zigaretten, eine Taschenlampe, Kaugummi, ein paar Jagdmesser, ein Fernglas, ein Handsprechfunkgerät, Taschentücher, Kochgeschirr und eine Rolle Isolierband.

»Was ist los?« Matthew steht auf und greift nach seinem Munitionsgürtel. »Wie geht es dir, Junior?«

»Gut«, antwortet Austin, der jetzt hinter Lilly steht, aber seine Stimme verrät, dass er sich eher wie ein ausgepeitschter Welpe fühlt. »Danke der Nachfrage.«

»Ich will, dass ihr mir bei der Durchsuchung des Gangs helft«, erklärt Lilly. »Matthew, nimm dein AK mit ... Man kann ja nie wissen ... Ben, du kommst auch mit ... Und vergiss nicht die Messer.« Sie schaut Gloria an. »Der Rest von euch bleibt hier und hält die Stellung. Wenn irgendetwas schiefgehen sollte, feuert einen einzelnen Warnschuss ab. Verstanden?«

Alle nicken.

»Also los«, sagt sie zu den anderen. »Ich will, dass wir das rasch und leise über die Bühne bringen.«

Die Männer folgen Lilly zur Tür. Sie zieht ihre .22er,

holt Luft und entfernt dann die Eisenstange. Vorsichtig legt sie die Hand auf die Klinke und drückt sie runter. Die Tür gibt widerwillig nach und öffnet sich knarzend einen Spalt. Sie blickt hinaus und streckt den Hals, damit sie den gesamten dreißig Meter langen Korridor hinunterschauen kann.

Der Gang liegt im Schatten. Es herrscht absolute Stille. Einige Zellen stehen offen.

Am anderen Ende erkennt Lilly etwas, das aus der Ferne wie einige Haufen dreckiger Wäsche aussieht, die auf dem Boden liegen, aber Lilly weiß, dass es sich um die drei Männer handelt, die der Governor gestern noch ins Gefängnis geschickt hat. Jetzt liegen sie zerrissen und zerbissen da, ihre Körper sind so verstümmelt, dass man sie kaum noch als menschlich einstufen kann. Ihr getrocknetes Blut klebt am Boden und an den Wänden.

Soweit Lilly es einschätzen kann, haben die Beißer sich wieder verzogen, obwohl ihr unverkennbarer Gestank nach Verwesung noch in der Luft liegt.

Sie nickt den anderen zu, und sie schlüpfen einer nach dem anderen in den Gang.

Umsichtig arbeiten sie sich vor, haben immerhin schon fünfzehn Meter hinter sich gebracht, sind an einer leeren Zelle nach der anderen vorbeigeschlichen, haben nichts außer Müll und abgestreifte Kleidung auf dem Boden gefunden – die Leute hatten es offensichtlich eilig –, als Austin plötzlich ein höchst verdächtiges Geräusch hinter sich hört. Er dreht sich um und sieht sich zwei Gestalten gegenüber, die aus einer der finsteren Ecken der fensterlosen Zellen gekommen sind.

Austin zuckt zurück, hebt instinktiv seine Glock, als der riesige männliche Beißer mit einem wilden grauen Rasputinbart den knarzenden Kiefer aufsperrt und sich auf ihn wirft. Das Fleisch hängt in Fetzen von seinen Wangen, wohl das Resultat einer Schusswunde. Mit milchigen Augen, in denen der Blutdurst funkelt, versucht der tote alte Mann Austins Gesicht anzuknabbern. Aber Austin schiebt ihm den Lauf seiner Pistole in den Rachen und krümmt langsam den Finger um den Abzug.

»Austin, nein! Nicht erschießen!«, zischt Ben Buchholz ihn aus dem Schatten seiner rechten Flanke an. »Der Lärm! Austin, nein! Aus, aus!«

Das Fieber schickt weiß glühende Stacheln durch seinen Körper und treibt ihm stichelnde weiße Punkte vor die Augen. Er blinzelt vor Schock, schafft es aber, den riesigen Schädel der Kreatur mit aller Wucht gegen die nächste Wand zu schlagen und so seinen Schädel zu brechen. Der Zombie aber kaut wie verrückt auf dem Lauf der Waffe herum, als ob es ein Eis am Stiel wäre.

Austin knurrt, schlägt den Schädel immer und immer wieder gegen die Wand, als plötzlich ein Stück Stahl in seinem Augenwinkel erscheint und sich dann mit einem wässrigen Knirschen in der Stirn der Kreatur vergräbt.

Vergammeltes Blut und schwarze Körperflüssigkeit quellen aus der Wunde um Griff und Klinge, als Ben Buchholz den Dolch herauszieht, um ein zweites und ein drittes Mal zuzustechen, bis der Gammelbart endlich in einer blutigen Lache aus Gewebe und Körperflüssigkeiten jeglicher Art inmitten von stinkenden Gasen zu Boden sackt.

Darauf folgt ein Moment angespannter Stille, bis alle sich wieder gefangen haben.

Sie müssen weiter. Austin bildet die Nachhut. Er kommt nur langsam vorwärts – die Übelkeit scheint seine Innereien zu verknoten. Er hat Gänsehaut, und er fühlt die feuchte Kälte bis in die Knochen. Sie schleichen bis zum Ende des Korridors. Ben und Matthew übernehmen die Führung – jeder von ihnen mit einem Buck-Messer in der Hand. Austin sieht, wie Lilly ein paar Meter weiter vor einer leeren Zelle anhält. Sie starrt hinein, und die anderen beiden Männer schauen ihr über die Schulter.

Austin spürt, dass irgendwas im Argen ist. Er kann Lillys Körpersprache wie ein Buch lesen, als sie sich auf ein Knie sinken lässt und etwas vom Boden aufhebt. Die beiden Männer warten ungeduldig, bis sie fertig ist, sagen kein Wort. Austin kommt herbei und wirft ebenfalls einen Blick in die Zelle.

Er sieht, was Lilly so bewegt, und dreht sich zu den beiden Männern um. »Gebt uns eine Sekunde, Kumpels«, bittet Austin sie. »Ihr könnt ja schon mal voraus.«

Die beiden machen sich auf den Weg, suchen den Korridor und sämtliche Zellen mit erhobenen Messern ab. Beunruhigende Kratzgeräusche hallen aus der Ferne an ihre Ohren. Das allgegenwärtige Dröhnen liegt überall in der Luft. Draußen wimmelt es noch vor Zombies, und die Herde hat jeden der Zellblocks umzingelt, aber im Korridor herrscht, zumindest für den Augenblick, Ruhe. Austin hockt sich neben Lilly und legt ihr einen Arm um die Hüfte.

Eine Träne tropft ihr vom Kinn, und ihre Schultern beben, als sie sich noch einmal im ehemaligen Kinderzimmer umsieht. Es ist offensichtlich, dass das Kind sein Zuhause fluchtartig verlassen hat. An der gegenüberliegenden Wand aus Betonstein hängen über dem Bettchen eine Reihe ausgeschnittener Buchstaben von einem Faden: S-O-P-H-I-A. Lilly hält einen kleinen Teddybär in den Armen, als ob es sich um einen verletzten Vogel handelt – dem Spielzeug fehlt ein Auge, und sein Pelz ist vom ständigen Kuscheln ganz abgewetzt. In der Ecke auf einer behelfsmäßigen Kommode aus Kisten steht eine alte Spieldose.

»Lilly …?«

Austin kriegt ein wenig Angst, als Lilly sich aus seiner Umarmung befreit und durch die Zelle zur Kommode geht. Sie öffnet den Deckel der Spieluhr, und eine blecherne Melodie ertönt. *Schlaf, mein Kind, schlaf ein, schließ deine Äugelein … Schlaf, mein Kind, schlaf ein.* Lilly bricht vor der Spieldose zusammen, ihr Ausdruck geprägt von Kummer. Sie schluchzt. Leise. Hemmungslos. Ihr Körper zittert und bebt. Sie senkt den Kopf. Tränen stürzen ihre Wangen hinab und fluten förmlich den dreckigen, gefliesten Boden. Austin geht zu ihr, kniet sich neben sie und sucht nach den richtigen Worten, aber nichts will ihm über die Lippen kommen.

Er wendet sich von ihr ab – teils aus Respekt, teils aus Unvermögen. Es fällt ihm nicht leicht, sie so schluchzen zu sehen. Er mustert die Zelle, studiert ihren Inhalt. Geduldig gibt er Lilly genügend Zeit und Raum und wartet, bis diese fürchterliche Trauer sich durch sie durchgearbeitet hat. Er sieht die Kindersachen auf dem Boden, auf dem Bettchen und auf einem dürftigen Regal zerstreut, das behelfsmäßig an die Betonwand genagelt ist. Er bemerkt die Kewpie-Puppen, die gepressten Blätter auf Bastelpapier und Dutzende von Büchern, die auf dem Regal und unter dem Bett aneinandergereiht stehen. Er schaut sich die Titel an: Der

Zauberer von Oz, Charlie und die Schokoladenfabrik und Matilda.

Sein Blick bleibt bei dem einen oder anderen Titel hängen. Sein Schädel droht zu explodieren. Tränen steigen ihm in die Augen, und sein Magen wird von Fieberkrämpfen gepackt. Er kann die Augen einfach nicht von den Büchern abwenden. Und plötzlich kommt ihm eine Idee. Jetzt weiß er, wie sie fliehen können – Austins Inspiration und Schicksal stammt von einem rissigen, vergoldeten Buchrücken, der kurz vor dem Auseinanderfallen ist. Seine Gedanken überschlagen sich, ehe sie sich wie von selbst in seinem Kopf in Reih und Glied stellen und alles Sinn macht.

Er wirft Lilly einen Blick zu. »Ich verspreche dir, dass wir hier rauskommen«, sagt er mit tiefer, zuversichtlicher Stimme. »Du wirst ein langes Leben genießen, viele Babys kriegen, eine wunderbare Mutter sein und eine Party nach der anderen feiern – du weißt schon, die, mit diesen kleinen Regenschirmen in den Drinks.«

Sie hebt den Kopf und blickt ihn mit ihren feuchten, geschwollenen Augen an. Sie kann kaum reden. Ihre Stimme klingt, als ob man ihr alle Lebenskraft ausgesaugt hätte. »Was redest du da für wirres Zeug?«

»Ich habe eine Idee.«

»Austin ...«

»Ich weiß, wie wir unseren Kopf aus der Schlinge ziehen können. Komm schon. Lass uns die Truppe zusammentrommeln, und ich werde es euch erklären.« Er hilft ihr auf die Beine.

Sie starrt ihn an, und er erwidert ihren Blick. Das erste Mal, seitdem dieser Krieg begonnen hat, fackelt die Liebe zwischen ihnen wieder auf. »Widersprich mir nicht«, meint er, wirft ihr ein schwaches Lächeln zu und führt sie aus der Zelle.

Aber ehe sie zurück in die Empfangshalle gehen, wirft Austin einen letzten flüchtigen Blick in die traurige Zelle ... und erspäht den abgegriffenen, kaputten Buchrücken ein letztes Mal: Der Rattenfänger von Hameln.

Neunzehn

Weniger als eine Stunde später – die Sonne ist bereits über den hohen Bäumen im Osten aufgegangen – stehen Lilly und die anderen in der muffigen Empfangshalle und warten auf Austins Signal. Sie darf jetzt keinerlei Gefühle zeigen, muss ihre Angst, ihre Trauer, ihr Leid vollkommen im Zaum halten. Schließlich hat sie Austins verrücktem Plan zugestimmt. Die anderen Überlebenden der Woodbury-Miliz, die jetzt ihre Stellungen in der Empfangshalle eingenommen haben, müssen den Eindruck gewinnen, dass ihr Unternehmen gelingen wird. Sie stecken wie Sprinter in den Startlöchern und starren ängstlich zu Lilly hinüber. Sie brauchen ihre Anführerin jetzt mehr denn je.

Matthew und Speed – die Stärksten der Truppe – stehen vor dem riesigen Aktenschrank, der den Ausgang versperrt. Gloria, Hap und Ben – die Waffen in ihren schweißnassen Händen – befinden sich in der Mitte der Empfangshalle, blicken gespannt auf die Ausgangstür und warten auf Lillys Zeichen. Lilly hält in jeder Hand eine Ruger, holt tief Luft, steht direkt vor dem Aktenschrank. All ihre Muskeln sind bis zum Äußersten gespannt. Sie ist bereit.

Niemand weiß von der heimlichen Abmachung zwischen Lilly und Austin, die sie erst vor einer halben Stunde hinter dem Glas ihres Empfangsschalters getroffen haben. Keiner hat mitgekriegt, wie Lilly Austin angefleht hat, seinen Plan nicht durchzuziehen. Auch wird niemand jemals erfahren, was passiert ist, als Austin endlich zusammengebrochen ist und schluchzend zugegeben hat, dass er es tun muss – er hat keine andere Wahl –, denn er weiß, dass er schon immer ein Feigling und ein Lügner gewesen ist, dass diese Attribute seit Ausbruch der Plage noch viel schlimmer geworden sind und dass dies seine einzige und letzte Chance sei, es wiedergutzumachen.

Dann sagte er ihr etwas Einzigartiges – und seine Worte werden für immer in Lillys Herzen weiterleben: Sie ist die einzige Person, die er jemals geliebt hat und dass er sie für immer lieben wird! Das klingt vielleicht zum Kotzen, stimmt aber.

Der erste Schuss ertönt vom Basketballplatz. Die Mauern aus Stein und Mörtel dämpfen ihn, sodass er in der Empfangshalle kaum zu hören ist.

Den Überlebenden stellen sich die Haare zu Berge, als das Geräusch an ihre Ohren dringt. Lilly hebt eine Ruger zur Decke, um die Aufmerksamkeit aller auf sich zu lenken. »Okay«, sagt sie. »Das ist das erste Signal. Ab jetzt braucht er zwei Minuten, ehe wir ausrücken. Macht euch bereit.«

Ohne Stoppuhr fängt Lilly an, die Sekunden leise vor sich hin zu zählen.

Einundzwanzig … Zweiundzwanzig … Dreiundzwanzig …

Austin ist schon halb über den Hof am nördlichen Ende des Geländes. Alle paar Sekunden feuert er seine großkalibrige Waffe ab, um die Beißer auf sich aufmerksam zu machen und den Schwarm aus den Zellenblöcken zu locken, der jetzt immer dichter wird.

Ihm ist ganz schwindlig von dem grellen Licht, das hinter seinen Augen aufblitzt, und er ist geschwächt vom Fieber, das in ihm wütet. Nichtsdestoweniger schafft er es, sich durch eine Wand von Beißern zu treten, die vor den Zäunen herumlungern, aber schon bald sieht er sich mindestens dreihundert der Monster gegenüber. Er erreicht die Überreste des Maschendrahtzauns und erledigt einige mit Kopfschüssen – Matthew hat ihm ein AK, ein volles Magazin und ein Messer gegeben –, aber sobald er in die Wand von Beißern gerät, die noch immer im hohen Gras herumstolpert, gibt es keinen Ausweg mehr.

Er macht eine Kehrtwende und ballert auf eine Gruppe zerfledderter Monster, die hinter ihm erscheint. Als er sich aber wieder zur Wiese umdreht, stürzt sich einer der größeren männlichen Zombies auf ihn und wirft ihn zu Boden. Austin gleitet die Waffe aus der Hand. Er versucht auf die Beine zu kommen, aber der Mann umklammert seine Ferse und senkt seine verfaulten Zähne mit der Wucht von Enterhaken in sein Fleisch. Austin schreit auf, kickt ohne großen Erfolg um sich.

Mit purer Willenskraft rafft er sich aber dann doch wieder auf. Er sammelt das letzte Quäntchen Kraft, das er noch hat, arbeitet sich trotz der sengenden Schmerzen, die durch seine Sehnen, durch jede Ader schießen, einen Schritt nach dem anderen vorwärts. Der riesige Zombie hängt noch immer an seiner Ferse. Mit einem Anflug von Galgenhumor fragt Austin sich für eine Sekunde, ob sie jetzt plötzlich bei Jakob und Esau zu Besuch sind. Ein Zombielinsengericht? Bitte sehr … Tief in seinem Innern weiß er natürlich, dass sein Auftritt nichts damit zu tun hat, so viele wie möglich von ihnen abzuservieren – nein, er muss sie nur anlocken. Also zerrt er den Beißer so weit er kann hinter sich her zur Mitte der Wiese.

Zuerst kommt er nur langsam voran, aber immerhin schafft er zwanzig Meter. Das Blut läuft literweise aus seiner Wunde, und er klammert sich an seinem Messer fest, das er in der Hand hält. Der Schmerz tobt in ihm, frisst ihn von innen auf. Er drischt wild um sich, als weitere Angreifer aus allen Richtungen auf ihn zustolpern. Er schreit so laut er kann: »KOMMT UND HOLT MICH, IHR MOTHERFUCKER – IHR SEID DOCH NICHTS WEITER ALS EIN HAUFEN GEN HIMMEL STINKENDER PUSSIES!!! KOMMT UND HOLT MICH!!«

Aus dem Augenwinkel sieht er, wie der Schwarm einer schwarzen Woge gleich die Richtung wechselt. Die Beißer, die vorher noch zwischen den Gebäuden herumlungerten, drehen sich jetzt unbeholfen, stoßen einander um und machen sich dann schlurfend auf den Weg Richtung Wiese. Die Aussicht auf Frischfleisch in ihrer Mitte lockt sie an.

Austins Plan scheint zu funktionieren – bislang. Der Haken kommt aber erst noch: Er muss sie nicht nur aus dem Gefängnis, sondern auch von den Fahrzeugen weglocken. Austins Körper fängt an zu streiken. Der Mann hat seine Zähne jetzt noch tiefer in Austins Unterschenkel gerammt, während verwesende Arme sich um seine Beine klammern und ihn aus dem Gleichgewicht bringen. Er weiß, dass er nur noch wenige Minuten durchhalten kann. Ein paar Meter noch, ein paar gequälte Atemzüge.

»KOMMT UND HOLT ES EUCH, ARSCHLÖCHER!!

DAS FUTTER STEHT BEREIT!! WORAUF WARTET IHR NOCH?!!«

Er ist jetzt bei einem Fahrzeug, einem Armee-Laster. Die Türen stehen auf, und der Wind bläst durch die leere Fahrerkabine. Er zerrt das Monster von dem Truck weg und in Richtung eines verlassenen Wohnwagens, ehe der Schmerz, das Reißen der Zähne und der Druck der Finger um seine Beine ihn zu Boden zwingen.

Er kriecht weiter, Meter um Meter, ehe mehr verfaulte Zähne nach ihm schnappen und ihn eine Nebelbank aus widerlichem schwarzem Gestank umgibt. Der Höllenchor aus Grunzen und Geifern kommt immer näher, hört sich an wie ein gigantisches Düsentriebwerk. Der Schmerz raubt ihm den Atem, sein Augenlicht wird trüber, verschwommener. Die vielen Zähne, die sich jetzt in sein Fleisch knabbern, haben alle Bedeutung verloren. In seinem Kopf ertönt ein Flüstern. Es verdrängt den Horror, lindert den Schmerz und lässt die schwarzen Tintenkleckse Hunderter leichenhafter Fratzen vor seinen Augen verschwimmen. Das Flüstern hilft ihm – trägt ihn über eine wunderschöne weiße Schwelle –, als die Zombies sich über ihn hermachen: »Ich liebe dich, Austin ... Und ich werde dich immer, immer, immer lieben ... Ich werde nie aufhören, dich zu lieben.« Das waren die letzten Worte, die Lilly ihm heute früh gesagt hat, und es sind die letzten, die er jetzt in seinen Ohren hört, als die Arterien platzen und sein Lebenssaft sich auf dem Grasboden unter ihm ausbreitet und in die Erde sickert ...

Der riesige Aktenschrank ächzt und stöhnt, als die beiden jungen Männer ihn von der Tür wegschieben. Lilly nickt

Gloria, Hap und Ben kurz angebunden zu – sie erwidern das Nicken –, und Lilly dreht sich zur Tür um, drückt die Klinke hinunter und öffnet sie.

Das grelle Licht der blassen Sonne scheint ihr ins Gesicht, als sie nach draußen tritt.

Als sie die ersten großen Schritte in Richtung Basketballplatz tut, kann Lilly sich der Informationsflut, die auf ihre Sinne zurollt, kaum erwehren. Die anderen folgen ihr mit gezückten Waffen und suchen jede Nische, jeden Vorsprung genauestens nach Anzeichen von Beißern ab. Lilly aber ist voll und ganz auf eine Sache konzentriert: Sie muss ihre Mannschaft sicher zu einem Fahrzeug bringen, darf sich nicht dem chaotischen Informationsfluss hingeben, der von allen Seiten auf sie eindrischt.

Das Erste, was ihr auffällt, ist die Abwesenheit von Austin. Sie sucht das Gefängnisgelände ab, lässt den Blick dann zu den äußeren Zäunen schweifen, aber sie sieht nichts außer Zombies. Wo zum Teufel ist er? Hat er es vielleicht bis zum Wald geschafft? Sie führt die Gruppe zu den Zäunen.

Das Zweite, was sie bemerkt, ist, dass die meisten Beißer das Gefängnisgelände jetzt verlassen haben. Hier und da schlurfen vereinzelte Untote über den Asphalt, aber für eine Gruppe von agilen, schnellen Menschen stellen sie keinerlei Bedrohung dar.

Matthew hat das größte Messer in der Hand. Er läuft neben Lilly her und achtet auf Zombies in ihrer direkten Umgebung, die sich vielleicht für sie interessieren könnten.

Sie lassen das Gefängnis, Höfe und Basketballplätze innerhalb kürzester Zeit hinter sich, während Matthew die Klinge seines Messers in nicht mehr als eine Handvoll verfaulter Schädel bohren muss, ehe sie zur Wiese gelangen.

Erst jetzt wird sie mit einer dritten Sachlage konfrontiert, deren Tragweite Lilly noch nicht richtig wahrgenommen hat: Die Herde hat sich plötzlich nach Norden verlagert. Wie ein Gewimmel von Ameisen schwärmen sie jetzt um etwas Dunkles, Glänzendes auf dem Boden, sind circa fünfzig Meter von dem nächsten Fahrzeug entfernt.

Die Geräusche der Fressorgie dringen an ihre Ohren, als sie die Gruppe zum Laster führt – die Fahrertür des riesigen Fahrzeugs steht vom Vortag noch immer offen –, und als die anderen versuchen, einen Blick der grausamen Szene in der nördlichen Ecke der Wiese zu erhaschen, ruft sie ihnen zu: »NICHT HINSCHAUEN!«

Lillys Stimme klingt beinahe roboterhaft in ihren Ohren – sämtliche Emotionen sind durch den gigantischen Adrenalinschub, der durch ihre Adern rauscht, herausgefiltert. Als sie die Fahrerseite des Trucks erreicht, hält sie abrupt inne, denn eine zerfledderte Frau in einem dreckigen Sommerkleid sitzt in der Fahrerkabine, ist hinter dem Steuerrad eingeklemmt. Der dünne, abgewetzte Stoff hat sich über den Steuerknüppel gelegt. Lilly hebt rasch ihre .22er und schickt die Frau ins Jenseits. Der Beißerschädel explodiert, und ein Film von Hirngewebe und Blut legt sich von innen über die Beifahrer- und Windschutzscheiben.

Dunkles Blut läuft an dem Glas herunter, und die Beißerfrau sinkt auf den Boden der Fahrerkabine. Lilly kickt den Leichnam beiseite und reißt das Kleid vom Steuerknüppel. Gloria Pyne eilt um den Truck herum und zieht die Tote aus der Beifahrertür und lässt sie einfach auf der Wiese liegen.

Die anderen rennen zur Ladeluke und klettern auf den Truck. Erst Hap Abernathy, dann Speed, gefolgt von Matthew, und Ben bildet die Nachhut. Lilly wirft einen Blick aus dem Fenster und sieht im kaputten Mosaik des Seitenspiegels, wie Ben Buchholz als Letzter auf die Ladefläche steigt. Die Kisten voller Wehrmaterialien und Proviant sind durch die Anfahrt völlig durcheinandergeschüttelt worden, der Inhalt teilweise über der gesamten Ladefläche verteilt, sodass die vier Männer sich jetzt gefährlich nahe der Ladeluke zusammenkauern müssen.

Das gedämpfte Klopfen an der Fahrerkabine ist das Signal, auf das Lilly gewartet hat – jetzt sind alle an Bord und sicher verstaut.

Der Schlüssel steckt noch im Schloss, und Lilly wirft den Motor an. Gloria nimmt auf dem Beifahrersitz Platz und schließt die Tür. Sie kurbelt das blutverschmierte Fenster runter und wirft einen Blick auf die Herde Beißer. An den Rändern haben sich einige Zombies von dem Tumult gelöst, haben die Flüchtenden bemerkt und drehen sich nun unstet in Richtung des Trucks.

Gloria steckt ihre Glock aus dem offenen Fenster und nimmt den nächsten Zombie ins Visier, als Lilly den Rückwärtsgang einlegt. Plötzlich erstarrt Gloria, als sie sieht, was mitten im Schwarm auf dem Boden liegt.

Die menschlichen Überreste, bis zur Unkenntlichkeit zerrissen und ausgeweidet, bestehen aus einigen ihr bekannten Klumpen langen blonden Haares, zerrissenen Leders und einer in Stücke gerissenen Munitionsweste. Zwei Beißer kämpfen um einen Motorradstiefel, aus dem noch immer der weiße Knochen des Wadenbeins samt der blutigen Ferse lugt. Gloria holt tief Luft. »Um Gottes willen … Was haben wir nur getan?«

»Schau nicht hin«, murmelt Lilly, ehe sie auf das Gaspedal tritt.

Sie lässt die Kupplung los, und der Truck schnellt nach hinten, sodass Lilly und Gloria sich beinahe die Köpfe am Armaturenbrett anschlagen, als das Fahrgestell unter ihnen bebt und zittert und zu zerbrechen droht. Die riesigen Reifen rumpeln über Leichen – sowohl Beißer als auch Menschen –, die überall auf dem Schlachtfeld verstreut herumliegen. Lilly steigt aufs Gaspedal. Einige umherirrende Zombies werden vom Truck niedergemäht, und ein nasses Klatschen ertönt jedes Mal, wenn sie einen der streunenden Zombies mit der hinteren Stoßstange erfasst und zu Boden reißt.

»NICHT HINSCHAUEN!«

Lillys Stimme klingt heiser, wie ein Reibeisen – sie spricht eher mit sich selbst als mit Gloria. Der Laster schießt noch immer rückwärts und kommt jetzt in die Nähe des Schwarms. Der Gestank dringt ins Innere der Fahrerkabine, die Luft ist schwarz von Ruß, Rauch und Abgasen, während die unzähligen Kreaturen sich wie Aasgeier fünfzig Meter nördlich um die menschlichen Überreste scharen, die mittlerweile über eine riesige Fläche der blutbefleckten Erde verbreitet sind.

Nicht hinschauen, wiederholt Lilly, als sie keine zehn Meter vor dem Waldrand hart auf die Bremse tritt. Lilly kämpft mit dem Schaltknüppel, wirft den zweiten Gang ein und tritt erneut aufs Gas.

Der Motor heult auf, die Hinterräder graben sich tief in den schlammigen Boden und drehen durch. Lilly weiß – es kommt ihr innerhalb eines Sekundenbruchteils zu Bewusstsein –, dass sie jetzt eine Chance hat, einen kurzen Blick auf die Fressorgie zu werfen, die ihnen das Leben gerettet hat. Sie muss nur geradeaus durch die vor Blut triefende Windschutzscheibe nach vorne kucken. Nicht hinschauen, nicht hinschauen, nicht hinschauen, wiederholt sie immer wieder in Gedanken, als die Hinterräder plötzlich Halt kriegen, der Truck nach vorne schießt und eine riesige Wolke aus Schlamm und Erde hinter sich aufwirbelt.

Sie beherrscht sich und schafft es, den Blick abzuwenden. Zuerst drehen sie einen großen Bogen den Abhang hinauf zur Straße. Lilly gibt Vollgas, sodass der Truck mit heulendem Motor den Anstieg bewältigt.

Aber kurz ehe sie den Kamm erreichen, kann Lilly nicht anders und wirft einen kurzen Blick durch den kaputten Seitenspiegel.

Zuerst sieht sie das gesamte Gefängnis. Das Gelände innerhalb der Zäune liegt jetzt in Schutt und Asche. Alles Leben ist ausgelöscht. Überall sind Leichen verstreut, und einige der Wachtürme rauchen noch von den Nachwehen der Schlacht – und dann schießt innerhalb einer Mikrosekunde eine Synapse in ihrem limbischen Hirn ein Signal ab, und sie weiß: Das hier ist sowohl das Ende als auch der Anfang.

Kaum schießt ihr dieser Gedanke durch den Kopf, tut sie etwas, von dem sie sich selbst versprochen hat, es bleiben zu lassen, ehe sie die Straße am Waldrand entlang erreicht.

Ihre Augen werden unfreiwillig von der Ecke des Seitenspiegels angezogen, der den Schwarm Beißer im Norden reflektiert – aus dieser Distanz sehen sie aus wie Millionen schwarzer Maden. Dann tut sie die eine Sache, die ihre Seele für immer vernarben wird:

Sie schaut genau hin.

»Lilly? Liebes? Geht es dir gut? Sprich mit mir!« Nach knapp zehn Kilometern bricht Gloria Pyne das zermürbende Schweigen in der Fahrerkabine, während der Truck die kurvige, asphaltierte Straße entlangrollt.

Die desolate, zweispurige Fahrbahn schneidet durch einen dichten, mit Beißern infizierten Urwald. Die Wand uralter Bäume, die von beiden Seiten auf sie herabschauen, löst in Gloria beinahe einen klaustrophobischen Zustand aus. Lilly aber zeigt nicht die kleinste Reaktion, fährt einfach schweigend weiter. Bis Woodbury ist es nicht mehr weit. Nur noch bis zum nächsten Tal, in dem das Städtchen liegt – eine Kurve und dann noch circa zehn Minuten, vielleicht sogar etwas weniger.

»Lilly?«

Keine Antwort.

Gloria beißt sich auf die Lippe. Die Erleichterung, das Gefängnis mit heiler Haut verlassen zu haben, währt nicht lange. Ihr Kopf ist jetzt voller »weiblicher Intuition«, wie ihre Mutter es zu nennen pflegte, ausgelöst von Lillys stählernem, unnachgiebigem, traurigem Schweigen. Ihre Hände scheinen an das Lenkrad geschweißt, die Augen glänzen vor Schmerz. Seitdem sie das Gefängnis hinter sich gelassen haben, hat Lilly keinen Ton mehr von sich gegeben.

»Sprich mit mir, Lilly«, fordert Gloria sie auf. »Schrei … Brüll' … Wein' … Fluch' … Mach einfach irgendetwas!«

Plötzlich wirft Lilly ihr einen Blick zu, und die Frauen

schauen sich für einen Augenblick in die Augen. Gloria ist überrascht von der Klarheit, die sie in Lilly erkennt. »Ich war schwanger«, beichtet Lilly schließlich mit ruhiger Stimme.

Gloria starrt sie an. »Um Gottes willen … Das tut mir ja so leid, Kleines. Hast du …?«

»Er hat unsere Leben gerettet«, fügt Lilly hinzu, als ob sie damit einen endgültigen Schlussstrich unter etwas ziehen würde.

»Das hat er«, stimmt Gloria nickend zu, während sie überlegt. Sie wirft Lilly einen Blick zu. »Aber du auch. Du hast uns gerettet, als du …«

»Oh, nein.« Lilly erspäht etwas in der Ferne, als sie um die Kurve fahren. »Um Gottes willen! Nein.«

Gloria wendet den Blick von Lilly ab und dreht sich nach vorne. Als Lilly auf die Bremse steigt, sieht sie das, was Lilly so entsetzt hat. Die Druckluftbremsanlage ächzt und stöhnt, bis der Truck um die Kurve kriecht.

In circa fünfhundert Meter Entfernung steigt Rauch über den sich im Wind wiegenden Baumwipfeln auf, die am östlichen Rand des Städtchens stehen.

Woodbury steht in Flammen.

Zwanzig

Der Laster rumpelt über den stillgelegten Bahnübergang am südlichen Ende Woodburys. Das Knistern der Flammen füllt die Luft, und der beißende Gestank brennenden Fleisches und Teer hängt in dichten Schwaden über den Straßen. Zweihundert Meter vor dem Verteidigungswall tritt Lilly aufs Bremspedal.

Von hier aus sehen sie den Ostwall brennen. Giftige schwarze Rauchwolken steigen in den Himmel. Es ist offensichtlich, dass Woodbury angegriffen wird – von hier aus hat es den Anschein, als ob eine kleine Herde Beißer aus dem Wald im Süden vorrückt –, und die circa zwanzig Zurückgebliebenen, hauptsächlich Senioren und Kinder, haben alle Hände voll zu tun, um den Andrang der Beißer mit kaum mehr als Fackeln und Messern zurückzuschlagen.

Für einen kurzen Augenblick ist Lilly von dem Anblick in den Bann gezogen: Einige der Beißer direkt vor dem lodernden Verteidigungswall haben Feuer gefangen und stolpern jetzt ohne Sinn oder Verstand wie phosphoreszierende Fische in Flammen gehüllt leuchtend und surreal in der Morgensonne herum. Einige von ihnen kommen in die Nähe von Gebäuden, schlurfen hinein und setzen sie in Brand, um das Chaos komplett zu machen.

»Um Gottes willen! Wir müssen ihnen helfen!«, stößt Gloria aus und öffnet bereits die Beifahrertür.

»Warte ... WARTE!« Lilly ergreift Gloria am Arm und hält sie fest. Im Seitenspiegel erhascht sie einen Blick von den anderen hinten auf der Ladefläche, die sich, die Augen vor Panik aufgerissen, herauslehnen, die Waffen gezückt und bereit, sofort vom Laster zu springen. Lilly ruft ihnen zu: »ALLE WARTEN!«

Sie steigt aus. Lilly hat zwei oder drei Kugeln in jeder Pistole übrig, aber in Matthews Waffe stecken noch zwei Dutzend panzerbrechende Patronen, und das Magazin in Glorias Glock 19 ist noch beinahe voll. Bei den anderen sieht es ähnlich wie bei Lilly aus, aber wenn man bedenkt, dass sie es nur mit ungefähr fünfzig Beißern zu tun haben – mehr oder weniger –, sollten sie genügend Munition besitzen, um mit ihnen fertigzuwerden.

Matthew kommt jetzt um den Truck zur Fahrerkabine und entsichert sein AK. Trotz seines jugendlichen Alters ist seine Stirn voller Sorgenfalten, die Panik steht ihm ins Gesicht geschrieben. »Wie lautet der Plan?«

Eine Brise trägt den Totengestank in ihre Nasen. Sie kauern sich vor der Fahrerkabine hin, atmen schneller.

Ben Buchholz, ebenso dazugestoßen, meldet sich von der Beifahrerseite zu Wort: »Ich schlage vor, wir schießen wild drauflos. Haben wir denn eine andere Wahl?«

»Nein, wir werden ...«, meint Lilly, als eine Stimme sie jäh unterbricht.

»Was auch immer wir tun«, meldet sich Gloria Pyne und starrt auf die Feuerherde und die monströsen Kreaturen, die in Flammen getaucht an der dahinschwindenden Barrikade entlangstolpern. »Wir sollten schnell handeln. Unsere Leute können sie nicht mehr lange mit Streichhölzern und ihren bloßen Händen aufhalten.«

»Hört zu, aufgepasst!« Lilly hebt die Hand und wendet sich an Hap Abernathy, der vor der Stoßstange kniet. »Du bist doch Bus gefahren, richtig?«

Der ältere Mann nickt energisch. »Vierunddreißig Jahre. Hab eine goldene Timex vom Decatur-Schulbezirk dafür erhalten. Warum?«

»Du fährst den Laster.« Dann blickt sie die anderen an und schaut in jedes einzelne Paar Augen. »Der Rest von euch … Könnt ihr singen?«

Minuten später sprintet Barbara Stern um die Ecke von Haupt- und Millstraße. Sie trägt einen chemischen Feuerlöscher in den Armen, als ein merkwürdiges Geräusch über dem Dröhnen der reanimierten Leichen an ihre Ohren dringt.

Ihr metallgraues Haar ist von ihrem mit tiefen Falten gezeichneten Gesicht zurückgekämmt. Ihr einfaches Kleid und ihre Jeansjacke sind vor Schweiß und diversen Chemikalien ganz feucht. Sie glaubt, dass sie verantwortlich für diese Katastrophe ist. Und David teilt ihre Meinung. Der Governor hat geglaubt, dass sie es schaffen würden, während der Schlacht auf die Stadt aufzupassen – und jetzt das!

Barbara Stern stellen sich die Haare im Nacken auf, als sie menschliche Stimmen von Süden her singen hört. Sie heulen wie eine Horde Beduinenfrauen. Ihre schrillen Schreie übertönen den Lärm von brennendem Holz und Fleisch. Barbara schluckt die Panik runter, die in ihr aufzusteigen droht, und schlägt eine neue Richtung ein – jetzt läuft sie auf den alten Bahnübergang am Ende der Mill Road zu. Dort haben sich die Beißer versammelt und drängen durch die Löcher im Verteidigungswall.

Dann sieht sie etwas, das sich hinter dem Inferno bewegt. Es stößt eine riesige Staubwolke in den Himmel, und je näher sie kommt, desto deutlicher kann sie Motorengeräusche hören – sie kann sich unmöglich täuschen. Jetzt wird geschaltet ... Ein Truck! Ihr Herz beginnt zu rasen, als sie sich dem Chaos am Verteidigungswall nähert. Die Hitze schlägt ihr ins Gesicht, als sie an der rauchigen Ecke von Mill Road und Folk Avenue ankommt.

Sie sieht ihren Mann neben der verlassenen Eisenbahnstation. Er brüllt den anderen Anweisungen zu. Die älteren Bewohner stehen an strategisch guten Stellen entlang der Gleise und wirbeln ungelenk mit Fackeln, um die Beißer abzuhalten. Aber es ist ein aussichtsloser Kampf. Barbaras Augen füllen sich mit Tränen, als sie näher herankommt.

In der Nähe der Station erkennt Barbara jetzt drei weitere Senioren, die den letzten Inhalt der schwindenden Feuerlöscher auf das brennende Gebäude spritzen. David hat einen Bogen in der zitternden Hand und zieht einen weiteren Pfeil aus dem Köcher, als Barbara sich nähert. Sie haben die Waffe im Warenlager gefunden – im Köcher befanden sich noch zwei Dutzend Pfeile. Jetzt zielt David bebend mit dem letzten Pfeil auf einen der nahenden Beißer.

Ein riesiger männlicher Zombie in einem fettigen Arbeitsoverall steht lichterloh in Flammen, stolpert aber trotzdem weiterhin auf David zu. Sein brennender Kiefer schnappt noch immer in der Luft, und die lodernden Arme sind weiterhin nach dem verlockenden Frischfleisch ausgestreckt. Der Pfeil zischt durch die Luft und vergräbt sich in den faulenden Schädel, trifft das Monster genau zwischen die Augen. Der Beißer stolpert rückwärts, öffnet den verwesenden Schlund – aus dem schwarzen Maul raucht es bereits –, ehe er auf dem glitschigen Bürgersteig zu Boden geht.

»DAVID! SCHAU!« Barbara kommt näher, lässt den Feuerlöscher fallen, der über das Pflaster rollt. »SCHAU! HINTER DEN GLEISEN! DAVID, DAS SIND UNSERE LEUTE!«

David sieht, was seine Frau so in Aufregung versetzt, als der Eckpfeiler der Station nachgibt und das gesamte Gebäude in einer riesigen Explosion aus Funken in sich zusammenbricht. Die Hitze, der Lärm und die Stichflammen, die gleich einer gigantischen Granate aus den zusammensackenden Mauern speien, lassen die Umstehenden zusammenzucken. Einige suchen Deckung, werfen sich beiseite, fallen auf ihre alten, zerbrechlichen Knochen. David stolpert rückwärts, fällt dann über seine eigenen Füße und lässt Pfeil und Bogen fallen. Die Flammen greifen auf eine Öllache über und schnellen über die Straße. Stimmen erheben sich, und Barbara eilt zu David.

»Schätzchen, jetzt ist nicht die richtige Zeit für ein Mittagsschläfchen«, spottet sie außer Atem und hilft ihm dann vor Anstrengung grunzend auf die Beine. »Schau, David! So schau doch! Sie ziehen sich zurück! SCHAU!«

Als David Stern sich wieder gefasst hat, dreht er sich um, blickt auf und sieht, warum seine Frau einen solchen Aufstand macht. Der Schwarm hat die Richtung geändert. Die funkensprühenden, rauchenden Beißer drehen sich ungelenk zum Motorenlärm und den heulenden Schreien von dem brach liegenden Grundstück hinter den Gleisen um. Ein großer Laster rumpelt langsam über das Baugelände und zieht ihre Aufmerksamkeit auf sich. Die schwarzen

Rauchschwaden aus dem Auspuff steigen jetzt über dem Verteidigungswall in den Himmel, und der Lärm der schrillen Stimmen füllt die Luft. Barbara und David eilen über die Kreuzung.

Sie halten in der Nähe des alten Wasserturms inne, ein guter Aussichtsplatz, und blicken durch eine Lücke in den Flammen auf den Armee-Laster, der jetzt auf dem Schotterweg auf der anderen Seite der Gleise entlangfährt. »Um Gottes willen«, murmelt Barbara und hält sich die Hand an den Mund. »Das ist ja Lilly!«

David starrt auf das merkwürdige Spektakel, das sich vor ihm entfaltet.

Der Truck rumpelt über die Gleise, während die Herde Beißer, von denen die meisten noch vor sich hin schwelen und vereinzelt sogar einen Funkenflug verursachen, blind den menschlichen Stimmen folgt, die von der Ladefläche des Trucks krakeelen. Drei Männer sitzen auf der Ladeluke, alle mit Waffen bestückt, und brüllen und johlen in Richtung des Gedränges. Hin und wieder schreien sie schief die Refrains alter Rocksongs aus den Südstaaten – »Green Grass and High Tides«, »Long Haired Country Boy« oder »Whipping Post«, und diese zusammengewürfelte Gruppe alter Südstaaten-Jungs, die sich beinahe die Lungen aus dem Körper brüllen, zieht jeden Beißer in den Bann, der sie hören kann. Dann fängt plötzlich die Schießerei an.

Mündungsfeuer lässt die Ladefläche hell aufblitzen, und ein Zombie nach dem anderen muss dran glauben. Einige von ihnen wanken noch ein wenig, ehe sie in einem Meer aus Funken und Blutgischt das Zeitliche segnen. Andere gehen zu Boden wie Steine. Wie Tontauben werden sie von den brüllenden, in schiefem Falsett singenden Lärmmachern auf dem Truck ins Jenseits geschickt.

Lilly steht hinter ihnen, hält sich am Geländer fest und beobachtet den Einsatz mit stetem Blick, bis der Truck in eine Spurrille kommt und seitlich wegrutscht. Die unerwartete Bewegung wirft Speed Wilkins – den Jüngsten der drei – von der Ladefläche.

Von ihrem Standpunkt aus hinter dem brennenden Wasserturm holt Barbara Stern entsetzt Luft. »O Gott ... Verdammt!«

Wer auch immer hinter dem Steuer sitzt, scheint gar nichts mitgekriegt zu haben, denn der Truck rollt noch immer beharrlich geradeaus, entfernt sich weiter und weiter von Speed, der sich jetzt hinkniet. Verwirrt schaut er sich um und sieht nichts außer Beißer, die ihn bereits umzingelt haben. Wie verrückt sucht er den Boden nach seiner Waffe ab, aber die Zombies drängen von allen Seiten auf ihn ein – mindestens ein Dutzend von ihnen. Der Rauch steigt von ihren teils brennenden, teils schwelenden Haaren und Kleidern auf. Einer, eine drahtige Frau mit verbranntem Gesicht – das Fleisch ist so knusprig wie eine gute Schwarte – öffnet den Kiefer, um den Blick auf Reihen schleimiger, scharfer Zähne freizugeben.

Speed schreit auf und eilt aus ihrer Reichweite, nur um gegen drei weitere Monster zu stoßen.

All das passiert innerhalb weniger Sekunden, und Barbara und David Stern können nur hilflos zuschauen. David hebt schwach seinen Bogen in der Hoffnung, die drei Angreifer treffen zu können, die sich jetzt auf den Jungen zu stürzen drohen, aber sie sind viel zu weit entfernt. Aber er zieht die Sehne trotzdem zurück, und just in dem Augenblick geschieht eine Reihe von Dingen gleichzeitig.

Barbara sieht etwas aus dem Truck springen und durch die Luft fliegen, ehe die beiden Männer an der Luke überhaupt die Chance haben, mit ihren Waffen auf die Zombies zu zielen.

Lilly landet keine fünf Meter von Speed Wilkins entfernt auf dem Boden, als die drei funkensprühenden und rauchenden Beißer sich auf ihn stürzen wollen. Wilkins rollt zur Seite, schlägt und kickt wild um sich und trifft den kleinsten seiner Angreifer mit seinen Sicherheitsstiefeln. Lilly rennt auf ihn zu, hält nur einen Bruchteil einer Sekunde inne, um Speeds Bushmaster aus dem Gras zu holen – das Gewehr hat vielleicht noch zwei Kugeln im Lauf, nicht viel, aber immerhin etwas. Gleichzeitig hebt sie die .22er in ihrer linken Hand, während sie Speed das Gewehr mit der rechten zuwirft.

Im letzten möglichen Augenblick, ehe sich verfaulte Zähne in seinen Arm vergraben können, entlädt Lilly eine Salve in die Schädel der Beißer. Zwei von drei Kugeln sind Volltreffer. Schwarze Flüssigkeit wird in die Luft geschleudert, und die rauchenden Körper sacken zu Boden.

Beinahe zeitgleich fängt Speed das Gewehr und rammt es in den Rachen des dritten Angreifers, um dann die letzte Kugel im Lauf in den Schädel des Beißers zu schicken. Den Zuschauern, insbesondere den Sterns hinter dem Wasserturm, verschlägt es beinahe den Atem. Barbara hält sich die Hand vor den Mund, die Augen weit aufgerissen, während David gequält aufstöhnt.

Jetzt sehen sie, wie das Team auf dem Truck sich einmischt – der Lauf einer Waffe erscheint aus dem Fahrerfenster, und die beiden Männer auf der Ladefläche sind ebenfalls einsatzbereit. Die letzten Patronen fliegen in Richtung der Beißer. Die Kugeln versenken sich in das verwesende Fleisch und lassen die Zombies in einem bizarren Todesballett ihren letzten faulen Atem aushauchen. Und die Luft vibriert von dem Getöse der Maschinengewehre: Fleisch explodiert, es regnet Blut, und überall stoßen die funkensprühenden und schwelenden Untoten in einem Blutreigen gegeneinander, um schließlich leblos in sich zusammenzusacken.

»Gütiger Himmel«, murmelt Barbara Stern voller Schauer. Selbst sie kann kaum ihre eigene Stimme hören, als sie Lilly sieht, die seelenruhig zurück zum Truck stolziert, einen Streifen von ihrem Jeanshemd abreißt, den Tankdeckel des Trucks am hinteren Kotflügel aufschraubt, um den Stoff dann in den Tank zu stecken. Es sind noch zehn Beißer übrig, die sich jetzt langsam auf sie zubewegen. Lilly holt ein Feuerzeug aus der Tasche, zündet den Fetzen an und bequemt sich dann zur Fahrerseite, um den anderen etwas zu sagen.

Die vier Männer und eine Frau springen vom Truck und rennen in Richtung Verteidigungswall. Lilly fängt wie wild zu hupen an – das grelle Geräusch lockt auch noch die letzten Zombies an –, ehe auch sie endlich davonrennt. Der brennende Lappen hat mittlerweile die Dieseldämpfe angesteckt, und es kann nicht mehr lange dauern, bis auch der Treibstoff Feuer fängt.

Lilly legt gute zwanzig Meter zwischen sich und den Truck – hat es beinahe bis zur brennenden Barrikade geschafft –, als der Laster explodiert. Zuerst erscheint ein stiller Blitz aus weißem Licht – wie das Blitzlicht einer

Kamera – gefolgt von einem Geräusch, wie wenn man ein Streichholz anzündet, ehe es richtig zur Sache geht.

Die restlichen Beißer werden in der Explosion förmlich weggeschmolzen. Der Knall ist so laut wie Thors Hammer, der eine gesamte Stadt unter sich begräbt, und Fensterscheiben in drei Häuserblöcken Entfernung rattern in ihren Rahmen. Die Detonationswelle ergreift Lilly und schleudert sie in die Luft. Sie fliegt durch eine Lücke im lodernden Verteidigungswall und landet nur wenige Meter von dem Punkt entfernt, von dem die Sterns das Spektakel hinter dem Wasserturm beobachten.

Ein schwarzer Rauchpilz aus Kohlenstaub erhebt sich in den Himmel über dem Wrack. Von dem Laster ist nicht viel übrig geblieben.

Die Stille, die folgt, ist beinahe so laut wie die Explosion. Lilly rollt auf den Rücken und starrt in den leeren Himmel. Ihr Kopf dreht sich, es klingelt in ihren Ohren, ihre Lippe ist wieder aufgeplatzt, sodass sie Blut schmecken kann, und ihr Kreuz schmerzt von dem Aufprall. Die anderen Mitglieder der ehemaligen Woodbury-Miliz tauchen jetzt hinter lodernden Trümmerhaufen auf, stehen da und starren sie an, als ob das letzte Kapitel ihres Gegenangriffs sie all ihrer Sinne beraubt hat.

Niemand erhebt das Wort, nur das Knistern der Flammen ist zu hören. Die Sonne steht hoch am Himmel, und der Tag wird wärmer. Schließlich kommt auch Barbara Stern hinter dem Wasserturm hervor und geht zu Lilly. Sie ist noch ganz außer Atem.

Barbara blickt sie an und stößt einen langen, gequälten Seufzer aus, ehe sie schwach lächelt. Lilly erwidert es – dankbar, dass sie endlich wieder ein vernünftiges Gegen-

über hat –, und die beiden Frauen kommunizieren miteinander, ohne ein Wort austauschen zu müssen. Endlich holt Barbara Stern tief Luft, kneift die Augen zusammen und gibt ein einziges Wort von sich.
»Angeberin.«

Sie können sich nicht ausruhen – selbst für einen kurzen Augenblick –, denn die Stadt ist verwundbar. Sie haben so gut wie alle Munition aufgebraucht, und der Verteidigungswall brennt noch immer. Funken sprühen weiterhin durch die Luft, sodass der Brand sich auf andere Gebäude ausweitet. Schlimmer noch, das Spektakel lockt garantiert weitere Beißer aus den umliegenden Wäldern an.

Lilly nimmt die Zügel in die Hand und kümmert sich als Erstes um das Feuer. Sie stellt die körperlich leistungsfähigsten Leute – Matthew, Ben, Speed, Hap und David Stern – an die Lücken in der Barrikade, um etwaige neue Angriffe mit der wenigen Munition, die ihnen übrig geblieben ist, abzuwehren. Dann wählt sie die rüstigsten Senioren und die Kinder aus, um eine Eimerkette entlang der Gleise zu bilden. Als Quelle benutzen sie das abgestandene Wasser aus dem brachliegenden Brunnen hinter dem Gerichtsgebäude.

Sie bekämpfen die Flammen mit überraschendem Erfolg, insbesondere wenn man die ungleichen Fertigkeiten und den Fitnesszustand der schwächeren Bewohner in Betracht zieht, die jetzt Eimer voll übel riechenden Wassers und CO_2-Tanks entlang der südlichen Grenze Woodburys weiterreichen. Niemand stellt Lillys Autorität infrage, wenn sie bestimmt, aber ohne die Stimme zu erheben, ihre Befehle von dem Dach des Sattelschleppers austeilt.

Die Menschen sind zu verstört und nervös, als dass sie ihr widersprechen könnten.

Außerdem erwarten die meisten Überlebenden Woodburys, dass der Governor wiederkommt. Alles wird gut, wenn er wieder auftaucht. Im Moment herrscht vielleicht Chaos, aber sobald Philip Blake wieder da ist, wird alles wie gehabt seinen gewohnten Gang nehmen.

Lilly schafft es, die Stadt bis zum Sonnenuntergang zu befestigen.

Die Feuersbrünste sind alle gelöscht, die Leichen beiseitegeschafft, der Verteidigungswall repariert, die Verletzten sind auf der Krankenstation, die Gassen von umherirrenden Beißern befreit, und der restliche Proviant und die verbliebene Munition sind inventarisiert. Erschöpft, kaputt und völlig am Ende hält Lilly eine kurze Ansprache auf dem Marktplatz. Jeder soll sich ausruhen, sich um die Verwundeten kümmern und die inneren Batterien wieder aufladen, um sich in einer Stunde im Gerichtsgebäude zu versammeln. Es gibt Neuigkeiten.

Doch niemand weiß, was Lilly für sie parat hält ...

Einundzwanzig

Woodburys gesamte Einwohnerschaft – eine Gemeinde, die früher einmal als größtes Eisenbahndrehkreuz im westlichen Zentral-Georgia bekannt war und die in Reiseführern als »Oase von einem Örtchen« gepriesen wurde – versammelt sich nun in dem feuchten, nach Moder riechenden Gemeinschaftsraum im hinteren Teil des kleinen und schlicht gehaltenen Gerichtsgebäudes.

Wenn man die beiden Männer, die gerade den Verteidigungswall entlangpatrouillieren – Matthew und Speed – oder Bob Stookey, der wer weiß was tut, nicht mitzählt, beträgt die Einwohnerzahl sage und schreibe fünfundzwanzig Leute: sechs Frauen, vierzehn Männer und fünf Kinder, die jünger als zwölf Jahre sind. Diese fünfundzwanzig gehen jetzt auf dem Parkettboden zu den Klappstühlen und nehmen Platz. Wie in einem Theater schauen sie alle Richtung Podium und warten auf das Programm, das heute Abend aus einem einzigen Akt besteht.

Lilly läuft auf der kaputten Bühne vor der mit Einschusslöchern gespickten Wand auf und ab, vorbei an den zerfetzten Überresten der Flaggen der Vereinigten Staaten von Amerika und Georgias, die wie Erinnerungen an eine längst vergangene Zivilisation aus verbeulten Metallständern ragen. Seitdem die Plage vor zwei Jahren ausgebrochen ist, sind Menschen in diesem Saal gestorben, es wurden unzählige unausgesprochene Drohungen ausgestoßen, Vertragsverhandlungen fanden statt und selbst brutalste Regimewechsel wurden hier herbeigeführt.

Ehe sie die Stimme erhebt, wiederholt Lilly die wichtigsten Punkte noch einmal in ihrem Kopf. Sie ist ganz verschwitzt vor Lampenfieber, hat sich umgezogen, trägt jetzt ein buntes Tuch, das sie sich um den Hals gewickelt hat. Ihre beschlagenen Stiefel klingen wie Stepptanzschuhe auf dem staubigen Boden. Der Wind pfeift zwischen den Dachgauben, und die metallenen Stühle quietschen, als sie zurechtgerückt werden. Der Saal wird ruhiger, und das letzte Geflüster ebbt ab.

Alle warten in absoluter Stille auf das, was Lilly ihnen zu sagen hat.

Sie weiß, dass sie es einfach nur aussprechen muss, also holt sie tief Luft, dreht sich zu ihrem Publikum und sagt die Wahrheit. Sie erzählt ihnen alles, jedes Detail.

Bob Stookey wandert den einsamen, dunklen Bürgersteig entlang. Unter dem Arm trägt er einen klebrigen Behälter. Er biegt von der Main Street in die Jones Mill Road, als er in zwanzig Meter Entfernung die Generatoren auf dem Gras vor dem Gerichtsgebäude stehen sieht. Die kompakten kleinen Motoren mit fünf Pferdestärken vibrieren, stoßen Abgase aus und tauchen den Gemeinschaftsraum im Anbau in warmes gelbes Licht.

Der Anblick sämtlicher Einwohner versammelt in dem Saal lässt Bob innehalten. Er verweilt ein wenig, beobachtet die Reaktionen der Menschen auf Lillys Nachrichten. Bob weiß, was geschehen, was Austin widerfahren und was mit dem Rest der Miliz passiert ist. Und er kann ahnen, was sie den armen Leuten gerade verkündet hat. Am späten Nachmittag hat er sich kurz mit Lilly unterhalten, ihr Leid geteilt und ihr versichert, dass er sie in allem unterstützen, ihren Plan für Woodbury gutheißen würde. Er hat ihr jedoch nichts vom letzten Wunsch des Governors gesagt, noch ihr die Bewohnerin der Wohnung im ersten Stock an der Main Street gezeigt.

Jetzt steht er allein da mit einer Kiste voller Eingeweide, starrt durch die Fenster in das helle Licht im Gemeinschaftsraum.

Er sieht Lilly, wie sie ihrem Publikum zunickt. Manche Anwesenden melden sich, ergreifen das Wort, stellen unerwartete Fragen, die Gesichter aschfahl vor Sorge. Aber Bob bemerkt auch etwas, das sein tief gefurchtes Gesicht vor Vergnügen aufhellen lässt, wenn auch ein wenig Bestürzung mitspielt. Aus dieser Entfernung, versteckt hinter einer alleinstehenden Pappel mit dem Paket, das einen grässlichen Gestank verbreitet, kann er einige der Mienen erkennen, die … was ausdrücken? Hoffnung? Menschlichkeit?

Bobs Mutter Delores, eine ehemalige Krankenschwester bei der Navy im Koreakrieg, hatte ein Wort für das, was Bob nun durch die verdreckten Fenster auf den wettergegerbten, lebensmüden Gesichtern erkennt, während sie Lilly geduldig zuhören, die ihnen ihre Vision der Zukunft in dem bunt zusammengewürfelten Städtchen darlegt. Das Wort heißt »Anstand«.

Selbst in den schlimmsten Situationen, Bobby, hat Delores ihm immer gesagt … inmitten von Tod und Leid und, ja, inmitten des Bösen … können Menschen Anstand haben. Gott hat uns so gemacht, Bobby, verstehst du? Gott hat uns in seinem Angesicht erschaffen. Dass du das nie vergisst, mein Schatz. Menschen können Anstand unter den Steinen des Elends finden, wenn sie müssen.

Bob Stookey beobachtet die Gesichter im Gemeinschaftsraum. Die meisten hören Lilly begierig zu, als sie die Zukunft und den Weg dorthin erklärt. Von der Miene auf ihrem Gesicht – so, wie sie sich hält, wie sie kaum merklich trotz ihres mitgenommenen Zustands, ihrer Seele, ihres Körpers, ihrer Erschöpfung und ihrer Trauer die Schultern vor ihrem Publikum strafft – schließt Bob, dass sie kurz davor ist, die Leute für sich zu gewinnen.

Niemand würde jemals auf die Idee kommen, Bob Stookey als ausgebildeten Gynäkologen zu betrachten – obwohl er das arme Mädchen damals bei der Armee nach ihrer Fehlgeburt erfolgreich behandelt hat –, aber jetzt könnte er schwören, dass er der Geburt eines neuen Menschen beiwohnt.

Einer neuen Anführerin.

Lilly steht in dem stickigen Gemeinschaftsraum und begegnet den fiebrigen Blicken von rund zwei Dutzend verängstigten, hoffnungsvollen Gesichtern. Jetzt wartet sie darauf, bis das leise Flüstern ein letztes Mal abebbt, ehe sie die sprichwörtlichen Karten auf den Tisch legt.

»Unter dem Strich heißt das«, fängt sie schließlich an, »dass was auch immer ihr von Philip Blake gehalten habt – mit ihm haben wir überlebt, er hat die Beißer vor den Türen Woodburys gehalten. So einfach ist das. Aber ihr habt euch daran gewöhnt, mit einem Diktator zu leben. Wir alle haben das.«

Sie hält einen Moment lang inne, wählt ihre Worte mit

größter Vorsicht und mustert ihr Publikum, das sie genauestens im Auge behält. Es herrscht eine solche Stille, dass Lilly das Pfeifen des Windes durch die Eingeweide des hundert Jahre alten Gebäudes hören kann.

»Ich will euch nichts vorschreiben«, sagt sie. »Aber ich bin bereit, Verantwortung für uns zu übernehmen. Es tut sich uns hier eine Chance auf. Ich will keine Macht. Ich will eigentlich gar nichts von euch. Ich will eigentlich nur sagen, dass wir Woodbury wieder zu einem begehrenswerten, einem sicheren, einem guten Ort machen können. Und ich stelle mich bereit, zu … ihr wisst schon … uns dahin zu führen. Aber ich werde mich hüten, wenn ihr es nicht wollt. Also sollten wir abstimmen. Keine Diktaturen mehr. Woodbury ist ab heute eine Demokratie. In dem Sinne: All diejenigen, die dafür sind, dass ich das Steuer für die nächste Zeit in die Hand nehme, bitte melden.«

Die Hälfte der Arme werden sofort in die Luft gerissen. Barbara und David Stern – sie sitzen in der vordersten Reihe und haben die Arme wie kleine Schulkinder am höchsten nach oben gereckt – lächeln schon, und ihre traurigen Augen lassen auf die Aufgaben schließen, die ihnen noch bevorstehen.

Einige der Menschen in den hinteren Reihen blicken um sich, als ob sie auf irgendein Signal warten.

Lilly seufzt laut auf – sowohl vor Erleichterung, aber auch vor Erschöpfung –, als der Rest der Arme sich erhebt.

Obwohl Lilly völlig erschöpft ist, fällt es ihr schwer einzuschlafen. Es ist, als ob sie seit Jahren nicht mehr in ihrem eigenen Bett – schlimmer noch, seit Jahren überhaupt nicht geschlafen hat –, obwohl es eigentlich nur zwei Tage waren. Sie döst vor sich hin, steht einige Male auf, um aufs Klo zu gehen oder nur, um Austins Sachen in ihrer Wohnung herumliegen zu sehen.

Mit einer Zärtlichkeit und einem Schmerz, die sie selbst überraschen, sammelt sie sein sämtliches Hab und Gut zusammen – Feuerzeug, Spielkarten, ein Taschenmesser, einige Hemden, Socken und Hosen, darunter auch ein Kapuzenpullover und einen Hut – und legt alles in eine Schublade. Sie würde seine Sachen nie wegschmeißen, muss aber klar Schiff für die Aufgaben der Zukunft machen.

Dann setzt sie sich hin und weint.

Als sie zurück ins Bett geht, hat sie plötzlich eine Idee – etwas, das sie und der Rest von Woodbury gleich am nächsten Morgen angehen sollen, noch ehe sie sich den vielen Aufgaben widmen, die auf sie warten. Sie schläft ein paar Stunden, und als sie in ihrem sonnendurchfluteten Schlafzimmer aufwacht – die Strahlen kämpfen sich durch die Vorhänge, kommt sie sich wie ausgetauscht vor. Sie zieht sich an und macht sich auf zum Marktplatz.

Einige der älteren Bewohner mit schwacher Blase und alternder Prostata haben sich bereits im Diner gegenüber dem Gerichtsgebäude versammelt und eine uralte Kaffeemaschine angeworfen. Als Lilly eintritt, wird sie mit einer Freundlichkeit begrüßt, die ansonsten nur Weltenlenkern gebührt. Sie kann sich des Gefühls nicht erwehren, sie sind insgeheim froh, dass der Governor das Zeitliche gesegnet hat, und sich offen über alle Maßen freuen, dass Lilly jetzt das Zepter in die Hand genommen hat.

Sie teilt ihnen ihre Idee mit, und alle stimmen überein, dass es eine gute ist. Lilly wirbt einige der stärkeren Pensionäre an, um den Plan zu verbreiten, und bereits eine Stunde später haben sich alle Einwohner Woodburys auf den Tribünen der Rennstrecke versammelt.

Lilly schreitet durch das staubige Innenfeld und stellt sich im Ring auf, in dem früher Männer und Frauen bis auf den Tod zur Unterhaltung der Bewohner Woodburys gekämpft haben. Sie dankt jedem, dass er gekommen ist, verliert einige Worte über ihre Pläne für die Zukunft und bittet dann alle, die Köpfe in Erinnerung an die Gefallenen zu senken.

Sie liest die Namen der Männer und Frauen, die während der letzten Wochen und Monate im Kampf ums Überleben auf der Strecke geblieben sind.

Es dauert fast fünf Minuten, bis Lilly ihre Liste durchhat. »Scott Moon ... Megan Lafferty ... Josh Lee Hamilton ... Caesar Martinez ... Doc Stevens ... Alice Warren ... Bruce Cooper ... Gus Strunk ... Jim Steagal ... Raymond Hilliard ... Gabe Harris ... Rudy Warburton ... Austin Ballard ...«

Einen Namen nach dem anderen – sie trägt jeden mit sonorer, respektvoller und zugleich starker Stimme vor, macht eine kleine Pause, ehe sie den nächsten aufruft. Die meisten weiß sie auswendig, muss nur ab und zu einen Blick auf ihre Notizen werfen, die sie auf ein kleines Karteikärtchen gekritzelt hat. Sie hält das Kärtchen in ihrer feuchten Hand und liest einige Namen vor, die sie bis zu diesem Augenblick noch nie gehört hat. Endlich kommt sie zu dem letzten Namen, hält eine Sekunde inne, ehe sie ihn ohne jegliche Emotionen ausruft.

»Philip Blake.«

Der Name scheint seinen eigenen Hall zu besitzen – geisterhaft, beinahe profan –, als er auf dem Wind davongetragen wird. Sie blickt zu den mitgenommenen Mitbewohnern Woodburys auf, die ihre Köpfe an den Maschendrahtzaun gelehnt haben. Dann folgt ein wortloser Blickaustausch, bis Lilly endlich laut ausatmet und nickt. »Möge Gott ihren Seelen Gnade erweisen.«

Ein Raunen aus Flüstern und Gebeten dringt über das Innenfeld an ihre Ohren.

Zum Schluss bittet Lilly alle Anwesenden zu sich. Langsam treten die Älteren und Kinder sowie die Überlebenden der Woodbury-Miliz einer nach dem anderen durch das Tor in das Innenfeld, und Lilly beaufsichtigt die Arbeiten, die der Zeremonie folgen.

Sie bauen die Pfähle, Fesseln und Fußeisen um den Rand der Arena ab, an denen einst die Beißer festgemacht waren. Dann reinigen sie Nischen und Gänge, räumen zerfetzte Kleidung, leere Patronenhülsen und kaputte Baseballschläger sowie verbogene Klingen auf, die überall herumliegen, wischen Lachen von vertrocknetem Blut auf, kehren überall, waschen die Wände und werfen alles in die riesigen Müllschlucker. Einige junge Männer wagen sich sogar in die Katakomben unterhalb der Arena und zerstören die wenigen Beißer, die noch immer in den Zellen vor sich hin faulen. Lilly kann sich des Gefühls nicht erwehren, dass ihre Säuberungsaktion gleich auf mehreren Ebenen ein Erfolg ist.

Der römische Zirkus macht heute offiziell dicht – keine Gladiatoren und keine Kämpfe mehr, es sei denn, sie dienen dem gemeinsamen Überleben.

Während der Arbeiten bemerkt Lilly etwas anderes, das sie überrascht. Es beginnt kaum merklich, aber je weiter sie mit dem Aufräumen vorankommen, je sauberer es um sie herum wird, desto besser wird die Laune. Die Leute beginnen miteinander zu reden, sind positiv, machen Witze, schwelgen in Erinnerungen an die guten alten Tage und spielen vorsichtig auf bessere Zeiten an. Barbara Stern schlägt vor, dass sie das Innenfeld zu einem Gemüsegarten umfunktionieren – im Warenlager gibt es noch Samen –, und Lilly findet das eine hervorragende Idee.

Und für eine Weile, ganz gleich, wie kurz sie auch dauert, scheinen die Leute in der wärmenden Sonne des Frühlingsmorgens glücklich zu sein.

Beinahe.

Bei Sonnenuntergang haben sich die Geschehnisse in Woodbury wieder ein wenig beruhigt.

Der Verteidigungswall ist an der südöstlichen und den nördlichen Grenzen verstärkt – in den umliegenden Wäldern scheint nicht viel zu passieren –, und die Vorräte an Frischwasser, Treibstoff und getrockneten Waren sind erfasst und in gleichen Teilen an alle Einwohner ausgeteilt worden. Ab jetzt gibt es keinen Tauschhandel mehr, keine Politik, keine Fragen mehr. Sie besitzen genug Proviant und Energie, um die nächsten Monate überleben zu können – und Lilly kündigt ein weiteres Treffen im Gerichtsgebäude an, indem sie den Prozess ankurbelt, dass die Älteren und jede Familie einen Sprecher haben sollten, um bei kritischen Fragen mitbestimmen zu können.

Als die Sonne hinter dem Horizont verschwindet und es kühler wird, will Lilly endlich nach Hause. Der Schmerz in ihrem Kreuz hat nicht abgenommen und macht ihr zu schaffen. Die immer wieder auftauchenden Krämpfe quälen sie fortdauernd, aber sie hat einen klaren Kopf und fühlt sich besser denn je.

Erschöpft, aber auch zufrieden, geht sie den leeren Bürgersteig entlang zu ihrer Wohnung. Sie denkt an Austin, an Josh, an ihren Vater, als sie eine ihr wohlbekannte Gestalt auf der gegenüberliegenden Straßenseite bemerkt. Sie trägt einen dunklen Jutesack, aus dem schwarze Flüssigkeit tropft.

»Bob?« Sie überquert die Straße, nähert sich ihm vorsichtig, die Augen auf den blutbesudelten Sack gerichtet. »Was geht denn hier vor sich? Was willst du damit?«

Er hält im Schatten inne, ein entfernter Lichtstrahl erreicht kaum seine verwitterten Gesichtszüge. »Nicht viel ... Äh, du weißt schon ... Kümmere mich um ein paar Sachen.« Er macht einen nervösen, peinlich berührten Eindruck. Seitdem er mit dem Trinken aufgehört hat, ist seine Körperpflege besser geworden. Sein fettiges Haar ist jetzt ordentlich mit Pomade nach hinten gekämmt, legt seine tief gefurchte Stirn frei und betont die Krähenfüßchen um seine schwermütigen Augen.

»Ich will ja nicht neugierig sein, Bob«, sagt sie und nickt in Richtung Sack. »Aber das ist schon das zweite Mal, dass ich dich dabei erwische, wie du irgendetwas Ekelhaftes durch die Stadt trägst. Es geht mich ja nichts an, aber könnte es etwa ...?«

»Ist nichts Menschliches, Lilly«, platzt er heraus. »Habe das nur vom Rangierbahnhof mitgenommen. Ist nur Fleisch.«

»Fleisch?«

»Hase, den ich in einer meiner Fallen gefunden habe. Nur ein Tierkadaver.«

Lilly schaut ihn an. »Bob, ich verstehe nicht ...«

»Ich hab es ihm versprochen, Lilly.« Er kann und will es nicht mehr leugnen, und seine Schultern sacken verzweifelt nach unten. Verschämt meint er: »Dieses Ding ... Sie ist noch da ... Die arme, jämmerliche Gestalt ... Ist einmal seine Tochter gewesen, und ich habe es ihm versprochen. Und was versprochen ist, muss man halten.«

»Bob, was zum Teufel faselst du da?«

»Man könnte behaupten, dass er mir das Leben gerettet hat«, rechtfertigt sich Bob und schaut zu Boden. Erneut tropft es aus dem Sack, und Bob schnieft kläglich.

Lilly denkt einen Moment lang nach und sagt dann sanft, aber mit Nachdruck in der Stimme: »Zeig es mir.«

Zweiundzwanzig

Bob dreht den Schlüssel um und öffnet die Tür. Lilly folgt ihm in die Wohnung, übertritt die Schwelle ins innere Reich, ins Heiligtum des Governors.

Sie hält im widerlich stinkenden Eingang inne. Bob hat den Sack mit den Eingeweiden noch immer in seinen knochigen Händen, geht um die Ecke und verschwindet im Wohnzimmer. Lilly aber bleibt vorerst in dem engen Eingangsbereich und nimmt die traurigen Überreste vom Privatleben des Governors in sich auf.

Seit sie in Woodbury angekommen ist, hat Lilly Caul erst zweimal das Vergnügen gehabt, in die Wohnung des Governors geladen zu werden. Bei beiden dieser kurzen Besuche hat sie umgehend eine Gänsehaut bekommen. Sie kann sich an diese unerklärlichen Geräusche aus dem Inneren der Wohnung erinnern – an das schwere Atmen, an das schwache metallene Klirren, an das merkwürdige Blubbern, als ob in der Küche ein Drogenlabor in Gange wäre. Jetzt hat sie die Arme vor der Brust verschränkt und hört dieselben Geräusche, ohne aber den Ekel oder die Abneigung früherer Tage zu verspüren.

Sie kann sich der herzzerreißenden Traurigkeit der Wohnung nicht entziehen. Der zerkratzte Hartholzboden, die verblassten Tapeten, die mit schwarzem Tuch verhangenen Fenster und abgewetzten Decken, die einzelne

Glühbirne, die von der zerbröckelnden Decke hängt, der Gestank nach Schimmel und Desinfektionsmittel in der abgestandenen Luft – Lillys Bauchgegend zieht sich vor Kummer zusammen.

Sie holt tief Luft, um das Gefühl von sich zu weisen, sich zu wappnen, als Bob sich aus dem Zimmer nebenan meldet.

»Lilly, komm mal her ... Ich möchte dich jemandem vorstellen«, ruft er, bemüht, locker zu klingen. Lilly atmet erneut ein, und ein merkwürdiger Gedanke schießt ihr durch den Kopf: Der Mann, der hier wohnte, hat alles verloren, und das hat ihm den letzten Rest gegeben. Er ist hier gelandet, ein Ausgestoßener in dieser einsamen Vorhölle aus verhangenen Fenstern und nackten Glühbirnen ohne Leben.

Lilly geht in das Wohnzimmer – und die kleine Kreatur in Ketten an der gegenüberliegenden Wand lässt sie erstarren. Beim Anblick von Penny Blake fährt es ihr eiskalt den Rücken hinunter, und ihre Bauchgegend verkrampft sich. Ihr stehen die Haare im Nacken zu Berge, aber außer diesen natürlichen Reaktionen schwappen immer stärker werdenden Wellen der Traurigkeit, Verzweiflung über sie hinweg.

Lilly kann es kaum fassen, dass sämtliche Accessoires der Kindheit noch immer an der Kreatur hängen – dieses zusammengefallene, angeschwärzte Gesicht gekrönt von unordentlichen Zöpfen und verdreckten Bändern, die in Schleifen gebunden sind, das winzige Sommerkleid voller Geifer, Gallensaft, Blut und Gewebe. Mittlerweile ist das ursprüngliche Kornblumenblau zu einem schmutzigen Grau verkommen. Bob kniet sich vor das Ding hin, nah genug, um seine Schulter zu streicheln, aber doch weit genug entfernt, um nicht von seinem wild in der Luft schnappenden Kiefer gebissen zu werden.

»Lilly, darf ich vorstellen? Das ist Penny«, sagt Bob mit einer Sanftheit in der Stimme, die irgendwie überhaupt nicht in das Bild passt. Dann greift er in den Sack und holt einen Bissen Happi-Happi hervor. Das Monster, das einmal ein Mädchen war, streckt die Arme in die Luft und stößt einen unerträglichen Seufzer aus. Bob wirft dem Mädchen das Organ hin. Die milchig-weißen Augen beginnen aufgeregt zu glänzen und drücken beinahe so etwas wie heftige Schmerzen aus, als die Kleine die Innereien mit dem Zahnfleisch zu kauen beginnt und ihr das Blut am Kinn runterrinnt.

Lilly kommt ein Stück näher. Die Trauer lastet auf ihren Schultern, zwingt sie einen halben Meter von dem Monster entfernt auf die Knie. »Um Gottes willen ... Bob ... Das ... Ist das seine ... ? Gütiger Himmel.«

Bob streichelt dem Zombiechen sanft die fettigen Haare, während es sich an den Eingeweiden labt. »Penny, darf ich vorstellen? Das ist Lilly«, sagt Bob mit weicher Stimme.

Lilly senkt den Kopf und starrt zu Boden. »Bob, das ist ... Verdammt.«

»Ich habe es ihm versprochen, Lilly.«

»Bob ... Bob.« Lilly schüttelt den Kopf. Ihr Blick ist noch immer nach unten gerichtet, während die feucht-nassen Fressgeräusche in dem Zimmer widerhallen. Sie bringt es nicht über sich, das kleine Monster anzuschauen. In ihrem Augenwinkel erkennt Lilly die Spuren von Nägeln in dem abgewetzten Teppich sowie die Umrisse von Blutflecken, wo ein Brett hastig auf den Boden genagelt worden ist. Außerdem bemerkt sie weiteres Blut an den Wänden, das trotz der hartnäckigsten Fleckenentferner und schwerster Arbeit noch immer zu sehen ist. Die Luft stinkt nach bitterer Verwesung und Kupfer.

Bob sagt noch mehr, aber Lilly hört ihm nicht mehr zu. Ihr Kopf ist voller Trauer, Kummer und Wahnsinn, der für immer mit diesem Ort verhaftet ist, in den Vorhängen, der Faserung der Dielen und dem Schimmel zwischen den Sockelleisten gärt. Es raubt ihr den Atem und brennt ihr in den Augen, die sich mit Tränen füllen, und sie versucht, Luft in ihre Lungen zu saugen, nicht zu weinen und das Schluchzen zu unterdrücken, das in ihr aufwallt. Sie schluckt ihren Ekel hinunter, ballt die Hände zu Fäusten, reißt sich zusammen und blickt das Monster an.

Vor langer Zeit saß Penny Blake auf dem Schoß ihres Vaters und hörte den Geschichten zu, die er vorlas, während sie an ihrem Daumen nuckelte und sich an ihre Schmusedecke schmiegte. Jetzt aber blickt sie durch Augen mit der Farbe von Fischbäuchen, leblos und katatonisch vor schwarzem Hunger, den zu stillen unmöglich ist. Sie ist das lebende Denkmal für das Tribut, das die Plage abverlangt.

Für eine unerträglich lange Zeit kniet Lilly Caul kauernd vor dem Mädchen-Monster, schüttelt den Kopf und starrt zu Boden, während Bob es mit dem restlichen Inhalt des Sacks füttert, ohne ein Wort zu sagen. Er pfeift fröhlich vor sich hin, als ob er ihre Zöpfe flechten würde.

Lilly sucht nach den passenden Worten. Sie weiß, was zu tun ist.

Endlich, nach einer halben Ewigkeit, schafft Lilly es, den Blick zu Bob zu heben. »Dir ist klar, was wir tun müssen?« Sie hält seinen schwermütigen, niedergeschlagenen Blick. »Du weißt, dass uns nichts anderes übrig bleibt.«

Bob stößt einen von Leid getränkten Seufzer aus, rafft sich auf die Beine, schlurft zum Sofa und lässt sich darauf nieder, als läge aller Schmerz der Welt auf seinen Schultern. Er fällt in sich zusammen und wischt sich die Augen. Seine Lippen beben, als er sagt: »Ich weiß ... Ich weiß.« Dann wirft er Lilly einen Blick zu. »Aber das musst du tun, Kleines ... Ich schaffe das nicht.«

Sie finden einen Eispickel in einer Schublade in der Küche und ein relativ sauberes Laken im Schlafzimmer. Lilly weist Bob an, draußen auf sie zu warten. Aber Bob Stookey – ein Mann, der sich sein ganzes Leben lang um sterbende Soldaten gekümmert und streunende Hunde aufgenommen hat – widerstrebt es, dem kleinen Mädchen den letzten Dienst zu verweigern, und er verkündet, dass er Lilly helfen will.

Sie schleichen sich von hinten an das Monster, während es frisst. Lilly wirft Penny das Laken über, bedeckt Kopf und Gesicht und versucht sie nicht mehr als nötig zu verwirren. Die winzige Kreatur windet sich und kämpft gegen ihre Fesseln an, während Lilly sie zu Boden zwingt. Sie legt ihr Gewicht auf den bebenden Körper und ergreift den Eispickel mit der rechten Hand.

Unter dem Laken schlägt der Kopf wie wild hin und her, und Lilly fällt es schwer, ihn zu fixieren, um den Todeshieb zu vollbringen. Bob hockt sich neben Lilly, neben das zitternde Etwas und fängt leise an zu singen – eine alte Kirchenhymne –, und Lilly hält einen Moment lang inne, ehe sie den Eispickel in den winzigen Schädel unter dem Laken rammt. Bobs Stimme verdutzt sie.

»Dort auf Golgatha stand einst ein alt' rauhes Kreuz«,

brummt Bob sanft für das Ding, das früher einmal ein Mädchen war, und seine raue Stimme klingt auf einmal anders, ist von Wärme geprägt, wirkt so süß wie Honig. »Stets ein Sinnbild von Leiden und Weh, doch ich liebe das Kreuz, denn dort hing einst der Herr, und in ihm ich das Gotteslamm seh'.«

Lilly erstarrt. Sie spürt, wie etwas Außergewöhnliches in der Kreatur unter dem feuchten Laken Form annimmt. Das Winden und Kicken ebbt ab, und das kleine Monster wird auf einmal ruhig, als ob es Bobs Gesang lauscht. Lilly starrt auf das Laken. Es scheint ihr unmöglich, aber das Monster bewegt sich nicht mehr.

Bob lässt nicht ab: »Einstens ruft er mich heim, wo ich ewig darf schau'n ... seine Herrlichkeit vor Gottes Thron.«

Lilly rammt den Eispickel tief in den Schädel unter dem Laken.

Und das Ding namens Penny fährt auf in den Zombiehimmel.

Sie beschließen, eine Beerdigungszeremonie für das Kind zu halten. Es ist Lillys Idee, und Bob willigt ein.

Also schickt Lilly Bob los, um die anderen zusammenzutrommeln und eine Schubkarre, ein wenig Tuch, einen passenden Sarg und einen geeigneten Platz für das Grab zu finden.

Nachdem Bob gegangen ist, verweilt Lilly noch eine Weile in der Wohnung. Es gibt da noch eine Sache, um die sie sich kümmern muss.

Dreiundzwanzig

Lilly findet eine Schachtel Munition in Philips Schlafzimmerschrank. Die Patronen passen in das Gewehr, das hinter einem Stapel Pfirsichkisten gegen die Wand gelehnt ist. Sie lädt es und nimmt es mit ins Nebenzimmer.

Es brauchte nur einen einzigen flüchtigen Blick durch den Spalt in der Tür in den tief im Schatten getauchten Raum voll unheimlicher Aquarien, die an der Wand aufgereiht sind und in der Finsternis vor sich hin blubbern, damit Philip Blakes Geheimnis sich für immer in Lillys Seele brennt.

Jetzt stellt sie sich vor den Glascontainern auf und hebt das Gewehr. Sie zielt auf das erste Aquarium und drückt ab. Der Knall ist so laut, dass ihr beinahe das Trommelfell platzt. Der Container zerbirst in tausend Stücke, und der aufgedunsene Schädel kullert zu Boden.

Sie legt eine neue Patrone in den Lauf und feuert. Das tut sie immer und immer wieder, zielt jedes Mal genau auf die Mitte. Die Wassermassen breiten sich auf dem Boden aus, schwappen über ihre Schuhe, die Schädel explodieren. Das wiederholt sie fünfundzwanzig Mal, bis das Nebenzimmer überflutet und voll Glasscherben und den Überresten der fragwürdigen Trophäen des Governors ist.

Dann wirft sie das Gewehr zu Boden und watet aus dem

Zimmer. In ihren Ohren klingelt es noch, aber sie hat die letzten Spuren von Philip Blakes Wahnsinn auf dieser Erde beseitigt.

Als am Abend die Sonne hinter den Baumwipfeln im Westen untergeht und die Luft kühler und die Schatten länger werden, stehen die überlebenden Einwohner von Woodbury, Georgia, in einem Halbkreis um einen frisch angehäuften Erdhügel und zollen einen letzten Tribut. Gleichzeitig schließen sie ein brutales Kapitel in der Geschichte der Stadt.

Bob hat für Pennys letzten Ruheort einen Platz außerhalb des Verteidigungswalls ausgesucht. Er liegt im Schatten großer Bäume, ist von Wildblumen umgeben und einigermaßen frei von den Überresten früherer Scharmützel und Angriffe.

Alle stehen in respektvoller Stille da, die Köpfe zu Boden geneigt und bewegen die Lippen im stillen Gebet. Selbst die anwesenden Kinder hören zu zappeln auf, starren auf den Haufen und falten die Hände, um zu beten. Lilly schließt die kleine Bibel voller Eselsohren, die sie sich extra hierfür von Bob ausgeliehen hat, und lässt den Blick in die Weite schweifen, wartet, bis alle fertig sind. Sie hat eine kleine Grabrede für ein Kind gehalten, das niemand kannte, das aber als geeignetes Symbol für den Verlust vieler und der Unantastbarkeit der Lebenden diente. Jetzt verspürt Lilly ein überwältigendes Gefühl der Befreiung.

»Ruhe in Frieden, kleine Penny«, sagt sie schließlich, unterbricht die andächtige Stille und macht dem Ganzen ein Ende. »Vielen Dank an euch alle. Wir sollten jetzt wahrscheinlich nach Hause gehen ... Ehe es dunkel wird.«

Bob steht neben Lilly. Er hält ein zusammengeknülltes Taschentuch in der Hand, das von seinen Tränen durchnässt ist. Lilly kann an dem zuversichtlichen Blick in seinen wässrigen Augen erkennen, dass ihm die spontane Beerdigung gutgetan hat – nicht nur ihm, sondern allen Anwesenden.

Einer nach dem anderen wendet sich vom Grab ab und bahnt sich den Weg zurück über das unbebaute Grundstück an der nordöstlichen Ecke des Städtchens. Lilly führt die Gruppe an, und Bob geht neben ihr und wischt sich immer wieder die Augen mit dem Taschentuch. Hinter Bob folgt Matthew Speed, der stets sein Gewehr für den Fall dabeihat, dass sie einem Beißer begegnen.

Die anderen folgen ihnen und reden leise untereinander über Gott und die Welt, als ein entferntes Motorengeräusch ihre Aufmerksamkeit auf sich lenkt. Sie halten inne und suchen den Horizont ab, um zu sehen, was in Gottes Namen denn jetzt wieder auf sie zukommen mag.

»Wenn ich mich nicht ganz täusche«, meint Bob zu Lilly und greift nach der Smith & Wesson, die in seinem Gürtel steckt, »würde ich sagen, dass da ein Auto die 109 herunterkommt.«

»Okay, immer mit der Ruhe – allesamt – bitte Ruhe bewahren«, weist Lilly sie an, wirft einen Blick über die Schulter auf die Leute hinter ihr und sieht, wie manche bereits ihre Waffen gezogen haben und andere die Kinder dichter an sich ziehen. »Wir sollten erst mal abwarten und sehen, was passiert, ehe wir zum Angriff übergehen.«

Außer dem Knattern des unrund laufenden Motors bemerkt Lilly nur die schwarzen Abgase in der Ferne, die sich über die Baumwipfel erheben, um dann vom Wind davongetragen zu werden. Sie richtet den Blick auf die Kurve in zweihundert Meter Entfernung, und schon bald kommt ein heruntergekommener Kombi in Sicht.

Lilly weiß auf der Stelle, dass das Fahrzeug keine Bedrohung darstellt. Es scheint sich um einen alten, rostigen Ford LTD aus den späten Neunzigerjahren zu handeln. Er verbrennt viel Öl, und die Holzverkleidung ist auf einer Seite bei einem Unfall abhandengekommen. Die Räder eiern, als ob sie jeden Augenblick abfallen können. »Runter mit den Waffen«, befiehlt Lilly Matthew und Speed. »Macht schon, die können uns nichts anhaben.«

Derweil das Fahrzeug langsam näher kommt, können sie erkennen, wer sich im Inneren befindet. Vorne sitzt ein heruntergekommenes Pärchen und hinten lungern drei Kinder auf der Rückbank. Der Motor pfeift auf dem letzten Loch. Sie halten in sicherer Entfernung an – circa fünfundzwanzig Meter vor der Gruppe –, und der Wagen wirft eine Wolke aus Staub und Abgasen auf.

Lilly hebt die leeren Hände, um ihnen zu signalisieren, dass sie ihnen nichts Böses will.

Die Fahrertür öffnet sich, und der Vater steigt aus. Er trägt Lumpen von der Heilsarmee und ist so abgemagert wie ein Kriegsgefangener, besteht nur noch aus Haut und Knochen. Er macht den Eindruck, als ob er jeden Augenblick zusammenbrechen wird. Er antwortet auf Lillys Geste, indem er selbst die Arme hebt und ihr so zu verstehen gibt, dass auch er keine Bedrohung darstellt.

»Guten Abend!«, ruft Lilly ihm zu.

»Hallo.« Seine Stimme ist dünn, könnte von einem zum Tode verurteilten Krebspatienten stammen. »Tät' es euch stören, wenn ich so dreist bin und nach Trinkwasser frage? Habt ihr vielleicht etwas, das ihr mit uns teilen könntet?«

Lilly erkennt den schwachen Akzent, der auf eine Stadt im Süden schließen lässt – Birmingham, Oxford oder vielleicht Jacksonville –, und sie wirft einen Blick über die Schulter. »Ihr bleibt kurz stehen; bin gleich wieder da.« Dann wendet sie sich wieder an den Fremden. »Ich komme mal ein wenig näher, wenn es Ihnen nichts ausmacht.«

Der Mann dreht sich seinerseits zu seiner Familie um und schaut sie besorgt an, ehe er sich wieder Lilly zuwendet. »Klar doch ... Geht schon ... Kommen Sie ruhig.«

Lilly schreitet langsam auf den Wagen zu, die Arme noch immer in der Luft. Je näher sie kommt, desto deutlicher sieht sie, wie schlecht es diesen Menschen geht. Der Mann und seine Frau machen den Eindruck, als ob sie bereits mit einem Fuß im Grab stehen. Ihre farblosen, aschfahlen Gesichter sind so verhärtet und eingefallen, dass sie schon beinahe leichenhaft aussehen. Auf der Rückbank harren die völlig verschmutzten und in Lumpen gekleideten Kinder aus. Ansonsten ist der Wagen voll leerer Verpackungen und mottenzerfressener Decken. Es ist ein Wunder, dass diese Menschen sich überhaupt noch auf den Beinen halten können. Lilly hält einen Meter vor dem Vater inne und stellt sich vor. »Ich heiße Lilly – und Sie?«

»Calvin ... Und das ist Meredith.« Er deutet auf seine Frau und dann auf die Kinder. »Und das sind Tommy, Bethany und Lucas.« Dann mustert er Lilly. »Ma'am, ich wäre Ihnen so dankbar, wenn Sie so gut sein würden und uns ein wenig Essen und Trinken sowie vielleicht ein paar Waffen mitgeben könnten, die Sie nicht brauchen.«

Lilly schaut dem Mann in die Augen und schenkt ihm ein warmes, ehrliches Lächeln. »Ich habe eine bessere Idee, Calvin. Warum führe ich Sie nicht erst mal herum und zeige Ihnen unser Städtchen?«

DANKSAGUNG

Ein außergewöhnliches, extra-spezielles Dankeschön an Mr. Robert Kirkman. Er hat mich an diesem einzigartigen Vorhaben teilhaben lassen; ebenso ein großes Danke an Andy Cohen, David Alpert, Brendan Deneen, Nicole Sohl, Kemper Donovan, Shawn Kirkham, Stephanie Hargadon, Courtney Sanks, Christina MacDonald, Mort Castle, Master Sergeant Alan Baker und Brian Kett. Das Beste wird wie üblich erst zum Schluss erwähnt: Meine tiefste Anerkennung und nicht enden wollende Liebe geht an meine wunderschöne Frau und beste Freundin, Jill M. Norton.

...N FAN-PAKETEN GEWINNEN!
...ER ONLINE TEILNEHMEN
...DE

STAFFEL 4 AUF BLU-RAY & DVD

THE WALKING DEAD

© 2013 AMC Film Holdings LLC. All rights reserved.

Z. A. Recht

Die Welt gehört den Toten!

»Z. A. Recht schreibt beängstigend gut.
Lassen Sie beim Lesen das Licht an!« *J. L. Bourne*

**Leser von Robert Kirkmans *The Walking Dead* und
J. L. Bournes *Tagebuch der Apokalypse* werden begeistert sein**

Die Jahre der Toten
978-3-453-52941-0

Aufstieg der Toten
978-3-453-53425-4

Fluch der Toten
978-3-453-53449-0

978-3-453-52941-0

Leseproben unter: **www.heyne.de**

Zombies bei Heyne

Die Apokalypse hat begonnen ...

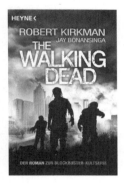

The Walking Dead
978-3-453-52952-6

The Walking Dead 2
978-3-453-52953-3

The Walking Dead 3
978-3-453-52954-0

Die Jahre der Toten
978-3-453-52941-0

Aufstieg der Toten
978-3-453-53425-4

Fluch der Toten
978-3-453-53449-0

Tagebuch der Apokalypse
978-3-453-52793-5

Tagebuch der Apokalypse 2
978-3-453-52819-2

Tagebuch der Apokalypse 3
978-3-453-43633-6

eseproben unter: **www.heyne.de**

HEYNE〈

Ramez Naam

Menschsein war gestern!

Ein genialer Science-Thriller im Stil von Michael Crichton, Daniel Suarez und Paolo Bacigalupi

Die nahe Zukunft: Die Nano-Droge Nexus ermöglicht es den Menschen, die Grenzen der eigenen Wahrnehmung zu überschreiten und mit dem Bewusstsein anderer in Verbindung zu treten – ein gewaltiger Schritt in der Evolution des Menschen. Als jedoch eine Gruppe skrupelloser Wissenschaftler Nexus für ihre eigenen Zwecke missbraucht, zwingt die US-Regierung den jungen Nano-Techniker Kade Lane, sich in die Organisation einzuschleusen, um ihrem Treiben ein Ende zu bereiten. Lane gerät in einen Strudel aus Machtgier, Korruption und Mord.

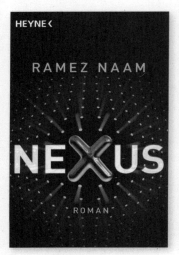

978-3-453-31560-0

Leseprobe unter: **www.heyne.de**

Dmitry Glukhovsky

Das neue Meisterwerk vom Metro-2033-Bestsellerautor

Europa, in der Zukunft: Seit die Sterblichkeit überwunden wurde, ist die Erde total überbevölkert. Der gesamte Kontinent ist zu einer einzigen Megapolis aus gigantischen Wohntürmen zusammengewachsen. Nur die Reichen und Mächtigen können sich in den obersten Etagen noch ein unbeschwertes Leben leisten, während die Mehrheit der Bevölkerung auf den niederen Ebenen ein beengtes Dasein fristet. Die Fortpflanzung ist streng reglementiert, und illegale Geburten werden unnachgiebig verfolgt. Als der Polizist Nr. 717 auf den Anführer einer Terrorgruppe angesetzt wird, gerät er in das Netz eines Komplotts, das bis in die höchsten Etagen der Gesellschaft reicht – und das die brutale Ordnung ins Wanken bringen wird ...

978-3-453-31554-9

eseprobe unter: **www.heyne.de**

Dmitry Glukhovskys faszinierendes Metro 2033-Universum

978-3-453-53298-4

Dmitry Glukhovsky
Metro 2033
978-3-453-53298-4

Metro 2034
978-3-453-53301-1

Andrej Djakow
Die Reise ins Licht
978-3-453-52854-3

Sergej Kusnezow
Das Marmorne Paradies
978-3-453-52861-1

Schimun Wrotschek
Piter
978-3-453-52893-2

978-3-453-52854-3

Andrej Djakow
Die Reise in die Dunkelheit
978-3-453-52939-7

Sergej Antonow
Im Tunnel
978-3-453-31407-8

Tullio Avoledo
Die Wurzeln des Himmels
978-3-453-31475-7

Andrej Djakow
Hinter dem Horizont
978-3-453-31514-3

Suren Zormudjan
Das Erbe der Ahnen
978-3-453-31551-8

Leseproben unter: **www.heyne.de**

HEYNE ‹

George R. R. Martin

Planetenwanderer

Der neue Science-Fiction-Bestseller vom Schöpfer der *Game of Thrones*-Saga

»George R. R. Martin ist ein nahezu übernatürlich begabter Erzähler.«
The New York Times

Die Menschheit hat sich in den unendlichen Weiten des Weltalls ausgebreitet. Überall sind neue Siedlungen entstanden, und jede Welt birgt neue Gefahren. Als der interplanetarische Händler Haviland Tuf eines der letzten Saatschiffe der Erde erwirbt, beginnt seine Odyssee quer durch den Weltraum. Eine Odyssee, auf der Haviland Tuf vom einfachen Händler zum gefeierten Retter der Menschheit wird ...

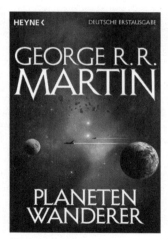

978-3-453-31494-8

eseproben unter **www.heyne.de**